ALINE SANT'ANA
MATTHEW HARRIS

O AMOR QUE PAROU O TEMPO

Editora Charme

1ª Edição 2025.

Produção Editorial e diagramação: Verônica Góes
Capa e Ilustrações negociadas por Aline Sant'Ana/Matthew Harris
Capa e ilustrador da capa: Shane Dodds
Ilustração interna: Emily Faith
Preparação de texto em português e inglês: Monique D'Orazio
Imagem miolo: Adobe Stock
Revisão: Equipe Charme

CIP-BRASIL. CATALOGAÇÃO NA PUBLICAÇÃO
SINDICATO NACIONAL DOS EDITORES DE LIVROS, RJ

S223a

Sant'Ana, Aline
O amor que parou o tempo = The love that stopped time / Aline Sant'Ana, Matthew Harris. - 1. ed. - Campinas [SP] : Charme, 2025.
368 p. : il. ; 22 cm.

Edição bilíngue: português e inglês
ISBN 978-65-5933-206-9

1. Romance brasileiro. I. Harris, Matthew. II. Título: The love that stopped time. III. Título.

25-98135.0 CDD: B869.3
CDU: 82-93(81)

Gabriela Faray Ferreira Lopes - Bibliotecária - CRB-7/6643

Editora Charme

loja.editoracharme.com.br

ALINE SANT'ANA
MATTHEW HARRIS

O AMOR QUE PAROU O TEMPO

Editora Charme

Para aqueles que nos fazem desejar
que um momento dure para sempre.

Capítulo 1

— Eu vou morrer — sussurrou a criada para si mesma.

As mãos de Ivy tremeram, e sua respiração pareceu superficial, enquanto ela procurava em todos os lugares sua lista de tarefas.

— Eu vou morrer nas ruas...

A jovem estava catastrofizando. Não ia morrer, mas estava certa ao dizer que seria expulsa da casa.

Ela havia olhado debaixo das camas, entre as almofadas do sofá e na superfície de cada mesa e aparador. Por baixo dos móveis. Em todas as gavetas. Em todos os cômodos onde poderia esperar encontrar uma lista.

Mas não havia sinal dela.

— Tem que estar em algum lugar — ela murmurou, surpresa com o calor das lágrimas que surgiram em seus olhos.

Havia algumas coisas que seu patrão queria que Ivy fizesse na casa enquanto ele estava fora e, como ele não estaria lá para lembrá-la, ela decidiu fazer uma lista. Não havia muita coisa, mas era importante que Ivy completasse todas as tarefas antes de ele retornar, já que o homem tinha sido tão paciente com ela. Muito mais do que qualquer um esperaria, considerando que ele era um membro tão importante da sociedade. Um contador de histórias. Na verdade, um dos maiores contadores de histórias de todos os tempos.

Mas Ivy não era uma criada comum — era a criada mais esquecida da história das criadas. Talvez fosse um sinal de que algo a havia perturbado no passado. Ou talvez apenas uma consequência de sua indomável leveza de ser. Ela tinha um rosto e uma personalidade tão delicados quanto flores silvestres e igualmente indomáveis. Suave, mas resiliente, linda como uma pétala, porém com uma natureza forte que lhe permitia sobreviver mesmo nos lugares mais hostis.

Bem, mal sobreviver. Porque, assim como as flores silvestres muitas vezes parecem perdidas e deslocadas, ela também parecia. Era como se Ivy tivesse esquecido a que lugar pertencia, ou nunca o tivesse encontrado. O que era de se esperar, já que tinha trabalhado de casa em casa, e — por mais diligente que tentasse ser — ser uma empregada não era uma ocupação adequada para alguém em sua condição.

— Eu sei que coloquei em um lugar seguro — ela repetiu para si mesma.

No entanto, após incontáveis horas de busca, o inevitável aconteceu. O grande contador de histórias voltou para casa e encontrou-a parada no corredor, angustiada e com os olhos vermelhos de tanto enxugar as lágrimas. Enquanto ele olhava ao redor para o estado da casa, Ivy apressadamente explicou que tinha feito uma lista, para se lembrar do que ele havia pedido.

Só que imediatamente se esquecera de onde a havia colocado.

Durante toda a semana em que ele estivera fora, tudo o que ela havia conseguido fazer foi perder algumas meias avulsas, quebrar uma janela que dava para o jardim porque a havia limpado "bem demais" e, por pensar que esta estava aberta, tentou jogar fora uma planta morta que esquecera de regar. E o resto do tempo, ela ficou no chão tentando fazer uma linha de sujeira passar para a borda da pá de lixo. Tentou e tentou, uma e outra vez, e, embora a linha de poeira continuasse diminuindo, devia haver algo mágico naquilo, porque nunca desaparecia completamente.

Mas isso não era o pior de tudo.

Não.

Muito, muito pior foi o fato de ela ter decidido limpar o escritório do contador de histórias sem a sua permissão e, enquanto tirava o pó, derrubou boa parte de uma garrafa muito apreciada de Barbaresco da propriedade piemontesa de Giovanni Gaja, que estava em sua mesa. O que já seria ruim o suficiente, mas estava bem em cima do último manuscrito de seu empregador. E todos nós sabemos o que os ácidos, os taninos e o álcool do vinho tinto fazem com a tinta no papel, não é? Suas preciosas palavras começaram a sangrar, então Ivy entrou em pânico e tentou sacudir o vinho dali, depois a enxugá-lo com um pano, depois lavá-lo com água e, quando terminou o trabalho de restauração, tudo o que restou foi um maço de papel machê cor-de-rosa no formato de um coração partido.

Ou de um traseiro espancado.

Dependendo de qual maneira eu segurasse. Pois, como tenho certeza de que você adivinhou, o contador de histórias que a empregou não era ninguém mais, ninguém menos do que eu, este que vos fala.

— Não posso mais lidar com isso — avisei, exausto. — Quero você fora daqui.

— Mas está tão tarde — ela implorou. — *Por favor?* Mais uma chance? Não tenho para onde ir, senhor...

Para adicionar insulto à injúria, ela nem conseguia se lembrar do meu nome. Pode imaginar a impudência?

— Eu lhe dei todas as chances que pude — falei, o mais calmamente que consegui. — Você acabou de destruir meses de trabalho. Talvez eu devesse começar outra história. A sua. *A Tragédia da Criada Esquecida*.

Ivy piscou, confusa.

— Escrever sobre *mim*? Mas eu não sou interessante.

— Não, você está certa. Não sei por que eu faria isso. Enfim, vá embora e nunca mais apareça aqui.

Estar sozinha era familiar para Ivy, mas aquela ocasião era a pior de todas.

Ela já havia trabalhado em todas as outras casas de Elm Villa que poderiam aceitá-la, e as notícias sobre sua falta de memória já haviam se espalhado por toda parte. Que opções ela tinha senão voltar para o abrigo e implorar por uma cama? Poderia ir acampar na floresta e arriscar ser comida por um animal. Isso seria um destino trágico, mas seria melhor do que dormir na rua sob o luar e acordar de manhã com todos os murmúrios de pena e repulsa dos caminhantes.

Daria qualquer coisa por um banho quente e uma cama confortável.

E Ivy não tinha mais ninguém para culpar além de si mesma. Era a única responsável pelo fato de estar sem dinheiro, sem memória, sem um passado e, agora, sem futuro.

Desculpe a pequena interrupção, mas preciso continuar contando a história de Ivy sem todo o melodrama. Se eu lhe contasse todos os pensamentos dela, ficaríamos aqui o dia todo e, na verdade, temos uma cena para assistir.

Consegue vê-lo ao longe?

Ali mesmo, atravessando a rua?

Em frente ao abrigo, Ivy avistou um homem. De ombros largos, usando um belo chapéu e um casaco preto; o homem mais alto em que Ivy já tinha colocado os olhos. Ele estava de costas, com a mão pairando no ar. Ivy não entendeu o que ele estava fazendo ou quem era, não até ele se virar e ela ter um vislumbre de seu rosto sob um feixe de luar.

Nesse momento, os sinos do templo tocaram, anunciando a meia-noite.

O coração de Ivy bateu forte no peito.

Mesmo com a péssima memória, o jovem tinha um apelido que ela jamais poderia esquecer. Estava frente a frente com *O Homem Amaldiçoado*, o rapaz diante do qual toda a aldeia fechava as janelas e trancava as portas, o homem para quem os moradores lavavam a calçada como se tivessem que evitar uma doença contagiosa.

Ele era sua última esperança, porque, de todas as casas em Elm Villa, Ivy nunca tinha pensado em trabalhar na dele.

Mallory.

O nome veio à sua mente como uma velha canção, como uma das fábulas que os mais velhos costumavam contar no abrigo.

Ele era uma lenda viva. Uma maldição com um coração batendo.

Não que Ivy acreditasse nessas coisas.

Mas é claro. Ela poderia tentar. O Homem Amaldiçoado. Mallory.

Que outra opção ela tinha?

Quando ele se virou e quase esbarrou nela por acidente, ele ergueu o olhar e viu, para a sua surpresa, que ela estava sorrindo para ele como a terra que anseia desesperadamente pela chuva em tempos de seca.

CAPÍTULO 2

Quando criança, Mallory se acostumara a ouvir histórias fantásticas sobre Elm Villa. Embora soubesse que não deveria levar a sério contos que começavam com "Era uma vez", enquanto estava do lado de fora do abrigo fazendo a sua doação para apoiar adultos e crianças em situação de pobreza, havia algo no ar que parecia extraordinário, levando-o a parar e refletir sobre aquelas fábulas encantadoras.

Alguns diziam que, em noites especiais, era possível ver as estrelas começarem a brilhar em muitas cores e inexplicavelmente caírem, formando grandes arco-íris noturnos no céu. Outros afirmavam que as fadas apareciam durante a primavera. Alguns diziam que, em certas noites, as sereias na fonte da praça central podiam ser ouvidas cantando músicas assustadoramente belas. Outros contavam histórias sobre um velho relojoeiro que conhecia o segredo da imortalidade. E muitos, muitos, muitos diziam que a biblioteca da cidade continha diversos livros de um grande contador de histórias que poderiam magicamente transportar o leitor para dentro do enredo.

Apesar disso, Mallory, mais do que ninguém, sabia que a maioria das fofocas não era verdade. E ele sabia o que as crenças podiam fazer com uma pessoa. Porque ele mesmo se tornara uma dessas lendas. No entanto, sua história era um conto de fadas muito sombrio e tenebroso; um que ele não poderia imaginar tendo qualquer tipo de *felizes para sempre*.

De qualquer maneira, toda história precisa de um vilão ou de alguém para ser odiado, não é mesmo?

Ele era esse homem.

Bem. Não inteiramente. Não me interpretem errado. Ele não era *mau*. Mallory era apenas amaldiçoado. Ou parecia ser. Porque todos que ele amava — todos que eram próximos a ele — pareciam destinados a morrer.

E foi assim que os habitantes de Elm Villa, satisfeitos com seus próprios destinos, sussurravam sobre O Homem Amaldiçoado. Diziam que ele estava condenado à solidão, condenado à tristeza, condenado a uma vida sem amor.

Em resposta, Mallory não tentou desafiar o destino. Ele fez o que fora esperado — isolou-se e se manteve em completa solidão.

Era do interesse de todos.

Enquanto a ausência de amor era suportável para Mallory, andar pelas ruas era complicado. Complexo para fazer negócios, para fazer compras, para ir ao teatro ou fazer qualquer outra coisa que quisesse fazer.

Sendo assim, quando se aventurava pela cidade, sempre que possível o fazia tarde da noite, para evitar os olhares de desdém e as fofocas ofensivas dos moradores locais.

E é exatamente por isso que ele estava do lado de fora do abrigo tão tarde da noite, perguntando-se por que, em um mundo tão cheio de magia e maravilha, as pessoas eram capazes de fechar os olhos para aqueles que mais precisavam de um pequeno milagre.

A falta de amor não era uma maldição só dele, mas de toda a humanidade.

Foi neste exato momento, assim que depositou o último tostão que trouxe para a caixa de doações, que ele deu um passo para trás, virou-se e...

Levou o maior susto de sua vida.

Ele jurou nunca, nunca tocar ninguém, mas a garota em quem ele acabara de esbarrar — não, *a jovem mulher* —, a confusa e desgrenhada jovem parada bem diante dele, estava olhando-o como se ele pudesse, de alguma forma, salvá-la.

Ele nunca tinha visto nada parecido. Ela poderia ser estrangeira? Porque não havia uma única pessoa em Elm Villa que já tivesse olhado para ele com tanta *esperança*.

— Será que o senhor precisa de uma criada? — indagou.

Ele percebeu, naquele momento, que era mais do que isso. A mulher o observou como se ele fosse um herói. Isso poderia até tê-lo feito rir, embora não conseguisse se lembrar da última vez que havia rido; mas, naquele instante, ficou surpreso pelo fato de sequer ter tido vontade de sorrir para ela.

Então, ao invés disso, ele perguntou a primeira coisa que lhe veio à mente.

— Sabe quem eu sou?

— Não me importo com o que as pessoas dizem — respondeu a desconhecida.

Ele recuou um passo para poder vê-la e também manter uma distância segura. Ela parecia exausta, mas sua fragrância era fresca como lírio do campo. Pela maneira como estava vestida, parecia ter se dedicado ao serviço doméstico.

Mallory não era capaz de se lembrar da última vez que trocara algumas palavras com outro ser humano. Ele mal foi capaz de distinguir o som de sua própria voz quando franziu a testa e espremeu os lábios em uma linha fina.

— Não tenho funcionários, ou criados. Eu moro sozinho.

Com isso, ele virou as costas para sair.

Então, o inimaginável aconteceu. Ele sentiu o aperto dela na manga de seu casaco. E quando olhou para a estranha, por cima da cabeça dela, percebeu a razão pela qual ela estava tão desesperada. Havia um aviso no abrigo.

SEM VAGAS

Mallory observou-a atentamente: a velha mala de couro aos seus pés, o desespero em cada traço de seu rosto, o cabelo desgrenhado e o rosto jovem e angustiado. Ela devia ser alguns anos mais nova que ele, pensou. Mas, novamente, pela sua expressão, também parecia ter vivido mil vidas em uma.

Ela obviamente precisava de ajuda. Se desse dinheiro à senhorita, poderia pagar um quarto em qualquer estalagem por algumas semanas, mas e o futuro dela? Só os deuses saberiam quando o abrigo teria vagas de novo.

— Por que está na rua? — ele decidiu perguntar.

— Fui expulsa da casa onde trabalhava. E agora não tenho outro lugar para ir. Trabalhei em todas as residências que pude em Elm Villa.

Mallory inclinou a cabeça para o lado e, com a maior delicadeza que conseguiu, que não era muita, livrou-se do aperto dela em seu casaco.

— Roubou algo de seu patrão? — indagou ele, sem meias-palavras.

Não estava inclinado a fazer julgamentos rápidos, especialmente porque havia sido julgado e criticado tantas vezes por pessoas que mal o conheciam, mas dadas as circunstâncias, sentiu a necessidade de questionar o que havia acontecido de tão grave para o patrão colocá-la nas ruas.

— Não — respondeu ela.

— É preguiçosa? Não gosta de trabalhar?

— Não, eu me esforço. Apenas...

— O quê?

— Eu posso ser um pouco esquecida às vezes.

Para muitos possíveis empregadores, a admissão de Ivy significaria uma rejeição imediata, mas essa informação despertou ainda mais o interesse de Mallory.

— É mesmo? — questionou ele, surpreso.

A estranha abriu a boca para dizer algo; mas, parecendo não saber o que falar, decidiu fechá-la e, quando a abriu novamente, optou pela verdade nua e crua.

— Para ser sincera, eu tenho uma memória terrível.

Se a situação da jovem não tivesse comovido um pouco o seu coração, Mallory teria que admitir que estava entretido pelo absurdo daquilo tudo.

— Está realmente sem opções? — ele indagou.

— O abrigo está lotado, então acho que vou ter que dormir na rua. Ou na floresta.

Se ela esquecesse uma coisa ou outra, não importava. No que dizia respeito a Mallory, ela poderia esquecer que ele estava em casa, e isso seria ótimo. Ele poderia cuidar de seus negócios sem ser incomodado. E ela naturalmente manteria distância dele e de sua maldição infeliz.

— Qual é o seu nome? — ele perguntou.

— Ivy, senhor.

Com sua grande mansão vazia, não havia falta de espaço. E não faria mal ter alguém por perto para ir às compras durante o dia, para mantê-lo longe das fofocas e de todos os olhares de medo e pena.

— Realmente não se importa com o que dizem?

Ela deu um sorriso tímido.

— Não que eu me lembre de tudo, senhor, mas o que ouvi, não... eu não me importo.

— Não tem medo de mim?

Os olhos de Ivy se arregalaram.

— Acho que não devemos temer outro ser humano, ou duvidar do seu caráter, até que tenhamos a oportunidade de conhecê-lo. E, senhor, eu realmente não tenho outras opções. *Por favor.* Posso limpar a casa, cozinhar, fazer compras e, com certeza, não sou perfeita, mas se me der uma chance, apenas *uma chance*, não terei que ser largada à própria sorte pela... enésima... vez. E eu vou encontrar uma maneira de fazer isso funcionar. Só peço uma cama e uma chance. Eu não me importo com o que eles dizem sobre o senhor.

— Meu nome é Mallory.

— Eu sei.

Mallory piscou.

— Não disse que tem uma péssima memória?

— Seu nome é frequentemente mencionado pela sociedade.

— Ah — foi tudo o que Mallory disse.

Ele não estava criticando a falta de empatia do povo de Elm Villa apenas alguns minutos atrás? Era como se os deuses o estivessem testando.

— Acha que pode me esquecer, mas lembrar-se de cuidar da casa? — ele perguntou.

— Talvez.

Ele respirou fundo.

— Então venha comigo.

Capítulo 3

A mansão era tão grande quanto os rumores alegavam. Até a porta da frente era impressionante, incrustada em marchetaria fina — motivos de natureza elaboradamente esculpidos: árvores, pássaros e flores entalhados em camadas de buxo, ébano e casco de tartaruga.

Mallory tirou uma grande argola do bolso, com dezenas de chaves mestras. Destrancou a casa e, sem sequer olhar para Ivy, conduziu-a para dentro.

— Aqui estamos — disse brevemente, levando-a para a grande recepção.

Enquanto Ivy olhava ao redor da casa, ela imediatamente teve uma sensação de vazio e distanciamento. Parecia que grande parte da mansão havia sido fechada, trancada ou lacrada com tábuas, e o pouco que estava aberto era tão pouco mobiliado que trazia a aparência de uma galeria de arte vazia ou da cela de um monge em seu monastério. As paredes eram completamente nuas; sem pinturas ou decorações. O chão não tinha tapetes. As janelas estavam fechadas e com cortinas. O salão principal não tinha móveis, exceto por uma poltrona solitária e uma mesa de canto.

Era como se o lugar não fosse mais do que paredes e chão. Era estranhamente desconfortável. A ausência de qualquer objeto sentimental tornava o lugar muito impessoal, e não havia nada que revelasse que tipo de homem Mallory era ou quais eram suas preferências individuais. Era como se ele estivesse cumprindo uma obrigação básica de existir ali, ao invés de realmente estar morando na casa.

Mas Ivy não se importava; ela entrou na residência com a pequena mala e uma coragem gigantesca.

— E onde ficam os aposentos dos empregados? — perguntou.

— Os aposentos dos empregados? — ele repetiu. — Esqueça isso. Fique no quarto de hóspedes, lá em cima. E se estiver preocupada com sua privacidade, eu não vou lá. Nunca. Eu durmo aqui embaixo.

Ele apontou para uma pequena sala adjacente ao grande salão de estar, que deveria ser usada apenas para armazenamento. Além de uma estante, tudo o que havia era uma cama de solteiro ao meio, certamente pequena demais para acomodar a altura de Mallory.

— Para chegar ao quarto de hóspedes, suba as escadas, vire à esquerda, siga a passagem para o segundo corredor à esquerda e entre na terceira porta à direita. — Ele tirou uma grande chave do aro e entregou-a sem ao menos tocar em Ivy. — E há roupas de cama limpas no armário embaixo da escada.

Mallory pendurou as chaves em um gancho, ao lado do que parecia ser um quadro na parede, coberto por um lençol branco.

Quando Ivy se virou para subir as escadas, tentando desesperadamente se lembrar de suas instruções, ele a deteve.

— Espere um momento.

Ele olhou para a aparência desalinhada dela e pegou as chaves de novo.

— Tem um banheiro lá em cima do outro lado do corredor — disse o cavalheiro. — Estava fechado, então você certamente não achará de bom grado usá-lo até que seja espanado e limpo, mas é todo seu. — Ele lhe entregou a chave. — Agora, se não se importar, discutiremos os termos do seu trabalho pela manhã. Estou exausto.

Ivy pegou a chave e estava prestes a pedir orientações de novo...

Mas Mallory já havia entrado em seu pequeno quarto e fechado a porta antes que ela pudesse pronunciar as palavras.

Milagrosamente, Ivy conseguiu encontrar seu novo quarto. O cômodo era grande e vazio, exceto pela cama, mas a vista da janela era a mais espetacular que ela já observara. Na paisagem abaixo, a cidade era suavemente iluminada pelas luzes oscilantes das lanternas das ruas, pelo brilho das velas nos parapeitos das janelas e pelo calor das lareiras, que lançavam um tom dourado sobre as ruas e os edifícios de paralelepípedos. Ao longe, emoldurando a cidade, estavam as colinas circundantes, suas formas escuras congeladas pelo brilho pálido da lua. Parecia simplesmente mágico.

Ela removeu a capa de proteção da cama e arrumou-a, notando como os lençóis e cobertores estavam limpos; e supôs que Mallory tivesse lavado a roupa de cama sozinho, já que evitava ir à cidade.

Nunca vira um homem trocar ou lavar lençóis em toda a sua vida, pelos deuses, e lutou para acreditar que ele de fato faria esse tipo de tarefa. Mas, novamente, quem era ela para presumir o que Mallory fazia?

Ao se deitar na cama, cada som em seu novo quarto era desconhecido, desde as tábuas do assoalho rangendo até o farfalhar das folhas do lado de fora da janela, mas Ivy estava acostumada com novos lugares e exausta demais para se importar, muito menos permitir que aquilo tudo a incomodasse.

Deitada, seus músculos relaxaram do trabalho do dia, suas pálpebras caíram pesadamente com exaustão, e logo ela estava cochilando, enquanto o ritmo suave de sua respiração se tornava mais regular, relaxando em um sono profundo e reparador.

Quando Ivy acordou na manhã seguinte e se viu caminhando pelos corredores labirínticos de uma mansão projetada para abrigar uma família numerosa e receber dezenas de convidados, percebeu que seria muito difícil se acostumar com o lugar.

Não havia apenas uma escada; havia três. Uma delas, ela descobriu, levava direto para a cozinha, mas, de alguma forma, Ivy não conseguiu encontrar o caminho para o corredor principal, então refez seus passos para o segundo andar.

Dada a sua memória, não seria a primeira vez que se perderia em uma casa grande, então acordou mais cedo do que de costume apenas para descobrir onde tudo ficava. Ela pensou que poderia pegar seu caderno de desenho e fazer um mapa dos andares em algum momento... talvez assim que abrisse as malditas cortinas e as janelas.

Porque, além de achar difícil se orientar, era difícil saber que horas eram. O lugar estava tão escuro que ela só podia contar com o badalar distante do sino do templo. Soube que as cinco horas da manhã haviam batido não fazia muito tempo e, embora a hora pudesse ser óbvia pela posição do sol, a mansão do Homem Amaldiçoado era como uma noite sem fim, com suas janelas fechadas e quartos trancados.

— Não é de se admirar que ele não precisasse de uma criada — Ivy resmungou para si mesma. — Não há uma casa, em primeiro lugar.

Era como se o único espaço que Mallory ousasse ocupar fosse a entrada da casa, e ele já a mantinha bem arrumada. Arrumada até demais. O que ela faria com todo o seu tempo?

Continuou andando, recordando os passos que dera na noite anterior, mas havia subido as escadas em quase completa escuridão e, exceto pela entrada e pelo salão principal vazio, não havia nada de que Ivy pudesse se lembrar.

— Aí está você — veio a voz masculina.

Ivy se virou de repente, colocando a mão no coração pelo susto, e respirando fundo assim que pôs os olhos nele.

— Eu me perdi.

— De alguma forma, não me surpreende — ele respondeu. — Mas vamos imaginar que estávamos apenas brincando de esconde-esconde.

Ivy percebeu, naquele momento, que Mallory tinha senso de humor. Não que ele deixasse isso óbvio, ou que tivesse sorrido, ou usado um tom de voz para fazê-la rir de propósito. Ele não demonstrou isso com ações, mas com palavras.

— Acho que sim. — Ivy sorriu.

— Você costuma andar pela casa de costas? — Mallory perguntou, levantando uma sobrancelha.

— Olha — Ivy começou. — Uma coisa que aprendi é que, se você se esquecer onde deixou alguma coisa, ou se você se perder, não adianta continuar de onde está. Tem que voltar, mesmo que pareça que refazer seus passos signifique ir na direção errada. Às vezes, andar para trás é a única maneira de seguir em frente.

— Acho que está certa — disse ele.

Ela inclinou a cabeça para o lado, estudando-o. Mallory não parecia um homem amaldiçoado. Ele não tinha uma aparência grotesca, ou um temperamento desagradável, ou presas, chifres, garras, olhos vermelhos brilhantes, ou qualquer outra característica que o tornasse um monstro. Não havia nada para *explicar* por que motivo toda a população de Elm Villa sentia a necessidade de correr para o outro lado da rua toda vez que ele passava.

Muito pelo contrário.

Seu cabelo, um pouco mais comprido do que ditava a moda, caía suavemente em cascata e formava uma curva suave na nuca. Seus olhos trouxeram à mente dela as cores de um nascer do sol. Mesmo estando na escuridão de sua mansão, brilhavam como se tivessem um filamento de luz própria.

— Quando terminar de debater mentalmente se minha aparência faz jus ao que dizem sobre mim, senhorita, talvez possamos conversar?

Sua voz combinava com a força de sua aparência, ressoando como o estrondo lento e constante de um trovão. Estava distante, no entanto, parecendo vibrar pela fundação do cômodo.

E o que ele disse fez Ivy corar.

— Desculpe.

— Todo mundo que chega perto de mim, ou pelo menos a alguns passos de distância, pensa o mesmo. Quase posso ver os pensamentos pairando sobre suas cabeças. — Ele desviou o olhar. — De qualquer forma, vim para guiá-la até o andar de baixo e avisá-la de que estou saindo...

— À luz do dia? — A voz de Ivy subiu dois tons.

Espere, ela não quisera dizer isso.

Mas tinha dito.

Ela tinha ouvido muitas histórias. Não que acreditasse nelas, mas existe alguma coisa nas histórias que retém certo poder sobre nós, não é mesmo?

Mallory piscou.

— Eu não queimo sob os raios solares. Não que eu saiba.

— Não quis dizer...

Ele respirou fundo e Ivy ouviu o tom irritado em sua voz.

— Acho que devo explicar dois pontos. Se vai morar aqui, precisa entender que não acredito em magia, em seres místicos, nem em deuses, como os moradores de Elm Villa, mas eu sei que a má sorte é real. Algumas pessoas nascem em um campo de trevos-de-quatro-folhas e outras nascem em um deserto com um cacto morto. Alguns conseguem o que querem. E outros perdem o que já tinham. Não é mágica. São apenas as probabilidades. Você não pode contrariar o seu destino, pode? Se há alguém que é a pessoa mais sortuda do mundo, também deve haver alguém que é o mais azarado. Acontece que esse alguém sou eu. E, infelizmente, tenho tanto azar que isso contamina todos ao meu redor.

— Mais uma vez, sinto muito. — Ivy respirou fundo. — Não acredito em nenhuma das coisas ruins que dizem a seu respeito, mas acho que algumas histórias permanecem em nós. Até mesmo em alguém como eu, apesar da minha terrível memória.

— Não precisa se desculpar. As palavras que saíram da sua boca não eram suas.

— Eu preciso. E lamento que se sinta assim sobre si mesmo, mas não acho que o senhor deva viver a sua vida assumindo que o amanhã será como hoje. Sorte, boa ou má, é como felicidade e tristeza. Não dura para sempre. Renova-se todos os dias. — Ivy hesitou antes de dizer mais alguma coisa, mas sentiu que precisava falar. — Talvez a sua única maldição seja acreditar que a sua sorte nunca irá mudar.

Ivy sentiu algo no ar. Embora tivessem acabado de se conhecer, havia alguma coisa em Mallory que a impedia de conter seus pensamentos e, por incrível que parecesse, ela se sentia à vontade para expressar o que quer que passasse por sua mente.

Não conseguia se lembrar de ter trocado mais do que algumas palavras com seus antigos patrões em outras casas. Não houve conversas sobre as histórias contadas pela sociedade ou sobre a vida, a sorte e o destino.

Mesmo que ela pudesse sentir em cada nervo e músculo do cavalheiro que ele não parecia totalmente confortável com a ideia de tê-la ali, foi uma boa conversa. E embora ela não soubesse o que realmente sentia por Mallory, Ivy sabia de uma coisa. Ele não parecia um homem digno de um destino tão cruel.

— Precisamos conversar sobre os termos do seu trabalho. Podemos concordar em cinco moedas por dia, negociáveis trimestralmente? — ele questionou.

Alívio envolveu imediatamente a alma de Ivy. Para começar, ele não havia estabelecido um prazo para que ela fosse embora. Ela poderia até conseguir ficar tempo o suficiente para organizar a vida e nunca mais se preocupar em dormir na sarjeta ou ser atacada por animais selvagens. E o salário era a realização de um sonho. Era dez vezes mais do que ela havia recebido em qualquer outro lugar.

Poderia comprar lápis diferentes para desenhar.

Poderia comprar roupas.

E sapatos.

Travesseiros.

Livros!

— Obrigada, senhor — ela gaguejou. — Mas enquanto eu estiver aqui, o que espera de mim? No que diz respeito às minhas funções. É que... a casa está tão... limpa... vazia... e... fechada. Não tenho certeza do que quer.

— Realmente não precisa fazer nada. Pode fazer o que quiser.

Uma resposta ambígua.

Ela pensou de novo em Mallory naquela mansão colossal, construída para sediar grandes festas ou talvez receber parentes de outras cidades, uma mansão que deveria ser lar de gerações e gerações de uma família. Uma mansão que poderia abrigar avós, pais e dez filhos. Uma mansão feita para o amor, com um proprietário que parecia estar vivendo uma profecia autorrealizável que o forçava a acreditar que ele nunca poderia ser amado.

— Não se importa com o que eu faço com sua mansão, ou não se importa consigo mesmo? Quero dizer, por que não vende o lugar e compra uma casa mais adequada?

Ivy quase se arrependeu das perguntas. *Estava cruzando um limite? Questionando demais?* De qualquer forma, era tarde. Ela já tinha perguntado.

Sua pergunta pareceu fazer Mallory vacilar. A forma como ele alcançou o corrimão da escada, como se para se apoiar, foi tão óbvia que até os olhos mais desatentos teriam notado.

— Eu tentei — respondeu, algum tempo depois. — Mas ninguém quer uma casa que pertence a um homem amaldiçoado. E o mesmo aconteceria com qualquer nova casa para a qual eu me mudasse. Se tornaria inútil. Além disso, toda a minha história está aqui.

De repente, Ivy entendeu que toda a situação tinha uma influência na vida de Mallory, além de meramente se tratar de fofocas e na autopiedade na qual ele se encontrara. Havia afetado sua maneira de viver e o cotidiano.

— Bem, é uma bela casa, não importa o que digam, mas está muito vazia e o senhor está morando em um quarto pequeno. Então, me pergunto se eu teria a permissão para abrir as janelas.

— Faça como quiser. E há recursos financeiros, que não são tocados há anos, reservados para despesas domésticas, caso precise comprar alguma coisa, tais como móveis e itens de decoração.

— Os deuses são testemunha, esta casa precisa ser decorada — disse ela, e mordeu o lábio inferior. — Estou pensando que... talvez eu possa destrancar alguns quartos?

— Vou pensar a respeito. Enquanto isso, sinta-se em casa. Pode esquecer que estou aqui.

Naquele momento, Ivy não teve vontade alguma de esquecê-lo. Estava transbordando de felicidade. Teria um salário que ia além dos seus sonhos. E poderia decorar a casa como quisesse! Ele não deu prazo para ela ir embora! Se ela trabalhasse com afinco, talvez pudesse ficar...

— E o que gosta de comer? — Ivy perguntou, alheia à alegria na sua voz.

— Tudo o que você encontrará em meu jardim e pomar. Exceto carne, leite, temperos, grãos, queijo e pão. — Mallory fez uma pausa e depois resmungou como se estivesse falando consigo mesmo: — São coisas que compro, ou tento comprar, nos dias em que me sinto compelido a lidar com a humanidade.

— Posso comprar mantimentos para o senhor.

Enquanto ficavam em silêncio, observando um ao outro, o mundo pareceu girar mais devagar.

— Seria perfeito — disse Mallory, pigarreando e tocando a aba do chapéu. — Eu preciso cuidar de algumas coisas na cidade, então... por favor, tire o dia para se instalar. Apenas desça pelo caminho que subi e chegará ao salão principal. Estarei de volta antes do anoitecer.

Enquanto Mallory descia as escadas, Ivy percebeu que aquela era provavelmente a conversa mais longa que ele tivera em muito tempo.

Pelos deuses, foi provavelmente a conversa mais longa que *ela* tivera também.

Mas agora estava na hora de começar a trabalhar.

Ivy começou a tirar o pó das estantes já imaculadas, polir os talheres em perfeito estado, reorganizar os lençóis cuidadosamente dobrados e varrer o chão já varrido. Diligentemente se dedicou a limpar o que já estava limpo, tentando encontrar algo — qualquer coisa — útil para fazer, mas o trabalho não levou mais de uma hora, no máximo.

Então, sem mais nada para fazer, ela abriu todas as janelas e cortinas que pôde e decidiu sair para o jardim a fim de colher flores para colocar nos cômodos abertos.

E quando abriu a porta dos fundos, ficou impressionada.

Os terrenos da propriedade eram o completo oposto do interior da casa: cheios de vida. Havia gramados vastos, árvores altíssimas e canteiros de flores perfeitamente dispostos. Um caminho sinuoso conduzia pelas diversas seções do jardim, por fileiras de árvores frutíferas, carregadas de maçãs, peras, cerejas. Em seguida, se deparou com um pequeno filete d'água, depois com algumas colmeias de abelhas e com o que parecia ser uma enorme oficina coberta de hera, até com um grande lago repleto de peixes-dourados e, finalmente, com a horta mais impressionante que já vira.

Havia fileiras perfeitas de vegetais e canteiros de frutas silvestres, e estavam sendo regados pelo sistema de irrigação mais notavelmente inovador que ela poderia imaginar. Havia um encantador moinho de vento, ligado por engrenagens a dezenas de pequenas rodas d'água que conduziam a água do lago por uma série de canais e aquedutos até uma rede de canos, que se espalhavam e jorravam a água por todo o jardim.

Parecia uma maravilha da engenharia.

Enquanto estava lá, absorvendo tudo, Ivy não pôde deixar de pensar em Mallory de novo. Tinha dificuldade para entender por que ele acreditava tão firmemente em tudo que os habitantes da cidade diziam sobre ele, mas como poderia culpá-lo? Ela mesma tinha inconscientemente acreditado naquelas histórias, tanto que ficara surpresa ao encontrá-lo saindo em plena luz do dia.

Balançou a cabeça, envergonhada.

Ivy deveria ter dito aquelas coisas sobre a sorte?

Começou a se perguntar se ele havia entendido seu ponto de vista, ou mesmo se sua perspectiva importava para ele.

Mas Ivy não tinha como responder às suas perguntas e também não teve coragem de perguntar quando, como prometido, Mallory voltou, antes de o sol se pôr.

Ela o observou entrar, tirando o chapéu e o casaco, parecendo um pouco mais do que chocado ao ver a casa aberta, o pôr do sol iluminando as paredes, aquecendo as pétalas de flores recém-colhidas, dando vida aos cômodos pela primeira vez em anos.

Ao observar a reação do proprietário, Ivy percebeu que havia passado um dia inteiro sem se esquecer.

Ela se lembrava *de tudo* o que havia falado com Mallory, os detalhes precisos das coisas que tinham sido ditas; ela se lembrou do horário que ele disse que voltaria; lembrou-se até da lista de coisas que ele gostava de comprar no mercado.

— Parece diferente — foi a primeira coisa que Mallory disse.

Ivy sorriu.

— Isso é o que acontece quando abrimos as janelas.

Quando seus olhares se ergueram, uma sombra passou pelo céu, e a primeira gota de chuva caiu.

Se pudessem ter pressentido o futuro, uma sensação de mau presságio poderia ter surgido. Eles saberiam que, mesmo as tempestades mais poderosas, começam com um único pingo de chuva.

Mas, para eles, era apenas uma gota contra a janela.

CAPÍTULO 4

O verão havia chegado e não era a estação favorita de Mallory. Na verdade, tinha uma forte aversão a ele. Preferia o outono e a beleza suave e melancólica das folhas que caíam, mas gostava especialmente do clima frio, dos casacos quentes e do prelúdio da neve que parecia pairar no ar, sempre ameaçando cair, mas nunca pronta o suficiente para agraciar a cidade com sua presença.

Foi o mesmo tipo de graça gentil que passou pela cabeça de Mallory quando ele pensou na jovem que havia admitido em sua casa. Não que tivesse qualquer intenção de permitir que tais pensamentos se perdurassem. A conversa que tivera com Ivy naquela manhã já ficara em sua cabeça por mais tempo do que gostaria, e ele estava um pouco inquieto pelo fato de ainda sentir a delicada sensibilidade dela pairando ao seu redor.

Sem dúvida, ficou surpreso por Ivy ser tão perspicaz e eloquente, mesmo que fosse um pouco esquecida. Ele certamente seria capaz de manter conversas interessantes com sua nova funcionária...

Mas isso não poderia acontecer. Absolutamente não.

Mallory percebeu que teria que se distanciar antes que a situação se complicasse.

Sendo assim, por alguns dias, começou a se levantar bem cedo de manhã, muito antes de ela acordar, e se ocupou com a papelada em seu escritório, ou com os afazeres do jardim, ou ao realizar tarefas que ele bem poderia ter atribuído a Ivy. Ele só aparecia nas áreas comuns da casa para comer ou se banhar quando sabia que ela estava ocupada, visitando a feira ou dormindo.

O fato de ele ter começado a se esconder em sua própria casa, evitando alguém que ele mesmo havia convidado para morar sob seu teto, definitivamente parecia ilógico, mas Mallory não se sentia confortável, não se sentia à vontade quando Ivy parecia ver através dele.

De qualquer forma, Ivy se adaptou, mesmo que ele estivesse tentando evitá-la; porque, quanto mais tarde ele fosse para a cama, mais tarde ela parecia ir para a sua, e quanto mais cedo ele se levantasse, mais cedo ela se levantava, até que o jogo entre os dois fosse impossível de manter sem que ambos desistissem de dormir.

Em especial, Mallory ficou inquieto certa manhã, quando descobriu que Ivy havia acordado às quatro para fazer o seu desjejum. Talvez até antes, considerando que a jovem havia feito o pão sozinha, o que devia ter levado pelo menos duas horas.

Ela estava se esgotando por causa dele, apenas para acompanhar seus horários estranhos e ser uma boa criada.

Como alguém poderia tê-la demitido?

Claro, ela tinha alguns defeitos. Lavava as roupas de Mallory com mais frequência do que o necessário e havia perdido uma camisa de linho. Ela se esqueceu de buscar a lenha para a lareira uma vez, e depois se sentiu tão mal que pediu desculpas repetidamente. E houve umas duas vezes em que ela se perdera na casa, e Mallory lhe ouvira gritar de longe pedindo orientações.

— O pão está pronto! — Ivy anunciou, animada com seu trabalho, assim que ele chegou na cozinha naquela manhã. Ela trouxe prontamente a assadeira quente para o centro da mesa. — Experimente, experimente com manteiga. É ainda melhor quando está quente.

Era exatamente disso que ele queria se poupar.

De vê-la com a bochecha suja de farinha, o cabelo molhado preso para trás depois do banho recente e o jeito como umedecia os lábios quando estava animada. De ver como seus olhos pareciam conter todas as cores de sua estação favorita, os verdes esmaecidos, os marrons quentes, o azul-claro do céu sem nuvens de outono.

Como ele nunca a tinha visto na vila antes?

— Quem a demitiu? — Mallory perguntou de repente.

— O contador de histórias...

— Qual o nome dele?

— Não me lembro.

Sim, eles estavam falando de mim. E o fato de não conseguirem se lembrar do nome de um dos maiores autores de todos os tempos? Era como esquecer a letra de *Parabéns a Você*. Não que eu possa guardar rancor. Acho que nem todo mundo pode ter um cérebro tão brilhante quanto o de quem vos fala.

— Por que ele a colocou na rua tão tarde da noite? — perguntou Mallory.

A resposta correta de Ivy seria dizer que ela havia privado o mundo de uma obra que estava prestes a mudar o curso da história da literatura, escrita por um gênio da criatividade, mas ela claramente falhava em entender a importância de suas ações.

— Ele deixou o vinho próximo a alguns papéis, e eu o derrubei enquanto tirava o pó.

— Ah? — Mallory levantou uma sobrancelha e quase pareceu reprimir uma risada.

Na verdade, naquele momento, Mallory estava se contendo por outros motivos. Todos os seus instintos começaram a dizer que ele deveria se controlar, encerrar a conversa e ir embora, mas como poderia? Ela estava cozinhando desde as primeiras horas. Então ele deu de ombros, pegou uma fatia de pão quente, jogou no prato e soprou os dedos, antes de pegar uma faca para a manteiga.

— E os outros? Seus outros empregadores?

— Eles não tiveram paciência com a minha memória. Ou falta dela, na verdade. Agora que penso na noite em que você e eu nos conhecemos... — Ivy refletiu em voz alta. — Nós só nos apresentamos pelo primeiro nome.

Ele notou como ela podia mudar de assunto com tanta fluidez, como se seus pensamentos perseguissem uns aos outros, feito borboletas.

— Talvez tenhamos pulado as formalidades — disse ele, breve.

— Talvez o senhor tenha presumido que eu não tenha um sobrenome — contrapôs ela, um toque de desafio na voz.

Seu comentário o forçou a olhar para ela.

— Diga-me então — falou ele. — Tem um sobrenome?

— Não. — Ela sorriu.

Ivy pegou um prato e sentou-se na frente dele, considerando sua pergunta um convite para romper com as regras habituais de etiqueta à mesa.

Mallory a admirou, um pouco surpreso por ela estar tão confortável em sua companhia. Eram as idades semelhantes que a haviam levado a acreditar que poderiam ser amigos? Os olhos dele se arregalaram quando ela começou a se servir, como se já tivessem dividido a mesa muitas vezes antes. O que, é claro, eles não tinham. Não até aquele momento.

— Mas eu escolhi um de qualquer maneira. Laviolette. Ivy Laviolette.

— Por quê?

Seus olhos brilharam.

— Gosto de como minha língua se movimenta quando eu pronuncio.

Ela olhou para Mallory, sua faca parada sobre a manteiga, e de repente ele percebeu que ficara tão extasiado com a presença dela que nem havia espalhado a manteiga no pão.

— Meu sobrenome é Oliverwood. Mallory Oliverwood — disse ele, passando a manteiga no pão.

— Acho que já ouvi em algum lugar — ela respondeu.

Talvez agora ela soubesse o que havia acontecido com ele, ponderou. Ele esperou um pouco mais pela resposta, pensando que ela diria algo como "agora eu me lembro da sua história", mas, ao invés disso, ela começou a comer. Ele raciocinou então que, como a memória dela era do jeito que era, Ivy provavelmente não conseguiria se lembrar em detalhes de todas as fofocas que haviam circulado por Elm Villa quando tudo aconteceu.

Quando a soma de todas as tragédias aconteceu.

Por fim, ele deu uma mordida no pão e ficou imediatamente impressionado com as habilidades culinárias de Ivy.

Como ela era tão boa em preparar refeições quando lutava para lembrar as receitas, Mallory nunca poderia saber. Ela não salgava demais a comida nem a deixava muito doce.

— Este é o melhor pão que já comi, Ivy.

— Eu gosto quando me chama pelo meu nome, senhor.

— Então vamos eliminar "senhor" e "senhorita" também. — Ele fez uma pausa. — Se isso deixá-la confortável.

— Deixa, sim.

Mallory percebeu um contentamento silencioso se agitar dentro dele, embora soubesse que não poderia demonstrá-lo. Ele gostava de estar na presença dela, e era por isso que tinha que manter distância. Mallory gostava de como era incapaz de prever o que sairia daqueles lábios, e a maneira como carregava um pequeno caderno de desenho para onde quer que fosse. Ele gostava de como a personalidade dela era genuína. Não que qualquer uma dessas coisas importasse.

Resolveu, então, não terminar de comer o pão. Pegou o prato, levantou-se e agradeceu por Ivy tê-lo feito. Dado que Ivy tinha passado horas cozinhando para ele, Mallory se sentiu péssimo por lhe dar apenas alguns minutos de sua companhia, mas não podia ficar.

Tinha que se concentrar no trabalho e tirá-la da cabeça.

Mallory não saiu de seu escritório até que a lua já tivesse se movido de um lado do horizonte para o outro. Olhando com suas vistas turvas para o relógio do hall de entrada, ele percebeu que já passava das três da manhã. Estava se esgotando. Não era saudável trancar-se por horas a fio. Estava se tornando realmente amaldiçoado, andando somente à noite e se tornando ainda mais recluso do que antes.

Ele caminhou até o seu pequeno quarto e sentou na cama, olhando para o céu noturno. E pensou nas implicações de se esconder só porque Ivy estava lá.

Talvez a melhor alternativa fosse tentar manter as conversas o mais curtas possível e abrir um pouco mais da casa para Ivy ocupar. Os poucos quartos já abertos estavam agora impecáveis — superlimpos e superorganizados. Se lhe desse mais espaço, não seria mais fácil evitá-la? Ela estaria ocupada organizando, decorando, mobiliando e mantendo o lugar limpo, ocupada demais para passar algum tempo com ele, de qualquer maneira.

Antes que pudesse terminar o pensamento, notou uma figura sombria lá fora no jardim. Ele se levantou para olhar mais de perto pela janela e lá viu Ivy, suja de terra, sob a luz da lua cheia, curvada com as mãos nuas no canteiro úmido e frio de frutas silvestres.

O que tinha acontecido?

Ele pensou imediatamente no pior, deixou seu quarto, andou pela casa e saiu pela porta dos fundos para encontrá-la.

— Ivy? — ele chamou, enquanto se aproximava dela.

— Mallory! — ela exclamou quando o viu.

Ele se agachou ao lado dela, imediatamente preocupado que ela tivesse se machucado. Ela tinha caído? Há quanto tempo estava lá fora? Ele examinou a silhueta de Ivy para ver se ela parecia ferida, mas era difícil enxergar, já que suas mãos e seus joelhos estavam cobertos de terra.

Ela parecia chateada.

— O que aconteceu? — Mallory ofegou.

— Os morangos! Não consigo encontrar os morangos! — ela engasgou, tentando se recompor, mas falhando. — Não me demita, por favor. Eu não os comi. Só não consigo encontrá-los. Pensei em fazer uma torta de morango para o chá da tarde, e então...

Foi naquele momento que Mallory compreendeu toda a ansiedade com que Ivy convivera durante tantos anos. O medo de não ter um teto para morar, de passar fome, de não ter quem cuidasse dela. Ele viu a mulher que havia implorado por um emprego, agarrando desesperadamente a manga de seu casaco, como se não tivesse alternativa.

— Você não consegue encontrar os morangos porque já os colheu, Ivy. Acabei de vê-los na cozinha quando passei.

Mallory observou Ivy olhar para ele, surpresa e, então, se levantar e correr de volta para a casa para encontrar a cesta de morangos, como se eles fossem salvá-la. Mallory sentiu empatia assim que viu uma lágrima em sua bochecha enquanto ela ria. Uma lágrima de alívio. E ele enxergou, além da risada, a dor. Não foi cômico. Foi terrível.

— São três da manhã. Deveria estar na cama — ele falou, seguindo-a.

— Eu perdi a noção do tempo — ela respondeu.

— Apenas durma um pouco, Ivy.

Ela parou na porta.

— Em breve, será a hora de você acordar. Por que *você* não dormiu? — ela o censurou.

— Estava trabalhando até tarde — disse ele, enquanto caminhava de volta para casa. — Mas acabei. E não precisa mais assar o pão de madrugada, combinado? Podemos ambos concordar em não acordar antes das oito da manhã? Eu esperava que você tivesse energia para abrir uma ou duas das salas de estar que fossem de seu agrado e decorá-las.

Os olhos de Ivy brilharam.

— Eu ia gostar disso. Muito. — Ela mordeu o lábio inferior. — E os morangos. Eu sou tão boba. Me desculpe.

— Você se desculpa demais. Não precisa mais se preocupar com coisas pequenas como esta.

Talvez os lapsos de memória de Ivy viessem em rajadas, porque, às vezes, suas memórias pareciam tão brilhantes quanto o sol no céu; em outras, era como se o tempo estivesse escuro e nublado, e um nevoeiro descesse sobre Ivy, deixando-a com um olhar distante. Mallory queria entender o que estava acontecendo, mas não tinha certeza se algum dia encontraria as respostas.

Como se tivesse ouvido seus pensamentos, Ivy olhou para Mallory, como quem estava prestes a falar. Ela baixou os olhos para o caminho de terra que havia pisado no chão e depois para o seu vestido sujo e os joelhos enlameados.

— Apesar de não termos nos cruzado com frequência dentro de casa, tenho certeza de que você percebeu que tenho dificuldade para lembrar horários, lugares e tarefas, como lhe disse na noite em que nos conhecemos. Carrego meu caderno, desenho coisas e faço listas porque não sei quando minha mente irá me trair. O que quero dizer é: tento ser normal, mesmo não sendo.

Mallory não sabia como responder. Deveriam ter essa conversa enquanto estavam sentados? Ou em pé? Desconfortáveis como ambos estavam? Era só ele que se sentia inquieto em falar com ela de forma tão íntima?

Na verdade, embora tivesse tentado manter distância, ele já sabia algumas coisas sobre Ivy. Alguns dias atrás, ele a vira parada com uma expressão perdida no rosto, como se tivesse esquecido algo ou estivesse lutando para se lembrar. Por um momento, ele se perguntou quantos episódios ela tivera à noite, quando ele não estava por perto.

— Pode explicar esses lapsos de esquecimento? — ele perguntou.

— Eu não sei — disse ela, balançando a cabeça. — Às vezes perco coisas, ou esqueço do tempo, ou às vezes eu me perco. Essa é a história da minha vida.

— O que quer dizer?

— Você não quer ouvir a minha história.

— Eu gostaria de saber o que quis dizer.

— Quis dizer que eu nunca soube de fato quem eu sou e onde estou. Sou apenas uma menina abandonada pela mãe depois que ela me deu à luz. No abrigo, eles me disseram que ela era uma jovem da alta sociedade que teve um caso com um homem casado e mais velho, de nome proeminente, que mais tarde não quis saber dela. Então sou uma filha ilegítima, que mora de casa em casa, porque não é capaz de manter um emprego.

Suas palavras despertaram algo dentro de Mallory de novo. Fazia sentido para ele que Ivy se sentisse tão perdida no mundo, sem saber de onde vinha ou para onde ia.

— Bem, não tenho intenção de demiti-la. Você pode ficar. Tem minha palavra.

— Por quanto tempo?

Mais uma vez, aquela dor peculiar perfurou o peito dele.

— Quanto tempo quiser.

— Mesmo se eu cometer um erro? Mesmo se eu me esquecer de preparar o jantar, quebrar uma xícara de chá ou encolher uma camisa?

— Tudo, exceto as camisas — Mallory brincou.

Ela sorriu, mas ainda pareceu precisar de segurança.

— Tem certeza? — ela perguntou de novo.

— Nada que está na casa importa. A casa em si, porém, precisa de toda a vida e cor que você traz para ela.

— Isso é bom porque já redecorei o meu quarto.

Mallory estava se acostumando com o hábito de Ivy de dizer coisas inesperadas em momentos inesperados, e esse pequeno traço cativante dela estava criando raízes dentro dele. Ou estaria, se ele não estivesse tão determinado a abafar suas reações.

— Perfeito — disse ele. — Agora vá para a cama, e eu fecharei a casa.

— Eu vou — concordou ela, olhando para o chão e erguendo as sobrancelhas. — Desculpe. Eu vou limpar.

— Não, por favor, durma um pouco — respondeu Mallory. — Vamos cuidar disso amanhã.

Quando Ivy assentiu e saiu da cozinha, ele olhou para os morangos e depois para as pegadas que ela deixara no chão. Ele ponderou a conversa de novo e se viu simpatizando com o sentimento de Ivy nunca ter um lugar ao qual realmente pertencer.

Apesar de tudo o que havia perdido, ele sempre soubera onde era sua casa.

CAPÍTULO 5

Como Mallory havia cedido duas chaves do grande molho para abrir novos cômodos para reforma, Ivy não teve muito tempo para ter uma conversa real com ele. Estava ocupada restaurando os quartos, viajando para a cidade para escolher os papéis de parede e tecidos certos para as cortinas e comprar mobília: cadeiras estofadas em seda, bancos em brocado, mesas com marchetaria decorativa, tapetes, vasos e outros objetos curiosos.

Alguns dias depois, Ivy estava na Feira de Artesanato da praça principal, tentando negociar um par de poltronas de veludo que tinha certeza de que ficariam lindas embaixo da janela da sala.

— São dezesseis moedas o par — disse o mercador, com aquele olhar de superioridade que alguns da vila tinham para com as criadas que trabalhavam nas casas. — Esse é o preço comum — acrescentou.

— Eu acho que é razoável o suficiente. — Ivy sorriu de modo educado.

O par de poltronas era caro, mas não chegava a ser um problema para o proprietário da mansão. Ivy sabia disso porque, certa noite, estava desenhando seus planos para a decoração dos cômodos em seu caderno de esboços, quando havia passado pelo escritório dele e decidira dar uma olhada e perguntar se ele poderia explicar — apenas se ele se sentisse à vontade para compartilhar a informação — como ganhava dinheiro, considerando que raramente saía.

Mallory informara-lhe que ganhava dinheiro sobre as patentes. Ela ficara sabendo que seu pai havia sido um inventor e que Mallory havia continuado o negócio da família, projetando novos produtos e melhorando os mais antigos. Ele parecera hesitar em dizer muito, mas observara que, se ela estava preocupada com as despesas de decoração, não precisava. O dinheiro não era um problema.

— Quer ou não? — o comerciante perguntou, naquele momento.

— Quero — respondeu Ivy, pegando o saco de moedas, contando dezesseis e entregando-as. E assim que ela pagou, o lojista deu um sorriso malicioso que, por algum motivo, lembrou a Ivy dos vilões das histórias infantis que ela costumava ler no abrigo.

— Eu disse que esse é o preço usual — ele anunciou novamente. — Mas para o Homem Amaldiçoado, tenho que cobrar o dobro. Pelos deuses, de jeito nenhum vou entregar essas cadeiras na rua mais temida de Elm Villa, sem acrescentar uma taxa por arriscar a minha vida ou a minha sorte.

Até aquele momento, Ivy nunca tinha visto o que era ser Mallory Oliverwood, ou sentido o peso que ele carregava devido ao seu nome e ao seu passado.

— É mesmo? — ela perguntou. — Mas, por essa lógica, pegar mais dinheiro dele não aumentaria o seu risco? Longe de mim causar-lhe mais problemas do que precisa. Então, que tal eu comprar as poltronas pelo preço usual e levar para casa de carruagem?

— Não sei se me entendeu — disse o homem, aproximando-se. — Eu me recuso a vender um par de poltronas tão finamente trabalhadas por esse preço para um homem de tamanha má sorte.

Era um absurdo, mas que assim fosse. Ela encontraria poltronas em outro lugar.

Ivy estreitou os olhos, deu um passo para trás e estendeu a mão.

— Muito bem, então, não vou comprá-las. Devolva-me as moedas.

— Tarde demais — disse o homem, embolsando-as. — Eu já me arrisquei só de falar com a senhorita. As pessoas dizem que a maldição dos Oliverwood é contagiosa.

Ivy ficou perplexa. Ela estava sendo assaltada em plena luz do dia e percebeu que, embora muitas pessoas estivessem passando e soubessem quem ela era, não havia absolutamente nada que pudesse fazer a respeito. Se gritasse e acusasse o homem de roubo, sua reputação a precederia. Ele poderia simplesmente alegar que ela estava mentindo, dizer que ela devia ter perdido o dinheiro e lembrar a todos de sua péssima memória.

Furiosa com a injustiça, seu rosto ficou vermelho e seu coração começou a bater forte. Mil cenários possíveis começaram a passar por sua mente, e uma onda de adrenalina correu por suas veias. Ela sabia que não podia ficar em silêncio, mas antes que pudesse falar, alguém o fez.

— Então, acho que essas poltronas são nossas agora.

Ivy sentiu os pelos de sua nuca se arrepiarem. Ela se virou rapidamente, sentindo o coração viajar do céu para a lua. O semblante de Mallory pareceu indiferente por completo, como se já tivesse lidado com esse tipo de situação muitas vezes antes, mas ele a surpreendeu quando se aproximou e pegou as poltronas, colocando uma debaixo de cada braço, como se não pesassem nada.

Suas pálpebras se estreitaram para o comerciante.

— Parece que houve um equívoco na sua forma de tratar a senhorita, mas tenho certeza de que ela aceitará as suas mais sinceras desculpas. Não há necessidade de eu causar qualquer humilhação pública arrastando-o nas ruas pelos tornozelos rumo às autoridades, certo?

O comerciante concordou prontamente com Mallory. Suas mãos tremeram enquanto ele contava algumas moedas, dando desconto, e as devolvendo para Ivy, curvando-se enquanto pedia desculpas.

— Ivy, poderia me dar a honra de acompanhá-la de volta para casa? — Mallory perguntou, ainda olhando para o homem, que estava voltando para a segurança de sua tenda.

Antes que Ivy pudesse responder, ela percebeu que Mallory havia se virado para sair, carregando as cadeiras debaixo dos braços, caminhando pelas ruas estreitas da feira, enquanto a multidão se abria para ele passar. Ivy teve que se apressar para acompanhar o ritmo dele.

— Sinto muito, Ivy — pediu ele, quando ela o alcançou. — Você não deveria ter que lidar com tais absurdos.

— Não é sua culpa.

— Mas você não teria que enfrentar essas coisas se não estivesse trabalhando para mim.

— Na verdade, eu...

Antes que ela pudesse explicar que já havia lidado com coisa pior, eles foram interrompidos por alguém chamando o primeiro nome de Mallory.

Ivy se virou e viu uma senhora carregando um vaso de planta debaixo do braço. Ela estava com a expressão mais gentil e doce que Ivy já vira.

— Não acredito que é você! — ela disse a Mallory. — Como tem passado?

Mallory pareceu surpreso por um segundo, mas assentiu para a senhora.

— Sra. Lock. Vou bem, obrigado. E a senhora?

— Tenho me perguntado sobre você ao longo dos anos, mas nunca o vi na cidade. Passe no boticário para uma xícara de chá.

A senhora não esperou uma resposta antes de olhar para Ivy e depois para as poltronas sob os braços de Mallory.

— Esta é a nova sra. Oliverwood?

— Muito gentil de sua parte, mas não — Ivy respondeu rapidamente, um calor subindo por suas bochechas. — Eu sou apenas a criada.

— Ora, de verdade? — A sra. Lock sorriu com os olhos e com todo o rosto. — Bem, espero que se junte a Mallory quando ele me fizer uma visita, sim?

— É melhor irmos para casa agora, mas prometo que irei visitá-la. — Mallory acenou um adeus para a mulher, e saiu novamente caminhando pelas ruas. Mais uma vez, Ivy teve que correr atrás dele.

Ivy pensou no que ele acabara de dizer na frente do comerciante e agora da boticária. Que gostaria de levá-la até em *casa*.

Como se a casa não pertencesse mais só a ele.

— O que você está fazendo na cidade, afinal? — ela perguntou.

— Nada. Eu só tinha alguns negócios para tratar no abrigo.

O fato de ele ter coisas para fazer no abrigo deixou Ivy um pouco curiosa, mas seus pensamentos foram interrompidos quando ela observou como o cavalheiro ia caminhando decididamente pela cidade, à medida que os residentes se afastavam para abrir caminho para ele, seus olhares fixos em Mallory com a surpresa de seus passos confiantes e desimpedidos.

O inventor não estava usando um chapéu com aba grande o suficiente para cobrir os olhos, nem um casaco com gola excessivamente alta que costumava puxar para cobrir metade do rosto. Seu cabelo estava solto e ele vestia uma camisa de linho, suspensórios e calça cinza-escura, em um estado de confiança feroz, forte o suficiente para dissipar qualquer murmúrio que pudesse haver.

O verão estava no auge e, embora Mallory estivesse concentrado demais para notá-las, Ivy também viu as jovens de vestidos leves observando-o caminhar pelas ruas. Os demais moradores o observavam à medida que ele prosseguia, não como uma figura mítica, sombria e que devesse se manter escondida, mas como um homem real. E talvez algumas das damas estivessem se abanando por outros motivos que iam além do calor.

Poucas horas depois do incidente da poltrona, Ivy já havia concluído todas as tarefas do dia. Ela cuidara da organização da casa e finalizara a decoração da sala. Aliás, ficara extremamente feliz ao ver as poltronas posicionadas embaixo da janela, apesar de ainda ter certa aversão por aquelas cortinas.

Enquanto ponderava o que fazer, ela deu alguns passos para trás e esbarrou na mesa lateral, que exibia uma invenção do pai de Mallory sob uma cúpula de vidro. Ivy lembrou-se de sua recente conversa sobre o negócio da família, quando Mallory havia mencionado que talvez ela devesse tentar experimentá-la.

Ivy não tinha certeza se ele estava falando sobre a invenção apenas para que ela o deixasse em paz, ou se ele estava compartilhando um pedaço da história de sua família. De uma forma ou de outra, não importava, pois ela de repente sentiu curiosidade sobre a peça.

Através do vidro, pôde ver a grande caixa de madeira gravada com suas incrustações de fadas tocando harpas e flautas.

Ela ergueu cuidadosamente a cúpula e encontrou o mecanismo de corda que Mallory havia mencionado. Seguindo as instruções, girou delicadamente a manivela, dez vezes, sem saber o que esperar. Ao soltá-la de novo, um cilindro começou a girar, fazendo pequenos pinos baterem em hastes de metal afiadas presas a ele. Os olhos de Ivy se arregalaram de espanto enquanto ela observava os pequenos pinos dedilhando as lâminas de metal, e a mais doce melodia começou a surgir e reverberar pela caixa.

Nunca tinha ouvido nada parecido antes. Ficou ali, hipnotizada, sendo inundada pela música e, depois de alguns instantes, olhou para as próprias mãos e percebeu que se lembrara perfeitamente das instruções de Mallory.

Sua memória já não a incomodava tanto.

Claro que havia algumas falhas, como na hora de dormir, quando sua mente parecia fugir para longe; mas, todas as noites, exatamente às nove horas, Mallory a encontrava, onde quer que ela estivesse na casa, e com gentileza a lembrava de ir descansar. Se ela perdesse a noção do tempo, ele era como um relógio suíço.

Mas outras coisas que Ivy tivera que lutar para se lembrar no passado, agora parecia incapaz de esquecer. Ela vinha se lembrando de todas as tarefas que precisava concluir. Não apenas isso, mas se lembrava de tudo relacionado a Mallory e podia guardar imagens vívidas de suas pequenas interações.

Mesmo que não conversassem muito, ela gostava das pequenas trocas de diálogos e às vezes tinha a sensação de sentir falta dele, mesmo que ele estivesse a apenas um cômodo de distância. E foi exatamente por isso que ela deixou a música tocando e atravessou o corredor de volta ao escritório de Mallory.

Bateu duas vezes à porta, tão delicadamente, que não teve certeza se ele ouviu.

— Entre — anunciou Mallory suavemente.

Ela flutuou para dentro do escritório com a melodia da caixinha de música ao seu redor, como uma fragrância.

— Então a caixa de música ainda funciona — disse ele, de cabeça baixa, escrevendo.

Assim que o viu, Ivy experimentou uma sensação estranha no estômago. *O que era?* Estava com fome, era verdade; passara toda a manhã polindo os protetores da lareira e não havia parado para comer.

Mas não era *isso*.

Talvez fosse a música. Ou as luzes das velas no ambiente. Ou ambos. Fosse o que fosse, de repente, ela viu Mallory com outros olhos.

Ele havia acabado de arregaçar as mangas da camisa para não sujar de tinta, o que permitia que Ivy visse seus braços nus, os músculos se movendo enquanto ele escrevia, e os pelos escuros de seus antebraços deslizando no papel branco; o suave movimento de seu pulso enquanto a pena deslizava sem esforço pelo papel.

Sentiu um calor subindo pelo rosto.

O cabelo de Mallory estava bagunçado, como se ele o tivesse tocado várias vezes sem perceber. Havia uma bebida amadeirada em sua mesa e ele estava concentrado na tarefa.

Ivy ficou fascinada pelas mãos de Mallory.

Era completamente irracional a maneira como as veias dele faziam seu coração bater mais rápido — e a forma como precisou respirar fundo ao observar a ponta dos dedos dele segurando a pena, e o jeito como os olhos dele examinavam a página de um lado para o outro. Ela sentiu-se fascinada porque as mãos dele a levaram de volta àqueles braços; àqueles *braços* que havia carregado as poltronas, e pareciam tão fortes à luz do dia, e que ela tanto se esforçara para não observar, devido ao seu forte senso de decoro.

— Posso ajudá-la em mais alguma coisa? — ele perguntou, erguendo o olhar para ela.

Seu rosto, ela observou com os olhos de uma artista, era como um mapa topográfico de uma paisagem encantadora. Seu nariz era o pico de uma montanha, erguendo-se com grandeza sobre o terreno circundante; os lábios, as curvas esculpidas de um desfiladeiro; as maçãs do rosto, colinas suavizadas no decorrer do tempo pelas ventanias; os olhos serenos, lagos profundos; a mandíbula, um litoral acidentado, esculpido pelas marés.

Seu rosto continha um mundo inteiro.

— Sinto muito — disse ela. — Esqueci completamente o que ia falar.

— Chega de pedir desculpas, lembra-se? — Mallory repreendeu suavemente. — Acontece comigo o tempo todo.

Ivy se perguntou como ela devia parecer para ele, usando seu vestido favorito, com a música tocando ao fundo, interrompendo-o para não dizer nada.

Mallory levantou-se.

Os suspensórios que prendiam a calça e passavam por seus ombros fizeram Ivy estremecer por inteiro. Ele levou a mão ao pescoço, empurrando para trás as ondas de seu cabelo, e caminhou lentamente em direção a Ivy.

— Talvez — acrescentou ele —, você tenha vindo para finalmente me mostrar o que está desenhando naquele livro que carrega para todo lugar?

Sua voz soou gentil, tão gentil que o coração de Ivy doeu. E, de repente, ela percebeu o peso do caderno no bolso do avental do vestido.

— Ah, sim, talvez? — Ela soou tonta, abrindo e folheando as páginas. — Na verdade, estou desenhando a disposição dos móveis na sala de estar e queria ver se você aprova.

Ela estendeu nervosamente o caderno para que ele pudesse ver e, quando ele se aproximou para estudar os esboços, ela quase pôde sentir o calor irradiando de seu corpo.

— Esses projetos são maravilhosos, Ivy — disse ele, os olhos vasculhando as folhas.

— Gostaria de trocar aquela cortina da sala também. Tudo bem para você?

— Sem dúvida. Também não gosto.

Ivy percebeu que ele estava olhando para seus dedos, que muitas vezes estavam marcados por grafite. Talvez ele tivesse percebido isso antes. E houve uma vez em que ela ficara sentada esperando que Mallory viesse jantar. Talvez ele a tivesse visto desenhando em frente do seu escritório algum dia.

Ela havia redesenhado todos os painéis decorativos de carvalho, conseguido até sombrear o chão mostrando a luz que vinha de dentro, desenhado a maçaneta que parecia tão antiga quanto os anjos, e o molho de chaves pendurado ao lado do quadro que permanecia coberto. Quando ele saíra, ela havia fechado o livro apressadamente, mas ele devia ter visto a página.

Ela limpou timidamente o grafite dos dedos com o avental.

— Acho que preciso mostrar uma coisa — disse ela. — Se importaria de subir por um momento?

Mallory pareceu um pouco relutante, mas a seguiu escada acima e pelos corredores até o quarto dela. Quando chegaram à porta, ela a abriu e permitiu que ele entrasse primeiro.

— Eu sei que isso provavelmente não é o que esperava quando eu disse que havia redecorado meu quarto. No entanto...

Ela pôde sentir o espanto de Mallory quando ele entrou, porque ele congelou de repente, e sua voz caiu para um sussurro, como se ele tivesse adentrado um santuário sagrado, ou uma biblioteca cheia de conhecimento antigo.

— Você transformou o ambiente em uma obra de arte? — ele murmurou.

— A sua fala é muito gentil; mas, como sabe, gosto de ilustrar, e era tão grande e vazio, então pensei que seria bom acordar e não ver as paredes brancas.

— Está sendo muito modesta — ele murmurou com reverência, tentando assimilar tudo.

Era uma visão de tirar o fôlego. As paredes estavam do chão ao teto cobertas de pinturas feitas em tecido que lembravam os tradicionais desenhos de *batik*, exceto que Ivy havia usado pigmentos em uma variedade de cores cativantes, capturando a essência do jardim de Oliverwood.

No centro estavam os morangos, na cesta de vime, à noite, banhados pelo luar do verão. No entanto, quando Mallory se moveu pelo quarto, a noite se transformou em dia, as árvores foram iluminadas pela luz, as borboletas voaram para o nascer do sol e o verão mudou para o outono, com folhas douradas flutuando. Em seguida, conforme ele se movia mais ao redor das paredes, o dia transformou-se em noite novamente e o outono virou inverno; o jardim havia sido decorado com os flocos de neve caindo.

— Queria mostrar que sempre há novas fases na vida — disse ela.

— Que a vida é cíclica?

— Sim. Que muda e que sempre há um amanhã.

— Você usou simbolismo. Os trevos-de-quatro-folhas aqui... a ferradura ali... a estrela-cadente, a joaninha, o arco-íris.

— Eu queria lembrá-lo... nos lembrar...

— Que a sorte pode mudar?

— Sim — ela respondeu.

Quando Mallory olhou para ela, Ivy sentiu uma coceira por todo o corpo e uma vontade de esfregar os dedos.

— Estou sem palavras — falou ele, olhando para as paredes de novo. — E não apenas pela sua arte, que é surpreendente, mas pela maneira como me permitiu gostar de novo deste quarto.

— Bem — Ivy disse, com um brilho nos olhos. — Se realmente aprecia o que eu faço, acho que seria gentil me deixar trabalhar.

— Gentil? Mas quando foi que eu...

— Algumas portas continuam trancadas — ela se apressou em explicar. — Deixe-me abrir a sala de jantar e decorá-la. E a sala de costura. E permita-me mobiliar um quarto no andar de cima que seja mais adequado para você, com móveis apropriados, uma vista e uma cama que não deixe seus pés pendurados para fora.

Mallory pareceu um pouco relutante quando ela mencionou que ele deveria habitar o segundo andar, mas ficou claro em sua expressão que não havia como negar o que ela estava dizendo.

— Tudo bem — resolveu ele, a contragosto, tirando devagar o molho de chaves do bolso e retirando algumas chaves. — Sala de jantar... A sala de costura... O salão... E este é para o outro quarto de hóspedes do outro lado do corredor. Arrume-os como quiser, e eu pagarei as contas com os mercadores quando terminar. E isso inclui tudo o que precisar para o seu trabalho artístico.

— Até o jeito que me entrega as chaves mostra o carinho que tem pela sua casa. — Ela sorriu. — Você realmente ama este lugar.

Ele olhou para Ivy com uma seriedade que ela nunca tinha visto em sua expressão antes.

— Há algumas coisas na vida que nos machuca amá-las — disse ele. — Mas com um pouco de sorte, ainda podemos admirar sua beleza.

Foi uma declaração enigmática. Ele estava falando da casa e da maneira como os cômodos o lembravam de seu passado doloroso? A sorte da chegada de Ivy significava que sua visão da casa estava mudando e ele poderia apreciá-la novamente? Ou estava dizendo algo mais genérico, sobre amor e risco, sobre encontrar consolo na beleza, mesmo à distância?

Ivy não tinha certeza, mas, pelo jeito que ele olhou para ela, parecia ser muito mais do que sobre a decoração.

Capítulo 6

A cada pincelada, a srta. Laviolette sentia-se mais perto do paraíso.

Se ainda perdia a noção do tempo, não era devido a seus problemas de memória, mas porque sentia uma imensa felicidade e satisfação ao ser envolvida por seu trabalho. E não apenas devido à pintura, mas em tudo o que fazia — decorar os quartos recém-abertos, cozinhar, fiar ou costurar roupas novas, passar o tempo no jardim enquanto Mallory estava podando e cavando. Foi um verão feliz, e ela até começou a sentir como se a própria casa a aceitasse, como se a mansão estivesse entregando-se a ela pouco a pouco.

Além de algumas idas à cidade para ajudar Ivy nas compras, Mallory também se manteve ocupado em casa. Embora não estivesse trabalhando na grande oficina anexa ao jardim, onde ele dizia ter feito suas próprias invenções, Ivy tinha certeza de que ele estava criando novos projetos de alguma coisa, porque passava muito tempo na sala de costura.

Com frequência ela andava por ali e o avistava, sob raios brilhantes do sol que filtravam-se pela janela para a mesa de madeira escura e manchada ao centro da sala. Mallory usava geralmente a lupa da bancada e trabalhava com pequenas engrenagens e molas, mas qualquer que fosse sua preocupação criativa, Ivy tinha certeza de que ele também estava sentindo os deuses da inspiração, então não pensou em perturbá-lo para perguntar.

Ele lhe contaria, com o tempo. Porque, se havia uma coisa que tinham, era tempo.

Na verdade, parecia que tinham todo o tempo do mundo. E se Ivy perdesse a noção das horas, Mallory estaria ali para ajudá-la. Se ele ouvisse que ela estava acordada e trabalhando quando ele estava indo para a cama, ou se descobrisse que Ivy havia cochilado na mesa desenhando a fruteira após a sobremesa, ou se ela adormecia enquanto lia no grande sofá da grande sala, ele silenciosamente a lembrava do tempo.

Assim, Ivy começou a se sentir à vontade com a sua memória; tanto que raramente a incomodava, e até gostava de brincar de se esquecer às vezes, porque assim poderia ouvir a voz profunda e quente de Mallory envolvê-la, lembrando-a de que era hora de dormir.

No entanto, não queria se apegar à presença de Mallory, porque não podia prever o que poderia acontecer no dia seguinte, mas ele parecia não se importar com os pequenos defeitos que ela sempre detestara em si mesma. E ele não parecia se importar quando ela esquecia as coisas de vez em quando, ou mesmo com sua incapacidade de se localizar no tempo ou no espaço.

Assim como o espectro de cores que ela aplicava em suas obras de arte, seu coração parecia carregar uma infinidade de tons quando pensava nele. A complexidade e a profundidade de seu passado, as partes da vida de Mallory que tinham vindo à tona e as que permaneciam no escuro faziam com que ela desejasse abrir cada vez mais as portas que permaneciam fechadas.

Ele parecia ter perdido pessoas.

Mas todo mundo não tinha?

Por que ele acreditava tanto em seu malfadado destino?

Além disso, desde que haviam se conhecido, Ivy sentia mudanças nele. Era como se Mallory tivesse descongelado no tempo e começado a viver no presente. Seu humor parecia mais leve. O que quer que ele estivesse fazendo — trabalhando no escritório, em suas contas, cuidando dos jardins, trabalhando em suas invenções —, parecia mais tranquilo na mansão.

Ivy também se sentia cada vez mais em casa, especialmente após se abrir sobre seu passado. Um dia, enquanto pintava, ficou pensando na conversa com Mallory, quando, de repente, lembrou-se de uma coisa. Ela guardou depressa as tintas e desceu correndo as escadas, percebendo que havia se esquecido de terminar o trabalho que havia começado naquela manhã: regar o jardim.

Quando saiu, viu que havia deixado o sistema de irrigação fora de controle. Ela se esquecera de fechar a válvula principal, que havia se aberto cada vez mais até que estava tirando toda a água que podia do lago, e as pequenas rodas giravam muito rápido, empurrando água pelos canais, enviando-a para os canos e esguichando torrentes por todo o jardim.

Correu rumo à tempestade e ficou imediatamente encharcada da cabeça aos pés. Nervosa, Ivy caminhou pelo canteiro, tomando cuidado para não pisar nas verduras ou flores... e tentou fechar a válvula.

Uma, duas, três vezes.

Mas se viu incapaz de movê-la, porque a pressão da água mantinha a válvula aberta, e suas mãos estavam muito molhadas e escorregadias.

Ela começou a entrar em pânico. Levantou-se e procurou outra maneira de parar a torrente. Segurar as rodas? Bloquear os canos? Mas estavam por todo o jardim; havia muitos. Ela pensou nas plantas, nos vegetais que poderiam morrer se fossem regados em demasia, e se sentiu péssima. Estava prestes a gritar o nome de Mallory, pedindo ajuda, quando um par de mãos cobriu as suas.

— Eu cuido disso — ele disse, deixando um sussurro rouco escapar contra o cabelo da jovem.

Ivy fechou os olhos, sendo inundada por uma onda de alívio.

O tempo pareceu desacelerar quando ela de repente se tornou consciente da presença de Mallory.

A primeira coisa que seu cérebro registrou foi que ele estava tocando as suas mãos. Ele nunca a havia tocado, nunca estivera perto o suficiente para abraçá-la; mas, de repente, os braços que ela admirava há algum tempo estavam ao seu redor, as mãos dele cobrindo as dela, os dedos dele deslizando entre os seus, agarrando a roldana e começando a girar e girar a válvula com tanta força, que o estômago de Ivy flutuou dentro da barriga.

A segunda coisa que notou foi a diferença de altura.

Os lábios de Mallory tocaram o topo de sua cabeça enquanto as costas de Ivy relaxavam contra o torso dele. E havia seu calor. Mallory estava tão encharcado quanto ela, mas Ivy podia sentir o calor de sua pele através do tecido molhado da camisa. Era tão intenso que o sol deveria ter vergonha de não poder aquecê-la da mesma forma.

Então, com as mangas da camisa dele arregaçadas, ela sentiu como *aqueles braços* a envolveram como um abraço. Ela resistiu ao impulso de descansar a cabeça contra o peito dele porque, se o fizesse, teria desejado ficar ali e nunca mais sair.

— Foi apenas um acidente — ela sussurrou, se desculpando. — Me esqueci de travar a válvula.

— Está tudo bem; já aconteceu algumas vezes — Mallory respondeu gentilmente, e continuou falando e girando a válvula em um ritmo tão lânguido que Ivy não sabia se o tempo estava diminuindo ou se Mallory estava saboreando cada milissegundo como ela. — Não é o melhor dos dispositivos — continuou ele. — Mas o importante é: você não está machucada?

— Apenas molhada — falou Ivy, olhando para si mesma, o que obrigou Mallory a olhar para cima e para longe, em vez de seguir os olhos para o formato do corpo da dama sob o tecido molhado.

— Preciso retrabalhar um pouco esse projeto. Mas enquanto isso, talvez, se precisar, devo recordá-la de como fazer para fechá-lo?

— Por favor — disse ela, um pouco zonza.

Ele usava aquela voz em que arrastava algumas sílabas específicas, que faziam os cabelinhos da nuca de Ivy se arrepiarem; a mesma voz que usava quando provava o pão que ela assava todas as manhãs.

— Então... você precisa ajustar a válvula ao nível adequado de abertura... para atingir o fluxo desejado... então segure a roda no lugar... e coloque a trava na borda da roldana... assim... e pressione firmemente... até encaixar...

Cada palavra sua era reconfortante, atraindo-a e envolvendo-a em um mundo caloroso, um lugar mais quente que o sol.

— Entendeu? — ele perguntou, ainda desviando o olhar.

— Perdão?

Ela entendeu, e não entendeu. O mecanismo do jardim, Ivy compreendia perfeitamente, mas qualquer que fosse o mecanismo que *ele* causava nela... Isso... isso não tinha qualquer entendimento.

— O fechamento da válvula — ele disse.

— Sim. — Ela assentiu, sonhadora. — Compreendi.

Os olhos de Ivy ainda estavam fechados, porque ela sentiu que, se os abrisse, o momento passaria. Seria incapaz de sentir todos os detalhes da proximidade de Mallory: os pelos do antebraço dele pressionados contra ela, a maneira como a respiração dele fazia cócegas em seu couro cabeludo ou a sensação daqueles ombros largos ao seu redor.

Pelo amor dos deuses, ela até sentiu *o coração* dele batendo contra suas costas.

E estava batendo rápido e forte.

Ela também estava ciente de seu próprio corpo: os arrepios agradáveis que a percorriam, a maneira como o toque do ar mexia com a sua pele, fazendo os pelos se arrepiarem contra o tecido macio de seu vestido; tudo nela ansiava por manter Mallory ali.

— Poderia apenas ter me pedido para construir uma casa de banho ao ar livre — Mallory brincou, soltando-a e olhando ao redor para o jardim inundado. Ivy mal registrou o comentário. Ela queria protestar contra a mão dele se afastando da sua, mas algo melhor aconteceu.

Mallory levou as pontas dos dedos até a cintura de Ivy, para ajudá-la a ficar ereta.

O toque foi tão delicado quanto o bater das asas de uma borboleta, mas irradiou por cada veia, nervo e poro dela. Teve que abrir os olhos porque, por mais sonhador que tudo parecesse, queria ter certeza de que estava *realmente* acontecendo.

— Achei que seria melhor eu mesma irrigar a plantação em vez de incomodá-lo — disse ela com um leve tremor na voz, virando-se para encarar Mallory.

Enquanto o olhava, ela foi pega de surpresa por sua aparência marcante. O cabelo molhado, a barba curta e a camisa branca encharcada, enfatizando os contornos de seus músculos. Ela sentiu um desejo irresistível de recuar, como se tivesse sido fisicamente atingida por sua presença.

— Bem, você certamente sabe como capturar a atenção de um homem — ele respondeu.

E então Ivy viu um sorriso tão cativante que poderia ter perturbado o eixo do planeta, fazendo com que os continentes se separassem ainda mais. Um sorriso capaz de despertar desejo e paixão no coração de qualquer mulher. E a parte mais adorável de seu sorriso era a forma como parecia reservado apenas para ela.

Mas Ivy também viu a contradição nos olhos de Mallory, que pareciam carregar as ondas do mar depois de uma tempestade, indo e vindo, caindo e subindo.

Sobre *ela*.

— Eu deveria começar a redesenhar esta válvula imediatamente — disse ele, pigarreando. — Você está bem?

— Estou — falou ela. Então, teve que se lembrar de que era hora de respirar. — Obrigada.

— Esqueça isso — ele murmurou.

Assim que Mallory saiu, Ivy perdeu a força nas pernas e deitou-se onde estava, olhando para a imensidão do céu azul, permitindo que as cores das plantas e da terra manchassem seu vestido e pintassem seu coração com algo que ela nunca havia sentido antes.

Desejo.

Capítulo 7

Mallory Oliverwood era completamente inexperiente quando se tratava de mulheres. Desde aquela tarde no jardim com Ivy, ele havia passado dias fechado em seu escritório ou fazendo viagens à cidade para reuniões no abrigo. O cavalheiro não sabia quando teria coragem de encará-la, já que havia deixado escapar como Ivy era boa em atrair sua atenção. E embora ele tivesse que admitir para si mesmo que era verdade, nunca havia pensado nisso conscientemente antes daquele momento.

E para piorar as coisas: havia tocado *nela*. Colocara a mão *sobre* a dela. Até permitira que seu corpo a envolvesse.

Como ele podia ter esquecido a regra estabelecida para si mesmo de nunca tocar em alguém?

Naquela tarde, deixou sua xícara de chá na mesa assim que ouviu Ivy descer as escadas correndo e, em seguida, abrir a porta dos fundos. Quando a vira lá, encharcada, lutando com a válvula, ele agiu por puro instinto. Caminhando pelo gramado, havia procurado a causa do problema, o registro. Por que ela não havia retirado a mão quando o viu alcançá-la? E por que ele não pedira a ela para retirar a mão antes de deslizar os dedos entre os seus?

Talvez fosse simplesmente a urgência do momento, mas o que quer que fosse, Mallory parecia não ter controle sobre suas palavras ou suas ações ao redor de Ivy. Ele precisava encontrar uma maneira de se conter. Não podia se deixar encantar por ela, de jeito algum.

Ainda assim, sentado na sala de costura naquele momento, sozinho, cercado por instrumentos, molas e engrenagens em miniatura, as lembranças daquela tarde ainda estavam frescas em sua mente.

Se fechasse os olhos, podia ver a água fluindo pelo cabelo dela, caindo em cascata sobre a nuca, sobre o tecido macio do vestido. Podia ver gotas em seus longos cílios, molhando aqueles lábios rosados, escorrendo deliciosamente por suas bochechas tão coradas.

Ele certamente tinha visto mais do corpo dela do que deveria. O ombro que se expusera primorosamente quando a manga do vestido escorregou. As linhas elegantes de suas clavículas.

Pelos deuses, ela era linda.

Isso ele era capaz de admitir.

Não pudera nem fingir que não havia desejado beijá-la durante aquele momento no jardim. E quando ele tocara sua cintura, todo o seu corpo havia respondido ao cheiro que ele tantas vezes sentira por toda a casa. E era mais do que querer beijá-la. Ele queria pedir a Ivy que nunca o deixasse, queria levá-la para sua cama e abraçá-la.

— O jantar está pronto — anunciou Ivy, suavemente, aparecendo na porta com a mão sobre o coração.

Mallory quase pulou de susto com o choque de vê-la ali, parecendo que havia saído de sua imaginação para surgir diante de seus olhos.

— Oh, pelos deuses! — exclamou.

— Você está bem? — ela questionou.

— Sim — disse ele.

— Ora, então talvez agora não seja o momento certo para eu dizer que teremos que jantar juntos. — Ivy sorriu.

— Mas por quê? — ele perguntou, hesitante.

— Temos apenas uma vela restante e está quase no fim.

— Devo ter esquecido de comprá-las.

— Na verdade, fui eu que esqueci — Ivy o corrigiu.

Parecia que ela havia acabado de tomar banho. Seu vestido de tafetá era lindo, mas também prático para o jantar, em um tom que combinava com a cor do seu cabelo preso no alto da cabeça. Naquele momento, Mallory se deu conta de que algo visto não podia ser desvisto. Afinal, embora daquela vez a roupa permanecesse intacta em seus ombros, ele ainda podia ver sua forma através do tecido. Em um único momento, e contra sua própria vontade, ele percebeu a silhueta do corpo de Ivy e até se perguntou como seria a textura de sua pele sob o tecido macio.

Teve que desviar o olhar.

— Você está chateado? — Ivy perguntou com cautela.

— Não. Certamente não com você — ele garantiu, tentando se recompor.

Quando Mallory se levantou de sua mesa, esperava que fosse uma sensação passageira. Esperava poder comportar-se com naturalidade perto dela, como um ser humano decente e o homem honrado que havia sido criado para ser.

— Vamos comer, então — ele disse.

Meia hora depois, Mallory ainda olhava para todos os lados, menos para Ivy. Para dar às mãos algo para fazer, ele pegou uma carta que havia recebido em uma de suas visitas ao abrigo. Estava ocupado virando as páginas e correndo os olhos ao longo das linhas, mesmo que não conseguisse entender uma única palavra. Era deselegante, para dizer o mínimo, mas se Ivy perguntasse alguma coisa sobre o incidente do sistema de irrigação, ele não saberia como lidar.

— Desculpe interromper, mas não pude deixar de notar. A carta que você está segurando está endereçada ao abrigo?

— Eu os visitei hoje — ele explicou, então parou nervosamente, respirando fundo.

— Ah, de novo? O que aconteceu? — Os olhos de Ivy caíram para a carta em sua mão.

— Eles receberam uma carta com reclamações. Disseram que as minhas doações mimam os residentes do abrigo, que os pobres se contentam em viver de caridade e só querem empregos bem pagos. Aparentemente, é outro jeito de eu ser uma maldição para a cidade.

— É mesmo? — Ivy perguntou. — Posso ler?

Mallory entregou a ela.

— Bem, disso eu tenho certeza, Mallory — começou Ivy, enquanto lia a carta. — Se as pessoas tivessem esperança de salários justos e condições de vida toleráveis em outro lugar, elas deixariam o abrigo em um piscar de olhos. Quando eu era jovem, era muito grata por ter um teto sobre minha cabeça e pelas boas almas caridosas que cuidavam de mim, mas como todos ali, sempre sonhei com a independência. Confie em mim. Os idosos, os adultos e as crianças que vivem lá não têm outra escolha.

— Você cresceu lá — afirmou Mallory.

— Mencionei que a minha mãe estava envolvida com um homem casado, e eu nasci do romance secreto dela — disse Ivy. — Apesar de nunca saber o nome dos meus pais, disseram-me que a família da minha mãe não a deixaria ficar comigo. Por isso, quando nasci, ela fugiu, escondendo-me, indo de casa em casa, até que a encontraram e a obrigaram a desistir de mim.

Mallory já sabia que Ivy tinha morado no abrigo, depois do que ela lhe dissera na noite dos morangos. Na verdade, Mallory descobrira ainda mais sobre a história dela, mas ele precisava de confirmação.

E precisava de tempo.

— Não consigo nem imaginar como isso foi angustiante. Para vocês duas.

— Para mim? Não sei. O pior é que, por mais que eu tente, não consigo me lembrar dela. Tenho algumas impressões dos lugares que visitamos e uma sensação, que nunca consegui fazer desaparecer, de que não pertenço a nenhum deles.

— Sinto muito — disse Mallory, finalmente capaz de levantar os olhos para ela, embora apenas brevemente e com tristeza.

— Por favor, não sinta. Não consigo explicar o quanto estou grata por estar aqui e a sensação que tenho ao estar nesta casa... Mas isso é assunto para outra hora. O que quero dizer é que entendo como é viver na pobreza, ser uma sem-teto, não saber de onde virá sua próxima refeição. Então, hipoteticamente, mesmo que minha mãe não tivesse tentado ficar comigo, eu nunca iria julgá-la ou culpá-la por fazer o que tinha que ser feito. Embora tenha a sensação de que nunca verei o rosto dela, só espero que um dia ela saiba que encontrei um lugar neste mundo.

A garganta de Mallory pareceu queimar. Ele podia até mesmo ter sentido uma lágrima se formando em seu olho, mas não queria que ela achasse que sentia pena dela.

Não ele.

Mallory a admirava mais do que qualquer pessoa que já conhecera.

O que ele queria dizer era que o lugar dela no mundo poderia ser ali com ele, pelo tempo que ela quisesse, mas não conseguiu falar.

— Se eu puder ajudar de alguma forma... — ele começou, mas as palavras ficaram presas em sua garganta.

— Você já ajuda mais do que pode imaginar. Se o seu apoio não existisse, o abrigo não seria mantido tão bem quanto é, e inúmeras pessoas seriam deixadas no frio para morrer de fome. O que você faz pelos menos afortunados... é mais do que todo o resto de Elm Villa faz junto. Você me encontrou no fundo do poço naquela noite em que me acolheu e me ajudou profundamente, assim como faz com todos através das suas doações.

— Não é nada — respondeu ele. — Eu deveria fazer mais. E eu vou.

Mallory pegou a carta de volta da mão de Ivy e segurou-a sobre a chama de sua última vela. O fogo saltou e o papel começou a queimar, iluminando a sala.

Ele finalmente olhou para o rosto de Ivy, observando suas feições delicadas. Desejou poder voltar no tempo e levá-la para sua casa antes. Na verdade, ele teve a estranha sensação de ter tido exatamente esse pensamento — de querer abraçá-la e protegê-la — em outro momento da vida, como se a conhecesse, ou não exatamente *ela*, mas o espírito que ela carregava, e se não naquela vida, então em outra.

— Você não precisa fazer mais nada por mais ninguém, Mallory — disse ela. — Por favor, faça algo por si mesmo. Comece a ouvir sua própria voz. Se o seu azar parece estar se perpetuando, deve estar vindo da maneira como você se vê, não porque está escrito nas estrelas.

— Talvez esteja certa. Talvez eu esteja começando a ver as coisas de uma forma diferente.

A chama devorou a carta entre os dedos de Mallory até que se transformou em um grande rolo de cinzas. Ele colocou os restos na vela e deixou-a terminar de queimar na poça de cera.

— Mallory? — Ivy começou, com o tom de voz que costumava usar quando estava pronta para mudar o assunto da conversa.

— Sim? — ele respondeu, balançando a cabeça uma vez, como se estivesse saindo de um devaneio.

— Diga-me algo que gostaria de ver todos os dias ao acordar. Algo que deixe você feliz — ela falou de repente.

A resposta era tão óbvia para Mallory que quase escapou de seus lábios.

Cada amanhecer, desde que ela se mudara, antes mesmo de seus olhos se abrirem, antes de sua mente ter despertado por completo, o primeiro pensamento que passava por sua cabeça era Ivy. Aquela sensação de saber que ela estava em algum lugar da casa, talvez dormindo, talvez acordada... mas o que quer que ela estivesse fazendo, ele não estava sozinho.

Ele queria estar perto dela.

Mas não podia dar a resposta que desejava.

Não podia deixá-la entrar. Por mais que desejasse guiá-la por todas as crenças labirínticas que tinha construído ao redor de si mesmo desde a infância, ou conduzi-la pelos corredores de sua história e pela dor que havia sofrido, segurar sua mão e abrir a parte mais íntima de sua alma, ele não conseguia encontrar coragem dentro de si para superar seus medos.

Anos de sofrimento não eram facilmente superados. Alguma parte dele ainda acreditava que nada poderia curar o passado, o presente e o futuro que estava destinado a viver. Ao mesmo tempo, ele não conseguia dizer em voz alta que temia que tudo o que acontecera com aqueles que amava pudesse acontecer com ela também.

— Todas as manhãs, eu adoraria ver através da minha janela o outono, minha estação favorita.

— Ah, verdade? De alguma forma, isso não me surpreende.

Havia mencionado para ela na primeira manhã, quando ela se perdera na mansão?

— Você parece se lembrar de tudo sobre mim — disse Mallory, levando o copo aos lábios.

— Mallory. — Ela riu de repente. — Você seria memorável até para a mais esquecida das almas.

Ele sentiu algo em seu peito e olhou para Ivy quando um pensamento repentino passou por sua mente.

— E você, o que a faz feliz?

— Atualmente? Bem, novos pigmentos, itens decorativos e a Mansão Oliverwood. — E, sem hesitar, acrescentou: — Vou começar a decorar o seu quarto amanhã, se não se importar

Ele lutou para não sorrir, mas falhou.

— Você se sente bem-vinda cercada por essas paredes? — questionou Mallory.

— Acho que sim. Acho que me sinto em casa aqui.

Em breve, pensou Mallory. Logo ele saberia se Ivy realmente se sentia dessa forma.

Capítulo 8

Ivy estava muito feliz naquela tarde, enquanto começava a preparar o quarto de Mallory para a pintura. Ela guardou as pequenas bugigangas que comprara; os castiçais e caixas de madeira ornamentais, as urnas para *pot-pourri*, as esculturas em miniatura e o lagarto de pedra que encontrara para a mesa de cabeceira. Ela cobriu o chão com lençóis velhos, limpou as paredes com água e sabão e abriu a janela, para que o sol quente da manhã as secasse para começar a pintar.

Foi quando abriu a janela ao lado da penteadeira de Mallory que notou um pedaço de papel no chão. Ela foi em sua direção para colocá-lo na mesa de cabeceira, caso fosse importante; mas, quando o pegou, algo chamou sua atenção.

Seu nome.

Ivy Laviolette

Ela soube imediatamente quem o havia escrito, pela forte caligrafia.

Ele tinha lhe deixado uma mensagem?

Seu coração disparou ao pensar que Mallory havia escondido um pequeno e doce bilhete para ela encontrar.

Poderia realmente ser verdade?

Enquanto lia seu nome de novo, admirando a forma como havia sido traçado pela mão dele, seu estômago revirou e sua mente disparou com todos os cenários possíveis...

Então, quando começou a ler a primeira linha, suas mãos imediatamente começaram a tremer.

Não de alegria.

Suas mãos começaram a tremer pelo que quer que fosse *oposto* à alegria.

Sobre Ivy Laviolette

Estou acostumado a estar totalmente no comando da minha vida, então nenhuma forma de relacionamento nunca funcionaria. Imagine só todas as manhãs que eu teria que passar amarrando seus espartilhos. E imagine o que os habitantes da cidade diriam. Não que eu me importe, mas seria um incômodo tê-los me odiando ainda mais do que já me odeiam. Além disso, se não consigo me ver vivendo sem ela, então não sou fraco de espírito? De qualquer modo, ela não fez nada para me merecer.

Enquanto Ivy lia, o chão sob seus pés pareceu se mover e girar, e ela perdeu toda a sensação de estabilidade. Quando se sentou na cama de Mallory para evitar que as pernas desabassem, seu delicado coração saiu do peito e caiu. Caiu no chão, estilhaçando-se em incontáveis cacos, pequenos pedaços voando em todas as direções.

O que ela estava pensando, permitindo-se imaginar que ele poderia nutrir sentimentos por ela? Que pudesse abrir espaço em sua vida para *ela*? Que chegasse ao ponto de reconhecer seu afeto por ela?

A pior parte foi o ponto final. Era uma lembrança dolorosa de quem Ivy era: uma mulher de pouco status social, com uma memória irregular e uma vida marcada pela pobreza.

Mallory estava certo.

Ela não tinha feito nada para merecê-lo.

Mallory era filho de um inventor famoso, dono de riqueza, terras e status. Ela não era estúpida. Pessoas ricas se casavam com pessoas ricas. E mesmo que os habitantes de Elm Villa o temessem e dissessem que ele era amaldiçoado pela má sorte, Mallory sempre poderia se mudar para longe quando estivesse pronto e se casar com alguém da mesma posição social.

Mas ela era, bem…

Ivy.

Mesmo assim. Como ele podia ser tão cruel a ponto de escrever aquele bilhete? Parecia completamente estranho, dado o Mallory que ela achava que conhecia. E não era apenas o fato de ter escrito o bilhete, mas a maneira como a surpreendera, deixando-o em seu quarto para que Ivy o encontrasse, em vez de falar diretamente com ela.

Lágrimas de dor e raiva se acumularam em seus olhos. Sentiu-se insultada. E não apenas por falta de riqueza ou nome, ou pelo fato de não ser da mesma classe social. Era o fato de Mallory presumir que ela houvesse desenvolvido sentimentos por ele.

E havia uma razão para aquilo ser tão ofensivo — ele estava certo.

Mallory passara a significar mais para ela do que apenas um amigo ou um empregador que lhe fornecia abrigo e comida. Ela havia se encantado por ele. Era como qualquer outra garota tola que havia desenvolvido uma paixonite por seu empregador. E agora tinha que lidar com a dolorosa percepção de que ele não a via da mesma forma.

Mas por que Mallory se daria ao trabalho de escrever os motivos e dá-los a Ivy?

Ela não fez nada para me merecer.

Nesse exato momento, enquanto ela se sentia murchar, Mallory apareceu na porta.

Não conseguia nem olhar para ele, talvez por medo de que vê-lo junto ao bilhete, sob essa nova perspectiva, quebrasse de repente o feitiço do encantamento, e ela percebesse que havia acordado de um sonho bom demais para ser verdade.

— Estava procurando você — disse ele. — Esqueci que estaria trabalhando aqui hoje. Me desculpe, apenas queria me vestir adequadamente.

Algo a impediu de sequer ouvi-lo.

Ela só pôde ficar sentada ali, atordoada.

— Você está bem? — ele perguntou.

Ela respirou fundo, reunindo todas as suas forças, e olhou para ele, mas ainda não conseguia encontrar as palavras.

— Ivy, o que há de errado? — tentou ele de novo.

— Diga-me o senhor — pediu, finalmente, estendendo-lhe a anotação.

Os olhos de Mallory examinaram o bilhete e um lampejo de reconhecimento cruzou seu rosto.

Mallory took a few steps closer and looked deeply into Ivy's eyes. "Believe me, Ivy. You *have* done nothing to deserve me. You deserve far better than a man fated for a life of bad luck. That's why I told myself I would be weak if I let you in and didn't hold complete control over my life. But the truth is I have never felt stronger than I have with you sharing my life, my house, and my time. A part of me wants it everything I have to be yours as much as it is mine."

Goosebumps prickled Ivy's bare arms, her soul trembling at his words. Every word he spoke, every syllable, carried an affectionate tone that deeply resonated with her. She absorbed his words, allowing them to reassemble her view of the world and herself.

"Well..." she began, unsure whether to laugh or cry or ask the ridiculous question she wanted to ask—whether he was truly in love with her—but all that came out of her mouth was, "What about the corset part?"

"I was grasping at straws, wasn't I?" Mallory shook his head. "Trying to think of even the most ridiculous thing I could, just to convince myself it would be better to keep you out of my life."

At that moment, it would have been impossible for Ivy to fully express how her world was torn down and rebuilt in just one conversation. The relief she felt as she looked down again at the note by her feet was like nothing she'd ever felt before.

Even if she'd wanted to doubt him, she couldn't, because she knew exactly the struggle she had been through, trying not to become attached to him, trying to pretend she had no feelings for him. But she knew she had fallen for him. She knew she wanted to do everything to make him happy. And not just that. In the same way that he wanted to share his time and everything he was with Ivy, she wanted everything to belong to him.

It was obvious that he was telling the truth. However misguided, the note was an attempt to guard himself and her from their emotions.

So, in a strange way, she had been right to begin with. It *was* a kind of love note, even if it was written in Mallory's unique and confusing way. And, while Ivy didn't know where their connection would lead, that didn't bother her. They were on the same page of a story, feeling the same, fighting the same emotions.

She wasn't alone.

"You know—" He paused abruptly, as if he was uncertain about whether he should say whatever it was. "If you doubt my heart, well, there is another item on the list that I didn't have the courage to write."

"What was that?"

"That maybe someday you'll want to leave," he whispered.

Mallory didn't say more, and Ivy felt dizzy, just as she had when they were out in the rain that wasn't rain. Or whenever he passed her in the house, and she felt warmed by his proximity to her.

He stepped closer, pulling something from his pocket—a small, exquisite antique wristwatch with a very delicate face, tiny hands and numbers, and silk straps that hinted at faded grandeur.

He surprised Ivy when he took one of her hands and gently lifted it until her wrist was extended.

"It belongs to you," he said.

If Ivy hadn't been lightheaded because of the proximity, she would have thought a little about Mallory's choice of words. But when he used his free hands, placing the little watch on the back of her hand, and began to fasten the straps around her wrist, she realized that he was embracing her.

Not in the way most people would think of an embrace. It was just Mallory's fingers around her wrist. But it was more than enough to make Ivy hold her breath.

As he finished buckling it onto her wrist like a bracelet, he straightened it for her to look at. The watch was so petite, but its aged patina seemed to carry the weight and stories of an entire era.

"Mallory… it's so beautiful."

"It's as if the watch was always meant to be yours so that you would never get lost in time," he said, taking a deep breath. "And at least now you won't need to have me annoying you every evening, reminding you about bedtime."

Ivy looked up at Mallory. The watch seemed more than just an offhand gift. She began to wonder where it came from and why he was giving it to her. But they were so close, their cheeks touching, and her thoughts vanished into the air.

Ivy lowered her face, feeling his beard brush against her temple.

"I have to admit that I've grown fond of our little nighttime routine," she said. "I mean, if you don't mind, I like you reminding me when it's bedtime. It makes me feel safe."

"Then it will happily continue," he said gently, slightly moving his face away.

The look in his eyes was so vulnerable that Ivy was afraid she could hurt him somehow, though it made no sense.

He had mentioned something about fearing her leaving.

Why?

"I came to my room to present you with this watch, finally mustering the courage to tell you something. It's a piece of information that I've been wanting to share with you for some time, but until earlier today, I lacked the confirmation I needed."

Ivy's brow furrowed as she tried to understand what he might be talking about.

Mallory took a deep breath and continued. "On the night I met you outside the workhouse, I began to wonder what sort of desperation had driven you there. And when you told me about the mystery of who your family was, I realized that you had lived there for some time."

Ivy didn't understand how her past could be important to him. He already knew all there was to know. She had hidden nothing.

"I don't understand, Mallory."

He shook his head. "For some years, I've been making donations to the workhouse, and I have learned a little about the matron. So, after you told me what you knew of your past, I became curious about your story. I asked her if she happened to know anything about the day you were given up. Well, she denied it at first, but I added some, shall we say, extra persuasion."

Ivy felt herself swaying on her feet, and she had to take a backward step because she was so absorbed in what he was saying she could barely concentrate on even standing.

Far from being upset that he had looked into her past, she felt honored that he would even consider using his influence to gather information for her. But she took a step back because Mallory was looking at her as though he had something very important to tell her.

"What did you find out?" Ivy heard herself ask, although she wasn't sure if the words came out.

"As you might know, I've been spending some time at the workhouse. After persuading the matron to grant me a few days to fill the files and boxes in the basement, I was able to obtain a letter and a wristwatch your mother left for you. They had been hidden to avoid gossip. The watch was in such a bad state of disrepair that I had to restore it." Mallory carefully took an old envelope from his pocket. "Here is the letter from your mother."

She took it and looked at it—not only looked at it but also felt it. She felt where her mother's hands had been, and she felt her own hands begin to tremble. They shook the aged paper that had been carefully backed to reinforce its delicate structure and shook the words of faded sepia that had been rejuvenated to reveal a clearly legible text: her mother's own handwriting.

Ivy felt her entire body go numb. It was as if a cold front had suddenly blown through her. Tears started to stream down her face, and she had to sit on Mallory's bed. Her heart pounded so hard that she could barely bear the pain in her chest, and her eyes struggled to see anything.

"Would you mind reading it to me?" she asked, her voice quivering. "I don't think I can do it."

"Are you sure?"

"I am. Please read it."

For some reason, Ivy had to momentarily close her eyes. She heard the paper being rustled and straightened by the skilled hands of an inventor, and then his voice started to fill the quiet room.

He cleared his throat. "*Dear Ivy, I have so little time to write, more to say than I can possibly fit on this page, and since I am ill, very little strength of mind or hand to write.*"

Ivy felt an immense tightness in her heart. She even brought her hand to her chest and held it there.

"*What I have learned in the few weeks since your birth is that the world is a hard place in which to survive alone. I hope so much that it won't swallow these words of mine but deliver them safely into your hands.*" Mallory took a deep breath and continued to say. "*My hope lies with one word in particular reaching you. Although you are only a few weeks old, I have tried so desperately to teach you your first word. I know you are too young to learn to speak. But nothing will stop me from trying because that word is your name. I gave it to you because Ivy is a plant that can thrive and grow anywhere it is made to wander. And because I want you to know that you are strong and that you will find a place to live in this world, however inhospitable it may be.*"

Mallory paused. "Are you good?"

Ivy didn't open her eyes. She just nodded, and Mallory kept going.

"*And I am so very sorry that, except for your name, I have so little to give you.*

— É um bilhete — respondeu em um tom que não revelava nada de suas emoções.

A mão de Ivy caiu para o lado, os dedos dobrando-se firmemente em torno do papel como se ela quisesse amassá-lo para o esquecimento.

— Estou bem ciente de que é um bilhete — disse ela, sua voz elevando-se com indignação. — É uma anotação a *meu* respeito.

Por um momento, o silêncio pairou pesado no ar.

Ivy sentiu a dor no peito aumentar, porque Mallory estava vendo quem ela realmente era: uma jovem tola e esquecida com um sobrenome estúpido e inventado que se apaixonara por ele.

— Acho que está bem claro. Sei que não sou boa o suficiente para você — falou Ivy, com a voz quase embargada. — Talvez eu não seja boa o suficiente para ninguém.

— Isso não é verdade — argumentou Mallory.

A maneira como ele dizia isso, sua voz tão suave e composta, deixou Ivy nervosa, como se nada fizesse sentido. Como ele poderia estar tão calmo? Ele realmente não entendia nada sobre ela?

— Na verdade — ele continuou —, o que a nota está dizendo é que você é boa demais para mim. E se me deixar explicar... não era para você. Fiz para mim. A nota foi um lembrete para mim mesmo das condições em que vivo.

Ivy estava muito confusa para dizer qualquer coisa em resposta. Ela apenas ficou lá, sua respiração superficial e seu corpo rígido, exceto por suas mãos, que tremiam enquanto ela tentava processar o que ele estava dizendo.

— Eu também tenho uma memória imperfeita — Mallory começou... — Especialmente quando se trata de você. Preciso lembrar que, de todos os homens do mundo, sou o único de quem você nunca deverá se afeiçoar. É um fato que não posso mudar, não importa o quanto eu queira. — Ele olhou para o bilhete na mão dela. — Então, quando percebi que estava me esquecendo disso, especialmente depois do nosso incidente no jardim, eu sabia que precisava fazer algo a respeito. Fiz exatamente o que vi você fazer quando precisa se lembrar de alguma coisa. Escrevi um bilhete para mim mesmo.

As palmas das mãos de Ivy ainda estavam suadas, e sua mente, disparada; mas seu batimento cardíaco começou a diminuir.

— Um bilhete que lembra você de tudo o que odeia em mim?

— Não — disse ele, quase suplicante. — Um bilhete para manter meu coração onde é o lugar dele e para protegê-la. Todas as manhãs, quando acordava pensando em você, eu ficava em frente ao espelho e lia, esperando que talvez pudesse me convencer a manter distância e evitar um pouco da dor que surge quando desejamos algo que não podemos ter.

E então ela viu a maneira como ele a olhava, como se não houvesse mais ninguém no mundo.

— Mas eu tenho que lhe dizer — Mallory continuou. — Minha memória é pior do que parece, porque havia me esquecido completamente do bilhete. Tenho me distraído por tantos motivos, mas o mais importante é você. Minha atração por você é como as velhas fábulas. As histórias em que a morte se apaixona pela vida, ou o Sol que se apaixona pela Lua, os amantes proibidos. Toda vez que a vejo, me sinto cada vez mais atraído. Talvez não saiba o quanto é linda, como preciso ir contra todos os meus instintos para me manter longe.

— Mas você disse que não fiz nada para merecê-lo — falou Ivy, por fim.

Mallory deu alguns passos à frente e olhou profundamente nos olhos de Ivy.

— Acredite em mim. Você não fez *nada* para me merecer, Ivy. Você merece muito mais do que um homem fadado a uma vida de má sorte. É por isso que eu disse a mim mesmo que seria fraco se deixasse você entrar e não mantivesse o controle. Porém, a verdade é que nunca me senti mais forte do que ao compartilhar com você a minha vida, a minha casa e o meu tempo. Uma parte de mim quer que tudo seja seu, tanto quanto é meu.

Os braços de Ivy explodiram em arrepios, e sua alma tremeu ao ouvi-lo. Cada palavra que ele dizia, cada sílaba, carregava um tom afetuoso que ressoava profundamente nela. Ela as absorveu, permitindo-se remontar a visão do mundo e de si mesma.

— Bem... — começou. Não sabia se ria ou chorava, ou se fazia a pergunta ridícula que queria fazer: se ele estava realmente apaixonado por ela. No entanto, tudo o que saiu de sua boca foi... — E a parte do espartilho?

— Eu estava me agarrando a nada, não estava? — Ele negou com a cabeça. — Tentando pensar na coisa mais ridícula que pudesse, para me fazer acreditar que seria melhor mantê-la longe de mim.

Naquele momento, teria sido impossível para Ivy transmitir a forma como seu mundo tinha sido demolido e reconstruído em apenas uma conversa. O alívio que ela sentiu ao olhar novamente para o recado a seus pés foi diferente de tudo que já havia provado antes.

Mesmo que ela quisesse duvidar dele, não poderia, porque sabia exatamente a luta pela qual ela mesma havia passado, tentando não se apegar a ele, tentando fingir que não sentia nada, mas Ivy sabia que tinha se apaixonado. Ela sabia que queria fazer de tudo para deixá-lo feliz. E não apenas isso. Da mesma forma que Mallory queria compartilhar com Ivy seu tempo e tudo o que era, ela, por sua vez, queria que tudo pertencesse a ele também.

Era óbvio que ele estava falando a verdade. Por mais equivocado que fosse, o bilhete era uma tentativa de proteger a si mesmo e a ela de suas emoções.

Então, de uma forma estranha, ela estava certa para começo de conversa. Era uma *espécie* de bilhete de amor, mesmo que fosse escrito da maneira única e confusa de Mallory. E, embora Ivy não soubesse aonde a conexão deles levaria, isso não a incomodava. Eles estavam na mesma página de uma história, sentindo o mesmo, lutando contra as mesmas emoções.

Ela não estava sozinha.

— Sabe... — Ele fez uma pausa abrupta, como se não tivesse certeza se deveria dizer o que quer que fosse. — Se duvida do meu coração, bem, há outro item na lista que não tive coragem de escrever.

— Qual?

— Que talvez um dia você queira partir — ele sussurrou.

Mallory não disse mais nada, e Ivy se sentiu zonza, assim como quando eles se viram debaixo daquela chuva que não era chuva. Ou sempre que ele passava por ela em casa e Ivy se sentia aquecida por sua proximidade.

Ele deu um passo para perto e tirou algo do bolso. Era um relógio de pulso antigo, pequeno, mas muito bonito, com um mostrador bem delicado, ponteiros e números minúsculos, e pulseira com detalhes em seda que exalava um toque de elegância à moda antiga.

Ele surpreendeu Ivy quando pegou uma das mãos dela e gentilmente a ergueu até que seu pulso estivesse estendido.

— Pertence a você — falou ele.

Se Ivy não tivesse ficado zonza devido à proximidade, ela teria pensado um pouco sobre a escolha de palavras de Mallory, mas quando ele moveu os dedos, colocou o pequeno relógio na mão dela e começou a envolver a tira em volta de seu pulso, ela percebeu que ele a estava abraçando.

Não da maneira que a maioria das pessoas pensaria em um abraço. Eram apenas os dedos de Mallory em seu pulso, mas era mais do que suficiente para fazer Ivy prender a respiração.

Ao terminar de afivelar o relógio como uma pulseira, ele o endireitou para que ela olhasse. O relógio era tão pequeno, mas sua pátina desbotada parecia carregar o peso e as histórias de uma era inteira.

— Mallory... é tão lindo.

— É como se o relógio sempre tivesse que lhe pertencer, para que você nunca se perdesse no tempo — disse ele, respirando fundo. — Pelo menos agora você não vai precisar que eu a incomode todas as noites, lembrando-a da hora de ir dormir.

Ivy olhou para Mallory. O relógio parecia mais do que apenas um presente improvisado. Ela começou a se perguntar de onde o relógio tinha vindo e por que ele o estava lhe dando, mas eles estavam tão próximos um do outro que suas bochechas se tocaram, o que fez seus pensamentos desaparecerem no ar.

Ivy abaixou o rosto, sentindo a barba dele roçar em sua têmpora.

— Tenho que admitir que me acostumei com a nossa pequena rotina noturna — admitiu ela. — Quero dizer, se não se importa, eu gosto que me lembre quando é hora de dormir. Me traz conforto.

— Então, continuarei, com alegria — falou ele, com gentileza, afastando o rosto.

A expressão em seus olhos foi tão vulnerável que Ivy teve medo de machucá-lo de alguma forma, embora não fizesse sentido.

Ele havia mencionado algo sobre temer que ela fosse embora.

Por quê?

— Vim ao meu quarto para presenteá-la com o relógio e finalmente reunir coragem para lhe dizer uma coisa. É uma informação que venho querendo compartilhar há algum tempo; mas, até hoje cedo, me faltava a confirmação de que precisava.

A testa de Ivy franziu enquanto ela tentava entender o que ele poderia estar falando.

Mallory respirou fundo e continuou.

— Na noite em que a conheci do lado de fora do abrigo, comecei a me perguntar que tipo de desespero a havia levado até lá. E quando me contou sobre o mistério acerca de sua família, percebi que você morava no abrigo havia algum tempo.

Ivy não compreendeu como seu passado poderia ser importante para ele. Ele já sabia tudo o que havia para saber. Ela não tinha escondido nada.

— Não estou entendendo, Mallory.

Ele balançou a cabeça.

— Há alguns anos venho fazendo doações para o abrigo e acabei conhecendo a matrona. Então, depois que me contou o que sabia sobre o seu passado, fiquei curioso com a história. Perguntei-lhe se por acaso ela sabia alguma coisa sobre o dia em que você foi deixada. Bem, ela negou a princípio, mas acrescentei algumas, digamos, persuasões extras.

Ivy sentiu-se cambaleando e teve que dar um passo para trás, porque estava tão absorta no que ele tinha dito, que mal conseguia se concentrar para ficar de pé.

Longe de ficar chateada por ele investigar seu passado, Ivy se viu honrada por ele considerar usar sua influência para conseguir informações por ela.

Mas ela deu um passo para trás porque Mallory a estava olhando como se tivesse algo muito importante a dizer.

— O que descobriu? — Ivy se ouviu perguntar, embora não tivesse certeza se as palavras tinham saído.

— Como deve saber, tenho passado um tempo no abrigo. É porque convenci a matrona a me conceder alguns dias com os arquivos e caixas no porão. Durante a busca, consegui uma carta e um relógio de pulso que sua mãe deixou para você e que estava escondido, para evitar fofocas. Porém, o relógio estava em um estado de conservação tão ruim que tive de restaurá-lo. — Mallory tirou com cuidado um velho envelope do bolso. — Aqui está a carta de sua mãe.

Ela pegou e olhou para a carta. Não apenas olhou, mas sentiu. Sentiu onde as mãos de sua mãe estiveram. E sentiu suas próprias mãos começarem a tremer. Os dedos sacudiram o papel envelhecido que havia sido cuidadosamente recapado para reforçar sua delicada estrutura, e sacudiram as palavras em sépia desbotada que haviam sido rejuvenescidas para revelar um texto claramente legível: a caligrafia da sua mãe.

Ivy sentiu seu corpo inteiro ficar dormente. Era como se uma frente fria tivesse subitamente passado por ali. Sentindo as lágrimas começarem a escorrer, ela teve que se sentar na cama de Mallory. Seu coração bateu tão forte que ela mal conseguia suportar a dor no peito, e seus olhos lutaram para ver qualquer coisa.

— Se importaria de ler para mim? Acho que não consigo — ela pediu, a voz trêmula.

— Tem certeza?

— Tenho. Por favor, leia.

Por alguma razão, Ivy teve que fechar os olhos por um momento. Ela ouviu o papel sendo endireitado pelas mãos habilidosas do inventor e, finalmente, a voz de Mallory começando a encher o ambiente silencioso.

— *Querida Ivy.* — Ele pigarreou. — *Tenho tão pouco tempo para escrever, mais a dizer do que pode caber nesta página e, estando doente, tenho pouquíssima força de espírito ou punho para escrever.*

Ivy sentiu um aperto imenso no coração. Até levou a mão ao peito e a manteve ali.

— *O que aprendi nas poucas semanas desde o seu nascimento é que o mundo é um lugar difícil para sobreviver sozinha. Espero tanto que estas palavras não desapareçam, mas sim que sejam entregues em segurança nas suas mãos.* — Mallory respirou fundo e continuou a recitar: — *Minha esperança é que uma palavra em particular chegue até você. Embora você tenha apenas algumas semanas de vida, tentei desesperadamente ensinar-lhe sua primeira palavra. Sei que você é muito jovem para aprender a falar, mas nada vai me impedir de tentar, porque essa palavra é o seu nome. Eu a chamei assim, porque a hera, tradução de Ivy, é uma planta que pode prosperar e crescer em qualquer lugar. Quero que saiba que você é forte e que vai encontrar um lugar para viver neste mundo, por mais inóspito que seja.*

Mallory fez uma pausa.

— Você está bem?

Ivy não abriu os olhos. Ela apenas assentiu e Mallory continuou.

— *E eu sinto muito que, exceto pelo seu nome, eu tenha tão pouco para lhe dar. Este relógio foi um presente para mim de seu bisavô, um homem que eu amava muito e que sei que teria amado e lutado ao meu lado para tê-la na família também, se ele ainda estivesse vivo. Espero que o objeto em seu pulso seja um lembrete constante de que você é amada. Não suporto a ideia de que possa crescer pensando que eu não a queria ou que não fiz de tudo para mantê-la comigo.*

— Ela me amava — Ivy ouviu-se dizendo. Embora seus olhos estivessem fechados, ela não pôde evitar que as lágrimas escapassem entre seus cílios. — Por favor, vá em frente...

Ela ouviu o suspiro de concordância de Mallory e, em seguida, a doce dicção de um homem que queria tornar as palavras o menos dolorosas para ela.

— *Mas o mais importante, espero que o mundo lhe dê todo o tempo para florescer e crescer, e um lar que eu não poderia lhe dar, e o amor que só posso enviar de longe. Com todo o meu coração. Sua mãe, Lilly Belmont.*

O silêncio que se seguiu foi doloroso e constante. Ivy ficou sentada na cama de Mallory pelo que pareceram dias, semanas, meses. Não conseguiu abrir a boca para pronunciar uma palavra. Em vez disso, tocou o relógio de pulso, passando os dedos sobre o mostrador de vidro, notando como a pulseira se encaixava perfeitamente, o que significava que o braço de sua mãe não era maior que o seu; sua mãe devia ser mais nova do que Ivy era agora quando lhe escrevera a carta.

A carta que Mallory estava estendendo para ela.

Ivy enxugou os olhos, pegou a carta da mão dele e releu as palavras lentamente.

O que mais a comovia era a imagem desesperadora e triste de sua mãe tentando ensinar-lhe freneticamente uma palavra que ela ainda não conseguiria aprender. Então, sentiu a emoção angustiante de não poder voltar no tempo. Queria dizer à sua mãe que seu nome tinha permanecido com ela, de qualquer maneira.

Na verdade, Ivy havia tentado algumas vezes perguntar no abrigo sobre a origem de seu nome, mas ninguém soube dizer. Eram, em sua maioria, voluntários temporários e ninguém ficava muito tempo. Além disso, a matrona do abrigo não estava inclinada a falar, já que a casa era mantida pelas famílias ricas da cidade, que queriam que seus segredos permanecessem como estavam.

Mas Mallory lhe explicou que, quando a matrona a viu na porta da frente do abrigo, ela encontrou o relógio de pulso e a carta escondidos nas cobertas de Ivy e a leu. A mulher sabia o escândalo que isso causaria, então guardou os itens no porão e não disse nada a ninguém.

Ainda assim, Ivy se ressentia do fato de não ter recebido essa informação antes. E, ao mesmo tempo, estava muito agradecida que Mallory lutara pelos objetos em seu nome.

Ela olhou para a carta mais uma vez, pensando nas esperanças e nos medos de sua mãe. Até então, sua vida tinha sido exatamente como sua mãe imaginou que seria, exceto talvez por seu desejo de que Ivy encontrasse um verdadeiro lar.

Ela já havia encontrado?

Ao dobrar a página de novo, Ivy notou no verso um endereço.

Olhou para aquilo momentaneamente, depois para Mallory, e de volta para o endereço.

Sentiu o coração bater mais rápido do que o ponteiro dos segundos em seu pulso.

Capítulo 9

Se alguém tivesse dito a Mallory algum tempo atrás que ele estaria parado na cozinha, dando os retoques finais no café da manhã enquanto esperava que uma mulher acordasse, ele teria descartado isso como a ideia mais absurda que se pudesse imaginar.

Mas lá estava ele, cortando frutas, esperando que Ivy aparecesse.

Na verdade, Mallory sentia-se grato por Ivy finalmente ter se permitido dormir um pouco mais. Isso lhe oferecera uma rara oportunidade de fazer o mesmo. Desde o dia em que revelara a Ivy a verdade sobre a mãe dela, o sono de Mallory se tornara intermitente e irregular.

Mas as noites agitadas de Ivy pareciam ainda mais agitadas.

Mallory costumava ouvi-la vagando pela casa tarde da noite, seus passos provocando rangidos fantasmagóricos nas tábuas do assoalho, como se ela fosse um espírito etéreo e inatingível, à deriva na escuridão.

Durante o dia, Ivy parecia absorta nas tarefas domésticas, trabalhando em suas pinturas, mudando a decoração, reorganizando os móveis, como se tudo estivesse bem — mas ele sentia que não, pelo jeito como ela se entregava a tudo que fazia, como se o mundo fosse acabar.

Enquanto preparava o desjejum, não pôde deixar de tentar imaginar o que ela sentia. Cada vez que a encontrava, ele podia ver a dúvida e o questionamento em seus olhos, misturados com momentos fugazes de euforia — uma complexa tapeçaria de emoções que ele lutava para decifrar.

Ivy sairia de casa para encontrar sua família?

Eles ainda não haviam conversado sobre o assunto, e Mallory tinha mais a dizer, mas Ivy não dera oportunidade para a conversa, nem sobre sua família, nem sobre seus próprios sentimentos.

E talvez seu silêncio fosse culpa dele.

Mallory se perguntou se tinha feito certo em entregar a Ivy os itens de sua mãe logo após ter ficado chateada ao encontrar aquele bilhete ridículo. Talvez devesse ter esperado e a protegido de carregar o fardo emocional de uma só vez.

Exatamente quando estava pensando sobre isso, Mallory ouviu os passos de Ivy correndo para a sala de jantar.

— Oh, pelos deuses, estou atrasada para fazer o café da manhã! — ela se desculpou, esfregando os olhos ao entrar. — Acordei pensando que era domingo, porque sonhei que era sábado à noite... Enfim, como dormimos até tarde aos domingos, não levantei cedo.

— Está tudo bem. Eu me adiantei e fiz algumas coisas — falou Mallory, com uma voz tão tranquila que fez a respiração de Ivy desacelerar.

— Sabe cozinhar? — ela murmurou.

Ele a viu piscar em direção à mesa.

— Eu moro sozinho há anos. — Deu de ombros, puxando uma cadeira e oferecendo-lhe um assento. — E você tem cozinhado para mim todo esse tempo, então eu queria retribuir o favor de alguma forma. É justo, não é?

Por mais que Mallory se sentisse compelido a retribuir ao cozinhar, ele também esperava que, se ela se alimentasse direito, talvez se sentisse bem o suficiente para conversar.

Por isso, ele havia preparado mais do que um simples café da manhã.

Havia ovos mexidos e torradas de um pão que ele mesmo havia assado. As frutas da estação tinham sido cortadas de forma curiosa. Mallory não conseguia manter suas habilidades criativas apenas em suas invenções, então tivera que fazer pequenas esculturas no seu preparo — flores nas mangas, borboletas nas peras asiáticas e corações nos morangos. Ele também serviu leite em xícaras e preparou chá de ervas frescas.

Ivy sentou-se e permitiu que ele colocasse um guardanapo em seu colo.

— Isso tudo parece incrível, Mallory. Eu sinto muito por...

— Estou feliz que você finalmente tenha conseguido dormir um pouco, Ivy.

A luz do sol entrava pela janela aberta, aquecendo o ambiente, e uma suave brisa matinal farfalhava as árvores do lado de fora, movendo suavemente as cortinas, criando certa agitação na atmosfera.

Ivy sorriu e graciosamente colocou um morango no prato, mas Mallory percebeu que não era o tipo de sorriso costumeiro, o tipo de sorriso que fazia seu coração disparar. Era um daqueles sorrisos de partir o coração.

— Sinto muito por não ser exatamente uma boa companhia para você nos últimos dias — disse ela. — Tenho trabalhado muito, no entanto.

— Percebi que você anda ocupada limpando toda a casa — Mallory falou. A faca e o garfo estalaram contra o prato de porcelana enquanto ele cortava a torrada.

— Espero que você tenha ficado feliz com tudo — comentou ela.

Era como se ela estivesse se preparando para ir embora, depois de ter colocado os móveis, de ter espalhado cor e vida em cada canto, antes de dar a notícia a ele.

Mallory não sentia que tinha o direito de sobrecarregá-la com seus próprios sentimentos, ou implorar para que Ivy ficasse, considerando tudo o que ela havia passado, então tentou explicar-se de forma mais sutil.

— Não sei se já lhe disse isso antes, mas fico feliz mesmo quando não falamos muito. No entanto, quem não gostaria de tê-la por perto? Todas aquelas coisinhas pequenas que você faz, como desenhar no caderno, e os outros hábitos que tem. Por exemplo, notei que você costuma colocar flores novas, mas apenas às sextas-feiras.

— São para me lembrar que é dia de limpeza.

— Entendo. — Ele assentiu. — E aquela música que você canta baixinho às segundas-feiras?

Ele queria fazê-la sorrir. Aquele tipo de sorriso que faria até a primavera corar. Mas, em vez disso, a *própria* Ivy corou e bateu com a colher na borda da xícara de chá enquanto jogava um torrão de açúcar.

— Como é mesmo? — perguntou Mallory.

Suas bochechas quase instantaneamente assumiram um brilho carmesim.

— Eu não posso — disse ela, balançando a cabeça.

Ela achava que ele estava zombando? Mas Mallory realmente gostava dela cantando. Então, ele pigarreou e cantou baixinho:

— Se os vincos das roupas não alisar, para sempre a ferro irá passar...

Ele a ouvia cantando por toda a casa, sem saber como o som chegava ao seu escritório, e uma sensação de calor o invadia, como o nascer do sol.

— E tem a parte das meias, não tem? — adicionou. — *Meias são feitas para namorar, mas elas nunca irão se encontrar...*

— *Se mais o tempo viajar* — Ivy cantou com ele, parecendo mais do que um pouco envergonhada —, *perdidas para sempre irão estar.*

O silêncio pairou entre eles, e Ivy levou alguns instantes para encontrar seu olhar. O coração de Mallory implorou para ela compartilhar o que estava pensando.

— Está pronta para conversar ou vamos jogar esse jogo de nunca mais dormir pelo resto de nossas vidas?

Ivy se mexeu desconfortavelmente no assento. Parecia que ela não queria muito ter a conversa que eles estavam prestes a ter.

— Só preciso de tempo para entender tudo. Perceber que os rumores eram verdadeiros, mas também compreender que minha mãe não podia ficar comigo porque estava doente. E que ela não me deixou aos cuidados dos meus avós paternos ou maternos, nem mesmo do meu pai, porque nenhuma dessas pessoas me quis.

— Isso a machuca?

— Não é nenhuma surpresa.

— Sua mãe... — Ele começou, triste, incapaz de olhar para ela por um momento. — Sinto muito, mas tenho um pouco mais para contar...

— Eu já sei, Mallory. Ela estava morrendo. Eu sabia muito antes de ler a carta. Acho que sempre soube.

— Sinto muito, mas precisa saber que não tem nada a ver com você. A gravidez de sua mãe foi escondida da sociedade por sua família, então ela deu à luz em condições nada ideais. A matrona do abrigo me disse que ela contraiu febre puerperal lá. Isso tirou a vida dela alguns dias depois que ela foi forçada a desistir de você.

— Entendo — falou Ivy. Ela pareceu querer dizer mais, mas não pôde.

Mallory começou a temer que simplesmente tivessem chegado a um impasse de novo. Que ela simplesmente não conseguisse dizer o que realmente estava pensando.

— Por favor, me diga o que a incomoda? — implorou. — Você se arrepende de eu ter procurado informações sobre o seu passado?

— Não. Estou mais grata do que pode imaginar, Mallory. Mas o fato de também ter lutado para dormir à noite me diz muito. — Ela fez uma pausa, sua voz vacilando pela mágoa. — Eu sei que tem que me dizer algo. Você pode falar o que precisar.

Embora Mallory não entendesse de onde vinha a dor de Ivy, ele mesmo a sentia ao pensar em sua partida. No entanto, ela estava certa. Ele tinha algo mais a dizer.

— Quando conversamos pela primeira vez, eu lhe disse que havia esperado porque queria a confirmação de uma informação. Bem, descobri que o endereço da carta ainda pertence à sua família. E separei recursos para poder encontrá-los. É isso que tem incomodado você? Quer encontrá-los, mas sente que não é capaz de ir?

Mallory sentiu os pulmões se encherem de um ar que não conseguia liberar.

— Incapaz de ir? Não. O que está me incomodando é que *você* vai me machucar.

Mallory não entendeu o que ela queria dizer, mas sentiu uma onda repentina de compaixão. Ela o lembrou daquelas flores silvestres resilientes que suportavam invernos gelados sem congelar e quebrar, e verões escaldantes sem murchar. *Como ele poderia machucá-la?*

— Eu nunca faria isso.

— Você vai me mandar embora... — Ela engasgou. — Vai me mandar embora para pessoas que *não* se importam comigo. Vai partir o meu coração, Mallory Oliverwood. E entendo que prefira viver sozinho, mas você vai partir meu coração.

Antes que ele pudesse pensar em como explicar como se sentia, segurou as mãos de Ivy e ouviu a angústia em sua própria voz.

— Eu reservei alguma quantia financeira, não porque pretendia mandá-la embora para encontrar a sua família ou expulsá-la da minha vida, mas porque se você *quisesse* ir atrás deles, poderia. Porque eu temia que, quando descobrisse sobre sua família, você quisesse me deixar para ficar com eles. Eu respeitaria sua decisão. Eu a apoiaria no que precisasse fazer, mas também queria oferecer outra opção, que seria ficar.

— Ficar? — A voz de Ivy tremeu.

— Sim. Claro, você pode ficar, se quiser. Esta casa está se tornando mais sua a cada dia, Ivy.

Naquele momento, Mallory percebeu como havia sido tolo por não conversar com Ivy. Ambos haviam escolhido o silêncio por dias, presumindo que não se queriam por perto, Mallory acreditando erroneamente que Ivy queria ir embora, e Ivy acreditando erroneamente que Mallory queria que ela fosse.

Como ela pôde ter pensado isso?

Depois que ele praticamente havia confessado todos os seus sentimentos por ela?

Talvez ele tivesse que dizer como realmente se sentia? Talvez tivesse que explicar que a busca pela família de Ivy estava despertando fantasmas de seu próprio passado? E que vê-la sofrer de insônia era dolorosamente exaustivo para ele? Não fisicamente, mas emocionalmente? E que toda vez que fechava os olhos, ele tinha pesadelos e via Ivy como um bebê, chorando como quando fora deixada no abrigo? E que às vezes o passado deles dois parecia colidir como areia e mar, e ele lutava para não se afogar em suas próprias memórias?

Ele deveria ter dito a ela desde o início que a deixaria ir se ela quisesse, mesmo que isso o devastasse, mas ele permaneceu em silêncio. Ele guardou tudo dentro de si, esperando que fosse esquecido. Esperando que fosse chegar o dia em que viveriam livres dos pesadelos e fantasmas do passado.

Ele só queria esquecer tudo e ser quem deveria ser: um jovem apaixonado pela primeira vez.

Interrompendo os pensamentos, Ivy pegou sua mão e a segurou. Ele sentiu o delicado relógio dela pressionar contra sua pele, enquanto ela olhava em seus olhos.

Naquele momento, Ivy disse a única coisa que poderia preencher o seu coração vazio.

— Não quero ir a lugar nenhum, Mallory. Se me aceitar, ficarei aqui com você.

— Então está resolvido — garantiu ele. — Esta é a sua casa. A casa da qual sua mãe falou.

Ela ficaria.

Talvez para sempre.

Se alguma coisa fosse mesmo para sempre.

CAPÍTULO 10

Aos olhos de uma criança, o Festival do Solstício de Verão era sinônimo de pura alegria. O jovem Mallory ignorava o que os habitantes da cidade murmuravam sobre ele. Em vez disso, ele estava focado no Lago Aupur, brilhando intensamente sob a luz do sol divina, como se as estrelas tivessem pousado em plena luz do dia e se banhassem nas águas.

— Querido, talvez você não deva entrar no lago ainda. — Ele ouviu sua mãe dizer.

— Mas todo mundo está se divertindo — protestou Mallory.

— Eu sei, mas você ainda precisa de supervisão para nadar, e seu pai está um pouco atrasado — alertou a mãe.

— Ele estará aqui em breve — Mallory lhe assegurou. — Ele prometeu.

E, de fato, o sr. Oliverwood havia feito uma promessa.

Mallory era muito jovem para entender a hostilidade das pessoas, mas inteligente o suficiente para compreender que ele era diferente, o que desdenhosamente chamavam de "filho único". Ele tinha a sensação de que sua existência contribuía para o estado de espírito nada ideal de sua mãe. E tinha ouvido histórias, enquanto brincava com amigos da cidade, os poucos meninos que tinham permissão para se aproximar dele, que quando o bebê Oliverwood nasceu, sua mãe se tornara fadada a ter apenas um filho.

Era uma situação cruel, já que todas as famílias de Elm Villa tinham pelo menos meia dúzia de crianças em casa.

Levou muito tempo para aquilo fazer sentido, e mais ainda para Mallory criar coragem de perguntar diretamente à mãe o que significava. Quando finalmente o fez, a mãe confirmou que seu nascimento fora, nas palavras dela, complicado, mas uma bênção. Garantiu que estava contente com seu único filho, dizendo que ele era *tudo de que ela precisava.*

Mallory sabia que sua mãe planejava ter muitos filhos. Mansão Oliverwood tinha sido projetada para uma grande família, não apenas para um pai, uma mãe, um menino e sua avó. Antes de Mallory nascer, a mãe havia comprado muitas peças de roupa e brinquedos, pequenos vestidos que obviamente não deveriam ser usados por um menino.

A descoberta das roupas reforçou a crença de Mallory de que seu nascimento frustrara os desejos de sua mãe de ter mais filhos e a impedira de ser completamente feliz.

Apesar de ter apenas alguns amigos e suportar as palavras indelicadas dos habitantes de Elm Villa, Mallory era feliz. Tão feliz quanto se poderia esperar, tendo pais que o amavam. A mãe era doce como o aroma das flores que cultivava; avó, o centro de seu mundo; e o pai, o seu melhor amigo.

Mallory passava horas na oficina anexa à casa, onde observava seu pai trabalhar com um monóculo no olho, alicates na mão, ou usando outras ferramentas e peças de maquinaria cujos nomes ele incentivava Mallory a aprender: martelos, cinzéis, serras, plainas, brocas, esmerilhadeiras, grampos... Ele considerava a oficina um lugar onde podia deixar sua imaginação correr solta, assim como acontecia no jardim de sua mãe. Mansão Oliverwood sempre tinha o cheiro de frutas e flores e das invenções de seu pai.

Mas naquele festival, tudo o que ele queria mesmo era nadar como todo mundo. Queria provar que era feliz e que fazia seus pais felizes, queria mostrar às crianças que ser filho único não era um problema.

E ele queria fazer isso para provar a si mesmo que não havia causado nenhum infortúnio à sua família.

Sentado ao lado da mãe, Mallory percebeu que ela observava as famílias à beira do lago em seus fartos piqueniques, conversando, rindo e construindo castelos de areia com conchas e gravetos. Ela observou especialmente as crianças unidas, jogando bola, perseguindo gaivotas, de mãos dadas e saltando das pedras em direção às águas profundas do lago. Talvez fosse algo sobre seu olhar melancólico e sobre a maneira como a mão descansava em sua barriga que o fez notar.

— Mãe, a senhora está triste? — ele decidiu perguntar, de repente. O cabelo de sua mãe estava solto e ela usava um lindo vestido cor de pera, o chapéu protegendo-a do sol, as mãos sem as luvas que trouxera.

— Claro que não, meu anjo.

— Mesmo que não possa ter mais filhos?

Ela suspirou e sorriu para ele.

— Às vezes, a vida é apenas uma questão de sorte e não temos muito o que dizer. Sou grata por estar com você aqui e agora, gozando de boa saúde e com tudo o mais que eu poderia sonhar. — Ela beijou a testa de Mallory, e ele fechou os olhos, esperando que nenhuma das garotas tivesse visto. — Então, sim, meu amor, estou feliz, mesmo não podendo ter mais filhos.

— Eu queria muito nadar.

Ela suspirou profundamente, sorrindo com a persistência dele.

— Mãe, é só água — insistiu o pequeno. — Todas as crianças estão nadando. Vão continuar pensando que sou esquisito se não nadar também.

Sua mãe olhou para as crianças novamente, rindo e brincando.

— Quer saber? Acho que estou sendo boba. Você deve aproveitar o lago. Só não vá muito fundo.

O coração de Mallory se encheu de felicidade. Foi ele quem beijou a mãe dessa vez, no rosto, ao se levantar e tirar a camisa para correr até a beira da água. Tinha certeza de que as outras crianças o receberiam de braços abertos, assim como seus pais sempre o haviam recebido em suas atividades. Não importaria que não fossem seus irmãos ou irmãs; eles seriam seus amigos.

Ele tentou aproveitar o lago ao máximo. Apesar de se sentir um pouco deslocado, estava feliz por estar entre as outras crianças. Pelo menos até alguns meninos mais velhos começarem a jogar água nele, forçando-o a nadar para longe. Então, voltou a ser feliz em sua própria companhia, sonhando acordado, flutuando como o pai lhe ensinara, descansando os membros cansados, ouvindo o som das gaivotas e da água batendo em seus ombros.

Mallory estava tão relaxado que não percebeu os sons do mundo lá fora se distanciando, enquanto o som da água batendo em seus ouvidos ficava cada vez mais alto. Não sentiu a água puxando-o cada vez mais para longe, nem ouviu a mãe chamando-o de volta. Com os olhos fechados para se proteger da luz do sol brilhante, ele não viu as nuvens escuras de uma tempestade surgindo no horizonte, atrás das famílias na praia.

Mallory só percebeu como havia se afastado flutuando quando o sol se escondeu atrás das nuvens, fortes rajadas de vento arrepiaram sua pele e, finalmente, uma garoa começou a fazer cócegas em seu rosto. No momento em que decidiu nadar de volta para a praia, o vento estava constante, soprando chuva em seus olhos, e logo a costa era quase invisível através do aguaceiro. O sol havia desaparecido e o céu se tornara uma massa de nuvens trovejantes tão escuras que o dia havia virado noite.

Não demorou muito para que Mallory começasse a entrar em pânico ao perceber como estava longe da costa.

Tentou nadar, mas parecia não ir para lugar nenhum. O vento soprava ondas em seu rosto, a chuva pesada espetava suas costas como se quisesse empurrá-lo para baixo, seus músculos estavam fracos e seu coração disparou em pânico. Por mais que tentasse sair do Lago Aupur, não conseguia.

Por um momento, pensou em sua mãe. Como ele queria estar de volta com ela na praia. E o que aconteceria se ele não pudesse chegar lá. O que aconteceria se ela tivesse que viver uma vida sem filhos.

Ele precisava voltar. Para ela.

Mas quanto mais Mallory lutava contra o vento e as ondas, mais água engolia e mais afundava.

Estava exausto e desorientado, e sabia que não conseguiria mais manter a cabeça acima da superfície.

Por que nascera, se fora para ter um fim tão precoce? Por que não podia mais lutar? À medida que sua cabeça afundava na água, ele não conseguia mais dizer qual lado era para cima e qual era para baixo — mas isso não importava. Ele só podia sentir uma sensação de calma. Como se não tivesse escolha a não ser deixar o lago levá-lo. Como sua mãe dissera, a vida às vezes era apenas uma questão de sorte...

Foi quando sentiu um braço forte o agarrando, tirando-o da água, batendo em suas costas, fazendo-o tossir a água que havia engolido.

— Respire, filho. — Ele ouviu a voz de seu pai dizer. — Aqui, coloque o meu colete.

Ele estava sonhando?

Sentiu o pai amarrar algo em volta do peito e soube, pela forma como seu corpo de repente se sentiu leve, que era o colete de seu pai; o colete salva-vidas que ele mesmo fizera para usar no oceano.

— Agora nade! — o pai insistiu, dando um tapa no queixo do menino.

Isso fez Mallory acordar por completo.

— Pai! — ele gritou, abrindo os olhos, abraçando os ombros do pai e agarrando-se a ele como se não pudesse acreditar que ele estava ali.

— Vá! — seu pai exclamou desesperadamente. — Continue nadando e não pare.

— Você veio! — Mallory gritou, exultante em meio à chuva. Ficou tão feliz em ver seu pai que pensou, pela primeira vez, que ele era o menino mais sortudo do mundo.

Mas a expressão de seu pai era de agonia e urgência, porque agora estava lutando contra o vento, as ondas e a chuva implacável sem seu colete de cortiça.

— Mallory. Preste atenção — disse o pai, engolindo um pouco d'água. — O colete não vai segurar a nós dois. Preciso que nade. Nade e não olhe para trás. Estarei logo atrás de você.

— Pai!

— Não olhe para trás. Prometa para mim!

Mallory começou a chorar, embora só entendesse o porquê quando já era tarde demais.

— Eu prometo.

— Eu amo você, filho.

Ele fez como seu pai lhe disse.

Nadou.

Não entendia por que seu pai viria nadando atrás dele, mas percebeu por que ele sempre usava aquele colete — braçada após braçada, o peso de seu corpo não parecia pesar. Estava exausto e com uma dor como nunca havia sentido em sua vida, mas estava lentamente se aproximando cada vez mais da costa, e então ele viu sua mãe entrando na água, gritando e tremendo por inteiro. Em um segundo, estava nos braços dela, e ele a deixou segurá-lo como se fosse um bebê. Ela chorou, dizendo que o amava e perguntou onde estava o pai dele. Mallory não conseguia processar o que estava acontecendo, porque ele não sabia.

Até que olhou de volta para o lago.

Não conseguia ver nada devido à chuva, mas estava claro, apesar de tudo, que não havia ninguém lá.

Então o trovão ressoou e todos gritaram. Vozes ecoaram ao seu redor, incluindo o de sua própria mãe, mas tudo o que Mallory pôde ouvir era o som de sua própria voz, gritando por seu pai.

Implacavelmente.

E desesperadamente.

Cheio de dor e medo.

— Façam alguma coisa! — ele implorou, passando de pessoa em pessoa, puxando suas mãos, mas todos recuaram, o empurraram, protegendo os olhos dos seus próprios filhos. Seu corpo estava fraco, seu peito latejava com a dor de seus soluços e sua garganta estava dolorida de tanto engolir água e gritar por socorro, mas ele continuou assim mesmo, procurando alguém, qualquer um que pudesse ajudar. — Por favor! — gritou. — Por favor, ajudem o meu papai!

— Aquele garoto está amaldiçoado! — uma velha gritou. — Agora o pai está morto por causa dele também!

Com o passar do tempo, a tempestade recuou e o lago tornou-se visível de novo, e Mallory percebeu que era verdade.

Sua mãe caiu de joelhos, chorando profunda e incontrolavelmente, porque, ao longe, o sr. Oliverwood estava flutuando.

Com a face virada para baixo.

Sem vida.

Tudo porque ele era pai de um menino fadado ao infortúnio.

Naquele dia, o último dia em que Mallory Oliverwood experimentou a feliz inocência da infância, ele continuou a implorar por ajuda, clamar por misericórdia, mas todos que o viram se afastaram, certos do que já sabiam: o menino era amaldiçoado.

Apenas três pessoas se ofereceram para ajudar.

E a cruel ironia era que eram crianças vindas do orfanato. Crianças que já haviam perdido os pais. Um menino e duas meninas.

Daquele dia em diante, Mallory começou a acreditar que era infortunado, com a pior sorte imaginável, que havia apenas sombras e destinos obscuros esperando por ele e por aqueles que amava.

CAPÍTULO 11

Após ter uma conversa franca com Mallory, Ivy não teve mais problemas de insônia. Assim que se abriram um para o outro, seus medos desapareceram como poeira no ar.

Então, ser acordada no meio da noite por algo trivial como uma janela que ela deixara aberta era até que irritante. Ivy saiu da cama para fechá-la, pensando que, embora soubesse que o tempo logo mudaria, não esperava que fosse no início da estação.

Mas era pior do que havia pensado.

A tempestade desencadeava sua fúria com raios e trovões, fustigando a casa implacavelmente. A chuva foi tão intensa que entrou no quarto de Ivy e molhou sua mesa, ensopando alguns de seus novos cadernos de desenho.

— Céus, tenham misericórdia! — ela reclamou, lutando para fechar as janelas.

Um minuto depois, Ivy recuperou o fôlego e estava de pé, observando a chuva e os relâmpagos pela janela. Não sabia por que a tempestade a deixara tão angustiada naquele momento. Era quase como se a chuva contra o vidro quisesse entrar e sussurrar um segredo.

Então, de súbito, soou um grito dilacerante cortando o som do trovão.

Ivy nunca tinha ouvido um barulho tão angustiante em sua vida. O choro de uma criança, escondido pela voz de um adulto. Sem pensar duas vezes, Ivy começou a correr, seguindo o som do choro, presumindo que ele devia estar vindo do único homem presente em Mansão Oliverwood.

Enquanto Ivy corria, os pés descalços batendo no chão de madeira, sentiu um calafrio percorrer seu corpo. Não foi a mudança repentina no tempo. Era a crescente ansiedade que ela sentia enquanto corria pelos corredores, sem saber se Mallory estava seguro.

Chegou ao quarto dele em um estado frenético e abriu a porta com um solavanco. O que ela viu lá dentro foi desolador, algo que partiria o coração de qualquer um. Mallory estava coberto de suor, a camisa de dormir enrolada em volta do corpo, as cobertas da cama espalhadas pelo chão. Ele estava se virando na cama, movendo-se como se estivesse tentando escalar.

Mas foi sua expressão que mais doeu em Ivy.

Apesar de seus olhos bem fechados, havia puro horror gravado em seu semblante. Lágrimas escorriam por suas bochechas, caindo no colchão. Seu cabelo estava despenteado, grudado na testa franzida, e sua boca estava aberta, um grito silencioso de agonia congelado em seu rosto, revelando que ele estava preso em um pesadelo do qual não podia escapar.

Embora os dois tivessem passado por longas noites de insônia e depois caído em sonhos exaustos, em todo o tempo que ela vivera com Mallory, nunca tinha visto nada parecido.

Sem hesitar, ela se sentou no colchão, sentindo como se estivesse em um barco durante uma tempestade, sacudida por um mar agitado.

— *Não!* Papai! Não me deixe! — Mallory gritou, agarrando-se à camisola, o rosto contorcido de dor enquanto se debatia na cama.

— Mallory — ela implorou. — Acorde!

Ivy fez a única coisa que podia. Cobriu o corpo dele com o seu e, envolvendo as mãos nas costas dele, gentilmente tentou fazê-lo se sentar. Ela ouviu uma mudança em sua respiração quando ele começou a acordar. No entanto, os braços de Mallory não a abraçaram; eles penderam sem vida ao seu lado, como se ele tivesse deixado todo o peso para ela suportar. Lágrimas começaram a rolar pelo rosto de Ivy, e ela continuou a segurar Mallory, incapaz de suportar vê-lo com tanta dor. À medida que seus olhos lentamente se abriam, seu peito começou a arfar com os soluços.

Finalmente, ele passou os braços ao redor dela.

Só que a agarrou, levantando-a, como se estivesse tentando mantê-la flutuando. Ivy engasgou de surpresa — surpresa com a força de seu abraço. Nunca havia sido abraçada assim antes. Seus dedos delicados alcançaram a nuca de Mallory, sentindo finalmente os cachos macios que pareciam perfeitamente adequados ao seu toque.

Ela pressionou sua bochecha contra a dele e soltou um suspiro profundo.

— Está tudo bem — Ivy sussurrou, ainda envolvida pelo aperto de Mallory. — Você está seguro, meu amor. Foi só um pesadelo.

Levou algum tempo para Mallory acordar e perceber onde estava. Quando voltou à consciência, ele recuperou a compostura e lentamente soltou Ivy. Ela olhou profundamente em seus olhos e se viu perdida em sua beleza tristonha. O fato de os olhos dele não terem uma cor definida fez com que o olhar de Ivy se demorasse, e ela sentiu uma necessidade poderosa de saber exatamente o que havia por trás deles.

— Eu revivi uma memória — disse Mallory dolorosamente, como se tivesse ouvido os pensamentos dela.

Ela encostou a testa na sua.

— Pode me dizer o que era, se quiser — sussurrou Ivy.

Ele respirou fundo e deitou-se na cama, pegando um travesseiro para que Ivy pudesse deitar confortavelmente em seu peito.

— Às vezes eu a invejo — sussurrou ele, em uma voz que parecia tão quebrada quanto seu coração. — Ser capaz de esquecer. Ao contrário de você, não tive a chance de esquecer o que aconteceu comigo. Sei de tudo, eu me lembro de tudo. Passei anos desejando poder dormir uma noite sem me lembrar, deixar meu passado em um sonho e acordar sem recordar os entes queridos que perdi.

Ela olhou para Mallory e enxugou as lágrimas de suas bochechas com os polegares.

— Não diga isso. Eu daria qualquer coisa para lembrar, mesmo que doesse. Posso ver o quanto o seu passado pesa, Mallory, mas pelo menos você sempre soube que era amado.

Isso o fez olhar para baixo e tocar o rosto de Ivy. Ela se tornou muito ciente do quão próxima estava. Não por uma questão de proximidade física; mas a sensação de absorver as emoções de outra pessoa, como se sua alma estivesse abrindo espaço para abraçar a dele.

Ainda assim, ela notou a hesitação, uma pausa persistente no ar, pesada pelas palavras não ditas.

— Acho que é hora de falar com você sobre algumas coisas — Mallory sussurrou, plantando um beijo suave na testa de Ivy e mantendo seu rosto perto, quase como se não ousasse tocá-la mais do que isso.

Ela apertou-lhe a camisa com mais força e fechou os olhos.

— Diga-me o que quiser, estou ouvindo.

Demorou alguns segundos para Mallory encontrar as palavras, mas quando começou a falar, era como se não pudesse parar.

Contou-lhe sobre as complicações de seu nascimento e o sofrimento de sua mãe, e como as circunstâncias de sua chegada tinham sido vistas como um grave infortúnio pelos moradores de Elm Villa. Ele explicou sobre os quartos fechados na casa, destinados às crianças que sua mãe acreditava que teria antes do nascimento de Mallory. E, o mais importante, contou sobre o trágico dia em que seu pai falecera devido à má sorte.

Deitada junto a ele, ela apreciou que Mallory estivesse se abrindo e compartilhando coisas que ele havia tentado esquecer. Embora soubesse que seu toque não fazia milagres, ela o ouviu com atenção, acariciando-lhe o rosto, os ombros e o peito na tentativa de confortá-lo.

— Minha mãe sofreu imensamente após a perda de meu pai — continuou Mallory, aprofundando seu trágico destino. — E sua morte foi o terceiro evento resultante de minha má sorte. Ela estava tomada pela angústia, completamente abatida. Um dia, em uma manhã tão tempestuosa quanto a do dia em que meu pai morreu, ela não acordou. Os médicos atribuíram sua morte a um coração partido, e sempre estive convencido de que ela morreu porque não poderia suportar uma vida sem o amor dele.

Ivy engoliu em seco.

— Em dias de tempestade, cada momento das mortes de meus pais parece recente e vívido em minha memória, como se tivessem acontecido momentos atrás — continuou ele. — Depois que perdi as duas pessoas que mais me amavam, toda a cidade começou a falar com ainda mais veemência sobre minha sorte maldita. Aos poucos, minha avó e eu fomos perdendo o apoio das pessoas ao nosso redor. Amigos, outros parentes e até a entrega diária de leite pararam de bater à nossa porta. Como tenho certeza que notou, todas as casas ao nosso redor foram abandonadas.

Não era apenas sua história que era tão dolorosa para Ivy. Era a prisão emocional na qual ele se sentia compelido a viver. Era como se um pássaro houvesse escolhido voluntariamente viver dentro de uma gaiola, abandonando sua liberdade. Ou pior ainda, contra sua própria natureza, o pássaro escolhera construir uma gaiola para si mesmo, para o bem de todos.

Ele olhou para ela se desculpando, como se estivesse pedindo perdão por sobrecarregá-la com sua tragédia.

— Mallory... eu mal sei o que dizer. Mas, por favor, continue.

Ele a observou e, vendo a sinceridade em seus olhos, respirou fundo.

— Tentei não deixar isso me afetar, porque precisava ser forte pela minha avó. Tentei ignorar o que as pessoas diziam, mas ficou cada vez mais difícil. Senti uma grande dor pela vida que poderíamos ter tido, somada à dor pela vida que realmente tivemos. Lamentei os irmãos que nunca tive e a mãe e o pai que perdi. Não parecia justo, mas nada do que aconteceu depois do meu nascimento pareceu justo, de qualquer maneira. A terrível falta de sorte que vivi era um fato permanente da vida.

Ivy esperou que ele continuasse. Ela entendia agora por que esse homem, que fora uma criança vulnerável, realmente *acreditava* que estava amaldiçoado e por que Mallory tinha tanta dificuldade em deixar isso de lado. Porque era algo que estivera com ele por toda a sua vida e formara sua compreensão de si mesmo.

Ele acreditava que estava destinado a viver sem amor e que sua solidão era um fato de seu nascimento. Ivy percebeu que, enquanto ela mesma queria se lembrar e agradecer todos os dias pelas pequenas coisas da vida, Mallory tinha sido colocado em uma posição em que só podia se concentrar no que ficara para trás.

— Graças à minha avó, tornei-me um adolescente bastante saudável — continuou ele. — O amor e cuidado que ela me deu foram incríveis se você pensar em tudo que passamos. O espírito aventureiro e criativo permaneceu comigo; realizei experimentos e testei máquinas, tornei-me um jovem muito audacioso e autossuficiente. Senti que não tinha nada a perder e ninguém além de mim por quem ser responsável. Aumentei o negócio da família, refinando as criações de meu pai, inventando e vendendo minhas próprias patentes. E embora minha avó nem sempre aprovasse como eu gastava meu tempo, muitas vezes ela achava que o trabalho era mais perigoso do que realmente era, ela me amava, me alimentava, cuidava de mim e fazia tudo o que podia para me dar a liberdade de ser eu mesmo.

— Você foi realmente amado.

— Eu fui — disse ele, abrindo um sorriso fraco.

— Mas sua avó? — Ivy perguntou suavemente.

— Minha avó se importava tanto comigo que costumava me dizer: "Mallory, você me mata de preocupação quando fica naquela oficina, mexendo naqueles brinquedos perigosos. Juro que um dia você vai me colocar em uma cova antes do tempo". E sabe o que aconteceu? Na noite do meu aniversário, no mesmo dia em que atingi a maioridade, quando pude herdar a herança da família, foi exatamente isso que aconteceu. Ela morreu durante o sono. O curandeiro que a atendeu em seu leito de morte confirmou que minha avó estava doente há algum tempo, provavelmente desde a época em que se mudara para Mansão Oliverwood. Achei que isso significava que meus pais a tinham trazido para cuidar dela, mas o doutor achava que ela havia sido amaldiçoada por mim desde o dia em que chegara. Ele também disse que não iria mais me atender e que alertaria os habitantes da cidade para me evitarem também.

— Eu sinto muito.

— Não sinta.

Ela respirou fundo.

— Vi que tem uma oficina no jardim, mas parece que você nunca vai lá. É por isso?

— Sim. Após a morte dela, parei de inventar. Perdi toda a motivação para criar, mas ainda sentia que tinha que honrar o legado de minha família pelo tempo que restava. Então, durante esses anos administrei as patentes de meu pai e o jardim de minha mãe.

— E viveu assim, sozinho, desde então?

— Eu não era bem-vindo em lugar algum e ninguém queria ficar perto de mim. Para ser honesto, eu também não queria ninguém por perto. Por que ia querer se estava destinado a machucar e perder pessoas de novo? Me isolei para que o amor nunca pudesse me encontrar.

Ivy sentiu que palavras por si só não seriam suficientes, então, enquanto falava, deslizou sua mão pela cintura dele, e envolveu seu braço ao seu redor, ao mesmo tempo em que deslizava sua outra mão sobre suas costelas, tentando encontrar uma maneira de abrir a jaula que ele havia criado ao redor de seu coração.

— Sinto muito por todas as suas perdas — ela sussurrou. — Dói saber como a vida tem sido cruel com você. Não consigo imaginar a dor que sentiu ao ver tantas vidas tiradas de você. Posso culpar os deuses pela minha péssima memória, e posso viver sem a minha família, mas pelo menos nunca me isolei dos amigos que iam e vinham, e pude ser feliz com as pequenas coisas, mas não quero falar sobre mim agora; quero ajudá-lo a entender seu passado, se puder.

Ele olhou atentamente para ela, estudando seu rosto.

— Mallory, é realmente trágico que sua mãe tenha enfrentado tantas dificuldades durante o seu nascimento, mas tenho certeza de que, ao longo de sua vida, ela valorizou ter um filho tão maravilhoso. Seu pai também. Sua morte foi um acidente terrível, e ele expressou seu amor por você pouco antes de partir. Apesar disso, não vejo como isso pode ser algum tipo de maldição predestinada. Eu nunca poderia acreditar que a perda prematura de seus pais fosse, de alguma forma, sua responsabilidade.

— Mas meus irmãos e irmãs? Minha avó? Existe outra explicação? — Mallory perguntou, parecendo surpreso por Ivy ter considerado qualquer coisa além de uma maldição.

— Como sua mãe disse sobre os filhos que ela não poderia ter, sim, às vezes eventos aleatórios significam que a vida não funciona como planejamos. E embora ela possa ter se perguntado ocasionalmente como poderia ter sido, você sabia que ela nunca teria trocado você por uma vida diferente. Quanto ao que sua avó lhe contou, era apenas um ditado comum. Já convivi com muitas famílias, e ouvi essas expressões ditas às crianças tantas vezes que não consigo contar. Ela estava apenas dizendo que se preocupava com você e que queria que estivesse seguro. Mallory, o fato de sua avó ter vivido tanto prova que ela o amava e queria estar viva até que você tivesse idade suficiente para cuidar de si mesmo. A morte dela não foi culpa sua. *Nada disso* foi culpa sua.

— No entanto, houve uma sequência inexplicável de eventos — disse ele. — Como eu poderia ter pensado de forma diferente? E como posso agora?

— Eu sei que às vezes parece que o jogo da vida está armado contra nós, que é a sorte ou o infortúnio que molda nossa existência. Eu estava pensando nisso quando nos conhecemos, mas talvez não seja tão simples. Talvez o que vemos seja apenas um instante de um escopo maior, de um jogo que controlamos até certo ponto, desde que estejamos dispostos a continuar a lançar os dados no tabuleiro.

Mallory não disse nada para Ivy. Permaneceu em silêncio, absorvendo aquelas palavras, como se estivesse tentando encaixá-las em sua própria experiência para ver se funcionava. Ivy notou que parecia que, por mais que ele tentasse resolver mentalmente o problema, não poderia. No momento, porém, havia uma suavização em seus olhos e ele parecia mais complacente.

— Talvez você esteja certa — disse ele.

— Mas o que o fez me contar sobre a sua família agora? — ela perguntou lentamente.

— Você disse que pelo menos eu sempre soube que era amado.

Ivy piscou.

— Sim.

— É porque desde criança sempre acreditou que nunca poderia ser realmente amada? E talvez nunca seja?

Ivy sentiu uma dor física, embora Mallory não quisesse ser cruel com suas perguntas. Apenas queria entendê-la melhor, mas suas palavras desenterraram seus medos mais profundos e uma realidade que não podia ser negada. Se ela *tivesse* sido verdadeira e plenamente amada por qualquer pessoa que não fosse sua mãe, não teria sido abandonada. Poderia ter crescido com seus avós maternos, avós paternos ou pai. Se ela fosse verdadeiramente amada, poderia ter encontrado um lugar para chamar de lar e ter tido uma vida plena.

Não estaria na rua quando conheceu Mallory à meia-noite.

— Talvez seja verdade — sussurrou Ivy.

Mas as coisas eram diferentes agora, não eram?

A maneira calorosa como ele olhou para ela poderia descongelar os invernos mais gélidos de sua alma.

— Bem, eu seria capaz de refutar a sua crença — ele falou, suavemente —, mas você teria que ser capaz de refutar a minha primeiro.

— A sua?

— Te amar seria um ato de egoísmo; deixá-la me amar seria uma sentença de morte. Se alguma coisa acontecesse com você, seria muito pior do que qualquer perda que já sofri. Eu nunca seria capaz de me perdoar. Me destruiria.

Ivy sentiu seus olhos marejarem, lutando contra as lágrimas. A dor não vinha por concordar com os medos de Mallory, mas porque era capaz de sentir profundamente a angústia dele.

— Você acredita mesmo que vai me perder caso se apaixone por mim?

— Não — ele sussurrou suavemente, seu olhar cheio de afeto enquanto delicadamente afastava uma mecha de cabelo do rosto de Ivy. — Meu maior medo não é perdê-la, mas sim o dano que já me foi causado. Mesmo que minha sorte mudasse, não tenho certeza se algum dia conseguiria realmente enxergar ou superar os medos que me assombraram por tanto tempo. Você nunca procurou o coração de um homem amaldiçoado, e temo que haja pouco que eu possa fazer para mudar isso. É por esse motivo que tentei tudo ao meu alcance para protegê-la de mim, para evitá-la, para manter meus sentimentos escondidos, sabendo muito bem que é impossível resistir à sua beleza. Mas, Ivy, o verdadeiro dilema é que já estou profundamente apaixonado por você.

— Está apaixonado por mim — repetiu Ivy.

— Eu te amo tão intensamente que gostaria de me tornar outra pessoa, apenas para amá-la com tudo o que sou, sem medo de que qualquer maldade pudesse cruzar o seu caminho.

— Prefiro enfrentar a ira de todo o azar do mundo a nunca poder viver esse amor com você. Pertencemos um ao outro.

Antes que Mallory percebesse, ele a estava beijando.

CAPÍTULO 12

Mallory, o homem sem futuro, beijou Ivy, a mulher sem passado, como se fosse o primeiro ato corajoso de um amor que ousava desafiar o destino. E assim que colidiram, Mallory experimentou uma força que nunca havia conhecido. Foi inundado por uma sensação de poder quando se viu segurando a nuca da dama e aprofundando o beijo.

Ele a queria mais do que qualquer coisa que já quisera em sua vida.

E ele a tinha.

Por um momento, sua mente tentou traí-lo e dizer que ele não merecia tanto prazer, não merecia o carinho de uma mulher de coração tão puro, mas calou aquela voz com rapidez, pois sabia que nunca poderia deixar Ivy ir embora, não importasse o quê.

Enquanto seus lábios se fundiam com os de Ivy, Mallory fechou os olhos, saboreando a sensação do cabelo macio e delicado dela roçando na ponta de seus dedos. Sem entender completamente o porquê, ele soltou o laço que prendia o cabelo dela, permitindo que fluísse livremente como uma cascata pelas costas.

Ivy respondeu deslizando as mãos sob a camisa de Mallory e, quando os dedos frios tocaram seu peito, ele percebeu seu corpo dominado por uma febre. O toque íntimo foi como o primeiro raio de sol, despertando um desejo que irradiava por todos os lugares. Ele continuou explorando o beijo com a língua, impulsionado por uma necessidade instintiva de se conectar ainda mais com Ivy, mesmo que não tivesse certeza de como fazer isso.

Mas não parecia que precisava saber. Ou que precisasse pensar. Era como se o instinto o guiasse.

Ele enganchou o dedo na alça da camisola de Ivy e abaixou-a suavemente. A textura da pele, a maciez e os arrepios fizeram Mallory morder-lhe suavemente o lábio inferior.

Ele a adorou com os lábios, traçando o caminho do queixo até a mandíbula, como se já estivesse intimamente familiarizado com cada curva. Era como se os deuses tivessem procurado criar a perfeição quando moldaram Ivy. Seu pescoço era tão delicado quanto o caule de uma flor, e os lóbulos de suas orelhas eram como suaves pétalas, prontas para captar os sussurros do vento.

— Mallory... — ela disse, sem fôlego.

Seu nome nunca havia sido pronunciado assim.

A maneira como a voz de Ivy capturava as sílabas era mágica.

Ele ansiou por vê-la seminua, mas Mallory se dedicou a agradá-la primeiro, beijando seu pescoço devagar, depois voltando para seus lábios, perdido em seu abraço, flutuando sem peso, como se o tempo e o espaço estivessem suspensos, como se o amor de Ivy desafiasse a gravidade.

— Eu preciso que você me toque — Ivy implorou suavemente.

— Diga-me onde, e eu farei.

— Em todos os lugares. Infinitamente.

Ela estendeu a delicada mão direita, segurou o braço dele e o puxou para mais perto. Só isso fez a cabeça de Mallory girar. As partes sensíveis de seu corpo — quadris e seios — nem mesmo o tocavam, mas era como se ele pudesse senti-las mesmo assim, apenas pelo calor que irradiava dela.

Ele começou a se mover por instinto, beijando seus ombros, descendo por seus braços, testando como seus lábios a faziam responder.

Ivy também o tocou, passando os dedos entre os botões da camisa dele, abrindo-a e passando pelos braços para revelar os ombros, depois passando os dedos pelo cabelo masculino, segurando-o com força e permitindo que o peso de suas mãos o guiasse gentilmente para baixo.

Enquanto descia seus beijos pela pele macia do braço de Ivy, ele sentiu que ela virava levemente o seio para pressioná-lo contra a sua bochecha, subconscientemente o levando a uma nova área de seu corpo. Ele a beijou gentilmente ali, onde o interior do braço encontrava o seio, então se afastou um pouco para assistir à reação dela. Sua cabeça inclinou-se ligeiramente para trás, o aperto das delicadas mãos em seu cabelo aumentou, e seu peito pareceu inflar ao redor dele. Ele não precisou pensar muito.

Para seus lábios, a pele do seio dela era lisa como porcelana — como se sua boca tivesse tocado a lateral de uma xícara de chá e estivesse deslizando sobre ela para encontrar a borda, mas o que a boca encontrou em vez disso foi o bico inchado do mamilo, que deslizou entre seus lábios, separando-os, levando-o a abrir a boca ao redor.

Cobrindo os seios dela com os lábios, sentiu Ivy agarrar tufos de seu cabelo e percorrer o peito do pé para cima e para baixo entre suas pernas, puxando a calça de dormir de Mallory, arrastando-a para baixo em torno de seus quadris.

— Preciso sentir seu corpo contra o meu — ela sussurrou.

Ele sabia, quando começou a remover a última de suas roupas, que mal se lembraria de suas ações. Estava profundamente absorto pela beleza desconhecida do corpo dela. Como havia movido suas posições? Ele a deitara? Ou ela o puxara para cima de seu próprio corpo? Seus músculos pareciam se mover sem pensar. Como ele se encontrara entre as pernas dela, segurando um de seus pulsos atrás da cabeça, com uma das mãos, e, com a outra, descendo e lhe tocando todo o corpo?

Mallory sentiu cada reação enquanto tocava e beijava Ivy. Ele a sentiu apertar sua mão com força enquanto a beijava ao longo da clavícula, entre os seios. Ele a sentiu estremecer enquanto pegava os lóbulos de sua orelha entre os dentes. Ele a ouviu gemer baixinho enquanto beijava toda a extensão de seu corpo — sobre as costelas, barriga, quadris. Sentindo o aperto suavizar, ele redirecionou seus beijos até sentir a mão da dama apertá-lo novamente e sua respiração ficar pesada. E logo ele estava se movendo no corpo dela tão suavemente que seu aperto permaneceu firme, e ele ouviu pequenos suspiros escapando de seus lábios, e sentiu o interior macio de suas coxas pressionando contra ele quando ela começou a levantar os quadris, como se seu corpo estivesse pedindo por ela ali.

Ela não disse para tocá-la em todos os lugares?

Ele baixou a mão entre as pernas dela e sentiu uma divisão suave ali, quente e úmida. Seus dedos a exploraram, tocando e separando suavemente as camadas macias, até que ele a ouviu ofegar de prazer quando a ponta de seu dedo sentiu uma pequena protuberância. Ela ofegou e abriu ainda mais as pernas, puxando o corpo dele, de modo que as costelas pressionassem contra seus seios e o comprimento inchado ficasse reto entre suas dobras quentes, a ponta bem em seu núcleo sensível.

— Aqui — ela sussurrou em seu ouvido.

Então ele começou a concentrar seus movimentos lá, deslizando seus quadris, de modo que sua dureza encontrasse a suavidade dela em um ritmo suave, apenas ocasionalmente se afastando para ter certeza de que ela levantaria os quadris de novo, querendo mais.

Enquanto eles se beijavam profundamente e se moviam um contra o outro, Mallory sentiu algo crescer entre eles; uma necessidade, uma urgência. Sentiu um desejo de estar dentro dela, honrá-la com seu corpo, dar-lhe tudo.

— Ivy — ele sussurrou. — Eu sinto essa necessidade de...

— Por favor — respondeu ela, depressa. Ela colocou as mãos em volta da cintura dele, segurando-o com um aperto gentil para guiá-lo contra sua abertura suave.

Ele encarou os olhos dela e começou gentilmente a empurrar para a frente.

A pressão entre eles aumentou devagar, e ele sentiu o membro duro ser apertado dentro dela. Ivy engasgou, e Mallory sentiu um beliscão.

— Você está bem? — ele sussurrou.

Ela sorriu e balançou a cabeça.

Ele se afastou por um momento até que sentiu a mão dela agarrar sua cintura e puxá-lo de novo. Um pouco mais profundo desta vez. Naquele instante, sentiu uma forte queimação e viu as pálpebras de Ivy tremerem um pouco com a dor.

— Isso dói? — ele perguntou.

— Não é nada — garantiu. — Não em comparação ao quanto eu quero você.

Então, pouco a pouco, ele pressionou-se ainda mais contra ela, observando cuidadosamente a luz em seus olhos, pronto para recuar no momento em que se tornasse demais, acariciando-lhe com ternura o cabelo. E ele sentiu como se estivessem entrando no desconhecido com Ivy, como se fossem mudas rompendo a terra lado a lado. Foi emocionante, bonito, doloroso e eufórico, tudo ao mesmo tempo. Mallory sentiu as lágrimas encherem seus olhos, mas ela sorriu e agarrou a cintura dele ainda mais forte, puxando-o mais fundo.

Enquanto ele se afundava nela, Ivy agarrou cada centímetro dele, prendendo-o, lenta, mas poderosamente, abrindo-se mais. Ele sentiu seus músculos e veias se destacando sob a pele, seu coração batendo forte. Então sentiu seus corpos começarem a se mover em um ritmo lento e hipnotizante, colidindo, repetidamente.

Ele estendeu a mão e colocou o polegar suavemente contra aquele local que ela tanto gostava, e imediatamente a sentiu se contorcer de prazer. E pela primeira vez viu um domínio natural crescer nele, um desejo de possuí-la, dar-lhe prazer e protegê-la. Essa paixão o fez aumentar o ritmo, baixando seu tórax uma e outra vez sobre os seios dela, pressionando os mamilos contra seu tronco, tocando seu ponto de prazer mais rápido, prendendo-a nele.

Enquanto ele se movia dentro dela, a luz da lâmpada na rua brilhava suave através da chuva fraca na janela. Parecia que a água estava caindo sobre seus corpos — gotas de sombra escorrendo por eles, lágrimas apaixonadas, e havia ainda o sopro do vento contra a casa, fustigando-a em ondas, em um crescendo.

Sentindo-se à beira da paixão, Mallory provou a realidade como se ela estivesse escorregando, o tempo se desintegrando, algo estava prestes a irromper neles...

Era iminente. Inevitável. Mallory parou no tempo por um momento, sentindo uma leveza inebriante, e então veio.

Era como se os céus tivessem se aberto, e ele estava explodindo das nuvens, derramando uma torrente de pura felicidade. Ele se soltou, sentindo o seu corpo chover por toda parte. E não conseguiu ver nada além das mãos de Ivy se estendendo, se movendo no colchão, e se agarrou a ela para que seus corpos não parassem.

Ele beijou seus gemidos finais nos lábios, bebendo-os como se fossem uma canção de amor sem fim.

Ela era dele, e ele era dela.

Mallory estava pensando que nunca mais queria sair daquela cama. Sentiu que o fogo que havia acendido dentro de seu peito ainda queimava por Ivy, e ele queria a sensação com ela de novo, mesmo que seu corpo precisasse se recuperar por um tempo, e mesmo que Ivy já estivesse deitada em seu peito, relaxada e satisfeita.

Talvez ela esteja certa. Talvez a má sorte tenha fim.

Ele a abraçou e inalou o cheiro de Ivy, apreciando o silêncio. Estava tão extasiado que não havia notado até então, mas parecia que a chuva do lado de fora agora caía sobre ele, pousando em cada nervo de seu corpo. Na verdade, ele se sentia como o próprio fim da tempestade, como se a turbulência tivesse encerrado, e agora ele estivesse imerso no abraço reconfortante de uma chuva mansa, que lentamente se esvaía.

— Eu me pergunto se um dia você pode inventar uma maneira de manter nossas memórias para sempre — disse Ivy, abraçando-o com mais força, como se estivesse implorando a sua mente para não o esquecer.

— Que tipo de coisa? — ele sussurrou, suave.

— Gostaria de um dia poder revisitar os momentos em que nos apaixonamos. Eu gostaria de poder vê-los. Ver as memórias.

Mallory sorriu.

— Vou trabalhar nessa ideia; mas, enquanto isso, estou sempre aqui para lembrá-la de qualquer coisa que você possa esquecer. E aí vem o seu talento. Você pode pintar. Pode *nos* pintar. Pode colocar nossas memórias onde quiser, em mil telas, em tecidos, em livros.

Mallory beijou Ivy entre as sobrancelhas, e ela colocou a perna sobre a dele.

— Mallory?

Ele parecia muito consciente de si mesmo e de Ivy, das curvas de seu corpo, do perfume de seu sabonete que, de alguma forma, parecia-se um pouco com o seu cheiro agora.

— Sim?

— Eu também amo você.

Essa seria uma das raras e felizes lembranças que ele faria questão de guardar.

— Falando em memórias, eu gostaria de lhe mostrar uma coisa — ele murmurou para Ivy.

— Tudo o que quiser. — Foi a resposta.

Mallory agarrou suas calças e entregou uma camisa a Ivy, depois a levou para fora do quarto e desceu as escadas. Acendeu todas as velas para que a sala se iluminasse com um brilho quente, então pegou a mão de Ivy e a levou para ficar na frente de uma pintura que, desde a morte de sua avó, ele mantinha coberta.

Ele sentiu o momento em que Ivy parou na frente do lençol empoeirado e lançou um olhar para Mallory, como se estivesse incerta, mas feliz ao mesmo tempo.

Quando Ivy parou diante do quadro, lançou um olhar de expectativa para Mallory. Com os cabelos um pouco despenteados e vestida apenas com sua camisa grande, ele pensou que nunca a vira tão bonita.

— Eu quero apresentá-la a algumas pessoas — ele sussurrou suavemente.

Se Mallory não tivesse sido dominado pela felicidade, poderia ter sentido lágrimas brotando em seus olhos, porque há muito havia perdido a esperança de que um momento como aquele aconteceria.

— Talvez eu devesse me vestir mais apropriadamente, então — brincou Ivy.

Mallory sorriu.

Jurara a si mesmo que só falaria com os pais e a avó se algum dia houvesse uma notícia importante para contar. E agora, ali estava ele, enfim, desfrutando de um momento alegre e apaixonado por Ivy.

E ele tinha certeza de que a família Oliverwood também a amaria.

— Acho que eles não estão em posição de julgar sua roupa, já que usam as mesmas peças há duas décadas. — Ele sorriu.

Quando Mallory removeu o lençol, partículas de poeira rodopiaram no ar como pequenas fadas. Ivy deu um passo à frente quando o único retrato da família Oliverwood apareceu.

Mallory relembrou o mal-estar que sentira durante aquelas horas em que ficara parado quando criança, entediado, mas o retrato havia capturado seus pais e avó perfeitamente. Após a morte deles, a memória tornou-se um lembrete doloroso. Só que, naquele momento, ao experimentar as alegrias do amor pela primeira vez, ele encontrou consolo na presença deles e no seu amor.

— Quero que conheça meu pai, Oscar Oliverwood. Minha mãe, June Oliverwood. E minha avó materna, Elizabeth Wilde. — Ele fez uma pausa, então com um sorriso e um floreio, gesticulou para Ivy. — Querida família, esta é Ivy Laviolette. Meu primeiro e único amor.

Os olhos de Mallory estavam fixos na pintura.

A arte retratava Mallory sentado em uma cadeira com as mãos cruzadas no colo e um sorriso radiante, apesar de ele se lembrar de nunca ter sorrido uma vez sequer durante seu tempo como modelo vivo. Seu pai estava atrás dele, uma perna cruzada sobre a outra e o braço casualmente sobre o encosto da cadeira, capturando perfeitamente a confiança despretensiosa. Sua mãe estava atrás dele do outro lado, uma das mãos apoiada no ombro e a outra segurando um buquê de flores de seu jardim. A avó estava no centro, como a matriarca, segurando graciosamente um livro, um símbolo querido de seu passatempo favorito e seu amor por compartilhar conhecimento. O talento do artista os trouxera à vida, capturando cada dobra e textura de suas roupas, até mesmo o brilho em seus olhos.

Enquanto uma leve pontada de tristeza apertava o coração de Mallory, a felicidade avassaladora de compartilhá-los com Ivy suprimiu qualquer dor persistente. Isto é, até ele ouvir a voz de Ivy tremer.

— Quando perdeu seu pai — ela começou, olhando fixamente para a pintura. — Era verão?

Mallory piscou, um pouco confuso com a pergunta.

— Solstício de verão, na verdade — respondeu, suave.

— Uma tempestade surgiu de repente — Ivy repetiu as palavras que Mallory havia usado quando contou a história a ela. — Você estava no lago Aupur, com as crianças, mas alguns meninos jogaram água em você, então você decidiu boiar sozinho.

— Sim? — Mallory pareceu confuso por um momento.

Quando Ivy se virou para ele, lágrimas escorriam por seu rosto. Mallory deu um passo à frente para secá-las, mas Ivy tocou seu peito, parando-o, o lábio inferior tremendo.

— Você voltou ao festival usando um objeto de flutuação, e seu cabelo estava molhado e caído sobre o rosto. Você parecia a morte, Mallory. Então começou a gritar. Gritou por socorro, mas ninguém quis intervir. Disseram que você estava amaldiçoado, mas seus gritos... por isso eu o ouvi esta noite e meu coração parou.

Mallory sentiu um arrepio na espinha.

Porque Ivy estava olhando para ele como se o conhecesse por todo esse tempo.

Ela estava olhando para ele com a mesma empatia que ele vira nos olhos de alguém no festival, naquele dia terrível.

— Eu era uma das garotas, Mallory — revelou Ivy, com os olhos marejados. — Uma das garotas que ajudaram você a trazer seu pai para a praia.

Percebendo que já haviam se conhecido tantos anos atrás, Mallory não sabia se fora ele quem encontrara Ivy uma segunda vez na noite em que a havia contratado, ou se fora Ivy quem *o* achara. Quando ele viu as lágrimas nos olhos dela, porém, pressionou a testa contra a dela e sentiu que entendia um pouco mais de quem era Ivy e por que era assim.

— Foi *você* — disse ele. — Foi você quem chamou as outras crianças para ajudar. Foi você quem ficou comigo quando todos os outros viraram as costas.

— Depois, tentei saber mais, perguntando às pessoas no abrigo — ela sussurrou em lágrimas —, mas aos poucos fui esquecendo, esqueci o que vivi naquele dia. Eu só me lembrava do seu nome. *Mallory*. Não sabia por que me lembrava, mas sabia de você como se fosse uma velha canção. Agora, posso entender. Posso entender por que não tive medo de pedir sua ajuda.

— Porque *você* me ajudou primeiro. — Mallory segurou o rosto dela entre as mãos. — Oh, meu amor. Me desculpe por...

— Não diga isso. Eu ajudei você porque quis. — Ela respirou fundo. — É por isso que você apoia o abrigo? Por gratidão pelo que fizemos naquele dia?

Mallory sentiu o coração apertar.

— Sim.

— E é por isso que não consigo esquecer você? — ela perguntou em voz alta, quase para si mesma. — Porque, desde aquela época, eu tentei tanto não esquecer?

— Mas você me encontrou — disse ele, sorrindo por entre as lágrimas que caíam de seus olhos. — Nós nos encontramos. — Segurou gentilmente o rosto dela com as duas mãos. — Quis expressar minha gratidão a você por anos. Há algum tempo, fui ao abrigo perguntar por você, mas quando a descrevi, disseram que você já havia saído e ninguém sabia onde estava, porque se mudava muito.

— É verdade — ela balbuciou.

— Ivy. Eu nunca poderei agradecer o suficiente. O que você fez por mim sempre estará gravado em minha memória. Quando criança, foi a única vez que tive ajuda de um estranho. E desde então essa lembrança tem sido o único fio de esperança que mantive sobre a humanidade, em um mundo onde muitas vezes me senti tão sozinho.

— Você não está mais sozinho. — Ela chorou, beijando o rosto de Mallory. — Você nunca mais estará sozinho.

E assim, a criada esquecida que era, por sua vez, inesquecível, fez uma promessa.

Mas este escritor sabe, e você também deveria saber: algumas promessas são muito difíceis de cumprir.

Capítulo 13

Ivy havia dormido apenas algumas horas nos braços de Mallory antes de o sol nascer, mas se sentia revigorada. Naquela manhã, enquanto se moviam pela cozinha em pijamas, pareciam muito jovens. À medida que Ivy cortava as frutas e Mallory tirava os pãezinhos do forno, ela se sentia tão energizada que duvidava que a felicidade fosse deixar seu coração.

— Por que um sorriso tão lindo? — Mallory perguntou, movendo-se para o lado dela, colocando os pãezinhos nos pratos e dando-lhe um beijo nos lábios.

— Só estou me lembrando da noite passada e pensando no futuro.

Não conseguia parar de imaginar um futuro com Mallory, em que ele pudesse se sentir abençoado e afortunado — em que ambos se sentissem assim. Ivy esperava que o peso que ele carregara por todos aqueles anos fosse tirado de seus ombros e que pudesse abraçar o amor que sentiam um pelo outro ao se abrir sobre o passado.

— Achei que você estava sorrindo ao encarar meus belos dotes — ele a provocou, sentando-se ao lado dela.

Ivy riu, batendo de brincadeira na mão de Mallory com uma colher.

— Boas maneiras à mesa, senhor.

Ivy agora estava ainda mais firme em sua crença de que toda a ideia de ser amaldiçoado com má sorte era apenas uma ideia absurda e boba do povo da cidade e que havia subido à cabeça de Mallory. Ela jamais seria capaz de aceitar a ideia de que a sorte nunca mudava, ou que Mallory poderia viver em um caos constante. Claro, sua vida tinha sido tudo, menos comum, porém não havia como o destino ser tão cruel com uma pobre criança.

— Hoje, quero finalmente esboçar o que imaginei para o seu quarto — anunciou Ivy. — Eu quero pintar, eu *preciso* pintar.

Mallory abriu um enorme sorriso.

— É o dia para isso?

— É — ela respondeu, distraída, olhando para ele. — Fui interrompida da última vez. — Ivy tocou o relógio de pulso por um segundo.

Mallory apoiou o cotovelo na mesa e abriu um sorriso largo.

— Antes de pintar, talvez eu tenha que perguntar o que você gostaria de colocar em nosso quarto.

— *Nosso* quarto? — Ivy indagou, seus olhos arregalados.

— Não quero passar uma única noite longe de você. Então, se você se sentir confortável... — Deixou a última palavra voar ao vento, como se as letras de repente tivessem ganhado asas.

O coração de Ivy se encheu de amor, porque ela percebeu que Mallory seria incapaz de colocar em palavras o desejo de estar com ela. Já sabia que sempre que ele falava, era direto, disposto a dizer o que pensava, e ela adorava isso nele. Mas, por alguma razão, o instante em que suas palavras sumiram foi ainda mais precioso do que se tivesse expressado.

— Também não quero passar um único dia ou noite sem você, Mallory. — Ela suspirou fundo. — Eu adoraria estar com você em qualquer lugar da casa, em qualquer lugar do mundo, desde que estivéssemos juntos.

Mallory ofereceu um daqueles sorrisos que iluminariam o mundo inteiro, e foi o suficiente o coração de Ivy se encher de alegria, como se todas as quatro estações dançassem no seu peito. Ela já estava retribuindo o sorriso, como se suas bochechas estivessem travadas no lugar por uma alegria avassaladora. Esse era o poder do amor: ele nos tornava cativos da felicidade.

Horas depois, Ivy ainda estava radiante, desenhando os contornos da obra de arte que imaginara criar para o quarto deles. Estava esboçando seu amor, como se fosse um conto mítico, uma fábula onde o Sol dava luz à Lua, onde a vida dava fôlego à morte, e onde a esperança triunfava sobre o desespero. No fundo, ela sabia que sua conexão estava destinada, então continuou a construir o cenário em sua mente, criando brotos de primavera que iam se abrindo em árvores estéreis, novas mudas surgindo no solo e nuvens se abrindo para revelar um céu noturno que se estendia até o infinito. Ela percebeu que Mallory poderia não entender todo o simbolismo de imediato, mas Ivy sabia que ele entenderia com o tempo.

— Já desenhou tudo isso?

— É apenas o esboço, mas o que acha? — Ela sorriu, aceitando a xícara de chá que Mallory havia preparado para ela.

— É lindo.

— Não estou nem perto de terminar, mas sei exatamente quais cores quero. Já comecei a misturar as tintas na minha cabeça.

— Você deveria usar suas mãos para isso, não a mente — disse Mallory com um sorriso, enquanto lhe beijava a testa. — Cuidado com o chá; está quente.

Era como se a palavra de Mallory fosse uma ordem direta aos céus. A caneca escorregou de seus dedos e se espatifou no chão, o líquido agredindo o joelho de Ivy, e um pedaço do caco de porcelana arrancando um pedaço da pele de seu tornozelo.

Ela não sentiu muita dor, mas viu a preocupação nos olhos de Mallory quando ele a envolveu em seus braços.

Ivy riu de pura surpresa quando ele a pegou e a carregou escada abaixo de uma maneira nada menos que exasperada.

Segurou-a em um braço enquanto pegava o unguento de um dos armários da cozinha, então a sentou na mesa e levantou seu vestido gentilmente. Aplicou-o com suavidade na queimadura de sua coxa e joelho, soprando para secar mais rápido.

— Preciso visitar a sra. Lock e comprar mais unguentos e remédios — disse a si mesmo.

Ivy ficou rindo enquanto ele a carregava em seus braços como uma donzela em perigo, mas, naquele segundo, a expressão no rosto de Mallory a deixou séria. A forma cuidadosa com que começara a limpar o fio de sangue, mesmo que fosse apenas um corte superficial, mostrava o quanto estava preocupado.

Ela se inclinou para tocar a mão dele e o fez olhar para ela.

— É só um arranhão — Ivy garantiu, lentamente.

— E uma queimadura.

— Estou bem. É só a minha pele ficando vermelha pela temperatura do chá.

— Você poderia ter se machucado de verdade.

— Foi um acidente — repetiu Ivy.

Ela percebeu que os ombros de Mallory estavam tensos e notou um medo em seus olhos, quase como se ele estivesse com pavor de viver aquele amor. Então, assim como a pintura que acabara de planejar, ela decidiu lançar cores sobre Mallory, abrindo o sorriso mais radiante que pôde.

— Eu, Ivy, dou a você total permissão para me amar de todo o coração, não importa o que aconteça. Autorizo você a cuidar de mim e estar ao meu lado, entendendo que acidentes podem acontecer. E lhe concedo total autoridade para me amar, porque não consigo ver um futuro sem o seu amor. — Ela fez uma pausa, a voz suave. — Nós dois já vivemos sem amor por tempo suficiente, não acha?

Mallory olhou para ela com um meio-sorriso, mordendo o lábio.

— Não espero que entenda isso de imediato — ela começou, a sério —, mas espero que perceba que a mulher que escolheu é um pouco desajeitada, desatenta e esquecida. Haverá momentos em que poderei precisar de sua ajuda. Mas, por favor, não me afaste. Não nos afaste. Não por causa disso.

Mallory se endireitou e deixou um beijo gentil na ponta do nariz de Ivy. Ele verificou uma vez, e talvez duas, se ela estava bem cuidada.

— Acho que vai querer voltar ao trabalho, então — disse ele.

A hesitação em sua voz fez Ivy perceber que ele ainda não estava convencido. Levaria tempo, talvez até anos, para enxergar que nada de terrível ia acontecer com ela, mas Ivy estava disposta a ser paciente, porque o amava com cada batida de seu coração.

— Espero que entenda que nada vai mudar o que sinto por você. Nada que alguém diga, nenhuma quantidade de acidentes, nenhum golpe de sorte; bom ou ruim. Nada no tempo ou no espaço pode colocar fim no meu amor por você.

— Acho que talvez minha sorte tenha mesmo mudado, então. — Ele sorriu.

Ivy saltou da mesa e deu um beijo apaixonado nos lábios de Mallory. Talvez ele finalmente a tivesse entendido. E mesmo que ainda não, ele estava tentando, e ela sabia que Mallory faria tudo o que pudesse para protegê-la e acolhê-la.

Naquele momento, ela não sentiu nenhuma apreensão sobre o que o futuro reservava. Porque, pela primeira vez, percebeu que não o enfrentaria sozinha.

Capítulo 14

Há muito se diz que quando você exala confiança, atrai sorte e oportunidades, levando a um alinhamento harmonioso de circunstâncias em sua vida.

Durante anos, Mallory ganhou dinheiro com os negócios da família, licenciando patentes, sem o desejo de criar nada novo. No entanto, a presença de Ivy lhe deu o desejo de voltar a trabalhar em um de seus sonhos inacabados.

E mesmo que houvesse apenas um ou dois velhos amigos de seus pais que ainda tivessem coragem de lidar com o Homem Amaldiçoado, ele encontraria uma maneira de conseguir os materiais de que precisava.

Ivy estava certa. Havia um futuro; havia um amanhã.

Entrou na loja da boticária como havia prometido, parecendo um homem ainda mais jovem do que era. A loja era da sra. Lock, uma velha conhecida da família que costumava importar suprimentos para as invenções de seu pai; produtos químicos, solventes, tecidos, cola, qualquer material de que precisasse.

— Bom dia, sra. Lock — ele saudou. — Acho que lhe prometi uma visita.

Enquanto ele olhava ao redor da loja, a sra. Lock estreitou os olhos cansados, esforçando-se para enxergar, e abriu um sorriso generoso.

— Mallory Oliverwood? Você veio?

— Como está, sra. Lock? — respondeu, voltando-se para ela. — Sim, eu vim.

— Oh, pelos deuses! É tão bom vê-lo! Estou bem, e você?

— Estou ótimo, na verdade. Preciso de tudo o que conseguir em seda e papéis para esboço.

— Está começando uma carreira como costureiro?

— Receio não me interessar muito por moda. Herdei apenas a criatividade excêntrica do meu pai.

— Seu pai adorava surpreender a todos nós com o inesperado. É bom saber que ele passou isso para você, mas sua saúde se deve aos magníficos jardins da sra. Oliverwood, creio eu. Parece que também herdou a aparência dela.

Mallory sentiu algo perfurar seu coração ao ouvir palavras gentis sobre sua família, após tanto, tanto tempo.

— É muito gentil da sua parte, sra. Lock.

— Espero que não tenha ficado enfiado naquela casa enorme devido às coisas horríveis que dizem sobre você.

— Há lugares piores para se estar, não é?

— Não dê ouvidos a uma palavra do que dizem — disse a velha senhora. — Você é bem-vindo aqui a qualquer hora.

A sra. Lock começou a reunir o que Mallory havia pedido — seda, papel de esboço e, por fim, os unguentos e algodão de que ele lembrava que precisava —, embrulhando-os em papel e colocando-os em uma caixa grande.

— Se precisar de mais alguma coisa, jovem, desde uma xícara de chá até um ombro amigo, sabe onde me encontrar.

Mallory não sorriu durante todo o caminho para casa, mas sentiu que uma parte de si mesmo, muito imersa nas sombras para deixá-lo expressar emoções, estava feliz. Ele sabia que algo havia mudado. Era como se Ivy tivesse entrado em sua vida e revivido seus sonhos, como se ela tivesse pintado sua tela em branco. Talvez ela não soubesse ou percebesse, ou talvez soubesse, mas desde que puxara as cortinas e abrira as janelas, parecia ter trazido vida e cor de volta à alma de Mallory, assim como à sua casa.

No momento que chegou e abriu a porta da frente, carregando sua caixa de compras, ele se deteve.

Ivy não estava brincando quando disse que pretendia terminar *meticulosamente* a decoração de Mansão Oliverwood. E ela acordara obviamente decidida a consertar as cortinas não tão amadas da sala.

Mallory havia discutido com ela a ideia de contratar funcionários naquela mesma manhã, sugerindo que era hora de ela ter mais ajuda, especialmente porque Ivy queria abrir todos os quartos, mas convencê-la de que era demais para lidar sozinha era como dizer a uma criança que comer doces fazia mal para os dentes. Não surtiu efeito algum, pois ela estava decidida a fazer tudo à sua maneira.

O que ele viu foi a prova disso.

Mansão Oliverwood tinha uma imensa janela na sala. A janela se estendia do teto ao chão, abrangendo o primeiro e o segundo andares. E sim, as cortinas de comprimento total, concordou Mallory, certamente haviam envelhecido e precisavam ser substituídas.

— Está em casa, meu amor! — Ivy gritou por cima do ombro, do alto de uma escada, movendo a haste da cortina de madeira acima de sua cabeça.

— Estou — disse Mallory, a mandíbula apertada.

— Ah, não! Você está fazendo aquela cara!

— Qual cara?

— Aquela expressão preocupada de quem acredita na certeza do azar iminente. — Ela riu.

Ele foi até a base da escada, tentando tranquilizá-la com um sorriso.

— Estou bem.

Naquele momento, ele não estava.

As cortinas, penduradas em ambos os lados, ondularam quando Ivy colocou as mãos sob a haste que as segurava. Mallory mal pôde assistir, pois os braços de Ivy tremiam sob o peso delas.

— Meu amor, por favor, deixe-me descer isso... — ele começou a dizer.

Mas Ivy começou a tirá-las dos suportes, virando-se ligeiramente para sorrir e assegurar-lhe que estava bem.

Foi então que o tempo pareceu parar. Uma mudança sutil na maneira como ela virou o rosto interrompeu o delicado equilíbrio das pesadas cortinas que segurava sobre a cabeça. A haste começou a balançar acima dela, e o corpo de Ivy se inclinou. As cortinas começaram a balançar e, um momento depois, tudo começou a ruir.

Mesmo os momentos catastróficos têm sua beleza.

Quando a gravidade puxou Ivy do topo da escada, as cortinas voaram como asas de cada lado dela.

Caíram em cascata, traçando o caminho de sua queda, as dobras suaves e padrões intrincados capturando a luz e criando uma aura suave e etérea ao seu redor, enquanto o som do tecido se misturava com a pressa do ar, tremulando e ondulando com um arco gracioso.

Os olhos de Ivy se arregalaram e seus membros se estenderam, como se tentasse alcançar uma linha de vida invisível, ou como se não tivesse escolha a não ser abrir as asas e tentar voar.

Só que essas asas não a ajudaram.

Elas se dobraram no ar e caíram com ela.

E lá estava Ivy, o amor de Mallory, desabando lentamente.

Mallory fez o melhor que pôde.

Conseguiu esticar os braços e se jogar sob o corpo de Ivy e no chão, mas a força da queda foi muito grande. Eles tombaram para trás, e ele bateu a cabeça no chão de madeira com um baque que pareceu ecoar pelos corredores de Mansão Oliverwood, reverberando no mesmo ritmo do seu coração acelerado.

Uma dor latejante envolveu a parte de trás da sua cabeça. Ao abrir os olhos, não conseguiu ver nada, até que percebeu que seu rosto estava coberto pela cortina, cegando-o momentaneamente.

Com um estremecimento de dor, ele a afastou, estendendo a mão para Ivy.

Ela estava deitada ao lado dele, seu corpo estranhamente imóvel, as cortinas envolvendo-a com tristeza. O coração de Mallory disparou quando ele rolou em sua direção e estendeu a mão, procurando ansiosamente qualquer sinal de vida, enquanto a sala parecia prender a respiração.

Naquele momento, cada batida de seu coração ecoou em seus ouvidos.

Colocando as mãos em concha ao redor do rosto de Ivy como se ela fosse um pássaro ferido, desejou desesperadamente vê-la se mexer, oferecer algum sinal de vida. Ele começou a sussurrar freneticamente o nome dela, sentindo um aperto na garganta e uma dor lancinante no peito.

Ela estava respirando? Seu espírito ainda estava preso a este mundo ou havia voado em suas asas etéreas?

Mallory falou o nome dela sem parar, como um encantamento, as mãos tremendo ao redor do rosto dela, segurando-a com ternura como se esperasse que apenas seu toque pudesse trazê-la de volta ao mundo desperto.

O tempo prendeu a respiração e Mallory segurou a sua, esperando que o delicado equilíbrio pendesse em favor da vida.

Então, no ar quieto, ele pensou ter detectado o mais leve sussurro de respiração. Seus olhos se fixaram no tórax dela, e ele testemunhou um leve movimento para cima e para baixo, como o vai e vem da maré.

Ela estava respirando.

— Ivy? — ele chamou. — Meu amor, por favor, acorde.

Seus olhos permaneceram fechados, sua expressão, serena, como se estivesse em algum outro lugar, mergulhada em um sono mais profundo do que qualquer outro. E então, a atenção de Mallory foi atraída para uma sensação quente e pegajosa.

Sangue.

Estava em suas mãos, acumulando-se onde ele embalara a cabeça de Ivy, infiltrando-se no chão.

De repente, ele pôde sentir cada músculo de seu corpo tremendo pela adrenalina.

Precisava fazer alguma coisa.

— Eu já volto — sussurrou para ela.

Levantou-se, com a visão embaçada e as pernas trêmulas, e cambaleou até o armário de remédios da casa, recolhendo rapidamente algodão, álcool e unguentos.

Voltando-se para Ivy, ele rapidamente, mas com cuidado, separou o cabelo emaranhado de sangue na parte de trás de sua cabeça para encontrar a ferida. O corte era profundo e ele teve que parar o sangramento antes que pudesse pensar em chamar um curandeiro.

O cheiro forte de álcool permeou o ar quando ele rapidamente o derramou no algodão e o pressionou contra a ferida, interrompendo o fluxo de sangue. Enquanto o carmesim manchava o branco, seu coração batia forte no peito, e ele sussurrou palavras de encorajamento para ela, usando as mãos que havia treinado para trabalhar com tanta firmeza, enxugando a ferida até que estivesse desinfetada.

Finalmente, Mallory abriu o pote de unguento, colocando uma pequena porção na ponta dos dedos. Com movimentos suaves, aplicou o bálsamo calmante na ferida, seu toque tão suave quanto um sussurro, formando uma camada protetora sobre a pele maculada.

O sangramento havia parado, mas Mallory não tinha conhecimento sobre curativos além de saber limpar uma ferida. Ainda movido pela adrenalina, ele beijou a testa dela e correu para o escritório, juntando moedas e fazendo anotações para que pudesse chamar um mensageiro para entregá-las a todos os curandeiros de Elm Villa. Sua escrita frenética revisitava o mesmo sentimento de desespero que ele, quando menino naquele lago, precisara implorar por ajuda.

Afastou os pensamentos do passado, terminou depressa as anotações e saiu correndo até a rua para chamar um mensageiro.

Sabia que poderia confiar no menino que veio, mas se poderia esperar uma resposta, não tinha tanta certeza. Enviou os recados de qualquer maneira e, enquanto voltava para casa, rezou para os deuses da sorte, pedindo que todo o favor que eles haviam falhado em lhe fornecer recaísse sobre Ivy, e que enviassem um curandeiro.

Era uma esperança distante, mas ele voltou para o lado de Ivy e deitou-se com ela, sussurrando palavras gentis, acariciando sua testa, lembrando-a da força de seu nome.

A descida do sol e a ascensão da lua marcavam a passagem das horas, e Mallory perdeu toda a noção do tempo, pois cada minuto que passava se estendia por uma eternidade.

Nas primeiras horas da manhã, o corpo de Mallory havia esgotado toda a sua energia, e sua voz estava rouca de tanto sussurrar, mas ele ainda estava bem acordado quando ouviu uma batida à porta.

— Onde ela está? — a mulher disse com urgência quando Mallory abriu a porta. Ela examinou os arredores até que seus olhos pousaram em Ivy, inconsciente e pálida, como um anjo de cerâmica em um sono profundo.

Apesar da idade, a sra. Lock se moveu rapidamente e se ajoelhou perto da garota, inclinando-se sobre Ivy e usando sua própria bochecha para medir se ela estava com febre. Então, olhou para Mallory enquanto abria a maleta e tirava os remédios.

— Você cuidou bem da ferida — ela disse. — Mas precisamos levantar a cabeça dela com cuidado e deixá-la confortável, para que possa ingerir os líquidos.

Com movimentos sincronizados, Mallory e a curandeira embalaram cuidadosamente o corpo flácido de Ivy, suas mãos trabalhando em uníssono para apoiar a cabeça e o pescoço, garantindo que mantivessem sua postura enquanto a colocavam em uma posição mais confortável, sustentando-a com travesseiros e almofadas, deixando a cabeça em um ângulo que permitisse a administração do medicamento.

A velha, com suas mãos firmes e experientes, guiou Mallory com instruções gentis enquanto umedecia um pano macio com água fria e enxugava a testa de Ivy, suas têmporas e a nuca, dando um toque suave antes de separar os lábios dela com ternura, administrando o líquido gota a gota.

Enquanto deixavam o corpo dela se acomodar nos travesseiros, o quarto pareceu ficar em silêncio, como se prendesse a respiração em antecipação ao despertar de Ivy. Um cheiro férrico de sangue pairava no ar, e enquanto Mallory olhava para as feições delicadas do rosto de Ivy, o peso de sua culpa esmagava cada um de seus ossos.

— Ela vai se recuperar? — ele sussurrou, fechando as pálpebras e beijando a testa de Ivy, sentindo-a fria e salgada contra seus lábios.

— É difícil dizer. Pode ser que ela esteja apenas se recuperando do choque da queda, mas... bem... só o tempo dirá se haverá algum efeito colateral ou se ela acordará.

— O que mais posso fazer por Ivy? — ele perguntou, olhando para cima.

A senhora lançou-lhe um olhar consolador.

— Agora, você precisa se limpar e descansar. Amanhã, troque o curativo. Alimente-a com colheradas de sopa e hidrate-a. E dê a ela duas colheres do que há nesta garrafa, a cada três horas. — Ela entregou a Mallory um frasco.

— Obrigado.

— Agradeça-me se ela abrir os olhos. Agora vá e se limpe. Ficarei com ela até você voltar.

Mallory subiu as escadas, sentindo que havia deixado todo o seu coração no primeiro andar, batendo no peito de Ivy. Ele preparou um banho, depois tirou a roupa e jogou fora. Assim que mergulhou na água e a sentiu espirrar em seu rosto, percebeu que não tivera chance sequer de deixar uma lágrima escapar de seus olhos.

Parte dele queria deixar a água engoli-lo, mas ele sabia que tinha que manter a cabeça na superfície durante aquela tempestade também.

Capítulo 15

Com o passar das horas, a mente de Mallory foi ficando cada vez mais sobrecarregada por uma sensação de peso e insegurança. Ele questionou cada decisão que havia tomado em relação a Ivy, como se tivesse o poder de moldar suas próprias emoções e protegê-la das garras imprevisíveis do amor. Mas, assim como o bilhete que Ivy descobrira que ele havia escrito para si mesmo, tais pensamentos eram inúteis.

Assuntos do coração não podiam ser controlados tão facilmente.

Seu coração estava inextricavelmente ligado ao de Ivy. Exceto para buscar as coisas de que precisava para cuidar dela, nunca saiu do lado dela, durante toda a noite e na manhã seguinte. Ele havia *prometido* nunca sair de perto, mesmo que isso significasse que os anos passariam, a casa desmoronaria ao redor deles, vinhas cresceriam sobre eles e os tornariam cativos da lua e das estrelas.

Mas esse não seria seu destino.

Alguns destinos eram piores que a morte.

Quando Mallory se deitou contra ela, sussurrando as palavras de seu coração, ele sentiu a sensação mais delicada de sua vida.

Era como uma pétala sendo agitada por uma brisa suave, ou uma borboleta preparando-se para abrir as asas.

Ele sentiu os cílios de Ivy baterem em sua bochecha.

Virou-se para encará-la e, lentamente, suas pálpebras se abriram, revelando as profundezas vibrantes de seus olhos. Antes que sua mente pudesse aceitar que ela estava acordada, os lábios de Ivy se curvaram em um sorriso terno, como se ela tivesse encontrado o caminho de volta de um sonho distante.

— Eu dormi demais de novo? — perguntou, com um sorriso fraco.

A alegria não chegava nem perto de abranger a emoção que envolveu

Mallory. O sorriso de Ivy e a inclinação de sua cabeça o encheram de euforia.

— Ivy... — sussurrou o nome dela, como uma oração, e segurou os lados de seu rosto, observando cada traço, a cor de suas bochechas e a temperatura de sua testa. Ivy se encolheu quando Mallory tocou no lugar errado.

— Eu caí da escada, não foi?

— Você caiu.

— E você foi o meu herói, não é? — Ivy sorriu.

Por mais feliz que estivesse por ela acordar, Mallory não podia compartilhar aquele sorriso. Ivy havia ficado inconsciente por um dia inteiro, derramando uma quantidade significativa de sangue de um ferimento na cabeça, mas ela não parecia nem um pouco preocupada com o que acontecera.

— Acho que nós dois sabemos que não sou o herói desta história — disse Mallory gravemente.

Ivy olhou para ele.

— Você prometeu não culpar sua sorte novamente.

— Você estava indo bem até eu chegar em casa.

— A culpa foi minha, não sua.

Mallory pegou a toalha e começou a enxugar a testa dela de novo.

— Gostaria de poder acreditar nisso.

Ela empurrou a toalha para longe, sua voz uma mistura de desespero e exasperação.

— Mallory. Há algo que posso fazer para tranquilizá-lo? Não sou uma profecia sendo cumprida, e você não está destinado a uma vida de má sorte, ou seja lá o que acredita. É apenas *a vida*. A vida não organiza seus momentos bons e maus em um equilíbrio perfeito.

— Exatamente — disse ele. — A vida me deu todo o infortúnio.

Ele teve que argumentar, porque por mais otimistas que fossem as palavras dela, doíam ouvir. Se Ivy estivesse certa, ele teria que renunciar a toda a sua compreensão de si mesmo. Era como se tudo o que ele acreditava sobre si fosse uma mentira.

— Não — ela retrucou de volta, com um tom de pura frustração. — Você está apenas se livrando de todas as coisas ruins primeiro, porque a sorte quer que você tenha uma vida linda daqui para frente.

Ele queria confiar, mas como deixar de acreditar em algo em que acreditara a vida inteira, quando tudo o que acontecia parecia confirmar sua teoria?

— Ou talvez o azar nunca acabe — falou ele.

Assim que disse isso, percebeu que havia levado o argumento longe demais. Ivy se sentou e rolou para longe dele, como se estivesse tentando se levantar.

— Então que nunca acabe! — ela exclamou.

— Ivy, por favor. Fique onde está.

— Não me importo se a má sorte nunca acabar — ela continuou, ficando de pé, trêmula. — E se eu quiser você de qualquer maneira? Mesmo que a morte me leve? E se eu não tiver mais nada pelo que viver?

Mallory queria lhe dizer que Ivy tinha o mundo inteiro pelo qual viver, mas ele não podia argumentar contra os sentimentos dela sem negar os seus, porque sentia o mesmo por Ivy, completamente incapaz de imaginar uma vida sem ela ao seu lado.

Mas essa era a razão pela qual ele precisava saber que ela estava segura. E assim o argumento em sua cabeça girava e girava em um loop sem fim. A vida não era nada sem Ivy, mas nenhum destino poderia ser pior do que perdê-la.

— Por favor, sente-se — ele pediu suavemente.

Enquanto ele observava, viu que ela parecia bem em pé. Suas bochechas estavam coradas, embora provavelmente estivessem vermelhas de frustração, mas também não havia um único arranhão ou hematoma em seu corpo.

— Só se você aceitar que tudo o que temos é o nosso tempo aqui, em vida — disse ela. — Não podemos deixar que todas as coisas boas venham até nós, mesmo ao lado das ruins? Não podemos simplesmente viver e amar?

Talvez com o tempo ele pudesse aceitar o que ela estava argumentando. Diziam que o tempo era o aliado de todas as coisas, que trabalhava a favor do amor e da vida. Mesmo que não tivesse sido seu aliado no passado, com Ivy ao seu lado, talvez as coisas mudassem.

— Nós podemos tentar — ele aceitou.

— Mallory — falou ela, sua voz cheia de gratidão por sua disposição a ouvi-la. — Tudo o que importa é que estamos juntos agora.

Quando Ivy se virou e se sentou novamente, ele pegou a mão dela e notou que o pequeno relógio de pulso em seu braço havia batido na queda.

A face de vidro estava rachada.

Tentou não interpretar como um mau presságio, mas era difícil. Aquilo era mais do que apenas um relógio de pulso. Era um símbolo de seu cuidado com Ivy. Vê-lo quebrado lhe deu uma sensação de urgência. Precisava ser consertado.

Mas ele não tinha experiência em vidro para relógios.

Naquele momento, enquanto Ivy estava sentada ao seu lado, ele pensou no único homem que conhecia que seria capaz de fazê-lo.

Quando criança, Mallory conhecera todos os tipos de comerciantes com o seu pai. E entre eles estava um velho relojoeiro, o mais famoso de todos.

Zeno.

Havia rumores sobre ele. Na verdade, até o próprio pai de Mallory, um indivíduo muito respeitado com uma mente devotada à racionalidade, disse que o velho conhecia o segredo da imortalidade. Na verdade, o sr. Oliverwood até dissera que o próprio Zeno devia ser imortal, já que tinha cabelos brancos e fazia relógios desde que o pai de Mallory nascera.

E se seu pai achava que havia alguma verdade nos rumores, Mallory não podia deixar de considerar a possibilidade.

A ideia persistiu em seus pensamentos enquanto ele segurava a mão de Ivy, olhando primeiro para o relógio de pulso, depois para a bandagem na cabeça dela e seu olhar de esperança.

Se fosse verdade...

Talvez uma visita a Zeno não apenas consertasse o relógio, mas também sua maré de azar.

— Ivy — ele sussurrou suavemente, encontrando os olhos dela —, você perguntou se havia algo que eu pudesse fazer para me tranquilizar.

Ela sorriu com gentileza quando Mallory tomou o rosto dela nas mãos.

— Diga — Ivy pediu.

Mallory queria segurá-la ali para sempre, mas precisava arriscar para que pudessem seguir em frente.

— Se eu dissesse que pode haver uma resposta para todos os nossos problemas, você acreditaria em mim?

Ivy o observou com a testa franzida, mas também com fé em seus olhos.

— Se isso acalmar o seu coração... então, é claro, eu quero ouvir.

Capítulo 16

— Há um homem — disse Mallory, lentamente. — Um velho relojoeiro que vive isolado fora da cidade em um lugar não muito longe daqui, mas também de difícil acesso.

Havia mais do que isso, Ivy sabia. Consertar o relógio de pulso não resolveria os problemas.

— A questão é... — Mallory começou, quase timidamente. — Dizem que ele conhece o segredo da imortalidade.

Ivy prendeu a respiração, sua mente acelerada. Mallory poderia realmente estar falando sério? Apesar de sua tentativa de manter a expressão neutra, ela sabia que o semblante traía sua descrença.

— Eu sei, eu sei. Não espero que acredite em tal coisa — continuou. — Eu também seria cético, só que o velho era um conhecido de meu pai. Então, se for verdade, sei que ele não vai mentir para nós. Acho que devemos falar com ele. Para ver se pode nos ajudar a protegê-la.

— Mallory, eu me lembro agora de ouvir as histórias sobre ele também. E é claro que estou cética. Mas, mesmo que fosse verdade, é necessário? Realmente acha que ele tem a solução para nossos problemas?

O peito de Ivy se apertou de preocupação pela angústia de Mallory. Por mais improvável que achasse aquela solução, ela faria se lhe trouxesse paz.

— Por favor. — Mallory sentou-se na cama e pegou as duas mãos dela. — Sei que parece loucura, mas para trazer paz a minha mente? Vamos apenas vê-lo. Só para conversar.

— Só para conversar?

— Absolutamente. Não vai doer só tentar falar com ele, certo? Acho que precisamos tentar, Ivy. Se concordar, iremos assim que você estiver bem novamente.

— Estou bem. Podemos ir agora.

— Não. Teremos que caminhar — disse ele. — As estradas são muito estreitas para uma carruagem, e o terreno é irregular. Não quero arriscar nenhum acidente a cavalo.

— Mas não demorará um dia e uma noite?

— Considere como nossa pequena aventura.

As ruas estreitas de paralelepípedos, as casas de enxaimel e as lojas de pedra de Elm Villa desapareceram à distância quando Ivy partiu com Mallory para a casa de Zeno, dias depois.

O sol estava nascendo, projetando longas sombras em todos os lugares e dando um pequeno brilho mágico às pedras que margeavam a estrada sinuosa à frente.

Ivy recuperou a saúde e sentiu uma sensação de paz, apesar de saber que a caminhada seria árdua. Andaram de mãos dadas — Mallory com uma sacola cheia de provisões enquanto ela carregava um cantil de água. O ar estava fresco e sereno e, enquanto caminhavam, ela teve a sensação de que acabara de abrir a cortina para um novo mundo e de que não precisava de nada além das possibilidades do que estava por vir.

Ivy realmente sentiu que poderia ir a qualquer lugar, desde que ele estivesse ao seu lado.

Deixando a cidade para trás, a paisagem mudou para campos abertos, cobertos de plantações, cercados por celeiros e moinhos de vento, animais pastando e grandes rolos de feno. Conversaram sobre o futuro, sobre deixar Elm Villa. Conversaram sobre as vacas pastando.

— Elas são realmente como os monges do mundo animal, não são? — Ivy observou. — Tão calmas e iluminadas.

— Acho que também estaríamos bem relaxados se nosso mundo inteiro fosse um pão gigante — disse Mallory.

— Isso é verdade. — Ivy sorriu. — Talvez um dia eu consiga dormir em cima da comida também.

— Tenho certeza de que já vi você fazer isso, uma ou duas vezes — brincou.

Ivy cutucou-o com o cotovelo, fazendo-o rir baixinho.

Logo a paisagem mudou e Ivy observou como colinas surgiam lentamente da terra, sombreadas por nuvens que se moviam devagar, bordadas com papoulas e prímulas. Então, à medida que a estrada avançava mais profundamente na natureza, árvores começaram a crescer à beira da estrada, uma a uma, formando bosques, estreitando-se e finalmente os cercando em uma vasta floresta.

No final da tarde, um vento fresco percorria as árvores, fazendo os galhos rangerem e as folhas sussurrarem, e, enquanto Ivy seguia Mallory mais adentro da floresta, a estrada se estreitava, e as árvores dos lados deles eram tão retortas e nodosas que pareciam vivas.

Enquanto caminhavam, Ivy procurava alegrar o clima de sua aventura e aliviar a tensão de Mallory. Ela começou a provocá-lo de maneira brincalhona sobre como ele estava paranoico em relação à sua segurança.

— Acho que as árvores são más nesta parte da floresta — zombou ela. — Olhe. Tenho certeza de que vi uma lá atrás tentando me agarrar.

— É porque você é tão linda que até as árvores sabem a sorte que tenho por tê-la ao meu lado. E outra coisa, acho que elas podem ouvi-la.

— Ah, elas podem me ouvir? — indagou Ivy, ainda brincando com ele. — Acha que, *por eu ser tão linda*, elas estão planejando me sequestrar e me transformar em um ser místico da floresta?

— Claro que sim — Mallory brincou também. — A próxima coisa que sabemos é que você se tornará uma fada.

— Ou uma linda borboleta — Ivy sugeriu. — Que destino terrível seria.

— Bem, se você ficar comigo ao invés disso, vou transformá-la em uma deusa da eternidade ou algo assim.

— Você pode tentar. — Ivy riu. — Eu estava brincando, mas essas árvores estão realmente me assustando.

— Eu sei, meu amor. Chegue mais perto.

A partir desse momento, Ivy segurou Mallory um pouco mais apertado. O problema das histórias, pensou ela — mesmo histórias sem sentido —, era que elas tinham um poder estranho. Ivy sabia que a ideia de árvores malévolas era ridícula e que não corria perigo, mas a mera menção criava um leve ar de suspense, e o farfalhar das folhas e o ranger dos galhos faziam os cabelos de sua nuca se arrepiarem e seu coração bater um pouco mais forte. Pela visão periférica, ela imaginou uma ou duas vezes que os galhos retorcidos estavam tentando alcançá-la.

Então, estava um pouco mais tensa do que admitiria quando começou a ouvir um som estranho ao leste. Ela parou de repente, e então Mallory parou também.

Era uma voz, perturbada, gritando, chorando.

— Fique aqui e eu vou ver o que é — disse Mallory.

— Prefiro ir com você.

Ivy ficou aliviada quando Mallory concordou, pois ela não conseguia se imaginar sozinha, perdida e com frio até os ossos, sem saber como se localizar. Então deixaram a trilha e começaram a caminhar por entre as árvores em direção ao som.

A floresta era densa e selvagem, com apenas um pouco de luz do sol sendo filtrada pelas árvores, lançando sombras no chão. Naquela área, as árvores realmente os agarravam, arranhando-lhe os braços, e a vegetação rasteira se acumulava ao redor de suas pernas, retardando os movimentos. As folhas roçavam em seus rostos. Quanto mais fundo avançavam, mais alto o choro parecia.

Enquanto Mallory a segurava e auxiliava por meio de um emaranhado final de plantas e galhos, ela viu uma pequena figura encolhida no chão. Eles se aproximaram e Ivy percebeu que era uma garotinha sozinha.

O medo de Ivy foi subitamente substituído por compaixão, e ela correu para confortar a criança. Só que pareceu ser a pior coisa que poderia ter feito, pois a garota a viu chegando e soltou um grito ensurdecedor.

Então Ivy recuou e tentou falar baixinho para acalmar a garota, mas era como se ela não entendesse uma palavra. A menininha apenas olhou para Ivy e choramingou de medo até que Ivy desistiu e voltou-se para Mallory.

— Ela não quer falar comigo — disse Ivy.

— Provavelmente são todos os contos de fadas sobre aquelas garotinhas que encontram bruxas na floresta e que se exibem com rostos bonitos, têm maçãs envenenadas e casas feitas de pão de mel.

— Você precisa falar com ela.

— Eu? Não. As crianças me odeiam. Vou matá-la de susto.

— Claro que não vai! — exclamou ela.

— De qualquer forma, eles falam a língua antiga aqui. Eu não a conheço.

— Mallory. Olhe para você. Você não tem medo de ladrões. Você lutaria com um urso, mas está com medo de uma garotinha?

Era verdade. Mallory havia compartilhado algumas histórias com Ivy sobre seus anos de solidão, lembrando como os meses de inverno tornavam os animais selvagens mais ousados, levando-os a se aventurar mais perto de Mansão Oliverwood em busca de comida. Ele se acostumara a lidar com tais situações. Também aprendera a se defender, lembrando-se de casos em que bêbados saíam de tavernas tarde da noite procurando briga com o Homem Amaldiçoado. E algumas vezes, enquanto corria pelas ruas à noite para se exercitar, vira-se tendo que defender a si mesmo ou a outra pessoa contra uma gangue de ladrões. Portanto, ele era mais do que capaz de levar a luta a qualquer um que o desafiasse, apesar de sua aversão à violência.

Ivy entendia como Mallory era destemido em todos os outros aspectos de sua vida, exceto por seu medo de perdê-la. Esse medo era o maior de todos. Era o único que ela havia percebido em seus olhos desde que haviam confessado seus sentimentos um ao outro.

Mas havia outro medo que o dominava; as crianças.

Ele dissera que as crianças sempre haviam sido um desafio. Nunca sabia o que dizer a elas, já que eram tão pequenas e facilmente influenciáveis, e assim que ouviam falar da suposta maldição, até mesmo a saudação mais educada do mundo os aterrorizava. Sempre tinha sido mais fácil ser rude e ignorá-las.

— Por favor — insistiu Ivy. — Vá falar com ela.

Mallory olhou para garotinha com relutância por um momento. Parecia que ele queria uma saída, mas claramente não conseguia pensar em mais desculpas, porque finalmente respirou fundo e caminhou até ela.

Ivy sentiu o coração doer, vendo a garota sentada de pernas cruzadas com os joelhos dobrados e a cabeça baixa, o rosto escondido atrás dos antebraços. Ela observou enquanto Mallory se agachava e pigarreava suavemente.

— Está tudo bem… — ele começou, estremecendo.

A garota simplesmente olhou para ele por cima dos braços, seus olhos brilhantes cheios de lágrimas. Ivy a achou adorável e rezou para que os deuses ajudassem Mallory a encontrar as palavras certas.

— Nós não vamos machucar você — ele disse, baixinho.

A garota lentamente revelou seu rosto, suas bochechas vermelhas, seu lábio trêmulo.

— *Ne mec hwǣte* — ela sussurrou, o que qualquer um que entendesse a língua antiga saberia que significava: *não me machuque.*

— O que ela disse? — Ivy perguntou suavemente.

— Não sei — disse Mallory. — Acho que ela está perdida.

— *Ish wille gán hám tó módor* — sussurrou a menina, o que queria dizer: só quero ir para casa, para a minha mãe.

Ivy viu que Mallory pensou rápido e usou o dedo indicador para traçar um retângulo na terra, completando-o com um triângulo para representar uma casa. Ele acrescentou uma chaminé e fios de fumaça, dando vida ao desenho simples.

— De onde você é? — indagou Mallory.

— *Mīn hūs está em dæl.*

Ivy viu seu amor olhar para a menina.

— Há um vilarejo no vale pelo qual passaremos em breve — disse ele. — Acho que ela é de lá.

— Tem certeza? — Ivy sentiu a esperança crescer em seu peito.

— Na verdade, não — respondeu ele.

— O que acha de perguntar o nome dela?

Ele concordou com a cabeça, e o coração de Ivy disparou ao observar a maneira amável e gentil com que Mallory interagia com a garota. Ele desenhou três bonequinhos no chão. Abaixo de uma, ele escreveu *Ivy* e apontou para ela. No próximo, ele escreveu *Mallory* e apontou para si mesmo. A terceira ele deixou em branco.

— Qual é o seu nome?

Naquele momento, Ivy percebeu o efeito notável da voz calma e profunda de Mallory. Não apenas tinha o poder de arrepiar os pelos de seus braços e causar arrepios em sua espinha, mas também trazia a capacidade de acalmar o mais perturbado dos corações.

Enquanto observava a garota, Ivy notou uma mudança impressionante. As lágrimas que antes escorriam pelo rosto da menina haviam cessado e ela agora parecia completamente à vontade com Mallory. Talvez, junto a sua voz, seu talento para desenhar bonecos de palito de aparência boba tivesse criado uma conexão entre eles. De qualquer forma, Ivy não pôde deixar de soltar um suspiro de alívio.

Zelda, escreveu a garota.

Mallory sorriu.

— Então, Zelda, o que você está fazendo aqui sozinha?

Assim que a garota o ouviu dizer seu nome, ela relaxou completamente.

— *Ish sunde hindan án díor* — ela sussurrou.

Mallory assentiu.

— O que ela disse? — Ivy perguntou.

— Não faço ideia — respondeu ele com um sorriso. — Ela provavelmente estava perseguindo um cervo ou algo assim. Eu adorava brincar de caça quando a temporada acabava.

— Precisamos levá-la para casa. Eu sei como é assustador se perder. Veja se ela vem conosco.

— Não sei como perguntar.

— Apenas tente.

Ivy observou Mallory se virar para a garota, examiná-la e começar a falar com delicadeza.

— Eu sei que você provavelmente não vai entender uma única palavra do que eu disser, mas deixe-me dar alguns conselhos que aprendi com alguém que amo. Bem, quando você perde algo ou se perde, ou se encontra sem saída, é preciso coragem para admitir que cometeu um erro e voltar de onde começou. E pode parecer que refazer seus passos é ir na direção errada. Mas, às vezes, andar para trás é a única maneira de seguir em frente.

Mallory estava certo, pensou Ivy. A garota provavelmente não o havia entendido, não da maneira usual que esperaríamos entender. Apesar disso, de alguma forma as palavras de Mallory ressoaram com a criança, porque Ivy pôde ver seus ombros relaxando e um brilho de reconhecimento passar por seus olhos.

Quando ele terminou de falar, a garota estendeu a mão.

Mallory a pegou, inclinando levemente a cabeça, como se cumprimentasse uma dama em um baile. A garota abriu um grande sorriso, o que fez Mallory abrir um grande sorriso, o que fez Ivy abrir um grande sorriso.

— Vamos levá-la conosco — disse Ivy. — Coloque-a em seus ombros.

— Oh, não, não — Mallory gemeu. — Ela vai cair e se machucar.

— Ela não vai! — Ivy riu.

— Não quero assustá-la — disse Mallory.

— Não assustará. Basta tocar em seus ombros, ela vai entender.

Então Ivy testemunhou uma linda cena.

Mallory estava com mais medo do que talvez pudesse admitir; mesmo assim, olhou a garota nos olhos e bateu com os dedos nos ombros. Ivy observou-a pular, correr ao redor dele, agarrar seu cabelo com as mãozinhas e escalar sua mochila, pousando em seus ombros.

— Está pronta? — ele perguntou.

— *Ish eom gereád nu* — ela disse.

E assim, sem Mallory e nem a garota realmente se entenderem, embora ambos se compreendessem perfeitamente, todos saíram da floresta e voltaram pelo caminho.

Ivy riu quando Mallory começou a conversar com as duas, perguntando se os unicórnios eram reais ou não e se a lua era feita de queijo. *Deve ser feita de queijo*, raciocinou ele, *já que não haveria razão para os lobos famintos uivarem para ela.*

O amor de Mallory ficou em silêncio, apenas curtindo alegremente o momento, ciente de que seria um daqueles instantes que ela nunca esqueceria. Principalmente porque seu coração batia acelerado, pensando em um futuro em que a criança nos ombros de Mallory seria deles. Uma época em que ele abraçaria um talento oculto: ser um pai amoroso. Certamente agora ele devia ter percebido que sua impressão sobre as crianças estava errada. Ela podia ver que ele as amava. E ele seria maravilhoso com os filhos deles.

Ela respirou fundo e ouviu Mallory perguntar à garota se ela tinha muitos amigos em casa ou se estar na floresta significava que ela era um pouco como ele e passava frequentemente o tempo aproveitando sua própria companhia.

— *We magon nú freóndian* — a menina respondeu.

Mallory virou-se para Ivy.

— O que acha que ela disse?

— Não faço ideia. — Ivy sorriu. — Mas acho que você ganhou uma amiguinha.

— Ganhei, não é?

— Sim.

Ela pegou a mão de Mallory enquanto caminhavam, e Ivy apreciou as cores do sol, que começava a se pôr. Não demorou muito para que a estrada se alargasse e eles chegassem a uma saída que levava ao vale. De repente, a garota começou a falar animadamente e se contorcer. Enquanto avançavam, ela começou a chutar o peito de Mallory e bater em sua cabeça, apontando para algumas casinhas de palha aninhadas nas árvores.

Mallory se ajoelhou na estrada e ela imediatamente deslizou para longe dele, saindo de suas costas. E antes que ele pudesse se levantar novamente, a garota o envolveu em seus braços.

— Casa? — ele perguntou.

— *Káze* — ela falou.

E com isso ela saiu correndo, acenando para eles por cima do ombro e desaparecendo entre as casinhas de palha.

À medida que Ivy segurava a mão de Mallory e continuavam a andar, a noite começou a se estabelecer. O céu se tornou como uma tela escura, adornada com pedras preciosas cintilantes, como se os céus tivessem sido desenrolados diante deles pelos anjos e ambos estivessem sendo convidados a escolher uma estrela para fazer um desejo.

Estavam se aproximando da cidade onde tinham planejado pernoitar, mas nenhum dos dois queria chegar lá. Ambos desejavam ficar juntos, sozinhos, na noite quente e clara, segurando as mãos um do outro, sorrindo, conversando, envolvendo um braço ao redor do outro.

— Sabe — Ivy disse. — Às vezes acho que você nem mesmo acredita na maldição. Acho que é apenas uma armadura que usa para se proteger, guardando seu coração para evitar que se machuque. Você se acostumou tanto com isso que parece ser a única coisa que o manteve inteiro. Só que agora você começou a tirar a sua armadura porque sabe que pode ficar sem ela. Você não precisa disso.

Mallory sorriu.

— Talvez esteja certa, mas se estamos sendo sinceros, posso dizer que não acho que haja algo fisicamente errado com sua memória? Acho que, ao longo do seu passado, o seu esquecimento decorreu do fato de que uma parte de você nunca poderia se sentir totalmente em casa por onde morava. Sua mente sempre vagou porque uma parte sua tem procurado um lugar ao qual pertencer.

— Acha mesmo que esse é o motivo? — ela perguntou, ponderando suas palavras. — Bem, se for, posso dizer honestamente que nunca me senti mais feliz do que aqui e agora com você.

— Nem eu — respondeu ele.

— Então não quero parar e dormir. Quero continuar andando e conversando com você a noite toda.

E assim eles continuaram sua jornada, noite adentro, conversando, rindo e parando para pequenos descansos, que, na verdade, eram desculpas para deitar juntos na grama, se beijar e olhar a lua que pairava sobre eles, brilhante e redonda como uma lanterna.

Caminharam, banhados pela mais bela fragrância das damas-da-noite, a terra sob seus pés brotando musgo para amortecer seu caminho, e os grilos e as corujas enchendo o ar com doces melodias.

Nenhum deles jamais se sentira tão cheio de esperança e amor como naquela noite. Era como se o universo inteiro os envolvesse e os abraçasse, sussurrando que, enquanto estivessem juntos, estariam seguros.

CAPÍTULO 17

Quanto mais se aventuravam naquela noite, mais pacífico e encantador o ambiente se tornava.

Não eram apenas os sussurros calmantes da natureza, mas os sussurros dentro da mente e do coração de Mallory o que o deixavam mais certo de que o amor deles era para ser.

Mesmo os acidentes com Ivy pareciam distantes e insignificantes agora, como se nunca tivessem representado uma ameaça. Era notável como o amor que ela tinha para lhe dar se tornara um poderoso contrapeso em comparação ao infortúnio que ele carregava havia muito tempo.

Na verdade, nunca se sentira tão perto da verdadeira sorte e felicidade.

A principal incerteza de Mallory agora não era sobre seu amor. Era sobre se buscar respostas de Zeno era a decisão correta. Mas ele continuou andando com Ivy, simplesmente porque não queria que os momentos com ela acabassem.

Algum tempo depois, ele e Ivy alcançaram o pequeno caminho que Mallory se lembrava de ter feito para a casa de Zeno várias vezes quando criança. Foi pouco antes do nascer do sol. O vento da manhã começou a soprar suavemente, mas o céu ainda estava cheio de estrelas, e o luar estava apenas retendo o brilho róseo do sol no horizonte, como se a lua estivesse fazendo o sol corar.

Mallory foi na frente pelo caminho de cascalho em direção ao chalé de pedra. Mas, à medida que se aproximavam da casa, seus pensamentos ficaram mais altos, dizendo-lhe que algo estava errado, que talvez a viagem tivesse sido mais importante do que o destino. Na verdade, a importância da chegada diminuía a cada passo, até que Mallory parou repentinamente, apertando a mão de Ivy com mais força.

— Talvez você estivesse certa sobre a maldição — ele disse, exalando profundamente. — Acho que não precisamos estar aqui.

Ivy ergueu as sobrancelhas, seus traços delicados franzidos de curiosidade.

— Jura?

Embora Mallory não acreditasse em presságios ou sinais, não podia ignorar a inquietação que se insinuava em seu coração, dizendo-lhe que aquele não era seu lugar, que eles deveriam dar meia-volta e pegar o caminho de casa. Por outro lado, havia uma voz persistente dentro de sua mente — a mesma voz que o guiara por anos, incitando-o a continuar, entrar na casa, encontrar Zeno e fazer a pergunta crucial.

No final, ele decidiu que preferia levar Ivy para casa.

— Vamos embora.

— Tem certeza? — Ivy perguntou. — Já chegamos até aqui.

— Acho que sim — ele hesitou. — Eu só tenho um pressentimento estranho.

— É um presságio ruim?

— Não. Apenas uma emoção diferente.

— Então talvez devêssemos pelo menos pedir ao homem um pouco d'água? — sugeriu ela.

Mallory pensou por um momento. Era uma longa jornada, o suprimento de água estava acabando e levaria algum tempo até chegarem ao rio.

— Você está certa — disse ele. — Podemos ficar com sede.

Então Mallory guiou Ivy na suave subida pelo caminho de pedra desgastado, coberto de manchas de musgo e gavinhas de jasmim, arrastando-se graciosamente ao longo dos arredores. O ar estava fresco e trazia um toque de orvalho, como se a própria natureza prendesse a respiração em antecipação ao dia que viria.

Quando o casal se aproximou do chalé, seus passos bateram suavemente nos degraus da frente e pararam.

Na porta do relojoeiro havia uma grande aldrava de bronze com a forma de um pássaro cuco, que parecia tão antigo quanto o próprio tempo.

Mallory bateu o bico do pássaro na porta.

Eles esperaram.

— Talvez ele ainda não tenha acordado — sugeriu Ivy, quando não houve resposta. — É muito cedo.

— Mas dizem que os imortais não precisam dormir — observou Mallory, bastante incerto quanto a estar falando sério ou não.

Os primeiros pássaros da manhã despertaram e o sol começou a nascer. Mallory decidiu bater novamente com mais força e, quando o bico do pássaro encontrou a porta, esta se abriu em um rompante.

Imediatamente, Mallory escutou o som mais estranho que já ouvira. Vindo da casa escura estava o que soava como mil cavalos minúsculos marchando ao mesmo tempo.

Mallory olhou para Ivy, então entrou, e quando seus olhos começaram a se ajustar à escuridão...

Ele viu, não os cascos de pequenos cavalos, mas relógios.

Relógios de todos os tipos — relógios de parede, relógios de pêndulo, relógios de mesa, relógios mecânicos, relógios musicais e a mais impressionante coleção de relógios cuco.

O que era particularmente estranho, porém, era que, embora esses relógios devessem ter chegado às centenas de unidades, estavam todos funcionando em perfeito uníssono, precisamente no segundo correto do minuto correto da hora correta; apenas alguns momentos antes do nascer do sol, às seis horas.

— Zeno? — Mallory chamou.

Nenhuma resposta foi ouvida, apenas o clique de centenas de ponteiros.

— Olá, senhor — Ivy chamou. — Tem alguém aqui?

— Talvez devêssemos tentar outro ambiente? — Mallory sugeriu.

Ele se moveu pelo corredor, com Ivy segurando seu braço, e estava prestes a entrar em uma grande sala de estar quando, de repente, algo os parou.

O barulho.

Quando o som atingiu seus ouvidos, eles pularam de medo. O coração de Mallory bateu tão rápido que toda a casa teria ouvido se não fosse pelo fato de que todos os relógios começaram a soar ao mesmo tempo.

Era como nada que ele já tivesse ouvido.

Uma cacofonia horrível, como se o próprio tempo estivesse gritando.

Mallory estendeu a mão para Ivy e passou o braço em volta dela. Seus corações bateram forte e seus olhos se arregalaram enquanto se ajustavam à luz fraca do ambiente.

Nesse momento, no meio de toda a comoção, Zeno apareceu nas sombras.

Lado a lado, Mallory e Ivy se viraram para vê-lo, um homem idoso com cabelos brancos e brilhantes penteados à perfeição, vestindo uma camisa de colarinho de babados com um colete de tweed, segurando uma bengala que parecia carregar por hábito ao invés de necessidade.

Quando os relógios terminaram de soar a sexta hora, a sala ficou em silêncio.

— O senhor tem uma coleção e tanto — disse Mallory, estendendo o cantil. — Mas estamos aqui pela água.

— Pela água? — O relojoeiro riu. — Quem na Terra faria todo o caminho até aqui por uma garrafa d'água? Se veio me roubar, vá em frente. Ou isso, ou me diga o verdadeiro motivo de estarem aqui.

Mallory olhou para Ivy e decidiu não dizer nada. Intuiu que falar sobre os problemas que o haviam atormentado por anos não faria mais sentido, especialmente quando tudo parecia estar indo tão bem. Então ele manteve a versão sobre a qual tinham concordado antes de entrarem na casa.

— Estamos em uma aventura — contou Mallory, com um toque de impaciência. — Uma jornada de autodescoberta.

Zeno permaneceu imóvel, observando-os.

— Você carrega um tom de verdade, mas sinto que há mais do que isso. Se quer a água, terá que ser honesto. O que diabos um homem espera descobrir a ponto de trazer sua dama até aqui?

— Quem negaria água a um casal de viajantes? — Ivy replicou.

— Um homem que acredita que a verdade é uma moeda justa — respondeu Zeno. — Ninguém visita este lugar esquecido pelos deuses a menos que tenha ouvido alguma lenda nas cidades vizinhas. E você, garoto, se parece muito com alguém que eu conhecia. O que me faz pensar que veio aqui com um propósito. Agora me diga a verdade, e eu lhe darei toda a água do meu poço.

Mallory respirou lentamente.

— Sou o filho do sr. Oliverwood. Mallory Oliverwood.

— Entendo. E o seu pai lhe contou histórias sobre mim?

— Meu pai está morto. E minha mãe está morta, assim como minha avó. Todos em Elm Villa me chamam de O Homem Amaldiçoado. — Mallory fez uma pausa, seu coração batendo rápido. — Diga-me, Zeno. Você também ouviu histórias sobre mim?

— Eu não tenho ouvidos para histórias. Apenas me diga por que está aqui, Mallory — retrucou o idoso.

Ivy apertou o braço de Mallory como se para induzi-lo a explicar um pouco mais. Ele hesitou. Tudo o que sentiu foi uma tensão crescendo em seu peito, mas não teve coragem de falar sobre isso.

Então ficou surpreso quando a própria Ivy falou:

— Viemos porque os habitantes da cidade dizem que o senhor é um dos antigos homens que guarda o segredo da imortalidade.

— Segredo? — Cada ruga no rosto de Zeno pareceu sorrir. — Quando você tem a minha idade, não há segredos. Ora, se quer saber, tenho noventa e sete anos e sou tão mortal quanto qualquer homem.

Mallory apertou a mão de Ivy com mais força.

— Então... só por curiosidade... sabe se é possível fazê-la viver para sempre?

— Por que você ia querer uma coisa dessas? — Zeno fungou, estreitando os olhos.

— Para protegê-la — explicou Mallory.

— De quê?

— Eu já disse. Da minha maldição.

— Ah! — O relojoeiro bufou, voltando para sua mesa. — Então o Homem Amaldiçoado encontrou uma brecha? Bem... a imortalidade não poderia ser mais simples. Você só precisa encontrar alguém que diga que a garota será imortal. Deve ser alguém que realmente acredite nisso.

— Alguém que acredite? — perguntou. — Mas quem acreditaria em tal coisa?

— Não tenho ideia — respondeu Zeno. — Em todos os meus anos de vida, nunca conheci alguém que pudesse realmente acreditar em tal absurdo.

A sala ficou em silêncio por um momento.

— Eu posso — falou Mallory, virando-se para Ivy. — Claro que eu consigo, eu acredito. Não a teria trazido aqui se não acreditasse.

— De verdade? — Ivy indagou, os olhos brilhando. — Então, se puder acreditar por mim, eu posso acreditar por você.

— Pode? — perguntou Mallory.

— Claro — confirmou ela.

Naquele momento, Mallory ficou deslumbrado pela possibilidade de que todo o peso de suas tragédias e o medo de perder Ivy pudessem ser tirados dele. A jornada que tinham feito fora importante, claro, mas a imortalidade prometia muito. Uma chance de proteger o amor e garantir que nunca se separassem.

E era tão simples.

Tudo o que tinham que fazer era *acreditar*.

Ele poderia fazer isso por ela, assim como sabia que Ivy poderia acreditar por ele. Se pudessem abraçar a imortalidade, seu amor poderia transcender o tempo e nenhum mal os atingiria.

A esperança, em sua essência mais pura, envolveu aquele menino de sete anos que havia sofrido a trágica perda do pai, suportado a dor do falecimento de sua mãe em uma noite chuvosa e testemunhado o declínio gradual da saúde de sua avó enquanto ela cuidava dele de forma altruísta. A esperança também alcançou o homem que a sociedade havia rejeitado, para o qual fechara suas portas, o homem que havia convencido a si mesmo de que não era digno do amor, especialmente de uma mulher tão preciosa quanto Ivy.

Os acidentes que Ivy havia enfrentado apenas intensificaram o desespero de Mallory.

Ele seria capaz de deixar a casa de Zeno sem aproveitar a oportunidade de torná-la imortal, sabendo que havia uma chance de preservar seu amor?

O peso da decisão pressionou o peito de Mallory. Nunca tendo tido ninguém para cuidar além de si mesmo, ele nunca enfrentara uma decisão tão difícil em sua vida.

Voltou-se para Zeno, que estava sentado, ajustando a lupa em sua mesa.

— Então, em teoria, tudo o que precisamos fazer é dizer isso, e acontecerá? — perguntou Mallory.

— Certamente. — O velho suspirou, removendo a campainha de um velho relógio de parede. — Mas, primeiro, você deve estar ciente da lei da imortalidade...

Zeno colocou a campainha na mesa e abriu uma gaveta próxima ao seu quadril. Dentro dela havia um pequeno envelope de estilo antigo, feito à mão, embora parecesse novo, como se nunca tivesse sido lacrado com cera, e era gravado com um único desenho redondo — algum tipo de relógio solar.

Mallory pegou a carta de Zeno e a entregou a Ivy. Ela abriu a aba, deslizou a carta alguns centímetros para fora e começou a ler em voz alta:

— *Antes de chegar ao amanhã, você deve chegar à metade do caminho, mas antes de chegar à metade do caminho, você deve obter um quarto deste, mas antes de alcançar um quarto...*

— O que isso significa? — Mallory indagou a Zeno.

— Significa exatamente o que diz — murmurou o relojoeiro, continuando seu trabalho de conserto.

Mallory virou-se para Ivy.

— Talvez não tenhamos vindo aqui por nada.

— Tem certeza de que acredita que podemos ser imortais? — ela perguntou.

— Não posso deixar de acreditar — respondeu Mallory. — Você é tudo para mim. Vale mais que a lua, as estrelas, os tesouros dos deuses. Você deve ter um lugar entre os imortais.

— Tem certeza de que é o que você quer? — ela indagou.

— Não, mas sim — disse ele.

— Então diga, e eu direi também.

Mallory olhou para Ivy, seus olhos inundados de amor e esperança.

Então, sem pensar mais, ele abriu os lábios.

— Você será imortal — declarou ele.

Capítulo 18

Quando a última sílaba saiu dos lábios de Mallory, os relógios de repente pararam de tiquetaquear e tudo ao redor da jovem caiu em um pretérito silencioso.

— Então, eu sou imortal? — Ivy perguntou, virando-se para Zeno.

Embora seus olhos estivessem bem abertos, não houve resposta do velho. Ele estava imóvel, as mãos ainda posicionadas sobre o relógio quebrado. Algo de repente pareceu diferente para Ivy. Era como se o mundo inteiro estivesse ecoando, como se tudo ao seu redor estivesse agora a um passo de distância.

Ela olhou ao redor, bastante inquieta. O silêncio ensurdecedor. Todos os relógios da casa pararam de funcionar exatamente às seis e sete. O vento lá fora havia congelado e as árvores estavam quietas. Folhas de outono pairavam no ar como ornamentos, e as nuvens no céu permaneciam imóveis como montanhas.

Ela se virou para Mallory.

— Eu sou imortal? — indagou.

Mas Mallory também estava imóvel — imóvel como uma estátua e mudo como um peixe.

— Mallory!

O desespero, uma emoção poderosa, possui o poder de sufocar a razão, aumentar nossa vulnerabilidade e nos forçar a tomar decisões precipitadas. E para Ivy, o efeito foi multiplicado cem vezes. Cada gesto que ela fazia parecia maior que a vida, cada movimento parecia acelerado contra o pano de fundo estagnado da existência.

O corpo imóvel de Mallory, sem respiração e batimentos cardíacos, o transformou em uma estátua viva diante de seus olhos.

Ivy acenou com a mão no rosto dele, mas não houve sequer uma piscada. Ela o empurrou uma, duas... três vezes. Então se agarrou a ele, esperando despertá-lo, acender qualquer sinal de vida dentro dele. Ficou na ponta dos pés, buscando seus lábios em um beijo desesperado, tentando fazê-lo se mexer, falar, respirar.

Mas um sentimento inquietante a inundou, penetrando nas profundezas de seu corpo, e um terror avassalador perfurou seus ossos.

Ele não estava respondendo.

Ele não estava vivo.

Ele nem estava... lá com ela.

Como eu disse, existem alguns destinos piores que a morte.

— O que é isso? O que aconteceu?

Era como se ele estivesse completamente congelado no tempo.

CAPÍTULO 19

Só que não foi Mallory quem parou no tempo; mas Ivy.

Ela havia desaparecido completamente do tempo presente.

— O que aconteceu? — Mallory gritou, olhando para Zeno, alarmado. — *Para onde ela foi?*

O velho ergueu os olhos de seu trabalho por um momento.

— Ela não foi a lugar nenhum. Nós, sim. E a questão não é onde, mas quando. Ela está exatamente onde você a deixou. Segura naquele momento eterno no passado. Fomos nós que mudamos para o presente.

Mallory olhou para ele, confuso.

— Mas eu tenho que estar com ela. Diga que eu serei imortal também.

— Você? Imortal? — Zeno zombou. — Mas você só é conhecido por alguma maldição ridícula que nem é verdade.

Mallory deu um passo para trás, como se tivesse sido atingido por uma força invisível.

As palavras de Zeno o atingiram, mas apenas porque a crescente consciência da ausência de Ivy, seu aroma persistente e a memória do aperto dos dedos em seu braço permaneciam, embora ela não estivesse mais ao seu lado.

Mallory passou muito tempo discutindo com Zeno, procurando respostas e soluções para o sumiço de Ivy; mas, para cada pergunta que fez, Zeno não tinha respostas a oferecer além de explicar que ser imortal significava estar preso no passado.

— O que você fez? — Mallory perguntou, sua voz cheia de exaustão.

— Eu não fiz nada. Você que fez. Vocês dois. Tudo o que eu disse foi que você tinha que acreditar. A imortalidade tem suas próprias leis. Você conseguiu o que queria, sr. Oliverwood. Ela está protegida. Viverá para sempre.

Como se o tempo tivesse conspirado contra ele, os relógios ecoaram um lembrete solene de que Ivy não existia mais em seu mundo.

Capítulo 20

E foi assim que Ivy se viu presa em um momento eterno.

Em um mundo onde o céu era permanentemente colorido com um brilho rosa-pastel. Onde bandos de pássaros se estendiam imóveis no horizonte. Onde a fumaça das chaminés pareciam esculturas de névoa. Onde as carruagens dirigiam na estrada para lugar nenhum. Onde o sol e a lua pairavam em extremos opostos do céu, e as sombras que projetavam nunca se moviam um centímetro.

Enquanto ela cambaleava para fora da casa de Zeno, percebeu que ainda estava segurando a carta contendo a lei da imortalidade. Ela a abriu de novo e começou a tirar do envelope mais e mais pedaços de um longo papel coberto em frações cada vez menores.

— *... mas antes de alcançar um quarto do caminho para o amanhã... deve viajar um oitavo. E antes de um oitavo... um décimo sexto, e antes...*

A carta foi ficando cada vez mais longa, até que a criada percebeu que estavam saindo centenas de pedaços de papel cobertos por frações cada vez menores do tempo.

— Mas isso nunca acaba... — sussurrou para si mesma. — O tempo pode ser subdividido para sempre.

A lei da imortalidade era tal que, antes que ela pudesse chegar ao próximo momento, teria que realizar o milagre cotidiano que cada um de nós realizava sem pensar. Ela teria que atravessar o presente infinitamente divisível em direção ao futuro.

Mas do jeito que estava, via-se presa e viveria para sempre no passado.

Ivy enfiou a carta de volta no bolso e de repente se sentiu perdida, como se estivesse em um sonho, movendo-se sem pensar, flutuando pelo mundo como uma flor de lótus em um lago tempestuoso, desancorada de seu lugar com

Mallory, dominada por ondas de perda, incapaz de respirar, pensar ou entender o que havia acontecido.

Era como se o passado tivesse sido um sonho. Tudo o que ela vivera com Mallory parecia muito real, mas agora estava tão fora de alcance. Ela voltou a ser tão sem-teto como sempre tinha sido. Só que agora não havia esperança de que o mundo algum dia mudasse.

Enquanto tropeçava na estrada de volta para Elm Villa, o som ao seu redor não era morto ou misterioso, apenas mais silencioso — como um eco daquele momento. Não havia o piar dos pássaros, mas uma ressonância de suas canções pairava no ar, acompanhada pela percussão suave do farfalhar das folhas, dos cascos dos cavalos e do distante estrondo de uma nuvem de tempestade.

Mas o que ouviu com mais clareza foi o farfalhar de papel arrastando-se atrás dela. Enquanto cambaleava para casa, a carta caiu de seu bolso no chão a seus pés. E continuou fluindo para fora do envelope, como a cauda do vestido de noiva, crescendo, desfazendo-se atrás dela enquanto ela corria, seguindo-a pelo caminho da casa de Zeno até a estrada que havia viajado com Mallory, passando pelos lugares que eles haviam visitado naquela noite, pelas casinhas de palha e pela floresta onde tinham conhecido a garotinha perdida, pelas colinas, pelos campos e fazendas.

Conforme ela se aproximava de casa, podia ouvir um eco da cidade congelada no tempo. O som vago das rodas das carroças que outrora chacoalhavam nas ruas de paralelepípedos, as conversas indistintas dos comerciantes que começavam o dia na praça da cidade, o canto distante de um galo, o som da madeira sendo cortada, o giro de um tear, o martelar de um ferreiro: todos esses sons se misturavam em uma harmonia que enchia a vila de um calor familiar.

Mas não deram nenhum conforto a Ivy naquele momento, enquanto ela passava pela cidade, tecendo seu rastro de papel pelas ruas, arrastando-o pelas casas e lojas, ao redor das pessoas na praça da cidade ainda congeladas em seus momentos. Ela nem sequer notou a beleza da fonte da praça, suas águas como uma estátua de gelo, ampliando os desenhos moldados — as sereias e os peixes rodeados de cintilantes gotas d'água suspensas no ar, penduradas como joias sob a luz do amanhecer colorindo-as de roxo, pêssego e dourado.

Ela voltou para casa, passou pelos vendedores que iam abrindo suas barracas, pelo jornaleiro cujas notícias nunca mudariam e por um gato preto sentado na rua como um brinquedo de pelúcia.

Quando chegou à porta da frente da mansão, pegou a chave sobressalente de debaixo do capacho e a enfiou na fechadura. Lá dentro, as cortinas da janela aberta pendiam onduladas e levantadas por um vento eterno, mas ela não lhes deu atenção. Também não ouviu os pequenos sinos na janela, que pareciam cantar um doce eco de suas notas.

Subiu as escadas e, conhecendo a casa como se fosse seu próprio corpo, virou à esquerda para o quarto que dividia com Mallory. Lá, ela caiu na cama deles.

E, pela primeira vez, chorou.

Capítulo 21

Os momentos que Mallory passara com Ivy agora pareciam tão pequenos diante do vazio avassalador que ele enfrentava sem ela.

Ainda se lembrava vividamente das sensações que o envolveram ao deixar a casa de Zeno. Seu estômago revirou com uma inquietação doentia, como se o mundo tivesse se separado abruptamente de seu eixo e o estivesse girando incontrolavelmente em um estado de dor e confusão.

A emoção mais devastadora que consumiu Mallory foi sua profunda saudade de Ivy. Ela tinha sido como uma flor que brotara inesperadamente no deserto solitário de seu coração.

E aquele coração abandonado amava o precioso milagre que ela era, amava-a mais do que tudo.

Mas o deserto teme nunca deixar uma flor criar raízes. Sempre antecipa os caprichos dos ventos cruéis. E assim foi para Mallory; seu medo de não ser capaz de segurá-la deu ao destino a oportunidade de levá-la embora.

Então Mallory também ficou furioso. Furioso com Zeno, furioso com todos que o tinham feito acreditar na inevitabilidade de sua maldita sorte e, principalmente, furioso consigo mesmo.

O que ninguém contava sobre o luto era como a mente incansavelmente evocava cenários de "e se", tecendo narrativas imaginárias que nunca podem ser reescritas. Mallory sabia disso mais do que ninguém. Ele entendia que barganhar com o passado e desejar ter feito escolhas diferentes era a maior crueldade que poderia infligir a si mesmo.

Mas era inevitável.

Ele se sentiu um completo idiota por levar Ivy até Zeno. Um tolo por ouvir os habitantes da cidade e acreditar que sua má sorte era algo mais do que o que era.

E, acima de tudo, ele se sentia um tolo por não ouvir as reservas de Ivy, mesmo que ela quase tivesse morrido em sua casa, mesmo que ele estivesse apenas agindo pelo desejo de protegê-la.

Ele estava nessa situação devido à sua própria estupidez, e não havia como esperar que ela o perdoasse, mesmo que pudesse acalmar sua mente e alma por tempo suficiente para encontrar uma maneira de chegar até ela.

Mas como poderia fazer algo assim, quando sua cabeça estava girando, suas emoções estavam em desordem, e ele era incapaz de tomar uma única decisão sensata?

Mallory estava ferido, muito cheio de angústia e vergonha para retornar a Elm Villa. Assim como a dor de viver sem sua família o tinha feito trancar a casa, a agonia de perder Ivy havia tirado todo o seu desejo de voltar. Que tipo de casa seria sem ela lá? Tudo o que faria seria lembrá-lo do que havia perdido.

Então, por muitas semanas, ele tentou encontrar um caminho para Ivy no reino da imortalidade, mas era como perseguir o impossível.

Mesmo assim, nunca desistiria dela. Enquanto vivesse, tentaria encontrá-la.

Procurou locais sagrados e leu os antigos pergaminhos religiosos. Pagou por rumores de mercadores viajantes. Passou horas em bibliotecas lendo todos os grandes mitos que podia encontrar. E não teve a mente fechada sobre nenhuma opção, por mais absurda que lhe parecesse, acreditando que seria melhor ser considerado ainda mais tolo do que não fazer nada e morrer de coração partido.

Tentou de tudo para se tornar imortal. Visitou tribos e os pagou para realizar rituais. Fez sacrifícios a todos os deuses de que ouviu falar. Procurou cada vidente e mago que pôde encontrar — mas tudo o que conseguiu foram bolsos mais leves.

Mallory tentou absorver a força vital do sol se banhando com espelhos por três dias a fio, mas tudo o que conseguiu foi um grave caso de queimadura.

Foi ao Santuário de Mumpsimus para se privar do sono em uma vigília de sete dias, mas tudo o que conseguiu foram olheiras.

Tentou localizar a fonte da juventude; mas, quando bebeu do que pensava ser apenas a fonte correta, teve uma grande diarreia.

Ele até decidiu caçar o Macaco Mágico com os pés voltados para trás que diziam viver na floresta e que daria a imortalidade a qualquer um que pudesse capturá-lo.

Rastreou os calcanhares da criatura ao redor da floresta em uma área de dezesseis quilômetros por tantas noites que perdeu a conta, até que acordou sob uma pilha de folhas uma manhã e percebeu que a história era obviamente uma pista falsa contada para manter crianças ocupadas andando em círculos.

Seu cabelo e barba cresceram longos e despenteados. Suas roupas ficaram sujas e rasgadas. Ainda possuía músculos em seu físico, mas estava tão magro que suas costelas pareciam as lâminas de um leque feminino. Olhar para Mallory não fazia sentido, e ele conversava com qualquer pessoa que sequer considerasse ser empático a sua loucura.

Entretanto, o declínio de seu corpo não era nada comparado ao declínio de seu espírito. Seu espírito era uma chama que estava sendo combatida por um vento forte — oscilando, crepitando —, tão perto de ser extinta.

Esgotou todas as possibilidades.

E não tinha mais para onde ir.

Quando Mallory cambaleou de volta para Elm Villa, semanas haviam se passado e ele não era mais o homem que já fora um dia. Estava mais parecido com qualquer outro cavalheiro que perdera a sanidade. Vestido em trapos, vagando sem rumo, resmungando para si mesmo sobre o amor perdido e implorando a qualquer um que lhe dissesse como poderia se tornar imortal.

Os habitantes da cidade se reuniram em torno dele, alegando que havia finalmente enlouquecido com a maldição e que estavam certos o tempo todo sobre Mallory. Jogaram pedaços de papel nele, gritando rumores de que sua maldição enfim matara a funcionária que morava em sua casa, e que o fantasma dela estava assombrando a cidade, tecendo uma carta interminável cheia de mensagens misteriosas por todas as ruas.

Demorou um pouco até Mallory entender o que eles estavam dizendo. E só realmente pôde compreender quando pegou um pedaço do papel rasgado no chão e viu os fragmentos.

Pertenciam à carta que continha a lei da imortalidade que Zeno dera a Ivy.

Os habitantes da cidade estavam dizendo a verdade. Ivy o carregava para onde quer que fosse, talvez na esperança de que o levasse até ela. Para Mallory, foi a primeira prova física de que Ivy ainda estava lá, em algum lugar, embora presa.

Todo aquele tempo longe de Elm Villa, e Ivy... estava tentando guiá-lo até ela, assim como ele estava tentando encontrá-la?

Uma centelha de esperança se acendeu dentro de Mallory, mas foi rapidamente extinta assim que ele percebeu as implicações da carta. Estavam separados por uma lacuna no tempo que era eternamente subdivisível. Não existiam meios místicos ou racionais para preenchê-la e alcançar Ivy.

Tudo era inútil. Não importava o que ela fizesse, não importava as ações que realizasse, não importava como ela mudasse o passado, ele nunca poderia alcançá-la.

Não sem se tornar imortal.

Era sua única esperança.

Por mais cruéis que fossem os habitantes da cidade, Mallory estava tão inconsolável e desorientado e tão desesperado para chegar até Ivy, que continuou perguntando repetidamente se havia uma forma de se tornar eterno.

Pensando que Mallory tinha enlouquecido, os habitantes continuaram a assediá-lo sobre sua maldição. E ele ficou ali, sofrendo tudo. Mesmo quando mal conseguia se manter de pé. Mesmo quando foi dominado por uma estranha sensação de pânico. Mesmo quando os rostos o cercaram e foram ficando cada vez maiores, mais surreais e grotescos. Mesmo quando ele estava prestes a desmaiar com todo o barulho...

De repente, um braço o envolveu e uma voz gentil e familiar sussurrou em seu ouvido.

— Mallory. Peguei você.

Ele se virou para ver a sra. Lock, e o mero som da voz querida e idosa da boticária foi o suficiente para acalmar seus nervos. Mallory respirou fundo enquanto ela o guiava pela multidão, franzindo o cenho para os outros habitantes da cidade e os enxotando para que fossem embora.

A sra. Lock conduziu Mallory ao tranquilo santuário da loja. O cheiro de ervas e especiarias pairava no ar, e a iluminação quente criava uma sensação de calmaria que inundou Mallory como uma onda. Ela o conduziu até o banco de espera ao lado do balcão da frente, ofereceu-lhe um lugar para sentar, pegou um frasco debaixo do balcão e serviu uma xícara de chá fresco.

— Diga-me o que está acontecendo, Mallory.

Ele sentou-se lentamente e pensou por um momento, recuperando o fôlego.

— A senhora acredita em mágica? — ele disse, algum tempo depois.

— Acredito que há coisas na vida que não podemos explicar.

— Então, por favor, acredite em mim quando digo que preciso da sua ajuda para me fazer um elixir. O Elixir da Imortalidade.

— Leia a placa, meu jovem — falou ela, entregando o chá a Mallory.

Mallory não precisou ler. A placa estava pendurada logo acima do balcão desde sempre. Dizia: ***Não temos poções, elixires ou alucinógenos.***

A recusa da sra. Lock em fazer tais receitas era bem conhecida. Na verdade, era por isso que Mallory não tinha voltado para casa antes e a chamado.

— Mas certamente sabe como fazer todos os elixires antigos — disse Mallory. — A senhora vem de uma longa linhagem de boticários.

— Sou uma curandeira, não uma charlatã.

— Ainda assim, conhece a fórmula, não?

Ele não teve escolha a não ser pressionar a mulher. Não tinha opção a não ser esgotar todas as possibilidades, tentar tudo ao seu alcance. E talvez ela pensasse que ele havia enlouquecido, mas ser considerado louco seria o menor dos insultos em comparação com as coisas terríveis que os moradores de Elm Villa diziam dele.

A sra. Lock olhou gravemente para Mallory.

— Se eu tivesse, certamente não faria ou daria a alguém.

— Então, sabe como fazer.

— Não disse isso.

Mallory tomou um gole e respirou fundo.

— Não, não disse, mas a única razão pela qual não falou é porque a senhora é honesta e não mentiria.

— O que quer com esse elixir? — disse a sra. Lock, evitando a pergunta de novo. — É por causa de Ivy?

Mallory sabia que as palavras da sra. Lock não tinham a intenção de ferir — era só uma pergunta. Mesmo assim, o atingiram com força. Claro, tinha a ver com Ivy. E a ironia mais cruel era que Mallory não podia mais culpar sua má sorte por perdê-la. A alegria da chegada afortunada de Ivy havia colocado essa teoria em questão. E o amor profundo que compartilhavam tinha dissipado o poder daquela crença.

Se a magia, ou os caprichos dos deuses, ou uma maldição permanente de má sorte estivessem realmente por trás de sua trágica história, Ivy nunca teria estado ao lado dele, em primeiro lugar.

Ainda assim, não havia como negar a presença de forças estranhas e inexplicáveis no mundo, do tipo que as pessoas comuns não conseguiam entender por completo. Caso contrário, Ivy não teria simplesmente desaparecido sem deixar vestígios. E se essas forças misteriosas tinham a capacidade de levá-la embora, Mallory não podia deixar de acreditar que também tinham o potencial de trazê-la de volta à sua vida.

— Eu a perdi e preciso do elixir para encontrá-la. Isso é tudo o que posso dizer.

A sra. Lock ergueu o olhar para ele.

— Não posso fazer isso, Mallory. Olhe só para você. Está muito vulnerável. Quem sabe o que uma velha poção dos tempos sombrios da antiguidade pode fazer com a sua saúde?

— Bem, eu vou descobrir — Mallory começou —, porque, se não fizer, eu vou falar com a xamã da estrada e a bruxa do...

— Não — objetou a boticária. — Pelo bom nome de seus pais, não vou deixar que chegue perto dessas charlatãs.

— Então me ajude.

— Seu pai e sua mãe se revirariam no túmulo... — disse a sra. Lock, parando de falar, olhando profundamente nos olhos de Mallory. Então acrescentou uma pequena palavra. — Mas...

— Mas o quê? — perguntou Mallory.

— Talvez eles se lembrem de que todos nós já fomos jovens e apaixonados. E não é como se não tivéssemos experimentado elixires ocasionalmente.

Uma onda de alívio tomou conta de Mallory.

— Então irá fazer?

— Promete ficar longe da xamã e da bruxa? E concorda em ficar aqui e me permitir administrá-lo?

— Claro.

A sra. Lock suspirou e saiu para os fundos da loja, arrastando os pés.

Mallory ouviu o tilintar suave de garrafas e frascos de vidro, o raspar de um almofariz e pilão. Ele pensou em Ivy e em como não tinha outro propósito na vida; nenhuma razão para comer, dormir ou mesmo respirar, exceto para encontrá-la. Ele faria qualquer coisa.

Ouviu o borbulhar ocasional de líquidos sendo aquecidos e, algum tempo depois, ele começou a sentir um cheiro de terra, semelhante a uma mistura de raízes de plantas e fungos. Alguns momentos depois, a boticária voltou com um pequeno frasco com um líquido dourado e um travesseiro.

— Vai precisar se deitar logo. Tem certeza de que quer fazer isso?

— Sim, tenho — garantiu Mallory.

— Beba, então — comandou a sra. Lock, entregando-lhe o frasco.

Mallory o pegou e o levou aos lábios. O líquido queimou quando o derramou na garganta, e ele mal conseguiu resistir à vontade de tossir de volta.

— Agora — falou a sra. Lock, pegando o frasco dele e entregando-lhe o travesseiro. — Deite-se.

Quando Mallory colocou o travesseiro e começou a se deitar, sentiu os efeitos do elixir tomando conta. O mundo ao seu redor começou a mudar e borrar; ele sentiu uma névoa repentina de sonolência.

Assim que sua cabeça bateu no travesseiro, as pálpebras se fecharam e sua mente ficou em branco.

A princípio, tudo o que ele percebeu foi o som do vento, o calor do sol em sua pele e a dureza do solo sob seus pés. Sua visão era uma névoa de padrões — apenas cor, luz e sombra, mas essas imagens abstratas lentamente começaram a tomar forma à medida que seus sentidos voltavam, e logo os arredores entraram em foco.

Ela estava lá.

Ivy.

Estava do outro lado, parada em uma colina árida e pedregosa fora da cidade conhecida como Glitter Rock.

Tão bonita quanto ele se lembrava.

Quando os olhos de Mallory se fixaram em sua figura, seu coração disparou com uma mistura de emoções. Mais de um ano se passara desde que eles estiveram juntos pela última vez, e ainda assim era como se o tempo não tivesse passado. Ele sentiu uma onda de alegria e desejo, todo o seu ser atraído por ela.

A cada passo, o peso da separação aumentava e o mundo ao seu redor desaparecia. Embora ele não tivesse certeza se Ivy poderia perdoá-lo, não podia deixar de imaginar os dois se abraçando em um reencontro agridoce.

Estava prestes a chamá-la quando notou algo em seu ombro: alguém com quem ela estava falando.

A princípio, mal conseguiu distinguir o que era, mas viu o que parecia ser o corpo de um dragão com escamas brilhantes sobrepostas e uma longa cauda que envolvia o braço de Ivy. Mallory olhou mais de perto. Ele viu que era um grande lagarto com uma longa língua prateada dividida na ponta e enormes olhos esbugalhados que pareciam se mover de forma independente, não juntos.

A estranha criatura tinha uma certa beleza, mas Mallory ficou imediatamente preocupado com Ivy. Queria correr para ela e avisá-la, mas seus pés pareciam estranhamente pesados e, quando ele abriu a boca para chamá-la, a voz ficou presa na garganta.

Ele estava muito atrasado. O lagarto o viu e, antes que um som saísse da boca de Mallory, a criatura voltou-se para Ivy, mostrou os dentes e a mordeu no pescoço.

Ivy piscou duas vezes, então balançou para frente e para trás, estendeu a mão para o chão e de repente caiu de joelhos.

Mallory correu para ela, fazendo o lagarto fugir para um arbusto.

— Ivy, o que foi isso? — perguntou, em pânico.

Mas Ivy estava desmaiando e ele a pegou nos braços bem a tempo.

— Ivy!

Começou a chamar o nome dela, implorando para que acordasse, afastando o cabelo de seu rosto.

— O que aconteceu? — questionou desesperadamente. — O que era aquela coisa?

Ela não pôde responder. Estava inconsciente.

Mas Mallory não precisava que Ivy respondesse, pois o lagarto veio correndo das folhas do arbusto.

— Você quis dizer *quem* era aquela coisa? — sibilou ele, corrigindo Mallory, e correu para trás em seus pés semelhantes às mãos, desaparecendo no meio do arbusto de novo.

Mallory gritou para o arbusto, embalando Ivy em seus braços.

— O que fez com ela?

Mais uma vez, o lagarto ressurgiu correndo.

— Sou o Camaleão do Carma — disse ele, com a boca virada para baixo, antes de voltar para as folhas. Em seguida, apareceu de novo. — Eu a mordi — acrescentou. E logo se escondeu uma vez mais.

As pálpebras de Ivy estavam fechadas, trêmulas. Ela parecia respirar de forma rápida e superficial.

— O que está *acontecendo* com ela? — gritou Mallory.

O camaleão saiu correndo.

— Ela está sofrendo pela mordida, é claro — disse, voltando a se esconder.

— Por que faria isso? — Mallory gritou. — Diga-me como trazê-la de volta!

— Você precisará responder ao meu enigma primeiro. — Desta vez, o camaleão não emergiu do matagal, apenas sibilou por entre as folhas.

Mallory começou a tremer de frustração.

— Venha aqui e me diga como trazê-la de volta! — ele gritou.

O camaleão saiu rapidamente e olhou para Mallory por um momento. Era uma criatura estranhamente bela, com seu cenho franzido, as escamas vermelhas, douradas e verdes, seus cativantes olhos desviados, sua longa língua prateada.

— O que é, o que é? É cego, mas sempre encontrará o caminho, em uma jornada que nunca terá fim? — perguntou.

E com isso ele correu de volta para o arbusto.

— Não! — Mallory gritou. — Volte aqui e me diga como despertá-la!

O camaleão não voltou.

Mallory sentiu Ivy estremecer em seus braços e olhou para baixo para ver que seu rosto estava vermelho com o que parecia ser febre. Ele tocou sua testa.

— Ela precisa de água! — gritou Mallory.

O camaleão não respondeu. Mas, de repente, Mallory teve uma ideia.

— A resposta. É água, um rio! — ele falou.

O camaleão apareceu imediatamente.

— Um rio é realmente cego — sibilou. — E sempre encontra o caminho, mas você está errado. A jornada de um rio termina no mar. Mais dois palpites.

— Dois o *quê*? — urrou Mallory.

O camaleão já tinha ido embora.

Mallory olhou para Ivy. Podia ver o pulso batendo em seu pescoço, e ela estava tremendo, tendo dificuldade para respirar. Ele tinha que fazer alguma coisa. E rápido. Só precisava de mais tempo.

Então, de repente, ficou óbvio.

— Eu sei! — arfou.

O camaleão colocou a cabeça para fora do arbusto e olhou para Mallory com os olhos saltados.

— Qual é a resposta? — sibilou.

— Tempo — disse Mallory. — É o tempo.

O camaleão piscou rapidamente.

— O tempo é cego, sim... — começou o camaleão. — E, sim, sempre encontrará o caminho, e também, está numa jornada que nunca acaba... tem toda razão...

Mallory suspirou de alívio.

— Mas é a resposta errada — acrescentou o camaleão.

— O quê? — Mallory gritou. — *Como assim* errada?

— Porque não é a resposta certa — sibilou o camaleão. — Mais um palpite.

E com isso desapareceu no arbusto pela enésima vez.

Mallory estava perturbado além da explicação. Cada momento que passava era uma eternidade. Ele começou a sentir o peso da vida de Ivy na balança. A respiração dela havia diminuído, e ele podia ver seu corpo relaxando como se ela estivesse se esvaindo.

E quando considerou o enigma, tudo o que conseguia pensar era o tempo se extinguindo, e Ivy o perdendo. Em desespero, tentou falar com ela. Disse várias vezes para esperá-lo e que tudo ficaria bem. Disse a ela que faria tudo o que pudesse. E então, cheio de agonia, estava prestes a dizer que a amava...

— A resposta! — gritou. — É amor! Amor verdadeiro!

— Muito bem! — disse o camaleão, saindo do mato e parando a apenas um braço de distância de Mallory. — É como dizem os velhos ditados: o amor é cego, mas sempre encontrará um caminho, e o verdadeiro amor está em uma jornada que nunca terminará.

— Então, diga-me a cura — pediu Mallory com urgência.

— Você já sabe a cura — disse o camaleão. — Na verdade, acabou de me dizer qual é.

— Amor verdadeiro? — perguntou Mallory. — Como o amor vai salvá-la?

— Não vai — falou o camaleão. — Não literalmente. Na verdade, não há nada de errado com Ivy. Ela apenas entrou em pânico e desmaiou porque levou um susto e pensou que algo terrível havia acabado de acontecer. Dê um beijo nela e diga que a ama. Ela ficará bem.

Mallory olhou para Ivy, segurou o rosto dela e a beijou, e disse várias vezes o quanto a amava, lágrimas de alívio caindo em seu rosto.

O camaleão estava certo. Não demorou muito para que Ivy estremecesse, respirasse fundo e parecesse prestes a abrir os olhos.

A sra. Lock se ajoelhou ao lado de Mallory, enxugando a testa e observando-o cuidadosamente enquanto ele se contorcia e acordava lentamente de suas alucinações.

— Você está bem — a velha sussurrou para Mallory. — Tudo vai ficar bem.

— Onde estou? — Mallory gemeu, seus olhos entrando em foco. Sua cabeça girava e uma sensação de náusea subia por seu estômago.

— Relaxe — instruiu a curandeira, colocando uma grande tigela de metal no peito de Mallory.

Demorou alguns instantes para perceber que ainda estava no banco da loja.

— O que aconteceu? — gemeu.

— Você tomou o Elixir da Imortalidade e se conectou ao mundo divino — disse a sra. Lock. — Ou, em outras palavras, fez uma pequena jornada pelo tapete mágico.

— Mas não funcionou... — Mallory começou.

— Funcionou — garantiu a velha. — Só não do jeito que queria, mas o que você espera de cogumelos e raízes de cactos?

— Como pôde funcionar?

— O preparo lhe ensinou o que você já sabe.

— O que isso significa?

— A verdadeira magia da vida é o que acontece dentro de nós, Mallory, em nossas mentes e nossos corações, não no mundo exterior. Está na forma como nos vemos, na forma como negociamos nossas emoções, nossa perspectiva do mundo. Está nos pensamentos e sentimentos que temos e no que acreditamos que merecemos.

— E isso é o quê?

Ela olhou para ele com curiosidade.

— Ouvi você dizer algo em sua alucinação. Você disse amor verdadeiro.

— E então? — Mallory gemeu. — Eu estava conversando com um lagarto falante.

— Não. Você estava falando com o seu próprio subconsciente, e ele estava lhe dizendo algo, mas apenas você pode descobrir exatamente o que é. Posso lhe dizer isto, no entanto: quando nos abrimos para alguém, o mundo se torna mais vibrante e encantador, não porque a magia seja externa, mas porque ela surge internamente. E se você está sonhando com o amor verdadeiro, é hora de ouvir o seu coração em vez de o que todos os outros têm a dizer.

Mallory sentou-se, pegou a tigela e levou-a ao rosto.

E vomitou.

CAPÍTULO 22

Mallory finalmente estava em casa, na cama, mas mal se lembrava de como havia chegado lá. Após sua conversa com a sra. Lock sobre a magia e o poder das palavras que as pessoas diziam a si mesmas, ele desmaiou de novo. Lembrava-se da curandeira apenas vagamente, dizendo-lhe que era hora de ele se levantar para que o cocheiro o levasse para casa. Depois disso, tudo o que conseguia se lembrar eram as vibrações da carruagem na rua, ser sustentado até a porta da frente, tropeçando, e caindo na cama que dividia com Ivy, quase de forma inconsciente.

Devia ter dormido quase um dia inteiro, já que era de manhã outra vez.

Estava suado. Seu corpo cheirava a cogumelos e raízes de cactos que ele havia ingerido, e seu estômago doía como se ele tivesse passado um dia sem comer. Seus lábios estavam tão secos quanto o deserto das terras orientais, e suas roupas pendiam soltas em seu corpo como se estivessem simplesmente guardadas ali, em vez de usadas.

Mas o pior de tudo, Mallory sentiu como se não tivesse uma resposta concreta sobre como poderia chegar a Ivy.

Seu corpo e coração doíam tanto que ele mal queria abrir os olhos. No entanto, quando a luz da manhã inundou suas pálpebras, ele notou algo que imediatamente o fez se sentar na cama.

A pintura de Ivy estava na parede.

Completa.

Ivy estava de volta à casa em seu momento eterno. Ela tinha estado lá. E havia terminado de colorir o quadro deles. Mallory podia ver o simbolismo na imagem, a paleta de outono, como eles eram opostos que se complementavam — sol e lua, terra e céu — e como tudo sobre seu amor parecia predestinado.

Era uma visão de imensa beleza, intrincadamente detalhada e colorida com tanta profundidade que parecia real.

Mas a beleza carregava um peso cruel.

Mallory podia ver o impacto das ações de Ivy no mundo atual, mas ela própria permanecia fora de alcance. Enquanto ela fosse imortal, nunca o alcançaria no futuro, mesmo que os efeitos de suas ações o fizessem.

Ela estava tão perto, mas tão longe.

Atordoado, ele se moveu pela casa, percebendo a presença de Ivy em todos os lugares. A carta da imortalidade jazia no chão, contornando os rodapés das paredes, circulando de cômodo em cômodo. Toda a casa havia sido decorada da maneira mais bonita que se pudesse imaginar, e os cômodos que antes permaneciam fechados, agora estavam cheios de móveis, cores e beleza. Luxuosas cortinas de veludo caíam das janelas, trazendo um brilho suave e quente aos quartos. Havia poltronas suntuosas, mesas laterais de mogno polido, espelhos dourados, tapeçarias, delicadas estatuetas de porcelana e molduras em ouro que abrigavam as requintadas pinturas de Ivy.

O silêncio era ensurdecedor, no entanto.

Não era mais a casa de um pária solitário; era a casa de um homem que tinha o amor verdadeiro, mas estava vazia de novo, sem a melodia da risada de sua amada.

Para onde quer que olhasse, ele se lembrava de seu amor por Ivy.

Amor verdadeiro, ele ouviu sua própria voz repetida na mente, lembrando-se do que havia gritado para o camaleão quando acreditou que Ivy estava desvanecendo em seus braços.

Claro, era apenas uma alucinação, mas a sra. Lock lhe dissera que a poção o lembraria do que ele já sabia. Então, talvez pudesse entender *por que* seu subconsciente havia criado aquele camaleão louco do carma. Obviamente, era para lembrá-lo de algo. Mas... bem, o quê?

O que é cego, mas sempre encontrará o caminho, em uma jornada que nunca terá fim?, ele pensou consigo mesmo, enquanto lutava para sair da cama, ainda olhando para as pinturas na parede.

Amor verdadeiro.

Mas o que o amor verdadeiro significava? Não era apenas um clichê?

Quanto mais pensava sobre isso, porém, mais o enigma fazia sentido em termos de seu amor por Ivy. O verdadeiro amor era cego — assim como Ivy era cega para a sua maldição, e assim como ele era cego para a memória falha dela. E sim, o amor verdadeiro nunca deveria acabar — assim como eles deveriam viver juntos como imortais. No entanto, isso não respondia à questão central, a pista que existia entre o começo e o fim deles.

A ponte: *como o amor encontrará um caminho?*

O fato de ela estar na casa, mas ele não conseguir estabelecer nenhuma forma de comunicação com ela, pesou muito em Mallory. Será que ela percebia o impacto que suas ações tiveram no mundo dele? Mas como Ivy poderia saber? Seria o mais próximo que ele chegaria dela? A compreensão de que Ivy havia retornado à casa que compartilhavam, mesmo que apenas temporariamente, esperando que ele encontrasse um caminho até ela, tornou-se uma pílula amarga de engolir.

Ele nunca poderia aceitar isso. Nunca poderia aceitar tê-la tão perto e não mais vê-la ou tocá-la.

Tinha que encontrar um jeito.

Mas estava muito fraco, física e emocionalmente. Tinha que se recompor antes que pudesse fazer qualquer coisa. Então, desceu e se forçou a fazer o café da manhã — só que era impossível não sentir falta de Ivy cantando sozinha na cozinha, ou o cheiro familiar do pão recém-assado no ar. Ele comeu o que pôde, depois voltou para o andar de cima, preparou a banheira e entrou, apenas para pensar em Ivy novamente quando pegou o sabonete de sândalo que ela havia lhe comprado.

Depois de se enxugar, foi ao armário pegar roupas limpas e sentiu uma pontada de dor ao perceber que, de alguma forma, o perfume de Ivy ainda pairava no ar.

Mallory sentiu a presença dela, então começou a procurar pistas.

Qualquer coisa que o ajudasse a chegar até ela. Ou trazê-la de volta.

Decidiu vasculhar os baús e as gavetas, levantando cuidadosamente seus leques, luvas, lenços e xales. Ele vasculhou sua penteadeira, examinando com delicadeza os cosméticos. Em seguida, a pequena caixa de joias, que continha alguns colares, broches e pulseiras. Olhou em sua cesta de costura, mas viu apenas linhas e agulhas. Então revistou sua bolsa, mas só encontrou itens incidentais.

Estudou cada linha e forma de suas pinturas nas paredes. Até tirou os lençóis da cama e procurou debaixo dela.

Mas não havia uma única pista.

Estava prestes a desistir novamente quando percebeu uma última coisa que havia ignorado. Na mesinha de cabeceira, o caderno de desenho que ele estava tão acostumado a ver Ivy carregar — aquele que estava cheio de esboços, anotações e lembretes. Ele nem havia notado, porque se tornara uma visão tão comum. Uma parte da mobília, como dizem.

Tinha ido a todos os lugares com Ivy desde que a conhecera. E onde quer que ela estivesse pela casa, parecia estar desenhando ou anotando coisas, com medo de que sua memória a traísse. E ele sabia o que havia ali, porque ela lhe pedira para abri-lo muitas vezes no passado, para olhar um esboço ou verificar uma ideia.

Assim que o viu, teve a nítida sensação de que deveria abri-lo de novo, de que aquilo o conectaria com Ivy, de que, de alguma forma, poderia reuni-los.

Então, por uma hora, apreciou a maravilha que era ver seu caderno de desenho. Havia esboços e também muitas notas ocasionais que descreviam memórias compartilhadas.

Seu coração começou a bater forte e suas emoções ficaram presas na garganta enquanto ele olhava para todas as linhas que as mãos dela haviam feito e lia todas as suas palavras.

Havia esboços detalhados da casa, desenhos de quartos, lembretes do que pertencia e onde. Havia anotações sobre o primeiro beijo e a primeira noite de amor. Tudo o que ele viu o lembrou de como os dois lentamente haviam se aberto um para o outro.

Mas, novamente, eram apenas memórias. Não havia nada nelas que parecesse levá-lo até ela. E o que quer que *amor verdadeiro* significasse, não teria utilidade para ele se não pudesse estar com Ivy.

Precisava encontrá-la.

Decepcionado, e agora inundado de sentimentos por ela, chegou à última página e estava prestes a fechar o livro, quando notou algo por acaso.

As duas páginas finais haviam sido seladas juntas. Na verdade, não teria sido possível ver a última, mesmo se estivesse tentando encontrá-la, porque um líquido grudara as páginas uma na outra. Parecia ser algo vermelho — talvez vinho —, embora fosse difícil dizer, porque as bordas já estavam tingidas de vermelho; mas, quando Mallory as separou cuidadosamente, notou que vestígios dos taninos arenosos da uva haviam permanecido ali.

E o que estava escrito na última página o fez sorrir.

Lista de afazeres

Era a lista que Ivy havia feito pouco antes da noite em que se conheceram. A lista de coisas que ela precisava se lembrar de fazer para seu ex-empregador. O contador de histórias. A lista que Ivy havia perdido tragicamente. E era a lista mais atrevida que Mallory já havia lido.

Ao separar os papéis, ele viu anotações como:

- *Limpe a chaminé e, se ficar presa, cante. Cante até ser resgatada. Cante, cante, cante;*
- *Tire o pó das perucas do mestre enquanto conversa com elas gentilmente; elas gostam disso;*
- *Prepare o elixir da ressaca para quando ele voltar. Ele ficará tão orgulhoso de si mesmo por não ter bebido muito, que beberá ainda mais e acordará em lágrimas pedindo chá.*

Enquanto Mallory examinava a lista, sorriu e percebeu que havia decifrado um pequeno mistério.

A primeira coisa sobre a lista dizia:

- *Número um: limpe a mesa nojenta do mestre, mas tome cuidado para não jogar fora as ervas fedorentas que encontrar espalhadas por lá.*

Mallory percebeu o que havia acontecido tanto tempo atrás. Ivy escrevera a lista para guardá-la bem no final de seu caderno de desenho e, ao completar a primeira tarefa da lista, limpar a mesa do contador de histórias, havia derrubado acidentalmente o vinho tinto que ele, como um tolo, deixara sobre o manuscrito.

(Como um tolo?)

E um pouco do vinho também havia caído nas bordas carmesim de seu caderno de desenho, colando-as, impedindo-a de encontrar a lista e lembrar exatamente o que havia sido instruída a fazer enquanto ele estava fora.

Era alguma coisa. Só que não era o mistério que Mallory queria desvendar.

Infelizmente, era tudo o que tinha.

Mallory já havia procurado em todos os lugares que pudesse pensar para encontrar uma pista que o levasse até Ivy. Não havia mais armários, gavetas ou prateleiras.

Ele tentou manter a calma, mas era difícil. Era um homem racional, e se seu subconsciente fosse ajudá-lo a encontrar um caminho até ela, então ele percebeu que deveria começar a se ouvir mais e a ouvir menos o que os outros tinham a dizer. Ele já tinha feito isso o bastante.

Mas nenhuma das respostas que seu subconsciente tinha para lhe dar era prática. Não havia nada que dissesse vá lá *ou faça isso, ou aquilo*. Então, pela milésima vez, ele se perguntou que passo poderia dar para chegar até ela.

O que é cego, mas sempre encontrará um caminho, em uma jornada que nunca terá fim?

Mais uma vez, ele precisava de uma resposta para a questão central, a parte que ficava entre o começo e o fim:

Como o amor verdadeiro encontrará o caminho?

Foi então que se lembrou do conselho mais importante que seu único amor verdadeiro havia compartilhado com ele. Era sobre encontrar o caminho. Sobre encontrar um caminho quando você perde alguma coisa, ou se perde, ou encontra-se preso. O que Ivy dissera a ele era que você não podia continuar tentando as mesmas coisas. Ela dissera que era preciso coragem para admitir que havia cometido um erro e voltar para o começo. Na verdade, ele se lembrava de suas palavras exatas.

Às vezes, andar para trás é a única maneira de seguir em frente.

Então, se havia uma coisa que Mallory sabia, era que, se houvesse alguma resposta para encontrar Ivy, não viria de mais ninguém. Viria de dentro dele mesmo. E ele precisaria refazer os seus passos. Embora não soubesse aonde o caminho do amor o levaria, tinha por onde começar.

Mas se teria que voltar, para onde?

Mallory olhou novamente para o caderno de desenho de Ivy, para a página que estava presa. Não havia nada depois disso.

Por que parecia que qualquer que fosse o caminho que Mallory seguisse, havia becos sem saída?

Descansou a testa na lista de tarefas dela.

Tinha que tentar alguma coisa.

Mas o quê?

CAPÍTULO 23

Embora Mallory parecesse morto para Ivy, ou ela para ele, ela não poderia simplesmente sofrer, porque sabia que ele estava em algum lugar, apenas não estava mais com ela.

A princípio, ela tentou raciocinar, assegurando-se de que encontraria Mallory, ou de que ele encontraria um caminho até ela. Passou muitas horas puxando papel daquele envelope, tentando encontrar um fim para sua terrível situação.

Apesar disso, para sua grande frustração, nunca teve fim.

As frações de tempo foram ficando cada vez menores. Seria impossível se encontrarem, especialmente porque nenhuma alma em Elm Villa poderia saber o que realmente havia acontecido com ela, e ninguém saberia como ajudar Mallory, mesmo que o ouvissem.

Enquanto lutava com a dor dessa incerteza, Ivy não sabia o que doía mais: a ausência de Mallory ou as imagens assustadoras que sua mente pintava da busca implacável dele para encontrá-la. Imaginou-o suportando dificuldades e assumindo a culpa, abrindo mão de suas necessidades básicas, procurando-a incansavelmente. No fundo, Ivy sabia que sua determinação seria inabalável. Mas, por mais que isso alimentasse a esperança, quanto mais ela tinha fé sem nenhum sinal dele, mais sua determinação enfraquecia.

Ivy começou a perceber que seus pequenos atos de cuidado por Mallory, os cafés da manhã, as pinturas, os beijos carinhosos, a colheita no jardim, as conversas vindas do coração — todas essas coisas haviam dado vida a ele. Sem isso, como ele estaria? E como ela poderia continuar sem ele?

Não suportava a angústia da separação, então decidiu escrever para ele, mesmo que fosse uma carta que ele não pudesse ler. Pensou que talvez aliviasse seu coração.

Mas não aconteceu.

Ivy sentiu uma onda de angústia quando pegou a pena e a mergulhou no tinteiro. O peso da incerteza a pressionava, deixando-a sem palavras. Deveria escrever uma carta cheia de esperança? Ou a carta deveria aceitar a possibilidade de que eles se separassem para sempre? A ideia de dizer adeus a Mallory era impensável.

Simplesmente não estava preparada para abrir mão dele. Assim, com o coração pesado, Ivy abandonou a ideia de escrever.

Sem saber o que fazer, ela se viu pensando nas mesmas possibilidades até que a dor em seu peito tornou difícil respirar. Cada músculo de seu corpo estremecia de angústia, dia após dia — se é que havia dias, porque sem o sol e a lua para marcar a passagem do tempo, sua lenta descida à exaustão parecia não ter começo nem fim.

A ansiedade constante começou a calcificar e endurecer seu corpo. Havia um nó constante em sua garganta, uma tensão em sua expressão e uma rigidez em seus músculos, até que, em algum momento, tudo pareceu congelar como um rio no auge do inverno.

Logo ela não conseguia se mover da cama, não conseguia comer, beber ou mesmo abrir os olhos. Se alguém a tivesse visto ali, deitada na cama cercada por seu sinuoso rio de papéis, poderia tê-la confundido com uma mulher em coma, uma bela adormecida, mas seu príncipe não estava cavalgando em sua direção. Ele não estava no mesmo mundo. Não ao mesmo tempo. Nem estava na mesma dimensão.

Se Ivy passou toda a sua vida lutando para encontrar um lugar ao qual pertencer, era ainda pior agora, porque tinha um mundo inteiro, mas nem um mísero lugar para o seu coração chamar de lar.

O coração de Ivy estava no passado e em um futuro que ela nunca teria a chance de viver.

Se você já sofreu a terrível dor de um coração partido, sabe que a cura não acontece de repente. Para quem vive essa situação, os dias parecem tão sem sentido quanto eram para Ivy. Na verdade, se você perdeu o amor da sua vida, o tempo pode parecer uma eternidade, e a dor, interminável.

Mas mesmo um coração partido continua batendo. Ele não sabe quando parar de verter sangue. Continua, galopando como um cavalo selvagem, ecoando como uma voz em um desfiladeiro vazio, derramando sua tinta na página, mesmo que ninguém jamais a leia.

E assim, o coração de Ivy continuou a bater por Mallory.

Não houve um beijo mágico de um príncipe para acordá-la de seu sono. Nenhuma chegada de um xamã para lançar um feitiço e quebrar o encantamento. Nenhuma curandeira milagrosa com uma poção mágica.

Levou o que pareceu uma era, duas eras e meia era, mas um dia Ivy acordou.

E ela sabia apenas uma coisa: tinha que continuar tentando alcançar o futuro.

Então, como Sísifo empurrando a pedra e de coração partido, Ivy retomou sua tarefa desesperada de tentar alcançar o tempo presente. Manteve a Lei da Imortalidade consigo aonde quer que fosse, deixando-a desenrolar de seu bolso, agarrando-se à esperança irracional de que um dia a carta se desfaria completamente, o envelope estaria vazio e ela alcançaria finalmente o futuro.

Mesmo que a carregasse mais por hábito e conforto do que por qualquer crença real de que chegaria ao fim, estava determinada a passar toda a eternidade levando a carta para ele.

Claro, a eternidade era muito tempo, e ela tinha que se manter ocupada de alguma forma. Então fez as únicas coisas que sabia. Ela decidiu tornar o mundo um lugar mais bonito. E um pouco bagunçado também.

Talvez você possa imaginá-la tomando as rédeas da cidade, indo de um lugar para outro, arrumando todas as casas, ocasionalmente pegando algumas coisas emprestadas e — por ser tão esquecida — perdendo-as, vez ou outra...

O que poderia explicar por que muitos de nós, mortais, ocasionalmente nos encontrávamos procurando objetos: meias, chaves, brincos, reloginhos de pulso e outros itens de valor, certos de que alguém devia tê-los mudado de lugar...

Mas embora pudéssemos culpar a criada imortal por nosso infortúnio, também poderíamos dormir profundamente, sabendo que essas coisas tinham ido para um lugar melhor, porque Ivy tinha o hábito de empacotar esses objetos perdidos em um grande saco vermelho, levando-os para o abrigo dos pobres e, como a porta trancada, subindo no telhado e jogando-o pela chaminé.

Conforme Ivy mudava de um lugar para outro, ela começou lentamente a ver a beleza do mundo de novo.

Viu a fonte na praça com suas gotas d'água feito joias e foi para casa pintá-la, emoldurá-la e pendurá-la. Notou o que parecia um mar dourado no vento, ondulando um campo de trigo, então pintou isso para a mansão também. Viu pássaros empoleirados em árvores, como notas em uma partitura. Pintou uma cachoeira imóvel que pendia como um véu de cristal. Pintou a nuvem perfeita que viu no horizonte, com a forma de um suspiro, e pintou as penas iridescentes do beija-flor enquanto ele pairava, abrindo o coração de uma flor.

Abriu todos os cômodos da mansão que ainda estavam trancados e decorou todos eles. E também terminou de pintar sua história de amor com Mallory na parede do quarto.

E assim seu momento eterno continuou. Apenas muito ocasionalmente ela tropeçava e esbarrava em um dos habitantes da cidade, desalinhando-os do tempo por um instante, empurrando-os apenas uma fração para o passado, para que experimentassem uma sensação estranha, como se estivessem revivendo um instante já antes vivido.

Um dia — se um dia fosse um dia — Ivy ficou curiosa sobre o anexo da casa; a grande oficina de Mallory que estava coberta de trepadeiras. Não sabia por que se sentia tão compelida a ver o interior, mas por um capricho, começou a arrancar as trepadeiras das enormes portas duplas na frente.

Era como se estivesse arrancando os tentáculos do tempo, que tinham capturado e sufocado a estrutura. Partiram em longas cordas, derrubando outros com eles como uma grande esteira tecida, até que ela limpou não apenas as portas, mas todo o casebre, deixando apenas rastros da sombra das trepadeiras ainda serpenteando por lá.

Ao segurar as maçanetas, percebeu que o local nunca havia sido trancado, mas simplesmente abandonado. Empurrou as portas, uma após a outra, inundando a oficina de luz.

Era como ser transportada para outro planeta — paisagens cinzentas de poeira e teias de aranha, ar com cheiro seco e empoeirado e o eco áspero de seus passos. Ela já estava com calor e seu vestido estava sujo de remover as videiras, então ela o tirou, ficando de roupa de baixo e usou o vestido para limpar as superfícies, levantando grandes tempestades de poeira sob a luz da manhã.

Lentamente, os bancos ao redor das paredes começaram a revelar sua textura de madeira. Havia também máquinas enferrujadas, ferramentas, bigornas, trituradores de metal, forjas e engenhocas semiconstruídas, projetos antigos inacabados. No meio do chão havia uma enorme lata de lixo de vime cheia de cordas de barco não usadas, rolos de linha e agulhas e o que parecia ser uma enorme vela formada por retalhos, costurada com seda cara.

Em um canto, Ivy notou uma grande prancheta. Ela se aproximou e começou a limpar a poeira. Presa a ela estava uma coleção de esboços e esquemas de uma invenção que ela nunca tinha visto antes, claramente a última invenção em que Mallory estava trabalhando antes de desistir.

Enquanto estudava o projeto, seu olho natural para a composição e sua compreensão de costura e de perspectiva significavam que ela podia ver imediatamente o propósito daquelas plantas.

E era lindo.

Pela primeira vez desde que se encontrara no momento eterno, sua mente se iluminou e seu coração disparou. Ver o funcionamento da mente de Mallory pareceu trazê-lo para perto dela mais uma vez. Quase podia imaginá-lo ao seu lado, trabalhando em seus desenhos, discutindo o potencial da invenção, ouvindo suas ideias.

Quanto mais ela via, mais era arrebatada por uma onda de emoção. Ver a planta era como descobrir um tesouro enterrado ou descobrir cartas de amor perdidas. Estava vendo o Mallory que ela conhecia e amava sob uma nova luz, conhecendo partes de sua mente que ninguém mais tinha conhecido. E quanto mais ela estudava, mais começava a compartilhar a visão para o projeto.

Logo percebeu o que tinha visto no meio da sala. As cordas não eram cordas; eram amarras, a caixa de vime não era uma caixa; era uma cesta, e a vela não era uma vela; era um enorme balão para voar. E ela viu que Mallory havia aperfeiçoado e testado o sistema de aquecimento que levantaria o balão, e o projeto geral estava funcionando, exceto por um detalhe importante.

Houvera alguns problemas com a costura. O tecido de seda que Mallory comprara era inquebrável, mas a costura em si estava rasgando sob o peso da cesta e do lastro antes que pudesse soltar as amarras e sair do chão. Não que fosse um projeto ruim, porque o pesponto que ele havia usado era, de longe, a escolha mais forte possível, no entanto...

Se Mallory já tivesse usado ou consertado um espartilho, saberia que um pesponto era dez vezes mais forte se usassem dois fios de linha entrelaçados.

Ivy foi até o cesto e começou a retirar o tecido e a linha, arrastando-os para fora sob a luz do sol. Viu as lacunas no retalho onde a costura tinha se rompido, então sentou-se na grama e começou a desfazê-la fio por fio, costurando novamente, dobrando e pressionando as bordas de seda juntas, e costurando à mão com uma costura dupla pespontada.

Levou horas para costurar e aperfeiçoar o balão. Ou dias? Semanas? Meses?

Nem mesmo ela poderia nos dizer a resposta, já que seu momento imortal havia tirado qualquer noção de tempo que ela pudesse ter. Mas, pela primeira vez, Ivy tinha um senso de propósito e, embora sua alma ansiasse por Mallory, enquanto ela estava costurando, sentia como se estivesse restaurando devagar o que podia de sua esperança perdida.

Se não pudesse estar com ele, pelo menos poderia tentar manter os sonhos de Mallory vivos.

E chegou finalmente o momento em que Ivy se levantou, cheia de entusiasmo, ouvindo o rugido suave do queimador e o estiramento do tecido inflando, observando as rugas se suavizarem enquanto o balão tomava forma sobre ela como uma gigantesca bolha de pensamento, de imaginação. Era majestoso e, pela primeira vez, ela sentiu que não poderia ser capturada para sempre em um único momento, pois poderia ir a qualquer lugar, a novas terras, visitar diferentes estações do ano, descobrir as grandes paisagens do mundo e levar uma parte de Mallory consigo.

CAPÍTULO 24

Agora, se você não se importa em me ouvir um pouco, tudo isso está ficando um tanto deprimente, mesmo para um contador de histórias que está acostumado a enredos tristes e comoventes.

Então, deixe-me contar sobre a minha noite.

Bem, eu estava me divertindo muito, relaxando depois do jantar, e pensando em ideias para o meu próximo livro, o sétimo volume da minha série autobiográfica, *A Mente iluminada: Uma magnum opus de autorrevelação*. Eu tinha bebido meia garrafa de *pinot noir*, fumado um pouco do pequeno brócolis feliz e estava deitado no sofá, fechando os olhos e esfregando as pálpebras para ver aquele divertido show de luzes.

E então...

Que droga foi essa?

Houve uma batida forte na minha porta.

— Vá embora! — gritei — Estou ocupado.

— Abra a porta — veio uma voz profunda e rouca. — Preciso de informações sobre uma de suas ex-funcionárias.

— Ah, jura? — respondi. — Que tipo de informação?

— Abra a porta — veio a voz novamente.

Você já esfregou as pálpebras em círculos? Deveria tentar algum dia. É como soltar fogos de artifício, mas menos barulhento e confuso.

— Está destrancada — avisei.

Não sei por que não disse a ele para ir embora. Eu não estava pensando com clareza e também havia algo de persuasivo naquela voz.

De qualquer forma, a porta se abriu e lá estava ele.

O jovem da família Oliverwood que diziam ser amaldiçoado.

Assim que ele ficou diante de mim, parecia não ter ideia do que tinha vindo perguntar.

— O nome dela é Ivy — disse ele. — A história do nosso amor começou aqui. Por você tê-la demitido, eu conheci o amor da minha vida. — Sua mandíbula pareceu apertada. — Então, me diga o que sabe sobre ela. Diga-me tudo e qualquer coisa.

Bem, não tenho o hábito de fofocar. Não muito, de qualquer maneira.

Certo, tudo bem. Eu fofoco, mas só porque sou um contador de histórias e é o meu trabalho. De qualquer forma, acho que senti pena do jovem. Eu o vi de relance pela cidade algumas vezes no passado, e ele sempre parecia um pouco pálido demais. Mas, naquele momento, embora estivesse limpo e bem-vestido, parecia que havia sido deixado para ser levado e a morte o esquecera. Suas bochechas estavam encovadas e as olheiras projetavam sombras que pareciam carregar a escuridão de mil noites sem dormir. Ele parecia desesperado.

O único problema era que eu não tinha nada para lhe dizer. Eu não sabia muito sobre a garota. Ela tinha sido minha empregada por apenas algumas semanas.

— Não posso contar nada que você já não saiba — eu disse. — Havia a sua memória que era terrível, mas não me surpreende dado seu passado, acho.

— E o passado dela? — questionou.

Apesar de sua aparência desgrenhada, ele conseguia emanar certo charme. Era como uma chama que deveria ter se apagado há muito tempo, mas ainda ardia. Parecia aquele tipo de chama azul irregular que você via no fundo do cachimbo e, quando você a soprava, parecia morrer, mas depois voltava.

— Infância difícil. Abandono. Um trauma ali, outro lá. Todos nós temos os nossos problemas, não é?

— Você sabia de tudo isso? E ainda assim a demitiu?

— Sim. Agora, se não se importa, eu tenho histórias para contar, aventuras épicas para criar, lendas atemporais que ressoarão por toda a eternidade.

E com isso, acenei para ele sair.

Outra coisa que você pode achar divertida é fazer seu umbigo falar. Já tentou? Porque, depois daquela breve visita, comecei a usar meu polegar e indicador para movimentar a pele, para se mover como uma pequena boca. Meu umbigo e eu estávamos tendo uma conversa interessante sobre a nova moda de sapatos com pontas extremamente longas curvadas para cima. Conhece esse estilo? Comentei com ele até mesmo sobre ter visto um sujeito decorando seus sapatos com sinos e um bigode falso...

Então, *bang*.

A porta se abriu mais uma vez.

Era ele de novo.

— Você disse *atemporais*.

— Perdão? — eu respondi.

— Você disse que escreve lendas atemporais que ressoam por toda a eternidade.

— Isso mesmo — concordei.

Eu queria continuar falando com o meu umbigo, mas o homem me encarou com uma intensidade que eu nunca tinha visto, em lugar nenhum, de ninguém, nunca.

— Preciso que você me torne imortal — disse ele.

— Ah, verdade? — ponderei. — Olha, isso depende de quão boa é a sua história.

— Vá para a sua máquina de escrever e comece a datilografar — ordenou.

Se eu não tivesse fumado tanto do brócolis feliz, poderia tê-lo mandado embora, mas ele era um jovem bem constituído e bastante carismático, e imaginei que poderia lhe dar atenção por um tempo e ver o que ele tinha a dizer.

Então, peguei o vinho, fui até minha mesa e comecei a datilografar sua história.

Que é muito parecida com a que você acabou de ler.

Bem, foi exatamente a história que você acabou de ler. Exceto que este foi o primeiro rascunho, antes de adicionar os pequenos comentários pessoais que o tornam o enredo realmente especial. E antes que eu também inventasse o maior título de todos os tempos:

O amor que parou o tempo.

Um título de profunda beleza, atemporalidade e elegância perfeita. Não acha?

Quando Mallory terminou de contar sua história, já era madrugada. Eu estava cansado, mas certamente satisfeito com o trabalho.

— Então... — ele finalizou. — É isso.

— Bem, é uma boa história — eu disse.

— Acredita que posso ser imortalizado?

Às vezes é difícil ser um escritor. Todo mundo é o herói da sua história, e todo mundo acha que o que vive é uma lenda.

— Infelizmente não. — Eu tive que dizer a verdade. — Claro, é uma boa história. Amantes que se separaram para sempre, tudo porque o herói pensou que sua má sorte era uma maldição, e ele prendeu a heroína no passado...

— Qual é o problema, então? — Mallory questionou.

— O final é muito trágico para torná-la uma grande história de amor.

— Trágico? — ele disse, olhando para mim. — Por quê?

— Porque... bem... aqui está o problema. Se eu disser que você será imortal agora, ela ficará presa no momento em que já está, e você ficará preso neste instante, para nunca se encontrarem.

Ele não disse nada em resposta — apenas olhou para mim, como se todo o oxigênio estivesse sendo espremido para fora de seu corpo.

Não disse que às vezes é difícil ser um contador de histórias?

— Qual é o problema? — perguntei a ele. — Você achou que terminaria com *e viveriam felizes para sempre?*

Ele me encarou por mais um momento. Então, piscou. Uma vez. Talvez duas vezes. E com isso, a luz em seus olhos se apagou.

— Obrigado pela história, de qualquer maneira — falei.

Ele ficou parado olhando para o chão por um longo tempo, e eu pensei ter visto uma lágrima brotando em seus olhos. Então, lentamente, flutuou para fora da porta, como um floco de cinza fumegante, sem vida e sem propósito, um lembrete de que mesmo as chamas mais brilhantes se extinguem, deixando nada para trás além de poeira.

Mas não vamos ficar muito poéticos. Eu tinha um monte de textos para datilografar. Eu precisava terminar de datilografar aquele enredo e escrever a sequência de epílogos mais incrível da história dos epílogos, que, como você lerá em breve, são sobre os meus novos romances, que podem ser adquiridos em todas as melhores livrarias do mundo.

E isso nos leva à conclusão desta trágica história de amor.

Lá vamos nós.

Fi...

Capítulo 25

Se você já fumou o tipo de cachimbo que eu estava fumando naquela noite, saberá que mesmo quando a chama se extinguir, se você a apagar rápido o suficiente, pode soprar as cinzas e ela voltará a acender.

Bem, acho que foi isso que aconteceu, porque, antes que eu pudesse terminar de datilografar ***FIM***, minha porta se abriu com tanta força que a maçaneta atravessou a parede e ficou cravada no reboco.

Mallory caminhou de volta para minha mesa.

— Não — disse ele.

— Perdão? — respondi.

— Não é assim que a história termina.

— O que você está dizendo?

— Em todas as grandes histórias, os personagens aprendem lições, certo? — ele disse. — Bem, o que aprendi é não deixar que outras pessoas me digam como foi minha história, ou se mereço amar e ser amado. E a verdade é que eu a amo mais do que qualquer outra pessoa jamais amou. Portanto, se não continuar escrevendo, eu mesmo a escreverei. Porque, e aqui está outra coisa que aprendi: as verdadeiras histórias de amor não têm fim.

E com isso, ele estendeu a mão para a minha mesa, abriu o compartimento da minha máquina de escrever, tirou a última página, acrescentou ao resto do manuscrito à mesa, embrulhou tudo e começou a sair.

— E aqui está sua lição de moral — acrescentou, enquanto se dirigia à porta. — Não demita a sua funcionária por sua própria estupidez e não deixe seus manuscritos espalhados por aí.

Olha, pode ter certeza de que fiquei surpreso. Quem esse homem pensava que era para ensinar ao maior contador de histórias de todos os tempos a arte da narrativa e das lições de moral, a arte do amor e dos finais dignos? E o pior de tudo, ele estava certo. Havia algo muito especial na história deles. E eu estava prestes a perdê-la, porque ele já estava na metade do caminho para fora da porta.

— Espere — eu o chamei.

Ele parou e voltou, devagar.

— Me dê um minuto — pedi.

O que havia de tão especial naqueles dois? Talvez fosse porque eles eram opostos complementares. O rapaz que tentava se esquecer e a moça que tentava se lembrar.

Realmente não havia mais ninguém no mundo para eles.

Ou talvez fosse porque sua história tinha uma espécie de qualidade atemporal. Como um conto de fadas, mas real.

Ou talvez o poder daquele amor tivesse ficado óbvio de repente. Afinal, nem mesmo os maiores amantes de todos os tempos haviam parado o próprio tempo, ou forçado o destino a lhes entregar o controle.

De qualquer forma, percebi que eu devia ter bebido muito vinho para ter perdido a beleza daquela história.

— Foi precipitado da minha parte — disse eu, pensando em todas as vendas de livros que eu perderia se deixasse a história deles escapar. — Eu não deveria tê-la mandado embora. Ela merecia mais do que isso. E você está certo. Não é assim que a história termina. É óbvio que vocês dois pertencem um ao outro. Então, mesmo que seja sua história, por favor, permita-me escrevê-la para você?

Mallory voltou, olhou para mim e jogou o manuscrito de volta na mesa.

— Continue datilografando, então — disse ele.

— Vou continuar — respondi. — Claro, não posso garantir um final feliz. Isso depende de vocês, mas com certeza, Mallory, você será imortalizado com ela no mesmo momento.

CAPÍTULO 26

Mallory percebeu que estava em um lugar completamente diferente do mundo que pensava conhecer. Assim que se encontrou no momento eterno, foi revivido num segundo fôlego. Seu corpo se iluminou. A adrenalina entrou em ação. Ele caminhou pela cidade com tanta determinação que, mesmo que não estivesse em um mundo congelado no tempo, tudo ao seu redor teria parado — ficado imóvel — só para vê-lo caminhar.

Ela estava ali. Em algum lugar.

Ele atravessou Elm Villa, passou pela praça da cidade, pelo distrito comercial, mal notando as faixas e flâmulas dos mercadores de especiarias e das lojas de cerâmica, estoicas feito folhas petrificadas. Mal percebendo que a cidade inteira estava parada como um afresco no teto de um templo. Mal vendo a trilha de papel que percorria todas as ruas da vila, onde quer que Ivy tivesse estado. Mal consciente de que, pela primeira vez que ele podia se lembrar, ninguém estava murmurando a seu respeito, ninguém estava fechando as persianas, ninguém estava cochichando às suas costas.

Pela primeira vez, ele estava livre para ir e vir no mundo sem que ninguém o lembrasse de seu passado.

Seguiu a trilha interminável de papéis de Ivy pelas ruas, depois de volta até em casa, subindo o pequeno caminho, passando pela porta da frente e entrando na mansão.

— Ivy! — ele chamou, assim que abriu a porta da frente. — Estou aqui!

Começou a entrar nos quartos, chamando por ela.

Todas as portas estavam abertas, e a casa parecia viva de novo com todas as telas que ela havia pintado.

Mais uma vez, ele percebeu o quanto ela havia transformado o lugar.

Os quartos, que antes eram tão escuros e empoeirados quanto mausoléus, agora estavam cheios da luz e do calor de suas pinturas. Havia flores de primavera e paisagens marítimas de verão, montanhas cobertas de neve, florestas vermelhas com as cores do outono, ondas do calor do meio-dia sobre as planícies e céus noturnos estrelados sobre rios e lagos.

— Ivy! Onde você está? — ele chamou.

As cores e as imagens eram tão cativantes que ele não pôde deixar de desacelerar para absorver tudo. Na verdade, a beleza o distraiu tanto que percebeu que havia caminhado por toda a casa chamando por Ivy, até se dar conta de que ela não estava lá.

Ela devia ter saído.

Compras?

Buscando mais móveis?

Certamente, ela não demoraria.

Ele estava sentado no hall de entrada, em uma cadeira ao lado do cabideiro da porta da frente, para que ela o visse no momento em que entrasse. Imaginou a expressão que apareceria no rosto dela quando o visse pela primeira vez. Imaginou-se levantando-se e abraçando-a.

Então, se perguntou se sentar ao lado da porta da frente a assustaria. Ele moveu a cadeira para o outro lado do corredor, perto de outra porta. Enquanto esperava, imaginou todas as coisas que diria.

Mas ela não parecia estar com pressa, o que quer que estivesse fazendo.

Ainda assim, ele continuou imaginando seu retorno. De novo e de novo.

Por quanto tempo?

Pareceu uma hora.

Então pareceram várias horas.

Então pareceu — *quem sabe* — um dia? Talvez mais de um dia. Era impossível dizer.

Chegou um momento em que Mallory havia ficado tão desconfortável sentado no corredor que decidiu voltar para Elm Villa e procurá-la.

Abriu a porta da frente, pegou o imenso carretel de carta e começou a segui-lo. O que o levou à feira; ao redor de uma barraca de produtos. Em seguida, o levou de volta para casa, pela cozinha, para o quarto, para o banheiro e depois para o Grande Salão, salpicado de tinta no ponto onde estava escrito: "para chegar ao amanhã, você precisa alcançar duzentos e cinquenta e três mil, seiscentos e oitenta e seis avos do caminho até lá...".

Então Mallory continuou a segui-lo — de volta para os jardins públicos, e de novo para casa, e de volta para a biblioteca, e de novo para casa, e para o mercado; aqui e ali pela cidade.

Logo Mallory percebeu que estava em uma busca inútil. A trilha de papel passava pela cidade e cruzava a si mesma, dando voltas e retornando por onde já havia passado. Ele devia estar procurando havia alguns dias — se dias eram mesmo dias — e começou a se preocupar com a possibilidade de Ivy ter saído de Elm Villa.

Mas para onde ela teria ido?

Pelo que pareceu uma semana, ele procurou e esperou. Encontrou pontos em que a trilha de papel levava a locais mais remotos. Ele a seguiu até as docas. Então, por dentro. Pelo rio, mas não havia sinal dela. E parecia haver tantas trilhas de papel.

Com o passar do tempo, ele ficou mais desesperado e seus movimentos, mais frenéticos; parecia que o peso de sua preocupação estava começando a marcar ainda mais profundamente as linhas de seu rosto.

Simplesmente não fazia sentido.

Devia haver uma trilha que não levava de volta para casa.

Com certeza.

Algum tempo depois, ele teve a ideia de andar no sentido horário ao redor de toda a fronteira da cidade e seguir todos os caminhos que saíam de Elm Villa. Seguiu uma trilha até a base das montanhas. Dentro e fora da floresta. E outra para as cavernas de cristal...

Mas cada caminho levava de volta para casa, e cada local tinha uma pintura correspondente nas paredes da mansão.

Ele seguiu cada centímetro da trilha de papel e não encontrou nada.

Ela não estava em lugar nenhum.

Então, mais uma vez, Mallory caiu no chão do Grande Salão, deitado em blocos de papel, olhos vermelhos, e sentiu aquela velha emoção rastejando de volta em seu corpo: seu estado familiar de tristeza e resignação.

Será que algo aconteceu com Ivy? Um acidente?

Não era possível. *Ou era?*

E, novamente, ele começou a lutar contra os pensamentos de sua maldição.

Ele devia ter ficado deitado ali por horas, confuso e angustiado, então provavelmente havia imaginado.

Devia ter imaginado.

O papel pareceu se mover sob sua bochecha, muito levemente, como se... como se... *o quê?* Como se um rato tivesse passado por cima dos papéis em outra sala? Mas era impossível. Certamente era um truque da sua mente.

Ele ignorou a possibilidade, mas aconteceu de novo. O menor dos movimentos.

Talvez seu rosto tivesse simplesmente se contraído? Ele estava tão exausto e chateado que sua mente começava a confundir o real com imaginário? Com certeza era isso.

Mas não. Aconteceu de novo. E desta vez ele pensou ter *visto* o papel se mover um pouco.

Aproximou o rosto o máximo que pôde, como se estivesse encostando o ouvido nos trilhos de uma ferrovia para verificar a aproximação de um trem.

Então, claro...

Não havia nada. Nada ainda.

E então... *Alguma* coisa.

Definitivamente estava se movendo. Foi o único movimento desde que ele havia chegado ao momento eterno.

Era como se a trilha de papel estivesse sendo puxada, mas de uma grande distância.

Seu coração voltou à vida. Ele se levantou, pegou a trilha e começou a segui-la pela casa. Descendo o corredor, passando pela sala de estar, pela sala de visitas, até o terraço do pátio, de volta ao corredor externo que levava às acomodações dos empregados, à despensa...

E então percebeu por que nunca havia seguido essa parte específica do carretel de papel antes. Porque saía pela porta dos fundos.

Estava tão envolvido em seguir pela cidade que não pensou em verificar o próprio quintal.

Ao sair da casa, percebeu por que havia deixado de refazer a última viagem de Ivy. Porque o papel se arrastava pelo jardim e subia direto nos canteiros de rosas, e então mais para cima, sobre a árvore cor de cobre, e desaparecia ao longe, estendendo-se sobre as copas dos olmos, os pinheiros, os freixos, os eucaliptos, os abetos...

Mas como? Por quê?

Desta vez, Mallory correu. Ele correu sob o carretel de papel como se estivesse seguindo o rastro de um anjo no céu, perseguindo o rastro de sua aura — como se os céus tivessem lhe dado um sinal e o destino o apontasse direto para ela.

Correu pelo que pareceram horas, mas nunca se cansou. Descobriu que a trilha de papel havia se acumulado em certos lugares, cada local sendo uma área de beleza natural. Havia uma clareira onde campânulas acarpetavam o chão da floresta e a aurora brilhava através das pétalas, iluminando-as como pequenos abajures. Havia um espaço onde uma lagoa florescia com algas verde-vivas, repleta de carpas douradas. Havia um leito de rio com a água límpida e cristalina, adornado com seixos lisos devido à suave correnteza; pareciam milhares de bolinhas de gude vítreas.

Se Ivy tivesse parado para pintar aqueles belos lugares, suas pinturas seriam como um registro visual, como a arte dos monges sobre as estações durante a peregrinação. Se ele pudesse resgatá-la, a arte lembraria Mallory para sempre de sua jornada de volta para ela.

Quanto mais Mallory se afastava da cidade, mais alto o sol parecia se erguer no horizonte. O mundo ficou mais brilhante e as sombras pareceram recuar. Começou a ouvir um eco. Um estrondo profundo, como um trovão. Só que o céu estava claro.

Enquanto corria, o som parecia ficar mais alto e mais distinto. A trilha o estava levando em direção à fonte daquele som. Então ele percebeu que era um eco d'água fluindo, caindo, caindo em cascata.

Por fim, viu a trilha de papel descendo até uma clareira, para uma área da floresta que havia sido aberta por um grande rio.

À esquerda dele, o rio corria sobre um declive íngreme, caindo em cascata pelas rochas em uma grande cachoeira, colidindo com uma imensa piscina natural abaixo, enviando plumas de névoa e o borrifo d'água bem alto sob a luz do sol, o que criou o efeito mais surpreendente de arco-íris.

Na margem do rio, ao lado dele, a poucos passos de distância, havia um cavalete de pintor.

E próximo a ele, olhando diretamente para Mallory assim que ele emergiu das árvores...

Ivy.

CAPÍTULO 27

Assim que os olhos de Ivy encontraram os de Mallory, o pincel em sua mão caiu no chão.

Ela sentiu como se tivesse sido repentinamente levada para fora de seu corpo, como se pudesse se virar e se ver ali, boquiaberta, o corpo imóvel, a mandíbula começando a tremer, coração acelerando, olhos se enchendo de lágrimas.

Como se ela estivesse acima de si, olhando-se em terceira pessoa. *Lá está Ivy*, ela pensou. *Cara a cara com o amor que pensava ter perdido para sempre. Lá está ela, tentando descobrir se o que vê é real.*

Mallory.

Parado a alguns metros de distância, segurando a trilha de papel na mão, os olhos piscando na luz.

Era bem possível que Ivy estivesse tendo um daqueles sonhos dentro de um sonho; você acorda e pensa que está realmente acordado, mas continua dormindo. E seria bom, porque então ela poderia ter voltado a dormir e aproveitado o sonho de se reunir com seu amor há muito perdido. Poderia acordar e dizer algo como *que lindo sonho.*

Mas aquilo não era um sonho.

— Ivy... — ele disse, dando um passo em direção a ela, ainda segurando a trilha de papel.

No momento em que ouviu a voz dele, ela não estava mais flutuando.

Foi catapultada de volta para si mesma.

Cada nervo e cada músculo de seu corpo fervilhou, vivo com uma energia tão poderosa que ela sentiu que poderia dominá-la.

Estendeu a mão para o cavalete, querendo se apoiar em alguma coisa, mas tudo o que fez foi plantar a mão no arco-íris de tinta molhada.

O homem diante dela era Mallory, mas não. Sua barba parecia longa e desgrenhada, e as maçãs do rosto se destacavam mais do que ela se lembrava, mas era ele. A voz dele. A face dele. Os olhos dele.

— Você está aqui? — Ela se ouviu perguntar.

De alguma forma, Ivy conseguiu ficar de pé, virou-se para ele e deu um passo na frente do outro, mas pelo tempo que levou para alcançá-lo, não parecia que ela estava andando. Estava sendo puxada por uma força invisível. E quanto mais perto chegava dele, mais forte ficava, de modo que foi tropeçando em uma quase corrida para acompanhar o movimento do chão sob seus pés.

Subitamente, ela estava em seus braços, torrentes de lágrimas caindo de seus olhos, seu corpo arfando e latejando de emoção.

Ele a segurou firmemente pela cintura. A maneira como a olhava — era como se seus olhos contivessem mundos de ternura. Havia tanto amor que estava vazando e se acumulando em seus cílios também.

Ele estava lá. No momento eterno. Sem dúvida. E ele era real.

E, de repente, foi como se um mundo inteiro de perplexidade invadisse Ivy. Ela sentiu tudo de uma única vez.

Dor, alívio, raiva, confusão.

— O que você fez com a gente? — ela perguntou, quase gritando com ele.

Estava dividida entre querer bater nele e querer beijá-lo, querer gritar e xingá-lo e querer sussurrar que o amava; mas, quando finalmente se aproximou, o que ela decidiu fazer foi simplesmente pegar o queixo dele e puxar-lhe o rosto para perto do dela.

Ela o beijou, sentindo as lágrimas salgadas nos lábios.

— Sinto muito — sussurrou Mallory, encostando a testa na dela e envolvendo-a em seus braços. — Nunca poderei me perdoar por ser tão teimoso. Eu deveria ter ouvido você desde o início. E nunca poderei explicar minhas ações, porque elas não fazem sentido. Foram baseadas na dor que eu havia trancado dentro de mim, nas histórias que me contaram. Mas, por favor, me escute.

— Mallory...

— Eu odiei cada segundo da minha vida longe de você — ele continuou. — Foi pior do que a morte, mas encontrei a minha verdadeira história agora. Ninguém além de você pode me dizer como termina. E embora meu coração tenha atravessado o mundo para estar com você, atravessado o próprio tempo, vou entender se não quiser nada comigo. No entanto, se me quiser. Sou seu. Para sempre. Eu amo você, Ivy.

As pernas fracas de Ivy não haviam voltado ao normal, e seu coração ainda batia como se fosse um pássaro engaiolado. Ela mal conseguia se concentrar em suas palavras. A mente apenas repetia que Mallory estava lá, segurando-a, tocando-a, acalmando-a e certificando-se de que nunca mais ficaria sozinha.

Ela percebeu que ele devia ter passado por muita coisa para chegar até ela, então o deixou falar enquanto ele enxugava as lágrimas de seu rosto com a ponta dos dedos.

À medida que a voz de Mallory preenchia todas as lacunas da história para Ivy, ela o ouvia, sentindo o calor de seu toque como a chama de uma vela passando de um para o outro. Ele contou sua busca incansável por uma maneira de diminuir a distância entre eles, compartilhou como a ausência dela de Elm Villa levara à percepção de que as ações dela no passado repercutiam no futuro.

O coração de Ivy afundou e ela instantaneamente se arrependeu de não ter escrito a carta que planejara, mas se recompôs e ouviu atentamente o relato de Mallory, encontrando uma sensação de clareza e calma em suas palavras.

Prendeu a respiração quando ele revelou o sábio conselho da sra. Lock, e ela não pôde deixar de se emocionar ao saber da generosa oferta de ajuda de um certo contador de histórias de bom coração.

Ivy respondeu da única maneira que podia. Ela relaxou em seus braços fortes, fundindo-se em seu corpo, deixando de lado toda a ansiedade e a mágoa. Ela percebeu que tudo o que eles haviam passado tinha sido tão difícil para ele quanto era para ela.

Na verdade, Ivy até sentiu uma breve pontada de arrependimento, imaginando se poderia ter feito mais para ajudá-lo a entender que a maldição não era real, ou pelo menos para mostrar que ele era amado e que, ao lado dele, estava segura.

Talvez então eles não tivessem tomado os caminhos que tomaram, e talvez...

Mas isso não importava agora. Ela descansou a cabeça na curva do pescoço de Mallory enquanto ele terminava de relatar tudo o que havia acontecido. E quando ele disse tudo o que podia, passou os dedos pelos cabelos dela e sussurrou, quase suplicante:

— Só espero que possa se ver em um momento em que será capaz de me enxergar além dos meus erros e me permitir fazer parte da sua vida de novo.

Ivy estudou o rosto dele mais uma vez.

— É fácil imaginar uma vida sem você. Porque eu a vivi. E nunca mais quero viver.

Naquele momento, ela sentiu a tensão do corpo de Mallory desaparecer e a respiração ficar lenta e profunda. Não era apenas a ansiedade do tempo separados que estava se esvaindo dele lentamente, mas a ansiedade que ele carregara consigo por todos aqueles anos desde a infância.

Agora ele poderia finalmente ser ele mesmo e ser livre para amar.

— Precisa me contar o seu lado da história — disse ele.

— Logo, logo — ela prometeu. — Apenas me abrace e me toque.

Mallory se afastou um centímetro e segurou o rosto dela. Ivy sentiu um arrepio na espinha quando os dedos dele tocaram o cabelo macio da sua nuca.

— Eu esperei o que pareceu uma eternidade para tocar você — ele falou. — Realmente, livremente, tocá-la. Com cada grama de amor que tenho em mim.

Os lábios dele pressionaram os seus, antes que Ivy pudesse formular uma resposta.

Eles se beijaram desordenadamente, avidamente. Eles se beijaram com lágrimas. Eles se beijaram em arco-íris de tinta. Suas mãos percorreram uma à outra como se estivessem no escuro e só pudessem se encontrar pela forma de seus corpos. A força dominante de seus lábios contra os dela a deixou tonta, e ela pressionou seu corpo contra o dele, para que ele pudesse sentir-lhe os seios tocando seu tórax. Enquanto Mallory baixava os beijos para sua mandíbula e seu pescoço, tudo o que ela podia ouvir era seu coração batendo e o zumbido de sua garganta soltando gemidos suaves.

E eles estavam prestes a fazer aquela coisa que os adultos fazem quando realmente gostam um do outro. Então, donos de sua própria história, pediram ao escritor para poupar o leitor de todos os detalhes gráficos e, em vez disso, dar uma bela descrição do nascer do sol, na margem do rio.

Depois, quando se deitaram na margem do rio, o nascer do sol envolveu o céu como um laço de fita cor de pêssego, como se estivesse presenteando-os com um futuro que eles nunca acreditaram que poderiam ter.

A cabeça de Ivy estava aninhada contra o peito de Mallory, e seus braços a seguravam como se ele estivesse gentilmente massageando as últimas preocupações dela para fora de seu corpo. Ele deu-lhe um beijo suave na têmpora, e Ivy virou o rosto para olhá-lo. Ela viu os olhos piscarem e a admirarem, adorando suas feições, expressando puro contentamento, e sentiu o peito dele subir e descer a cada respiração.

— Preciso lhe contar uma coisa — sussurrou Mallory, afastando uma mecha de cabelo da testa. — Não temos que ficar aqui. Podemos voltar.

— O quê? — Ivy indagou, de repente levantando a cabeça.

— Estamos escrevendo nossa própria história agora. Na verdade, sempre estivemos. Eu só não percebi isso antes.

— Voltar para onde?

— De volta ao mundo como era. Podemos voltar ao tempo presente quando quisermos. Tudo o que temos que fazer é acreditar. Juntos.

Ela olhou para Mallory, coberto com o arco-íris de tinta que havia espalhado por toda a roupa dele, depois para a pintura em que estava trabalhando, a cachoeira e, finalmente, por entre as árvores, para a cesta de vime do balão.

— Preciso mostrar meu lado da história agora — disse ela. — Vem comigo?

Ela o beijou com força nos lábios, então se levantou e o puxou para cima. Eles vestiram suas roupas, sacudindo a rigidez do chão duro de seus corpos. Ivy pegou a mão dele e o conduziu pela margem do rio, através de um grupo de árvores, até a pequena clareira onde estava sua invenção.

Ela sorriu ao vê-lo mover-se ao redor do balão. A respiração dele tornou-se superficial, e ela pôde sentir a sua frequência cardíaca aumentando com a dele.

— Não sei o que dizer — sussurrou Mallory.

Ela pôde ver todo o corpo dele tremer.

Ivy tinha feito mais do que apenas completar o projeto. O interior da cesta de vime era forrado com camadas de lã de carneiro e coberto com linho macio. Ao levantar a costura em seda, viu que cada um tinha um tom diferente. Ao tentar acender o sistema de aquecimento, o balão começou a inflar em um mosaico brilhante, uma colcha das cores mais deslumbrantes.

— Você fez tudo isso? — indagou ele, com a voz trêmula. — Mas... ninguém nunca... ninguém...

O que ele estava tentando dizer era que ninguém jamais havia realmente tentado entender o seu ponto de vista. E não apenas isso, mas o seu coração. E ainda mais. Ninguém no mundo poderia ter feito o que ela fizera. Ao trazer sua ideia de volta à vida, ela trouxera de volta uma parte de Mallory que ele pensava ter perdido para sempre.

Enquanto se abraçavam vendo o balão encher, sentiram o peito inflar de tanto carinho um pelo outro. Cada centímetro de seus corpos se inundou com o calor do amor, até que seus corações se enchessem de uma leveza eufórica.

A verdade é que eles estavam flutuando no ar por outro motivo, porque sentiam os pés sob as nuvens mesmo antes de entrarem na cesta e ascenderem aos céus.

CAPÍTULO 28

Enquanto viajavam no balão, subindo cada vez mais alto, sentiam-se cada vez menos como se o mundo os contivesse e cada vez mais como se pudessem segurá-lo em suas mãos. Eles podiam ver como tudo estava interconectado, desde o fluxo dos rios que ligavam as montanhas aos lagos e as estradas sinuosas que corriam pelos vales até os campos.

Deslizando pelo céu, eles sentiram alegria e paz ao mesmo tempo. Não se ouvia nenhum som além do crepitar do queimador, o rangido ocasional da corda e o farfalhar suave da seda. Manchas de luz e sombras das nuvens flutuavam pela paisagem como ondas que iam lavando os objetos abaixo delas, misturando suas formas e cores, unificando tudo.

Quanto mais eles flutuavam para longe de casa, mais alto o sol subia no horizonte, e eles logo perceberam que poderiam flutuar ao redor do mundo em plena luz do dia, e além, à tarde, e mais longe, em diferentes terras...

— Eu estava pensando... — disse Ivy. — Já que podemos voltar quando quisermos, podemos ter pelo menos alguns dias em nosso próprio mundo? — Ela pegou os braços de Mallory e envolveu-os em seus ombros como um cobertor. — Então, vamos voltar e construir uma bela vida para nós.

Ela explicou que, no momento em que o vira, havia percebido que tudo o que queria era estar com ele, não importava onde, não importava como, não importava quando. Ela havia finalmente encontrado seu lugar no mundo, e era com Mallory.

— Ficaremos o tempo que quiser e iremos quando quiser ir — ele respondeu.

Ivy percebeu que existir era como viver em uma magnífica pintura de natureza morta, em que cada momento continha uma magia ilimitada. Ela queria compartilhar desesperadamente com Mallory as maravilhas encantadoras do mundo eterno, esperando que isso despertasse nele um sentimento de admiração semelhante. Seu coração se encheu de emoção enquanto ela imaginava mostrar a Mallory a visão cativante das borboletas migratórias que ela tinha visto flutuar para sempre no nascer do sol infinito.

Por mais lindo que fosse o mundo parado no tempo, ele se tornou ainda mais precioso, porque Ivy percebeu que poderiam descobri-lo juntos. Ela queria embarcar em uma aventura notável com Mallory, explorando marcos famosos e maravilhando-se com todas as preciosidades dignas de tirar o fôlego que o mundo tinha a oferecer. Eles saboreariam as distintas alegrias de cada estação: as ricas cores do outono, a beleza tranquila do inverno, o calor do verão e o desabrochar da primavera. Eles se aqueceriam sob o brilho luminoso da luz do dia e vagariam de mãos dadas sob o dossel encantador das noites estreladas de luar.

Às vezes esquecemos, enquanto a terra gira sob nossos pés, que o inverno e o verão, o dia e a noite, realmente não vêm e vão. Eles simplesmente se movem. O sol sempre estará nascendo em algum lugar; a neve estará caindo; o vento soprará as folhas de outono; as massas de ar quente viajarão num crescente; as flores da primavera estarão desabrochando.

E às vezes esquecemos que, mesmo que não possamos viajar pelo mundo ou parar o tempo, podemos desacelerar e apreciar a beleza do universo quando nos encontramos nesses instantes.

Como Ivy e Mallory, também podemos olhar para as asas das libélulas feito uma treliça iridescente iluminadas pelo sol. Ou podemos ver uma estrela-cadente cair como a lágrima de um anjo. Ou os galhos das cerejeiras mergulharem sua tinta cor-de-rosa em um céu azul. Ou vaga-lumes parecerem estrelinhas que caíram e se perderem na mata. E nunca se sabe: podemos até descobrir que o arco-íris nem sempre se move como uma ilusão, mas que é possível realmente encontrar o fim dele e dançar em suas cores com quem amamos.

Portanto, devemos desacelerar de vez em quando, não? E aproveitar os detalhes do mundo ao nosso redor? Porque temos todo o tempo do mundo e sempre há magia no ar.

Claro, a história de Ivy e Mallory não explica apenas o porquê de parar e admirar a beleza. Também não explica apenas por que meias e chaves ocasionalmente desaparecem. Ou por que às vezes nos encontramos em um momento de déjà vu.

Também diz que, quando duas pessoas se apaixonam, parecem estar em lua de mel em seu próprio mundo.

E nos diz que devemos sempre pensar duas vezes antes de bajular alguém dizendo que essa pessoa será imortal. Porque, como muitos reis caídos e beldades eternas, nosso amor pode ficar para sempre preso no passado e incapaz de chegar ao presente.

A verdade é que apenas os muito afortunados encontram alguém com quem compartilhar a eternidade — alguém que nos faz desejar que um momento dure para sempre.

Então, vamos cruzar os dedos e nos desejar boa sorte.

EPÍLOGO

Sete anos depois...

Durante a época de Natal, os grandes salões de Mansão Oliverwood ficavam repletos da alegre harmonia de vozes conversando, música e risadas. Houve um tempo em que Mallory nunca poderia imaginar que haveria uma atmosfera tão festiva dentro daquelas paredes; mas, com o passar dos anos, ele finalmente conseguiu realizar o sonho de sua mãe ao ter uma casa cheia de filhos.

Ou, pelo menos, Ivy assumira esse sonho de forma tão impositiva que ele se vira sem alternativa a não ser abraçar alegremente o que ela queria.

Mallory observou enquanto as três crianças Oliverwood corriam animadamente pela casa, comendo bolos que sua mãe havia feito e brincando com os brinquedos que ele havia projetado e construído para elas: bonecos magnéticos levitantes, borboletas voadoras de corda, livros musicais, carrosséis mecânicos, camaleões que distribuíam enigmas e outras maravilhas da magia comum.

Mas o ambiente festivo que envolvia Mansão Oliverwood não devia seu encanto apenas às crianças, mas também à deliciosa companhia de vários convidados que acrescentavam o toque extra de felicidade. Havia a sra. Lock, que se tornara uma amiga ainda mais próxima da família do que dos pais de Mallory. Então havia Zelda, a jovem que tinham conhecido na floresta, que estava com eles enquanto frequentava a escola para moças e os ajudava como babá das crianças. E também havia muitos amigos do abrigo, de todas as idades, que Mallory e Ivy sempre adoravam receber em ocasiões especiais.

Um contador de histórias muito distinto também talvez tenha estado presente. No entanto, ele tinha ido principalmente para presentear e autografar cópias de seu último livro, este que você tem a sorte de estar segurando agora, mas não há necessidade de agradecê-lo. Os Oliverwood retribuíram o favor presenteando-o com uma garrafa altamente valorizada de Barbaresco, da propriedade Piemonte de Giovanni Gaja. Anexada à garrafa havia uma nota manuscrita por ninguém menos que a própria Ivy, expressando sua maior gratidão pelo ato generoso do contador de histórias de demiti-la de seu emprego.

Dizia-se que até o velho Zeno havia recebido um presente especial naquele ano; uma carta misteriosa contendo algo conhecido como a Lei da Imortalidade, mas é difícil de saber, dada a reticência do relojoeiro e todas as histórias malucas que circulam sobre Elm Villa.

Em todo caso, a família e seus convidados riam, comiam, trocavam presentes, contavam histórias, cantavam junto com a caixa de música, quando Mallory foi interrompido por um garotinho.

— Papai...

Ele se abaixou para encarar seu espirituoso filho de seis anos, que sorria de forma travessa. Reunindo toda a coragem, o menino presenteou Mallory com um tapa de luva de pelica. Com um movimento exagerado do pulso, ele a bateu levemente contra a bochecha de Mallory, provocando ondas de riso entre os convidados.

— Papai, eu o desafio para um duelo! — o menino declarou. — O senhor ousou sugerir que as sonecas da tarde são apenas para bebês. Prepare-se para enfrentar as consequências!

Mallory, brincando com o talento teatral de seu filho, engasgou dramaticamente, uma mão pressionada contra o peito.

— Jovem desafiante! — Mallory declarou. — Eu estava apenas sugerindo que, nesta tarde especial, você poderia ficar acordado e continuar aproveitando as festividades.

— Prepare-se! — disse o menino, com um brilho malicioso nos olhos.

Com risos de aprovação dos espectadores, pai e filho assumiram suas posições, espadas de madeira em punho. O duelo começou, mas em vez de uma luta de espadas séria, aquilo rapidamente se transformou em um turbilhão de golpes selvagens, agachamento exagerado e brincadeiras divertidas. As fintas teatrais de Mallory e as risadinhas contagiosas do menino transformaram o duelo no espetáculo mais absurdo.

Enquanto as risadas ecoavam pelo corredor, Mallory lutou para manter o semblante sério.

— Meu valente adversário. — Ele sorriu, abaixando finalmente a espada. —

Eu me rendo. Vá tirar sua soneca, contente em saber que você me superou com sua inteligência incomparável e charme impecável.

O grupo ali reunido explodiu em vivas e aplausos, totalmente entretido pela exibição extravagante, antes de Mallory e o filho, com os rostos vermelhos de alegria, compartilharem uma risada e um abraço.

Naquele momento, juntaram-se às crianças mais novas e depois à mulher do momento, a única mulher para a qual Mallory tinha olhos, o pilar da família, a radiante e bela Ivy Oliverwood.

Mallory tomou a esposa em seus braços, sorrindo profundamente, e se dirigiu à multidão.

— Senhoras e senhores, estimados convidados, queridos amigos! Como sabem, eu já fui uma alma solitária, escondida como um livro raro em uma biblioteca esquecida, ou talvez mais como a última batata triste em uma despensa vazia, mas eis que minha sorte mudou. Uma noite, o destino interveio e me apresentou à encantadora dama que está ao meu lado agora, cujo charme e talento transformaram esta casa, antes inóspita, no lar querido que é. Não apenas esta mansão, no entanto. Ela mudou-me por dentro e por fora, mostrando-me que podemos ser os heróis da nossa própria história e fazermos o nosso próprio destino. Portanto, antes de levar minha esposa para um instante sob o visco, gostaria de fazer um brinde ao maior presente: a nossa união. Cada um de vocês, com sua presença aqui esta noite, adicionou um toque de magia à nossa celebração. Então, obrigado por sua companhia, risadas, afeto e questionáveis passos de dança. Um brinde a todos vocês!

Houve vivas, taças foram erguidas, brindes e sorrisos foram trocados. No meio de tudo isso, Mallory pegou a esposa pela cintura e a levou para o jardim, para que pudesse passar um momento tranquilo com ela.

As paredes de vidro do jardim de inverno ofereciam uma vista deslumbrante do lindo parque de maravilhas criado pelo inverno lá fora, e enquanto Mallory estava atrás de Ivy e a envolvia com os braços, os primeiros delicados flocos de neve flutuaram graciosamente do céu escuro e, pouco a pouco começaram a cobrir os jardins ao redor deles.

Antes mesmo de dizer uma palavra, Mallory parou e admirou a cena — sua esposa, com um vestido de Natal cor de morango, o cabelo preso com um alfinete decorativo, as bochechas coradas, a neve caindo ao seu redor, suas respirações criando nuvens no vidro e a mão dela sendo entrelaçada pela dele.

Ela era a mulher mais mágica que ele poderia ter esperado conhecer.

Uma amiga para todos, uma mãe dedicada e o amor de sua vida.

Mallory pressionou gentilmente os lábios contra a têmpora de Ivy, saboreando a ternura do momento. Ele sussurrou suavemente em seu ouvido:

— Meu amor, lembra-se da noite em que nos conhecemos e qual foi o meu único pedido?

— Me lembro, sim — disse Ivy, virando-se para olhar para ele. — Você me pediu para esquecê-lo.

— Você era tão boa em esquecer naquela época, lembra? E eu a invejei por isso.

Ivy colocou gentilmente a mão na bochecha dele, seu toque enviando um calor reconfortante por todo o seu corpo.

— Mas, Mallory — ela falou, sua voz cheia de afeto —, como eu poderia esquecer o homem que conquistou meu coração desde o momento em que nossos olhos se encontraram? Eu soube, então, sem dúvida, que nossos caminhos tinham sido feitos para se entrelaçar, antes mesmo de percebermos que já estávamos destinados.

O olhar de Mallory suavizou, seu coração transbordando de gratidão.

— Agradeço todos os dias por não ter me esquecido, por ver além do que ninguém mais podia enxergar. Quando eu fui a criança desesperada por ninguém ser capaz de me ajudar, e quando me tornei o adulto que não queria que ninguém ajudasse, você me mostrou um novo futuro.

— Meu amor — disse ela, virando-se para encará-lo. — Eu posso ter lhe mostrado o futuro, mas você me deu o futuro de presente. Você me puxou do passado e me deu um motivo para eu nunca mais esquecer.

Naquele momento, os sons das crianças ecoaram no salão principal enquanto começavam a girar um mecanismo que fazia pequenos pinos ressoarem contra um pente de metal. Quando Mallory colocou os braços em volta da cintura de Ivy e olhou em seus olhos, a música mais doce começou a encher o conservatório.

— E você lembra que me perguntou se talvez um dia houvesse uma maneira de nos lembrarmos de momentos bonitos como este? — ele sussurrou.

— Sim — disse ela.

— Há uma maneira. Você vai ver.

Mais tarde, ele criaria na oficina para ela algo para que pudesse se lembrar daquele momento preciso, com a música tocando, a sala parecendo girar suavemente enquanto os flocos de neve giravam ao redor deles, fazendo-os sentir como se estivessem em uma caixa de música, girando por dentro de um globo de vidro de flocos de neve.

Embora o cenário fosse lindo e o momento em si, encantador, enquanto Mallory abraçava Ivy, ele se lembrava de que a verdadeira magia estava, não ao redor, mas dentro deles.

A magia era o amor verdadeiro, e por mais que o extraíssem de seu coração, nunca se esgotava, havia mais e mais, em quantidades cada vez maiores e mais fortes.

Pois cada pequeno momento que passavam juntos atraía um amor tão infinito quanto o próprio tempo.

FIM

Nota do autor

Espere. Não vá ainda.

Tenho uma pergunta para você.

Preparado?

O que faz uma história viver para sempre?

Aqui está uma pista. Não são os arquivos. As instituições culturais. Bibliotecas. Não são os bancos de dados. Universidades. Caixas. Nem mesmo os maiores contadores de histórias.

Bem, uma ótima narrativa definitivamente faz parte disso.

Mas não.

É você.

As histórias não permanecem imortais a menos que sejam lidas e amadas, compartilhadas e recontadas, não é? Você também faz parte desta história. Então, espero que tenha gostado deste romance o suficiente para compartilhá-lo com alguém que ama.

Eles vão agradecer para sempre por isso.

E se está triste porque nossa história está acabando, lembre-se de que a vida é cheia de decepções. Você vai superar essa também.

Agora saia e tome um pouco de ar fresco. Parece que você está com o rosto enfiado num livro há horas.

Os *verdadeiros* autores

Aline Sant'Ana é uma autora de romances brasileira que acredita que, quando a inspiração te chama para dançar, a única resposta aceitável é *sim*. Após graduar-se em administração de empresas pela UCPel, a autora ousou seguir sua verdadeira paixão, a literatura, e foi a melhor decisão de sua vida. Em menos de uma década de carreira, ela alcançou a impressionante marca de mais de quarenta histórias publicadas, milhões de páginas lidas na Amazon e dezenas de milhares de seguidores nas redes sociais. Aline continua vendo um propósito em seus romances — a construção de um sonho, um caractere de cada vez.

Matthew Harris é um escritor neozelandês, cujos curtas-metragens financiados pela NZ Film Commission foram exibidos em centenas de festivais internacionais de cinema, incluindo Tribeca, Palm Springs, Cannes Cinefest e Clermont-Ferrand, acumulando mais de quarenta prêmios e exibindo em redes de AMC a Sky Rialto. É PhD em literatura inglesa e sua ficção e poesia foram publicadas em revistas literárias como *Landfall, Poetry NZ, JAAM, Trout, Takahē, Kokako, Mayhem* e *Catalyst*. Seus conteúdos ASMR possuem milhões de visualizações on-line.

Agradecimento especial aos primeiros leitores que viveram e se apaixonaram por essa história:

Jack Ross, Bronwyn Lloyd e Jacqueline Harris

MATTHEW HARRIS
ALINE SANT'ANA

THE LOVE THAT STOPPED TIME

Editora Charme

MATTHEW HARRIS
ALINE SANT'ANA

THE LOVE THAT STOPPED TIME

Editora Charme

To those who make us wish
a moment would last forever.

CHAPTER 1

"I'm going to die," the housemaid whispered to herself.

Ivy's hands were shaking, and her breathing was shallow as she searched everywhere for her to-do list.

"I'm going to die on the streets..."

The young lady was catastrophizing. She wasn't going to die. But she was right that she was going to be kicked out onto the streets.

She had looked under the beds, between couch cushions, on the surface of every sideboard desk and counter, underneath the furniture, in every drawer, and in every room where she might expect the list to be.

But there was no sign of it.

"It has to be somewhere," she murmured, surprised at the warmth of the tears welling in her eyes.

There were a few things her employer had wanted Ivy to do around the house while he was away, and because he wasn't going to be there to remind her, she'd decided to make a list. There wasn't much on it, but she needed to complete all the tasks before his return since he had already been so patient with her. Far more patient than anyone would expect, given he was such an important member of society. A storyteller. One of the greatest storytellers of all time, in fact.

But Ivy was no ordinary housemaid. She was the most forgetful housemaid in the history of housemaids. Perhaps it was a sign that something had troubled her in the past. Or maybe just a consequence of her indomitable lightness of being. She had a face and personality as delicate as wildflowers and equally untamed. Soft yet resilient, as pretty as a petal, but with a strong nature that allowed her to survive even in the most hostile places.

Well, barely survive. Because, just as wildflowers often seem lost and out of place. It was as if she had forgotten where she belonged or had never found it.

This was to be expected, given Ivy had drifted from house to house working as a maid—an occupation that, despite her diligence, was not suited to her nation.

"I know I put it in a safe place," she said to herself again.

But after countless hours of searching, the inevitable happened. The great storyteller returned home and found the housemaid standing in the hallway, distressed and red-eyed from wiping at her tears. As he looked around at the state of the house, Ivy hurriedly explained that she had written a list so she would remember what he'd asked of her.

Only she'd immediately forgotten where she put it.

For the whole week that he was away, all she'd managed to accomplish was lose some single socks, break a window overlooking the garden because she'd cleaned it 'too well,' and, thinking it was open, try to throw out a dead houseplant she'd forgotten to water. And the rest of the time she'd spent on the floor trying to get a line of dirt to sweep over the lip of the dustpan. She'd tried and tried, time and again, and although the line of dust kept getting smaller, there must have been something magical about it because it never completely disappeared.

But that was not the worst of it.

No.

Far, far worse was the fact that she had decided to clean the storyteller's office without his permission and, while dusting, had knocked over the best part of a highly prized bottle of Barbaresco from the Piedmont estate of Giovanni Gaja, which was sitting on his desk. That would have been bad enough. But it was sitting right on top of his latest manuscript. And we all know what the acids, tannins, and alcohol in red wine do to ink on paper, don't we? His precious words began to bleed into the paper, so Ivy panicked and tried to pour the wine off, then wipe it away with a cloth, then wash it off with water. By the time she'd finished her restoration work, all that was left was a wad of pink papier mâché in the shape of a broken heart.

Or a spanked backside.

Depending on which way up I held it. For, as I am sure you've guessed, the storyteller who employed her was none other than I, yours truly.

"I can't have this anymore," I told her, exhausted. "I want you out of here."

"But it's so late," she pleaded. "*Please*? One more chance? I have nowhere to go, Mister..."

To add insult to injury, she couldn't even remember my name. Can you imagine the impudence?

"I've given you every chance I can," I said as calmly as I could. "You've just destroyed months of work. Maybe I should start another story. Yours. *The Tragedy of the Forgetful Housemaid*."

Ivy blinked, confused. "Write about *me*? But I'm not interesting."

"No, quite right. I don't know why I would do that. So, get out, and never show your face here again."

Being alone was familiar to Ivy, but this occasion was the worst.

She had already worked in every other house in Elm Villa that would take her, and news of her forgetfulness had spread everywhere else. What options did she have but to return to the workhouse and beg for a bed? She could go and camp in the forest and risk being eaten by an animal. That would be a tragic fate, but it would be better than sleeping on the street under the moonlight and waking in the morning to all the murmurs of pity and disgust from those passing by.

She would give anything for a hot bath and a comfortable bed.

And Ivy had nobody else to blame but herself. She was solely responsible for the fact she was without money, without a memory, without much of a past even, and now also without a future.

Excuse the little interruption, but I must continue telling Ivy's story without all the melodrama. If I told you all of her thoughts, we would be here all day and have a scene to watch.

Can you see him in the distance?

Right there, crossing the street?

In front of the workhouse, Ivy spotted a man. Broad-shouldered, wearing a fine hat and a black coat—the tallest man Ivy had ever laid her eyes on. He had his back turned, his hand hovering in the air. Ivy didn't understand what he was doing or who he was—not until he turned, and she caught a glimpse of his face in a sliver of moonlight.

Just then, the bells of the temple tolled, announcing midnight.

Ivy's heart pounded in her chest. Even with her terrible memory, the young man had a nickname she could never forget. She was side by side with *The Cursed Man*, the man for whom the whole village shuttered their windows and bolted their doors, the man for whom people cleared the sidewalk as if to avoid a plague.

He was her last hope because, of all the houses in Elm Village, Ivy hadn't ever thought to work in his.

Mallory.

His name came to her mind like an old song, like one of the fables the older folk used to tell in the workhouse.

He was a living legend.

A curse with a beating heart.

Not that Ivy believed in such things.

But of course. She could try him. The Cursed Man. Mallory.

What other option did she have?

When he turned and almost bumped into her by accident, he looked up and saw, to his surprise, she was smiling at him like the earth that desperately longs for rain in times of drought.

CHAPTER 2

As a child, Mallory had grown accustomed to hearing fantastical stories about Elm Villa. While he knew not to take stories that began with "once upon a time..." too seriously, as he stood outside the workhouse making his donation to support the adults and children in poverty, something in the air felt extraordinary. It prompted him to pause and reflect on those enchanting tales.

Some said that on special nights, they'd seen the stars begin to glow in many colors and inexplicably fall, forming great night rainbows in the sky. Others claimed that fairies appeared during the spring. Some said that on certain nights, the mermaids on the fountain in the town square could be heard singing hauntingly beautiful songs. Others told stories about an ancient clockmaker who knew the secret to immortality. And many, many, many people said that the town's library contained a collection of books by a great storyteller that could magically transport the reader into the story itself.

But, more than anyone, Mallory knew that most of the gossip was not true. He also knew what beliefs could do to a person. Because he himself had become one of those stories.

Only, his story was a very dark and grim fairy tale, one he couldn't imagine having any kind of *happily ever after*.

Still, every story needs a villain or someone to be hated, right?

He was that man.

Well, not entirely. Don't get me wrong. He wasn't *evil*. Mallory was just cursed. Or so it seemed. Everyone he loved—everyone he got close to—seemed destined to die.

And so it was that the people of Elm Villa, content with their own fates, whispered about The Cursed Man. They said he was doomed to loneliness, to sadness, to a life devoid of love.

In response, Mallory did not try to tempt fate. He did what was expected. He isolated himself and maintained complete solitude.

It was in everyone's best interest.

If the absence of love was bearable to Mallory, being able to walk the streets was complicated. Complicated for conducting business, visiting the market, attending the theater, or doing anything else he might want to do.

So, when he ventured onto the streets, he did so late at night whenever possible to avoid the scornful looks and hurtful gossip of the townsfolk.

This is precisely why he was outside the workhouse so late that night, wondering why, in a world filled with so much magic and wonder, people could turn a blind eye to those who needed a little miracle the most.

The lack of love was not his curse alone but all of humanity's.

It was at this very moment, just as he deposited the last of the money he had brought for the donation box, that he took a step back, turned—

And got the shock of a lifetime.

He'd vowed to never, ever touch anyone. But the girl he'd just bumped into—no, *the young woman*—the flustered and disheveled young woman standing right before him—was looking up at him as if he could, somehow, save her.

He'd never seen anything like it. Could she be a foreigner? Because there was not a single person in Elm Villa who had ever looked at him with such *hope*.

"I was wondering," she said, "if you have a need for a housemaid, sir?"

He realized, at that moment, that it was more than that. The woman was looking at him as if he were a hero. It might have even made him laugh, although he couldn't remember the last time he'd laughed, and right now, he was too surprised by the fact he even felt the urge to smile at her.

So, instead, he asked the first thing that came to mind. "Do you know who I am?"

"I don't care what people say," the stranger young woman replied.

He took a step back so he could see her from a safe distance. She looked exhausted, but her fragrance was as fresh as a lily in the field. By the way she was dressed, she seemed to have dedicated herself to household service.

Mallory couldn't remember the last time he'd exchanged words with another human. His own voice sounded foreign as he furrowed his brow and pressed his lips into a thin line, saying, "I don't keep staff or servants. I live alone."

With that, he turned his back to leave.

But then the unimaginable happened. He felt her grip on the sleeve of his coat. As he looked back at the stranger, over her head, he noticed the reason she was so desperate: the workhouse sign.

NO VACANCY

Mallory observed her carefully—the worn leather suitcase at her feet, the desperation in every feature of her face, the disheveled hair, and her young, distressed face. She must have been a couple of years younger than him, he thought. But, then again, from the look in her eyes, she also seemed to have lived a thousand lives in one.

She obviously needed help. If he gave the lady money, she could afford a room at the inn for a few weeks. But what about her future? Only the gods would know when the workhouse would have more vacancies.

"Why are you on the street?" he decided to ask.

"I was thrown out of the place where I worked. And now there's nowhere else for me to go. I've worked everywhere else in Elm Villa."

Mallory tilted his head to the side, and with the greatest delicacy he could muster—which wasn't much, he freed himself from her grip on his coat.

"Did you steal from your employer?" he asked bluntly.

He was not inclined to make quick judgments, especially since he had been judged and criticized so often by people who barely knew him. But given the circumstances, he felt the need to ask what had happened to put her on the streets.

"No."

"You're lazy? You don't like to work?"

"No, I work hard. I just..."

"What?"

"I can be a little forgetful sometimes."

Ivy's admission would have meant an immediate rejection for many prospective employers. But this piece of information piqued Mallory's interest even more.

"Really?" Mallory asked, surprised.

The stranger opened her mouth to say something but decided to close it,

seeming short on explanations. When she opened it again, she opted for the bare truth.

"To be honest, I have a terrible memory."

If the young woman's situation hadn't tugged a little at his heartstrings, Mallory would have had to stifle his amusement at the absurdity of it.

"Are you really out of options?" he asked.

"The workhouse is full, so I guess I'll have to sleep in the street. Or the forest."

If she forgot one thing or another, it didn't matter. For all he cared, she could forget he was in the house, and that would be a good thing. He could go about his business unbothered by her. And she would naturally keep her distance from him and his unfortunate curse.

"What's your name?" he asked.

"Ivy, sir."

In his big empty manor, there was no shortage of space. And it wouldn't hurt to have someone on hand to go to the market during the day, to keep him away from the gossip and all the fearful, pitying stares.

"Do you really not care about what they say?"

She gave a shy smile. "Not that I remember everything, sir. But what I've heard, yes... I don't mind."

"You aren't afraid of me?"

Ivy's eyes widened. "I don't think we should fear another human being or doubt their character until we have gotten to know them. And, sir, I really have no other options. *Please*. I can clean your house, cook, run errands—and sure, I'm not perfect—but if you give me a chance, just *one chance*, I won't have to be left to my own devices for the… umpteenth… time. And I *will* find a way to make it work. All I ask for is a bed and a chance. I don't care what they say about you, sir."

"My name is Mallory."

"I know."

Mallory blinked. "Didn't you say you don't remember such things?"

"Your name is often mentioned by society."

"Oh," was all Mallory said.

Hadn't he just been criticizing the lack of empathy of the people of Elm Villa mere moments ago? It was as if the gods were testing him.

"Do you think you can forget me but remember to take care of the house?" he asked.

"Maybe."

He took a deep breath. "Then come with me."

CHAPTER 3

The manor was every bit as grand as the rumors had claimed. Even the front door was impressive, inlaid with fine marquetry—elaborately carved nature motifs—trees, birds, flowers in veneers of boxwood, ebony, and tortoiseshell.

Mallory took a large ring from his pocket, which held dozens of skeleton keys. He unlocked the house and ushered her in without so much as even looking at Ivy.

"Here we are," he said shortly, leading her into the large reception.

As Ivy looked around the house, she immediately felt a sense of emptiness and detachment. Most of the house appeared to have been closed off, locked, or boarded up, and what little was open was starkly furnished, resembling an empty art gallery or a monk's cell in a monastery. The walls were completely bare, without paintings or decorations. The floor had no rugs. The windows were closed and curtained. The main hall was devoid of furniture except for a lone armchair and a side table.

It felt as though the place was nothing more than the walls and the floor. It was strangely uncomfortable. The absence of any sentimental objects made it so impersonal, and there was nothing to reveal what kind of man Mallory was or what his personal preferences were. It was like he was fulfilling a basic obligation to exist there rather than really living there.

But Ivy didn't mind. She entered the residence with her small suitcase and her enormous courage.

"And where are the servant's quarters?" she asked.

"The servants' quarters?" he said. "Never mind those. Take the guest bedroom upstairs. And if you're concerned about privacy, I don't go up there. Ever. I sleep down here."

He pointed to a small room off the reception that looked like it had once been used only for storage. Other than shelving, it had only a single bed in the

center—surely too small for Mallory's full length.

"To get to the guest room, go upstairs, turn left, follow the passage to the second corridor on the left, then take the third door on the right." He took a large key off the hoop and handed it to her without so much as touching her. "And there's fresh linen in the cupboard under the stairs."

Mallory hung the keys on a hook next to what looked like a painting on the wall covered by a white sheet.

As Ivy turned to go up the stairs, trying desperately to remember his directions, he halted her. "Wait a moment."

He glanced at her bedraggled appearance and reached for the keys again.

"There's a bathroom up there across the hall, too. It's been closed up, so you certainly won't find it appealing until it's dusted and polished. But it's all yours." He handed her the key. "Now, if you don't mind, we'll discuss the terms of your employment in the morning. I'm quite exhausted."

Ivy took the key and was just about to ask for the directions again...

But Mallory had already entered his small bedroom and closed the door before she could get the words out.

Miraculously, Ivy managed to find her new bedroom. The room was large and bare except for the bed, but the view from the window was the most spectacular she'd ever seen. Stretched out below, the town was softly illuminated by the flickering lights of the street lanterns, the glow of candles on windowsills, and the warm glow of fireplaces, casting a golden hue over cobblestone streets and buildings. The surrounding hills framed the town in the distance, their dark shapes frosted by the pale moonlight. It was simply magical.

She removed the dust cover from the bed and made it up, noticing how clean the sheets and blankets were. Given his aversion to going into town, she guessed Mallory must have done the laundry himself.

By the gods, she had never seen a man change or wash bedsheets in her entire life, and she struggled to believe he would actually do it. But then again, who was she to assume anything about Mallory's daily routine?

As she settled into bed, every sound in her new room was unfamiliar—from creaking floorboards to faintly rustling leaves outside the window. But Ivy was

used to finding herself in new places, and she was too exhausted to really notice, let alone allow it to bother her.

Lying down, her muscles relaxed from the day's labor, her eyelids drooped heavily with exhaustion, and soon she was nodding off, her head lolling back as the gentle rhythm of her breathing became more regular, her body sinking into a deep, restful sleep.

When Ivy awoke the next morning and found herself navigating the labyrinthine corridors of a mansion designed to accommodate a large family and host dozens of guests, she realized it would be quite difficult to get used to the place.

There wasn't just one staircase; there were three. One of them, she found, led straight down to the kitchen, but somehow Ivy couldn't find her way to the main hall, so she retraced her steps to the second floor.

Given her memory, it wouldn't be the first time she'd gotten lost in a large house, so she woke up earlier than expected just to figure out where everything was. She thought she might grab her sketchbook and draw a map of the floors at some point—perhaps as soon as she opened the damned curtains and windows.

Because, in addition to finding it hard to find her way around, it was difficult to know the time. The place was so dark that Ivy could only rely on the distant tolling of the Temple bell. She knew it had been five o'clock in the morning not long ago, and although the time might have been obvious from the position of the sun, The Cursed Man's mansion was like an endless night with its closed windows and locked rooms.

"No wonder he said he didn't need a housemaid," Ivy grumbled to herself. "There's no house to see."

It was as if the only space Mallory dared to occupy was the entrance of the house, and he kept that tidy enough already. Too tidy, even. What was she going to do with all her time?

She continued walking, pulling from memory the steps she had taken the night before. But she had climbed the stairs in near-complete darkness, and except for the entrance and empty main hall, there wasn't much for Ivy to remember.

"There you are," came the male voice.

Ivy turned suddenly, her hand on her heart from fright, and took a deep

breath as soon as she laid eyes on the speaker.

"I got lost."

"Somehow, that doesn't surprise me," came his reply. "But let's just imagine we were playing a game of hide and seek."

At that moment, Ivy realized that Mallory had a sense of humor—not overtly, not with smiles or deliberately attempting to make her laugh, but in his choice of words.

"I guess we were," Ivy smiled.

"Do you often walk through the house backward?" Mallory asked, raising an eyebrow.

"Well," Ivy began, "one thing I've learned is that if you forget where you left something, or if you get lost, there's no point in carrying on the same way. You have to backtrack, even if retracing your steps feels like going in the wrong direction. Sometimes, going backward is the only way to move forward."

"You might be right," he said.

She tilted her head, studying him. Mallory didn't look like a cursed man. He lacked a grotesque appearance, an unpleasant temperament, fangs, horns, claws, glowing red eyes, or any other features that would make him a monster. There was nothing to explain why the entire population of Elm Villa felt the need to cross the street every time he passed.

Quite the opposite.

His hair, slightly longer than was fashionable, cascaded softly down, forming a gentle curve at the nape of his neck. His eyes reminded her of the colors of a sunrise. Even though they were under the darkness of his mansion, they gleamed as though they had a filament of their own light.

"When you're done mentally assessing whether my appearance lives up to what they say about me, miss, perhaps we can talk."

His voice matched the strength of his appearance, resonating like the slow, steady rumble of thunder—distant yet vibrating through the very foundations of the room.

And what he said *made* Ivy blush.

"I'm sorry," she said.

"Everyone who comes close to me, even steps away, thinks the same things. I can almost see their thoughts hovering over their heads." He looked away. "Anyway, I came to guide you to the lower floor and let you know I'm going out..."

"Under daylight?" Ivy's voice rose two tones.

Wait, she didn't mean to say that.

But she did.

She had heard too many stories. Not that she believed them, but what is it about stories that holds a certain power over us?

Mallory blinked. "I don't burn in the sunlight. Not that I know of."

"I didn't mean—"

He took a deep breath, and Ivy heard the irritation in his voice.

"I think I should explain a few things. If you're going to live here, you need to understand that I don't believe in magic, mystical beings, or gods like the residents of Elm Villa do. But I do believe in bad luck. Some people are born in a field of four-leaf clovers, and others are born in a desert with a dead cactus. Some get whatever they want, and others lose what they already have. It's not magic; it's just the odds. You can't counter your destiny, can you? If there's someone who is the luckiest person in the world, there also has to be someone who is the unluckiest. That just happens to be me. And unfortunately, I have so much bad luck that seems to rub off on everyone around me."

"Again, I'm sorry." Ivy took a deep breath. "I don't believe any of the bad things they say about you, but I guess some stories stick with us. Even with my terrible memory."

"You don't need to apologize. The words that came out of your mouth weren't yours."

"I do need to apologize. And I'm sorry you feel that way about yourself. But I don't think you can live your life assuming tomorrow will be like today. Luck—good or bad—is like happiness and sadness. It doesn't last forever. It's new every day." Ivy hesitated before saying anything more, but then she felt compelled to continue. "Maybe your only curse is believing your luck won't change."

Ivy felt something in the air. Even though they had just met, something about Mallory prevented her from holding back her thoughts. Despite how incredible it seemed, she felt comfortable expressing whatever entered her mind.

She couldn't remember being able to exchange more than a few words with her former employers in other houses. There were no conversations about the stories told in society or about life, luck, and destiny.

Even though she could sense in every nerve and muscle of Mallory that he didn't seem completely comfortable with the idea of having her there, it was a

good conversation. And although she wasn't sure how she truly felt about Mallory, she knew one thing—he didn't seem like a man deserving of such a cruel fate.

"We need to discuss the terms of your employment. Can we agree on five coins a day, renegotiable quarterly?" he said.

Relief immediately washed over Ivy. Firstly, he hadn't set a deadline for her to leave. She might even be able to stay long enough to put her life back together and never worry again about sleeping in gutters or being mauled by wild animals in the forest. Secondly, the salary was a dream come true—ten times more than she had received elsewhere.

She could buy different pencils for sketching.

She could buy clothes.

And shoes.

Pillows.

Books!

"Thank you, sir," she stammered. "But while I'm here, what do you expect of me? In terms of my duties. It's just that… the house is so… clean… empty… and… closed off. I'm not sure what you want from me."

"You don't really need to do anything. You can do whatever you want."

An ambiguous answer.

She thought again about Mallory in that colossal mansion, built to host grand parties or perhaps welcome relatives from other towns. This mansion should be home to generations and generations of a family—a mansion that could house grandparents, parents, and ten children. It was a mansion meant for love, yet its owner seemed to be living out a self-fulfilling prophecy, believing he could never be loved.

"Do you not care about what I do with your house, or do you not care about yourself? I mean, why don't you sell the place and buy somewhere more suitable?"

Ivy almost regretted her questions. Had she crossed a boundary? Asked too much? Anyway, it was too late. She'd already asked.

Her question seemed to make Mallory waver. The way he reached for the banister of the stairs—as if to support himself—was so obvious that even the most inattentive eyes would have noticed.

"I tried," he said eventually. "But nobody wants a house that belongs to a cursed man. And the same would happen with any new house I moved into. It would become worthless. Besides, all of my history is here."

Ivy suddenly understood that his situation affected his life beyond just the gossip and pity he encountered. It affected his real everyday ways of living.

"Well, it's a beautiful house, no matter what anyone says. But it is very empty, and you live in just a small area. So, I wonder if I might have permission to open the windows, sir?"

"Do as you like. And there are funds set aside for household expenses that haven't been touched in years if you need to buy anything—furnishings, decorations."

"Heavens, this house needs decorating," she blurted out, immediately biting her tongue. "But I wonder, maybe I could unlock a few rooms?"

"I'll think about it," he said. "In the meantime, make yourself at home. You can forget I'm even here."

Ivy had no desire to forget him at that moment. She was overwhelmed with happiness. She would have a wage beyond her dreams. And she could decorate the place as she pleased? And he didn't set a deadline for her to leave? If she worked hard, maybe she could stay...

"And what do you like to eat?" Ivy asked, unaware of the joy in her voice.

"Everything you'll find in my garden and orchard," Mallory began. "Except for meat, milk, spices, grains, cheese, and bread." He paused and then grumbled, as if to himself. "Those I buy, or try to, on days when I feel compelled to deal with humanity."

"I can get the groceries for you," Ivy offered.

As they stood in silence, observing each other, the world seemed to spin more slowly.

"That would be perfect," Mallory said, clearing his throat and touching the brim of his hat. "I need to take care of some things in town, so... please take the day to settle in. Just go down the way I came up, and you'll be in the main hall. I'll be back before nightfall."

As Mallory went back down the stairs, Ivy realized that this was probably the longest conversation he'd had in a long time.

God, it was probably the longest conversation *she'd* had, too.

But now it was time to start working.

Ivy began dusting the already pristine bookshelves, polishing the perfectly serviceable silverware, reorganizing the neatly folded linens, and sweeping the already swept floors. She diligently applied herself to cleaning what was already clean, trying to find something—anything—useful to do. But the work took no more than an hour at most.

With nothing else to do, she opened as many windows and curtains as she could and decided to go outside into the garden to pick flowers to place around the open rooms.

When she opened the back door, she was impressed.

The grounds of the estate were the complete opposite of the interior of the house: full of life. There were sprawling lawns, towering trees, and perfectly tended flowerbeds. A winding path led through the various sections of the garden through rows of fruit trees laden with apples, pears, and cherries. It followed a little stream, past several honeybee hives, past what appeared to be a huge ivy-covered workshop, to a large pond teeming with goldfish, and finally, to the most impressive vegetable garden she had ever seen.

There were carefully tended rows of vegetables and patches of berries, all being watered by the most remarkably innovative irrigation system she had ever laid eyes on. A delightful windmill was connected through gears to dozens of little water wheels, which drove the water from the pond down a series of channels and aqueducts into a network of pipes that spread out and fountained water across the whole garden.

It was a marvel of engineering.

As she stood there, taking it all in, Ivy couldn't help but think about Mallory again. She struggled to understand why he so firmly believed everything the townsfolk had said about him. But how could she blame him? She herself had subconsciously believed their stories, even enough that she was surprised to find him going outside in broad daylight.

She shook her head, embarrassed at herself.

Should she have even said those things about luck?

She began to wonder whether he'd understood her point of view or even whether her perspective mattered to him at all.

But Ivy had no way of answering her questions, and she didn't have the courage to ask when, as promised, Mallory returned before sunset.

She watched him enter, taking off his hat and coat and looking a little more

than shocked to see the house open, sunset lighting the walls, warming the petals of freshly picked flowers, and bringing the rooms to life for the first time in years.

As she watched his reaction, Ivy realized she had spent an entire day without forgetting. She remembered *everything* she had talked about with Mallory, the precise details of things that were said; she remembered the time he said he would return; she even remembered the list of things he liked to buy at the market.

"It feels different in here," was the first thing Mallory said.

Ivy smiled. "That's what happens when you open the windows."

As their gazes lifted, a shadow swept across the sky, and the first raindrop fell.

If they could have peered into their future, a sense of foreboding might have taken hold. They would have known that even the most powerful storms begin with a single drop of rain and that harsh twists of fate are as inevitable as turbulent weather.

But to them, it was just a drop against the window.

CHAPTER 4

Summer had arrived, and it was not Mallory's favorite season. Actually, he had a strong aversion to it. He preferred autumn and the soft, melancholic beauty of the falling leaves. He especially enjoyed the cooling weather, the warm coats, and the prelude to the snow that seemed to hang in the air, always threatening to fall but never quite ready enough to grace the town with its presence.

It was the same kind of gentle grace that crossed Mallory's mind when he thought of the young lady he had admitted to his home. Not that he had any intention of allowing such thoughts to linger. The conversation he'd had with Ivy that morning had already stayed in his mind longer than he would have liked, and he was a little unsettled by the fact he could still feel her gentle sensitivity hanging in the air around him.

Without a doubt, he was surprised that Ivy was so perceptive and well-spoken, even if she was a little forgetful. He would certainly be able to hold interesting conversations with his new housemaid…

But that couldn't happen. Absolutely not.

Mallory realized he would have to distance himself before the situation got complicated.

So, for a few days, he began getting up early in the mornings, long before she woke, and making himself busy with paperwork in his office, tending to his garden, or carrying out tasks he might well have given her to do. He only showed himself in common areas of the house to eat or bathe when he knew she was otherwise occupied, visiting the market, or already asleep.

The fact he'd begun hiding in his own home, avoiding someone he himself had invited to live under his own roof, definitely seemed illogical. But Mallory didn't feel comfortable; he didn't feel at ease when Ivy seemed to see right through him.

Either way, it seemed Ivy quickly caught on to his avoidance of her because the later he went to bed, the later she seemed to go to bed. The earlier he rose, the earlier she rose, until the little game of passing ships was no longer possible to keep up without both of them giving up sleep altogether.

Mallory became especially restless one morning when he found Ivy had woken at four o'clock to make his breakfast. Perhaps even earlier, considering she had baked the bread herself, which must have taken at least two hours.

She was exhausting herself for him just to keep up with his odd hours and be a good maid.

How could anyone have ever fired her?

Of course, she had some flaws. She washed Mallory's clothes more often than she needed to; she had misplaced a linen shirt. She forgot to fetch the kindling for the fireplace once and then felt so bad she apologized repeatedly. And a couple of times she'd gotten lost in the house, and Mallory had heard her calling out for directions.

"The bread is ready!" Ivy announced, excited by her work as soon as he stumbled into the kitchen that morning. She immediately brought the hot baking tray to the center of the table. "Try it, try it with butter. It's even better when it's warm."

This was precisely what he had wanted to spare himself from—seeing her with her cheek smeared with flour, her wet hair tied back after a recent bath, and the way Ivy moistened her lips when she was excited. Seeing how her eyes seemed to contain all the colors of his favorite season—the fading greens, warm browns, the light blue of the cloudless autumn sky.

How had he never seen her in the village before?

"Who fired you?" Mallory asked suddenly.

"The storyteller man..."

"What's his name?"

"I don't remember."

Yes, they were talking about me. And the fact they couldn't remember the name of one of the world's greatest living authors? It was like forgetting the lyrics to the "Happy Birthday" song. Not that I can hold it against them. I guess not everyone can have a brain as brilliant as yours truly.

"Why did he put you out on the street so late at night?" Mallory inquired.

The correct response would have been that she had deprived the world of an

earth-shattering work of creative genius that was about to change the course of literary history. But she clearly failed to understand the importance of her actions.

"He left his wine on some papers, and I knocked it over while I was dusting."

"Oh?" Mallory raised an eyebrow and almost looked as if he was suppressing a laugh.

Actually, at that moment, Mallory was restraining himself for other reasons. All of his instincts had begun telling him he should check himself, end the conversation, and leave. But how could he? She'd been up baking since the early hours. So he shrugged, took a slice of hot bread, dropped it on the plate, and blew on his fingers before taking a knife for the butter.

"And the others? Your other bosses?" Mallory asked.

"They didn't have patience with my memory," Ivy replied. "Or lack of it. But anyway. Now that I think about the night you and I met..." she mused out loud, "... we only introduced ourselves by our first names..."

He noticed how fluidly she could shift topics and how her thoughts chased each other like butterflies.

"Maybe we skipped the formalities," he said shortly.

"Maybe you assumed I don't have a last name," Ivy countered, a hint of challenge in her voice.

Ivy's comment forced him to look up at her. "Tell me, then," he said. "Do you have a last name?"

"No," she smiled. Ivy picked up a plate and sat down in front of him, considering his question an invitation to break with the usual rules of dining etiquette.

Mallory watched her, a little surprised that she was so relaxed in his company. Were their similar ages that led her to believe they could be friends? His eyes widened as she began to serve herself as though they had already shared a table many times before. Which, of course, they hadn't. Not until that moment.

"But I gave myself one anyway. Laviolette. Ivy Laviolette."

"Why?"

Her eyes sparkled. "I like how my tongue dances when I pronounce it."

She looked at Mallory. His knife paused over the butter, and he suddenly realized he had been so entranced by her presence that he hadn't even taken the butter off the knife.

"My last name is Oliverwood. Mallory Oliverwood," he said, spreading the butter on the bread.

"I think I'd heard that somewhere," she replied.

Maybe now she knew what had happened to him, he thought. He waited a little longer for her response, thinking she would say something like "Now I remember your story." But, instead, she began eating. So, he decided that, since her memory was the way it was, she probably couldn't remember the details of all the gossip that went around Elm Villa when everything happened.

When the sum of all tragedies happened.

Finally, he took a bite of the bread and was immediately impressed with Ivy's culinary skills.

How she was so good at preparing meals when she would struggle to remember recipes—Mallory could never know. She didn't over-salt the food or make it too sweet.

"This is the best bread I've ever had, Ivy."

"I like it when you call me by my name, sir."

"Then let's eliminate the sir and miss, too." He paused. "If it would make you more comfortable."

"It would," she said.

Mallory noticed a quiet contentment stir within him, although he knew he couldn't convey it outwardly. He enjoyed being in her presence, which is why he had to keep his distance. Mallory liked how he could not predict what would come out of those lips, and how she carried a little sketchbook everywhere she went. He liked how genuine her personality was. Not that any of those things mattered.

He decided then not to finish eating the bread at the table. He picked up his plate, stood, and thanked her for making it. Given Ivy had spent hours cooking for him, he felt terrible for giving her just a few minutes of his company, but he couldn't stay.

He had to go and focus on work and get her out of his head.

Mallory didn't emerge from his office again until the moon had already moved from one side of the horizon to the other. Looking at the clock in the foyer through bleary eyes, he realized it was past three in the morning. He was

exhausting himself. It wasn't healthy to lock himself away for hours on end. It was becoming like he really was cursed, moving around at night, and becoming even more secluded than he'd been before.

He made his way to his little bedroom and sat on his bed, staring out at the night sky. He thought about the implications of hiding himself away just because Ivy was there.

Perhaps the best alternative would be to try and keep their conversations as brief as possible and open a little more of the house for Ivy to occupy. The few rooms already open were now so impeccable, even over-cleaned and over-organized. If he gave her more space, wouldn't it be easier to avoid her? She would be so busy organizing, decorating, and furnishing, keeping the place clean, too busy to spend any time around him anyway.

Before he could finish his thought, he noticed a shadowy figure outside in the garden. He rose to look out of the window more closely, and there he saw Ivy, dirty with soil, under the light of a full moon, bent over with her bare hands in the damp and cold berry patch.

What had happened?

He immediately thought the worst, left his room, strode through the house, and out the backdoor to find her.

"Ivy?" he called as he approached her.

"Mallory!" she exclaimed when she saw him.

He crouched down by her side, immediately worried that she'd hurt herself. Had she fallen? How long had she been out there? He scanned Ivy's outline to see if she seemed injured, but it was hard to see because her hands and knees were covered in dirt.

She seemed upset.

"What happened?" Mallory panted.

"The strawberries! I can't find the strawberries!" she gasped, trying to compose herself but failing. "Don't fire me, please. I didn't eat them. I just can't find them. I thought of making a strawberry tart for afternoon tea, and then..."

It was then that Mallory recognized all the anxiety that Ivy had lived with for so many years—the fear of not having a roof to live under, of going hungry, of having no one to take care of her. He saw the woman who had begged him for a job desperately grabbing the sleeve of his coat like she had no other alternative.

"You can't find the strawberries because you already picked them, Ivy. I just saw them in the kitchen as I came by."

Mallory felt for Ivy as she looked at him, surprised. Then, she leaped up and ran back toward the house to find the basket of strawberries, as if they were her salvation. He empathized as a tear fell from her cheek while she laughed—a tear of relief. And he saw beyond her laughter into her pain. It wasn't funny. It was terrible.

"It's three in the morning. You should be in bed," he called after her.

"I lost track of time," she called back.

"Just get some sleep, Ivy."

She stopped by the door. "In a little while, it'll be time for you to wake up. Why didn't *you* sleep?" she censured him.

"I was just working late," he said as he walked back to the house. "But I'm finished with that now. And you don't need to bake bread in the early hours anymore, deal? Can we both agree to wake up no earlier than eight in the morning? I was hoping you might have the energy to open one or two of the parlor rooms that are to your liking and decorate them?"

Ivy's eyes sparkled. "I would like that very much." She bit her lip. "And the strawberries. I'm so silly. I'm sorry."

"You've apologized too much. You don't need to worry about little things like that anymore."

Perhaps Ivy's memory lapses came in bursts. Sometimes, her memories seemed as bright as the sun in the sky; other times, they seemed obscured by dark, overcast weather, and a fog descended over her, leaving her with a distant look in her eyes. Mallory yearned to understand what was going on with her, but he wasn't sure if he'd ever find the answers.

Then, as if she had heard his thoughts, Ivy looked at Mallory, about to speak. She lowered her eyes to the path of dirt she had trodden across the floor and then at her soiled dress and her muddy knees.

"Even though we haven't crossed paths often in the house, I'm sure you've noticed that I have trouble remembering times, places, and tasks, as I told you the night we met," she explained. "I carry my sketchbook and draw things and make lists because I don't know when my mind might betray me. What I mean is: I try to be normal, even though I'm not."

Mallory wasn't sure how to respond. Should they have this conversation

while sitting or standing, uncomfortable as they both were? Was it only he who felt uneasy talking to her in such an intimate manner?

In truth, even though he had tried to keep his distance, he had already become aware of a few things about Ivy. A few days prior, he had seen her standing with a lost look on her face, as if she had forgotten something or was struggling to remember. For a moment, he wondered how many episodes like this she had at night when he wasn't around.

"Can you explain these moments of forgetfulness?" he asked.

"I don't know," she said, shaking her head. "Sometimes I lose things, or I forget the time, or sometimes I get lost. Which is the story of my life, really."

"What do you mean?"

"You don't want to hear my life story."

"I'd like to know what you meant."

"I just mean, I've never really known who I am or where I am. I'm just a girl who was left by her mother after she'd given birth to me. At the workhouse, they told me she was a young lady of society who had an affair with an older married gentleman with a prominent name, who later wanted nothing to do with her. So I'm an illegitimate woman who lives house-to-house because I can't hold down a job."

Her words stirred something inside Mallory again. It made sense to him that Ivy felt so lost in the world, not knowing where she came from or where she was going. "Well, I have no intention of firing you. You can stay. You have my word."

"For how long?"

Once again, that peculiar pain pierced through Mallory's chest. "As long as you want."

"Even if I make a mistake? Even if I forget to prepare dinner, or break a teacup, or shrink your shirt?"

"Everything except the shirts," Mallory deadpanned.

She smiled, but she still needed reassurance. "Are you sure?" she asked again.

"Nothing in the house matters. The house itself, though, needs all the life and color you bring to it."

"That's good because I've already redecorated my room."

Mallory was becoming accustomed to Ivy's habit of saying unexpected things at unexpected times, and this little endearing trait was growing on him. Or it would have if he wasn't so determined to stifle his reactions to her.

"Perfect," he said. "Now, if you get to bed, I'll close up the house."

"I will," she said, looking back at the floor and raising her eyebrows. "I'm sorry. I'll clean up."

"No, please get some sleep," Mallory replied. "We'll take care of it tomorrow."

As Ivy nodded and left the kitchen, he glanced at the strawberries and the footprints she'd left on the ground. He pondered their conversation again, finding himself empathizing with her feeling of never having a place to truly belong.

For all he had lost, he had always known where his home was.

Chapter 5

Since Mallory had given her two keys from the large keyring to open new rooms for renovation, Ivy hadn't had much time to have a real conversation with him. She was busy renovating the rooms, traveling into town to choose the right wallpapers and fabrics for the drapes, and buying furnishings: chairs upholstered in silk, brocade benches, tables with decorative inlays, rugs, vases, and other curios.

A few days later, at the Artisan Fair in the main square, she was trying to negotiate for a pair of velvet armchairs that she was sure would look beautiful under the living room window.

"It's sixteen coins for the pair," the antique merchant said, with that look of superiority that some people in the village had towards the maidservants working in the houses. "That's the going price," he added.

"I think it's reasonable," Ivy smiled politely but glibly.

The pair of armchairs was expensive, but it was not a problem for the owner of the mansion. Ivy knew this because one evening, she was sketching her plans for decorating the rooms in her sketchbook when she passed by his office and decided to look in and ask him if he could explain—only if he felt comfortable sharing the information—how he made money, given that he so rarely left the house.

Mallory informed her that he earned royalties on patents. She learned that his father had been an inventor, and Mallory had continued the family business, designing new products and improving older ones. He seemed hesitant to say much more, but he pointed out that if she was concerned about the expenses of decoration, she needn't worry at all. Money was not an issue.

"Do you want them or not?" the merchant asked.

"I do," Ivy replied, taking out the bag of coins, counting out sixteen, and

handing them over. As soon as she had paid, the storekeeper flashed a malicious smile that, for some reason, reminded Ivy of the villains from the children's stories she used to read at the workhouse.

"I said that's the going price," he announced again. "But for The Cursed Man, I have to charge double. By the gods, there's no way I'll be delivering these chairs to the most hated street in Elm Villa without adding a fee for risking my own life or luck."

Until that moment, Ivy had never seen what it was like to be Mallory Oliverwood or felt the weight he carried due to his name and his past. "Is that so?" she queried. "But, by that logic, wouldn't taking more of his money increase your risk? Far be it from me to cause you any more trouble than you need. So how about I just buy the armchairs at the market price and take them to the house by carriage?"

"I don't know if you understand," the man said, approaching. "I refuse to sell such a finely crafted pair of armchairs at that price to a man of such ill fortune."

It was patently absurd. But so be it. She would find chairs elsewhere.

Ivy narrowed her eyes, stepped back, and held out her hand. "Very well, then I won't buy them. Give me back the coins."

"Too late for that," the man said, pocketing them. "I already took a risk just by talking to you. People say the curse of the Oliverwoods is contagious."

Ivy was dumbfounded. She was being robbed in broad daylight, and she realized that although many people were passing by and many knew who she was, there was absolutely nothing she could do about it. If she called out and accused the man of theft, her reputation would precede her. He could simply claim she was lying, say she must have lost her money, and remind everyone of her absent-mindedness.

Incensed at the injustice of it, her face flushed hot, and her heart began pounding. A thousand possible scenarios began running through her mind, and a surge of adrenaline coursed through her veins. She knew that she couldn't stay silent. But before she could speak, someone else did.

"Well, I guess they're ours now, then."

Ivy felt the hairs on the back of her neck rise. She turned quickly, feeling her heart leap. Mallory's countenance was totally indifferent, as if he had dealt with this kind of situation many times before. But he surprised her when he approached and picked up the armchairs, placing one under each arm as if they

weighed nothing.

The gentleman's eyelids narrowed at the merchant. "It seems there has been a misunderstanding regarding your treatment of this young lady. But I'm sure she will accept your apology. There's no need to cause you any public humiliation by dragging you through the streets to the authorities, is there?"

The merchant seemed to agree very readily with Mallory. His hands shook as he counted back a discount of a few coins and handed them back to Ivy, bowing in apology.

"Ivy, would you kindly allow me to escort you back home?" Mallory asked, still glaring at the man, who was returning to the safety of his stall.

Before Ivy could answer, she realized Mallory had turned to leave, carrying the chairs under his arms, walking through the narrow streets of the fair as the crowd parted for him. Ivy had to hurry herself along to catch up to him.

"I'm sorry, Ivy," he said as she reached him. "You shouldn't have to deal with such absurdities."

"It's not your fault."

"But you wouldn't have to face such things if you weren't working for me."

"Actually, I—"

Before she could explain that she had dealt with worse, they were interrupted by someone calling Mallory's name.

Ivy turned to see an elderly woman carrying a pot plant under her arm. She was wearing the kindest and sweetest expression Ivy had ever seen. "I can't believe it's you!" she said to Mallory. "How have you been?"

Mallory seemed taken aback for a second, but he nodded to the lady. "Ms. Lock. I'm fine, thank you. And yourself?"

"I've been wondering about you over the years. But I've never seen you in town. You must come by the apothecary for a cup of tea."

The lady didn't wait for a reply before looking at Ivy and then at the armchairs under Mallory's arms.

"Is this the new Mrs. Oliverwood?"

"Very kind of you, but no," Ivy responded quickly, a heat rising in her cheeks. "I am just the maid."

"Is that right?" Ms. Lock smiled with her eyes and her whole face. "Well, I hope you join Mallory when he pays me a visit, yes?"

"We'd best get home now," said Mallory. "But I do promise I'll visit."

He nodded a goodbye to the woman, and he was off again, striding through the town. Ivy once again had to chase after him.

She thought of what he'd just said in front of the merchant and now the apothecary lady. It was the way he had said he would like to escort her home.

As if his mansion didn't belong to him alone anymore.

"What are you doing in town anyway?" she asked.

"Nothing. I just had some business at the workhouse."

Ivy was a little curious about what business he would have at the workhouse, but her thoughts were interrupted when she observed how the gentleman strode purposefully through the town. The residents parted to make way for him, their gazes fixed on him with surprise at his confident and unhindered steps.

The inventor wasn't wearing a hat with a brim large enough to cover his eyes or a coat with an excessively high collar that he pulled up to cover half of his face. His hair was loose, and he was wearing a linen shirt, suspenders, and dark gray pants. He walked in a fiercely confident mood, strong enough to melt away any whispers he might hear.

Summer was in full swing. Ivy saw young ladies in light dresses watching Mallory make his way through the streets, but he was too absorbed in his own thoughts to notice them. They were looking at him, not as a dark mythical figure partially hidden from view, but as a real man. And maybe a few of them were fanning themselves for reasons other than the heat.

A few hours after the armchair incident, Ivy had already completed all of the day's tasks. She took care of organizing the house and finished decorating the living room. In fact, she was extremely happy to see the armchairs positioned beneath the window despite still having a certain aversion to those curtains.

As she pondered what to do, she took a few steps back and bumped into the side table, which displayed an invention of Mallory's father under a glass dome. Ivy recalled their recent conversation about the family business, during which Mallory had mentioned that she might want to try it out.

She wasn't sure if he was telling her about the invention, so she would leave him alone, or if he was sharing a piece of his family history. But it didn't matter because, either way, she suddenly felt curious about it.

Through the glass, she could see the large wooden box engraved with its inlay of fairies playing harps and flutes.

She carefully lifted the dome and found the winding mechanism Mallory had mentioned. Following his instructions, she delicately turned the crank handle ten times, not knowing what to expect.

As she released it, a cylinder began rotating, causing tiny pins to strike tuned metal prongs mounted against it. Her eyes widened in amazement as she watched the little pins pluck the metal teeth, and the sweetest melody began to emerge and reverberate through the box.

Ivy had never heard anything like it before. She stood there, mesmerized, as the music washed over her. After a few moments, she looked at her own hands and realized that she had remembered Mallory's instructions perfectly.

Her memory no longer bothered her so much.

Of course, there were some things, like bedtime, that seemed to slip her mind. But every night, at exactly nine o'clock, Mallory would find her, wherever she was in the house, and gently remind her to go and get some rest. If she lost track of time, he was like a perfect clock.

But other things that Ivy had struggled to remember in the past—she now seemed unable to forget. She remembered all of the tasks she needed to complete. Not only that, but she remembered everything related to Mallory and could hold onto vivid images of their little interactions.

Even if they didn't talk much, she enjoyed the conversations they did have, and she sometimes felt she missed him, even though he was just a room away. Which is exactly why she left the music playing and crossed the hallway back to Mallory's office.

She knocked twice on the door so delicately that she didn't know if he'd heard her.

"Come in," Mallory said softly.

She floated into the office with the melody of the music box swirling around her like a fragrance.

"So, the music box still works," he said, his head down, writing.

As soon as she saw him again, Ivy experienced a strange feeling in her stomach. What was it? She was hungry, it was true; she had been polishing the brass fireplace covers all morning and hadn't stopped to eat.

But it wasn't that.

Maybe it was the music. Or the candlelight in the room. Or both. Whatever it was, she suddenly saw Mallory in a new way.

He had just rolled up the sleeves of his shirt to prevent ink from getting on them, which allowed her to see his bare arms, the muscles moving as he wrote, the dark hairs of his forearms lying on the white paper, and the smooth movement of his wrist as his quill glided effortlessly across the paper.

She felt a heat rising in her cheeks.

Mallory's hair was messy, as if he had touched it several times without realizing it. A woody drink was on his desk, and he was focused on his task.

Ivy was fascinated by Mallory's hands.

It was completely irrational—the way her heart beat faster at the sight of his veins, the sharp intake of breath she took watching his fingertips grip the pen, and how his eyes scanned the page from side to side. She found herself fascinated by his hands, which reminded her of his arms—the same arms that effortlessly carried the armchairs, so strong under the daylight, though she tried very hard not to observe due to her strong sense of propriety.

"Can I help you with anything else?" he asked, raising his eyes to her.

She studied his face like an artist. His features resembled a topographic map of an enchanting landscape: his nose a mountain peak, rising with grandeur above the surrounding terrain; lips carved like the curves of a canyon; cheekbones like rolling hills smoothed by the winds of time; serene eyes like deep lakes; and a jawline like a rugged coastline, carved by the tides.

His face contained a whole world.

"I'm sorry," she said. "I completely forgot what I was going to say."

"No more apologies, remember?" Mallory chided softly. "It happens to me all the time."

Ivy wondered how she must have appeared to him, wearing her favorite dress, with the music playing in the background, interrupting him to say nothing at all.

Mallory stood up.

The suspenders that connected his pants and traveled over his shoulders made Ivy shiver all over her body. Mallory brought his hand to his neck, pushing back the waves of his hair, and slowly walked towards Ivy.

"Maybe," he added, "you came to finally show me what you've been drawing in that book you carry everywhere?"

His voice was gentle, so gentle that Ivy's heart ached. And suddenly, she became aware of the weight of the sketchbook in the apron pocket of her dress.

"Oh, yes, maybe?" she said, opening it and scrambling through the pages. "Actually, I've been designing the layout for the parlor rooms, and I wanted to see if you approve."

She nervously held out the book so he could see the pages, and as he moved close to her side to study her sketches, she could almost feel the warmth radiating from his body.

"These designs are wonderful, Ivy," he said, eyes flickering around the pages.

"I would like to change that curtain in the living room, too," she said. "Is that fine with you?"

"Absolutely. I don't like it either."

Ivy became conscious that he was looking at her fingers, which were often marked with graphite. Perhaps he'd noticed them before. And there had been the time she had sat waiting for Mallory to come to dinner. Perhaps he'd seen her drawing the door to his office. She'd rendered all the decorative oak panels, even managed to shade the floor to show the light coming from inside, and drawn the doorknob, which looked as old as the angels, and the bunch of keys hanging beside the covered-up painting. When he'd emerged, she'd hurriedly closed her book, but he must have seen the page.

She shyly wiped the graphite from her fingers with her apron. "I think I need to show you something," she said. "Would you mind coming upstairs for a moment?"

Mallory seemed a little reluctant, but he followed her up the stairs and through the hallways to her bedroom. When they reached her door, she opened it and allowed him to step in first.

"I know this probably isn't what you expected when I said I had redecorated my room. However..."

She could sense Mallory's astonishment as he walked in because he suddenly froze, and his voice dropped to a whisper as though he had stepped into a holy sanctuary or a library full of ancient knowledge.

"You turned the room into a work of art?" he murmured.

"Well, your words are very kind. But, as you know, I like to draw, and the room was so huge and empty, so I thought it would be nice to wake up and not see blank walls."

"You're being far too modest," he whispered reverently, trying to take it all in.

It was a breathtaking sight: the walls of the room were covered from floor to ceiling with fabric paintings that resembled traditional batik designs. Except that Ivy had used pigments in an array of captivating colors, capturing the essence of the Oliverwood garden.

In the center of it were the strawberries in the wicker basket, at night, bathed in summer moonlight. But as he moved around the room, night turned into day. The trees were illuminated by light, butterflies flew into the sunrise, and summer shifted into autumn so that golden leaves were drifting. As he moved further around the walls, day turned into night again and autumn to winter. The garden was decorated with falling snowflakes.

"I wanted to show that there are always new phases in life," she said.

"That life is cyclical?"

"Yes. That it changes, and that there's always a tomorrow."

"You used some symbolism. The four-leafed clovers here… the horseshoe over there… the shooting star, the ladybug, the rainbow."

"I wanted to remind you… remind us…"

"That luck can change?"

"Yes," she replied.

As Mallory looked at her, Ivy felt a shiver run through her body, and she felt the urge to rub her fingers together.

"I'm speechless," he said, looking at the walls again. "And not just about your artwork, which is astounding. But for the way you have allowed me to appreciate this room again."

"Well," Ivy began, with a glint in her eye. "If you do really appreciate my work, I think it would be kind of you to let me do my job."

"Kind of me? But when have I ever interrupted—"

"Some doors are still locked," she hastened to explain. "Let me open the dining room and decorate it. And the sewing room. Allow me to furnish a room upstairs, which would be a more suitable bedroom for you, with proper furnishings, a view, and a bed that won't leave your feet hanging off the edge."

Mallory looked a little reluctant when she mentioned him being upstairs, but his expression clearly showed that he could not deny the truth of what she was saying.

"Fine," he said, begrudgingly, slowly drawing the hoop of keys from his pocket and freeing a few keys from it. "The dining room…. The sewing room… The salon... And this is one for the other guest bedroom across the hall. Furnish them as you like, and I'll settle the bills with the merchants when you're done. And that includes anything you need for your artwork."

"Even the way you hand me the keys shows the affection you have for your home," she smiled. "You really do love this place."

He looked across at Ivy with a gravitas she had never seen in his expression before.

"There are some things in life that it hurts us to love," he said. "But with a little luck, we can still admire their beauty."

It was an enigmatic statement. Was he talking about the house and how the rooms reminded him of his painful past? Did the arrival of Ivy mean a change in his perspective of the place, allowing him to appreciate it again? Or was he making a broader statement about love, risk, and finding solace in beauty even from a distance?

Ivy wasn't sure, but from the way he looked at her, it seemed to be about more than her decorations.

CHAPTER 6

With each brushstroke, Miss Laviolette felt closer to paradise.

If she still often lost track of time, it was not because of her memory problems but because of the immense happiness and satisfaction she felt when absorbed in her work. And not just in her painting, but in everything she did—decorating the newly opened rooms, cooking, spinning yarn or stitching new clothes, even spending time in the garden when Mallory pruned and dug. It was a blissful summer, and she even began to feel as if the house itself was embracing her, gradually opening up to her presence.

Apart from a few trips into town to assist Ivy with purchases, Mallory was also busy at home. Although he wasn't working in the big, annexed workshop in the garden where he said he once invented his patents, Ivy was sure he was creating new designs because he was spending a lot of time in the sewing room.

She often passed by and saw him there, bright shafts of sunlight filtering through the window onto the dark, stained wooden table in the center of the room. Mallory would either have his bench magnifier out and be working with tiny cogs and springs. But whatever he was preoccupied with, Ivy was certain he was also feeling the gods of inspiration, so she never once thought to disturb him and ask.

He would tell her in time. Because, if there was one thing they had, it was time.

In fact, it felt as though they had all the time in the world. And if Ivy ever lost track of time, Mallory was there to help. If he heard she was awake and working when he was on his way to bed, or if he found that she'd dozed off at the table sketching the fruit bowl after dessert, or if she'd drifted off while reading on the big couch in the salon, he would quietly remind her of the time.

So, Ivy began to feel at ease with her memory—so much so that it rarely bothered her, and she even enjoyed playing at forgetting sometimes, so she could

hear Mallory's deep, warm voice envelop her, reminding her it was time to go up to bed.

She didn't want to take Mallory's presence for granted though, because she couldn't predict what might happen tomorrow. But he seemed not to mind the little flaws she had always disliked in herself. And he didn't seem to care when she forgot things now and again or even care about her inability to locate herself in time or space.

Just like the spectrum of colors she was applying to her artworks for the house, her heart seemed to carry an infinity of shades when she thought of him. The complexity and depth of his past, the parts of Mallory's life that had come to light and those that remained in the dark, made her want to open more and more the doors that remained closed.

He seemed to have lost people.

But hadn't everyone?

Why did he believe so much in his ill-fated destiny?

Since they first met, Ivy had noticed changes in Mallory. It was as if Mallory had thawed out in time, beginning to live in the present. His spirits seemed lighter. Whatever he was doing—working in the office on his accounts, tending the gardens, working on his inventions, he seemed more at peace in his home.

Ivy also felt more and more at home, especially after she opened up about her past. As she painted, she was thinking about her conversation with Mallory when she suddenly remembered something. She quickly put away the paints and ran downstairs, realizing she'd forgotten to finish the job she had started—watering the garden.

As soon as she remembered, she hurriedly put away the paints and ran downstairs.

When she stepped outside, Ivy realized she'd let the irrigation system go completely out of control. She'd forgotten to lock off the main valve, and it had slowly worked itself open—further and further—until it was drawing all the water it could from the lake. The little water wheels were spinning so fast, pushing gallons of water through the channels, funneling it into the pipes, and squirting torrents of water all over the garden.

She dashed into the rainstorm and got immediately drenched from head to toe. Nervously, she trod through the garden bed, careful not to stand on the vegetables or flowers... and she tried to close the valve.

Once... twice... three times...

But she found herself unable to move it because the pressure of the water pouring through it was holding it open, and her hands were so wet and slippery.

She began to panic. She stood up and searched for another way to stop the torrent. Hold the water wheels? Block the pipes? But they were all over the garden; there were far too many of them. She thought of the plants, of the vegetables that might die if they were overwatered, and she felt terrible. She was about to shout Mallory's name, calling for help, when a pair of hands covered hers.

"I'll do that," he said, letting a hoarse whisper escape against her hair.

Ivy closed her eyes as a wave of relief hit her.

Time seemed to slow right down as she suddenly became aware of Mallory's presence.

Her brain first registered the touch of his hands. He had never touched her before, never been this close. But suddenly, the arms she had admired some time ago were around her, his hands covering hers, fingers slipping between fingers, gripping the wheel, and beginning to twist and turn the valve with such strength that Ivy's stomach began to flutter.

The second thing she noticed was the difference in their heights. Mallory's lips touched the top of her head as her back relaxed against his torso. And there was his warmth. He was just as soaked as she was, but she could feel the heat of his skin through the wet fabric of his shirt. It was so intense that the sun should have been ashamed for not being able to warm her up in the same way.

Then, with his shirt sleeves rolled up, she felt the embrace of *his arms* around her, resisting the urge to lean back into his chest, afraid she might never want to leave.

"It was just an accident," she whispered apologetically. "I forgot to lock the wheel."

"It's fine; it's happened a few times," Mallory gently replied, and he continued speaking and turning the valve at such a languid pace that Ivy didn't know whether the time was slowing down or if Mallory was savoring every millisecond just as she was. "It's not the best design," he continued. "But the important thing is, you're not hurt?"

"Just wet," Ivy replied, looking down at herself, which forced Mallory to look up and away rather than follow her eyes to the shape of her body in the wet fabric.

"I need to rework the blueprint a little," he said. But in the meantime, maybe

I should remind you how to lock it off if you need me to."

"Yes, please," she said, a little light-headedly.

He used that voice in which he dragged some specific syllables, which made the little hairs on Ivy's neck stand up. The same voice he used when he tasted the bread she baked every morning.

"So… you need to adjust the valve… to the appropriate level of openness… to achieve the flow you want… then hold the wheel in place… and put the clip over the edge of the wheel… like this… and press firmly… until it clicks into place…"

Each word he spoke had a soothing quality, drawing her in and wrapping her in a warm world, a place warmer than the sun.

"Did you understand?" he asked, still looking away.

"Pardon?"

She did, and she didn't. The garden mechanism, she understood perfectly, but whatever other mechanism he had brought to life in her… That, she had no understanding whatsoever.

"The valve lock," he said.

"Yes," she nodded dreamily. "I'll remember."

Ivy's eyes were still closed because she felt that if she opened them, the moment would pass. She wouldn't be able to feel all the fine details of his proximity to her—the hairs on Mallory's forearm pressing against hers, the way his breath tickled her scalp, or the feeling of those broad shoulders around her.

For heaven's sake, she even felt his *heart* beating against her back.

And it was beating fast and hard.

She was also aware of her own body: the pleasant shivers that ran down through her core, the way the air's touch stirred her skin, causing it to ripple and peak against the soft fabric of her dress, and the way her entire body longed to keep Mallory there.

"You could have just asked if you wanted me to build a bathhouse," Mallory teased, releasing her and looking around at the flooded garden. Ivy barely registered his comment. She wanted to protest his hand moving away from hers. But something better happened.

Mallory brought the tips of his fingers to her waist to help her stand up.

The touch was as delicate as the flutter of a butterfly's wings, but it radiated through her every vein, nerve, and pore. She had to open her eyes because, as dreamy as everything seemed, she wanted to be sure it was *truly* happening.

"I thought it would be best to make it myself rather than trouble you," she said with a slight quiver in her voice, turning to face Mallory.

As she gazed at him, she was taken aback by his striking appearance—his wet hair, short beard, and soaked white shirt, which emphasized the contours of his muscles. She felt an overwhelming urge to step back, as if she had been physically struck by his presence.

"Well, you certainly know how to catch a man's attention," he replied.

And then Ivy saw a smile so captivating that it could have disrupted the very axis of the planet, causing continents to drift apart. A smile that could stir up desire and passion in the heart of any woman. And the most adorable part of his smile was the way it seemed as if it was reserved for her alone.

But Ivy also saw the contradiction in Mallory's eyes, which seemed to carry the waves of the sea after a storm surge, coming and going, falling and rising.

Over *her*.

"I should go and begin redesigning this valve right away," he said, clearing his throat. "Are you okay?"

"I am," she said. Then, she had to remind herself that it was time to breathe. "Thank you."

"Forget about it," he mumbled.

As soon as Mallory had left, Ivy lost the strength in her legs and lay down where she was, staring out at the boundless expanse of blue sky. She allowed the colors of the plants and the earth to stain her dress and paint her heart with something she had never felt before.

Desire.

CHAPTER 7

Mallory Oliverwood was completely inexperienced when it came to women. Since that afternoon in the garden with Ivy, he'd spent days keeping to himself in his office or taking trips into town for meetings at the workhouse. He didn't know when he would have the courage to face her, given that he'd blurted out how Ivy was so good at capturing his attention. And although he had to admit to himself now that it was true, he'd never even thought of it consciously before that moment.

And to make things worse—he'd touched her. Placed his hand on hers. Even allowed his body to wrap around hers.

How could he have forgotten his own rule—never to touch anyone?

That afternoon, he'd left his cup of tea at the table as soon as he heard Ivy rushing downstairs and flinging open the back door. Seeing her soaked, struggling with the valve, he'd acted purely on instinct. Striding across the lawn, he'd reached for the cause of the problem, the tap. Why hadn't she removed her hand when she saw him reach for it? And why hadn't he asked her to remove her hand before sliding his fingers between hers?

Perhaps it was simply the urgency of the moment. Whatever it was, Mallory seemed to have no control over his words or actions around Ivy. He needed to find some way of containing himself. He couldn't let himself become enchanted with her, anyway.

Still, as he sat in the sewing room at that moment, alone, surrounded by miniature cogs, springs, and gears, memories of that afternoon were still fresh in his mind.

Closing his eyes, he could see the water flowing through her hair, cascading down over the nape of her neck, over the smooth fabric of her dress. Droplets on her long eyelashes, wetting those rosy lips, trickling delightfully down her

flushed cheeks.

He had certainly seen more of her body than he should have, her exquisitely exposed shoulder that became visible when her dress sleeve slipped down, the elegant lines of her collarbones.

By the gods, she was beautiful.

That, he was able to admit.

He couldn't even pretend he didn't want to kiss her during their moment in the garden. And when he'd touched her waist, his entire body had responded to her scent that he'd so often smelled throughout the house. It was more than wanting to kiss her. He'd wanted to ask Ivy to never leave him, to take her into his bed and hold her.

"Dinner is ready," Ivy said softly, appearing at the doorway with her hand over her heart.

Mallory almost leaped out of his skin at the shock of her materializing before him.

"Oh, the gods!" he exclaimed, nearly leaping out of his seat.

"Are you all right?" she asked.

"Fine," he said.

"Well then, maybe now is not the right time for me to say that we will have to eat dinner together," Ivy smiled.

"But...why?" he asked falteringly.

"We only have one candle left, and it's almost completely burned down."

"I must have forgotten to buy them," Mallory said.

"Actually, *I* forgot," Ivy corrected him.

She had clearly just bathed. Her taffeta dress was beautiful but also practical for dining, its shade complementing the color of her hair, which was pinned up high on her head. In that moment, Mallory realized that once something is seen, it cannot be unseen. Though her garment remained intact on her shoulders, he could still see her form through the fabric. In a single moment, and against his own will, he had become conscious of the shape of Ivy's body, wondering at the texture of her skin beneath the smooth fabric.

He had to avert his eyes.

"Are you upset?" Ivy asked cautiously.

"No. Certainly not with you," he said, trying to regain his senses.

As Mallory rose from his desk, he hoped it would be a fleeting sensation. He

hoped he could behave naturally around her, like a decent human being and the honorable man he had been raised to be.

"Let's eat then," he said.

Half an hour later, Mallory was still avoiding looking at Ivy. To occupy his hands, he had picked up a letter that he'd been given on one of his visits to the workhouse. He was busying himself turning the pages and running his eyes along the lines, though he failed to take in a single word. It was inelegant, to say the least, but if Ivy asked anything about the irrigation system incident, he wouldn't know how to address it.

"I'm sorry to interrupt, but I couldn't help but notice. The letter you have there? It's addressed to the workhouse?"

"I was just visiting," he began, then stopped nervously, taking a deep breath.

"Oh, again? What happened?" Ivy's eyes fell to the letter in his hand.

"They had received a letter of complaint," he said. "Saying that my donations spoil the workhouse's residents, that the poor have become content living off charity and will only accept well-paid jobs. Apparently, it's another way in which I am a curse for the town."

"Is that so?" Ivy said. "May I read it?"

Mallory handed it to her.

"Well, this I know for sure," Ivy said as she read the letter. "If people had hope of fair wages and tolerable living conditions elsewhere, they would leave the workhouse in a moment. When I was young, I was very grateful to have a roof over my head, and for the kind souls who took care of me, but like everyone else there, I always dreamed of independence. Trust me. The elderly, adults, and children who live there have no other choice."

"You grew up there," Mallory stated.

"I mentioned that my mother was involved with a married man, and I was born from their secret romance," Ivy said. "Although I never learned my parents' names, I was told that my mother's family wouldn't let her keep me. So, when I was born, she ran away, hiding me, going from house to house, until they found her and forced her to give me up."

Mallory already knew Ivy had come from the workhouse after what she'd

told him on the night of the strawberries. In fact, Mallory had found out even more about her history, but he needed confirmation.

And he needed time.

"I can't even imagine how distressing that would have been," Mallory said. "For you both."

"For me? I don't know. The worst thing is that, however I try, I can't remember her. I have some impressions of the places we went and a feeling I've never been able to make go away—that I didn't belong in any of them."

"I'm sorry," Mallory said, finally meeting her eyes, though only briefly and sadly.

"Please don't be," she said. "I can't begin to explain how grateful I am to be here, and the feeling I get being in this house... But that's a conversation for another time. My point is, I understand poverty, homelessness, not knowing where your next meal will come from. So, hypothetically, even if my mother hadn't tried to keep me, I would never judge or blame her for doing what she had to. I just hope that one day, although I get the feeling that I'll never see her face, somehow, she knows I have found a place in this world."

Mallory's throat felt like it was on fire. He might have even felt a tear forming in his eye if he'd let it, but he didn't want Ivy to feel as though he pitied her.

He didn't.

He admired her more than anyone he had ever met in his life.

What he wanted to say was that her place in the world could be right there with him for as long as she wanted it to be. But he couldn't bring himself to speak.

"If I can help in any way..." he began, but the words caught in his throat.

"You already help more than is imaginable, Mallory," she affirmed. "If it weren't for your support, the shelter wouldn't be maintained nearly as well, and countless people would be left out in the cold to starve. What you do for the less fortunate... It's more than all the rest of Elm Villa combined. You found me at my lowest point the night that you took me in, and helped me immensely, just as you do for everyone with your donations."

"It's nothing," he replied. "I should do more. And I will."

Mallory took the letter back from Ivy's hand and held it over the flame of their last candle. The fire leaped to it, and the paper began to burn, lighting up the room.

He finally looked at Ivy's face, observing her delicate features. He wished he could have gone back in time and taken her in sooner than he did. In fact, he had the strangest feeling that he'd had this exact thought—of wanting to hold and protect her—at another time in his life as if he'd known her, or not *her* exactly, but the spirit she carried, and if not in this life, then in another.

"You don't need to do any more for anyone else, Mallory," she said. "Please do something for yourself instead. Start listening to your own voice. If your bad luck seems to perpetuate, it has to be coming from the way you see yourself, not because it's written in the stars."

"Perhaps you're right," he replied. "I might be beginning to see things differently."

The flame devoured the letter between Mallory's fingers until it was a large curl of ash. He settled its remains into the candle and let it finish burning in the pool of wax.

"Mallory?" Ivy began, with the tone of voice she so often used when she was ready to change the subject of conversation.

"Yes?" he responded, shaking his head, as if coming out of a daydream.

"Tell me something you'd like to see every day when you wake up. Something that makes you happy," she asked suddenly.

The answer was so obvious to Mallory that it almost slipped from his lips.

Every single dawn since she'd moved in, before his eyes had even opened, before his mind had fully awoken, his very first thought was Ivy. It was the feeling of knowing that she was somewhere in the house, perhaps asleep, perhaps awake... but whatever she was doing, he was not alone.

He wanted to be near her.

But he couldn't give the answer he wanted.

He could not let her in. As much as he wanted to walk her through all the labyrinthine beliefs he had built around himself since childhood, or lead her through the halls of his history and the pain he'd suffered, hold her hand and open the inmost part of his soul to her, he could not find it within himself to let go of the fears he had.

The years of pain were not easily forgotten. Some part of him still believed that nothing could heal the past, present, and future he was fated for. At the same time, he couldn't bring himself to say that he feared everything that had happened to those he loved would happen to her as well.

"I would love to see my window showing autumn, my favorite season, every morning."

"Oh, really? Somehow, that doesn't surprise me."

Was that something *he'd* mentioned to her on the first morning when she got lost in the mansion?

"You seem to remember everything about me," he said, lifting his glass to his lips.

"Mallory," she laughed suddenly. "You would be memorable even to the most forgetful of souls."

Mallory felt something in his chest, and he looked at Ivy when a sudden thought crossed his mind.

"And you, what makes you happy?" he said.

"Currently? Well, new pigments, decorative items, and the Oliverwood mansion." And without hesitation, she added: "I'm going to start decorating your room tomorrow if you don't mind."

He struggled to keep himself from smiling, but he failed.

"Do you feel welcomed within these walls?"

"Yes, I think so. I think I feel at home here."

Soon, Mallory thought. Soon, he would know if Ivy truly felt this way.

CHAPTER 8

Ivy was beyond happy that afternoon as she began preparing Mallory's room for painting. She had stowed away the little knick-knacks she'd bought—candlesticks, ornamental wooden boxes, urns for potpourri, miniature carvings, and a stone lizard for his bedside table. She covered the floor with old sheets, scrubbed the walls clean with soap and water, and opened the window to let the warm morning sun dry the walls before she started painting.

While opening the window next to Mallory's dressing table, she noticed a piece of paper on the floor under the bed. She bent to pick it up and put it on his bedside table in case it was important. But as she took it into her hand, something caught her eye.

Her name.

Ivy Laviolette

She knew immediately who had written it from his strong handwriting.

Had he left her a message?

Her heart leaped at the thought that Mallory had hidden a cute little note for her to find.

Could it really be true?

As she read her name again, admiring the way it was formed by his hand, her stomach fluttered, her mind racing with all the possible scenarios of...

Then, as she began to read the first line, her hands immediately began to tremble.

But not with joy.

Her hands began to tremble with something entirely *opposite*.

Regarding Ivy Laviolette

I'm used to being totally in charge of my life, so any form of relationship would never work. Think about all the mornings I'd have to spend lacing her corsets. Imagine the gossip among the townsfolk. Not that I care, but it would be such a nuisance having them hate me even more than they already do. Besides, if I can't see myself living without her, then am I not weak-willed? And anyway, she has done nothing to deserve me.

As Ivy read the note, the ground beneath her feet seemed to shift and roll, and she lost all sense of stability. She sat on Mallory's bed to prevent her legs from collapsing beneath her and her delicate heart from falling out of her chest and dropping. It crashed to the floor, shattering into countless shards, tiny pieces flying in all directions and scattering across the ground.

What had she even been thinking, allowing herself to imagine that he might harbor feelings for her? That he might make space in his life for *her*? That he might even reach a point where he acknowledged his affection for her?

The worst part was the final point he made. It was a painful — a harsh reminder of who she was: a woman with low social status, a spotty memory, living in poverty.

Mallory was right.

She'd done nothing to deserve him.

Mallory was the son of a famous inventor with wealth, land, and status. She was not stupid—rich people marry rich people. And even if the townsfolk of Elm Villa feared him and said he was cursed with bad luck, he could always move far away when he was ready and marry someone with equal social status.

But she was, well…

Ivy.

Even so, how could he be so cruel to write this note to her? It seemed completely out of character, given the Mallory she thought she knew. It wasn't just the note itself but the way in which he'd surprised her with it, leaving it in his room for her to find instead of speaking to her directly.

Tears of pain and anger pooled in her eyes. She felt insulted. And not simply

because of her lack of wealth or status or the fact that she was not in his class. It was the fact that Mallory had assumed she had developed feelings for him.

And that was what stung the most—because he was right.

Mallory had come to mean more to her than just a friend or an employer who provided shelter and food. She had become enchanted with him. She was just like any other foolish girl who developed a crush on her employer. And now she had to deal with the painful realization that he didn't see her in the same light.

Why would he bother to write down these reasons and give them to her?

She's done nothing to deserve me.

At that precise moment, while Ivy felt herself wilting, Mallory appeared at the door.

She couldn't even look at him, perhaps out of a fear that seeing them both together in this new light would suddenly break the spell of enchantment, and she would realize she had awoken from a dream that was too good to be true.

"I was looking for you," he said. "I forgot you were going to be working in here today. I'm sorry — I meant to tidy up."

Something prevented her from even hearing him.

She could only sit there, stunned.

"Are you all right?" he asked.

She drew a deep breath, summoning all her strength, and looked up at him. But she still couldn't find the words.

"Ivy, what's wrong?" he tried again.

"You tell me," she said eventually, holding out the note.

Mallory glanced at the note, a flicker of recognition crossing his face.

"It's a note," he replied, his tone revealing nothing of his emotions.

Ivy's hand dropped to her side, fingers clutching the paper, as if she wished to crumple it into oblivion.

"I'm well aware that it's a note," she said, her voice rising with indignation. "It's a note that concerns *me*."

Silence hung heavy in the air for a moment.

Ivy felt the pain in her chest intensify because Mallory was seeing who she really was—a foolish and forgetful young woman with a stupid made-up name who had fallen in love with him.

"I think it's pretty clear. I know I'm not good enough for you," Ivy said, her voice almost breaking. "Maybe I'm not good enough for anyone."

"That's not true," Mallory countered.

The way he said it, his voice so soft and composed, made Ivy feel unnerved, like nothing made sense. How could he be so calm? Did he really understand nothing about her?

"In fact," he continued, "what the note is saying is that you're too good for me. And if you'll let me explain... It wasn't meant for you. It was for me. The note was a reminder to myself of the conditions under which I live."

Ivy was too confused to say anything in response. She just stood there, her breathing shallow and her body rigid, except for her hands, which were shaking as she tried to process what he was saying.

"I have an imperfect memory, too," Mallory began... "Especially when it comes to you. I need to remember that, out of all the men in the world, I'm the only one that you can never grow fond of. It's a fact that I can't change, no matter how much I might want to." He looked down at the note in her hand. "So, when I realized that I was forgetting this fact, especially after our incident watering the garden, I knew I had to do something about it. I did exactly what I've seen you do when you need to remember something. I wrote myself a note."

Ivy's palms were still sweaty, and her mind was still racing, but her heart rate had begun to slow down. "A note reminding you of everything you hate about me?"

"No," he said, almost pleadingly. "A note to remind myself to keep my heart where it belongs and to protect you. Every morning when I woke up thinking of you, I would stand in front of the mirror and read it, hoping that maybe I could convince myself to keep my distance from you and avoid some of the pain that comes from hoping for something that can never be."

Then she saw the sincerity in his eyes, as if there were no one else in the world but her.

"But I have to tell you," Mallory continued. "My memory is worse than it seems because I'd completely forgotten about the note. I've been distracted for so many reasons. But the most important one, it's you. My attraction to you is like the old fables. The stories of death falling in love with life, or the Sun falling in love with the Moon, of the forbidden lovers... Every time I see you, I feel drawn closer and closer to you. Maybe you're not aware of how beautiful you are and that I need to go against every one of my instincts to keep myself away from you."

"But you said I've done nothing to deserve you," Ivy said at last.

This watch was a gift to me from your great-grandfather, a man I loved dearly and who I know would have loved and fought alongside me to have you in the family, too, were he still alive. I hope that its place on your wrist is a constant reminder that you are loved. I can't bear the thought that you might grow up thinking that I didn't want you or that I didn't try everything I could to keep you with me."

"She did love me," Ivy felt herself saying. Although her eyes were closed, she couldn't prevent tears from escaping between her eyelashes. "Please, keep going..."

She heard Mallory's sigh of agreement and then the sweet diction of a man who wanted to make the words as painless as possible for her. *"But most importantly, I hope the world will provide you with all the time to flourish and grow, a home I couldn't give you, and the love that I can only send you from afar. With all of my heart. Your mother, Lilly Belmont."*

The silence that followed was painful and constant. Ivy sat on Mallory's bed for what seemed like days, weeks, months. She couldn't open her mouth to utter a word. Instead, she touched the wristwatch, running her fingers over the glass face, noticing how the strap fitted her wrist perfectly, realizing that her mother's arm had been no bigger than her own, and then understanding that her mother must have been younger than she herself was now when she wrote the letter.

The letter Mallory was holding out for her.

She wiped her eyes, took it from his hand, and re-read the words slowly.

What moved her most was the hopelessly sad image of her mother frantically trying to teach her a word she couldn't yet learn. She felt the agonizing emotion of not being able to turn back time. She wanted to tell her mother that her name had stayed with her anyway.

In fact, Ivy had tried a few times to ask at the workhouse about the origin of her name, but no one could tell her. They were mostly temporary volunteers, and nobody stayed long. Also, the matron of the workhouse was not inclined to talk, given the house was supported by the town's wealthy families, who wanted their secrets to remain secret.

Mallory explained to her that when the matron found her on the front doorstep of the workhouse, she'd found the wristwatch and letter hidden in Ivy's swaddling and read it. She knew what a scandal it would cause, so she buried the items in the basement and said nothing of them.

Still, Ivy resented the fact that she hadn't been given this information before.

At the same time, she was so grateful that Mallory fought for it on her behalf.

She looked at the letter once more, thinking about her mother's hopes and fears. So far, her life had been just as her mother imagined it to be, except perhaps for her wish that Ivy would find her true home.

Had she found it yet?

As she folded the page again, she noticed an address on the back.

She looked at it momentarily, then at Mallory, then back at the address.

She felt her heart ticking faster than the second hand on her wrist.

CHAPTER 9

If someone had told Mallory some time ago that he would find himself standing in the kitchen, putting the finishing touches on breakfast while waiting for a woman to wake up, he would have dismissed it as the most absurd notion imaginable.

But there he stood, slicing fruits, waiting for Ivy to emerge.

In truth, Mallory was grateful that Ivy had finally allowed herself to oversleep. It offered him a rare opportunity to do the same. Ever since the day he had revealed to Ivy the truth about her mother, his own sleep had been fitful and irregular. But Ivy's restless nights seemed even more disturbed. Mallory would often hear her wandering about the house late into the night, her footsteps creating ghostly creaks upon the floorboards, as if she were an ethereal and unattainable spirit adrift in the darkness.

During the day, Ivy appeared engrossed in housework, painting, changing the decor, and rearranging the furniture as if all was well. But he could sense that it wasn't, by the way she threw herself into everything she did, as though the world was about to end.

As he prepared breakfast, he couldn't help but try to figure out what she was feeling. Each time he encountered her, he could see the doubt and question in her eyes, mixed with fleeting moments of euphoria—a complex tapestry of emotions he struggled to decipher.

Would she leave the house to be reunited with her family?

They had yet to talk about the subject, and Mallory had more to say. But Ivy provided no opportunity for the conversation, either about her family or about their own feelings.

And maybe her silence was his fault.

Mallory wondered whether he was right in giving Ivy the items from her

mother immediately after she had become so upset by finding his ridiculous note-to-self. Maybe he should have waited and shielded her from bearing the emotional burden all at once.

As Mallory was thinking about this, he heard Ivy's footsteps scuttling into the dining room.

"Oh gods, I'm late to make breakfast!" she said apologetically, rubbing her eyes as she came in. "I woke up thinking it was Sunday because I dreamt it was a Saturday night... Anyway, because we sleep in on Sundays, I didn't get up right away."

"It's fine. I might have gotten ahead of myself and done a few things," Mallory said, his voice relaxing, making Ivy's breathing slow down.

"You know how to cook?" she mumbled, blinking at the spread on the table.

"I've lived alone for a long time," he shrugged, pulling out a chair and offering her a seat. "And you have been cooking for me all this time, so I wanted to return the favor in some way. It's only fair, isn't it?"

As much as Mallory felt compelled to reciprocate by cooking, he also hoped that if she ate properly, maybe she would feel good enough to talk to him.

So, he'd made more than a simple breakfast.

There were scrambled eggs and toast made from bread that he had baked himself. The seasonal fruits were cut in a curious way. Mallory couldn't keep his creative skills only to his inventions, so he had to make little sculptures with them—flowers in the mangoes, butterflies in the Asian pears, and hearts in the strawberries. He had also poured milk into cups and prepared fresh herbal tea.

Ivy took her seat and allowed him to place a napkin in her lap. "This is delightful, Mallory. I'm so sorry I—"

"I'm just glad you finally got some sleep."

Sunlight streamed through the open window, warming the room, and a soft morning breeze rustled the trees outside, gently moving the curtains and creating a little stirring in the atmosphere.

Ivy smiled and gracefully forked a strawberry onto her plate. But Mallory saw it wasn't her usual kind of smile, the kind of smile that made his heart race. It was one of those heartbreaking smiles.

"I'm sorry I haven't exactly been good company for you over the past few days," she said. "I've been working very hard, though."

"I noticed you have been busy cleaning all over the house," Mallory said, his

knife and fork clicking against the porcelain plate as he cut through his toast.

"I hope you're happy with everything," she said.

It was as though she was preparing to leave the house, putting furniture, color, and life into every corner of the mansion before she broke the news to him.

He didn't feel he had the right to weigh her down with his own feelings or plead with her to stay, given all she had been through, so he tried to explain his feelings more subtly. "I don't know if I've told you this before, but I'm happy even when we don't talk very much. Who wouldn't love to have you around? All those homely little things you do, like drawing in your notebook, and the other habits you have. For instance, I noticed you usually put out new flowers, but only on Fridays."

"I do this to remind myself it's cleaning day."

"I see," he continued, nodding. "And that little song you sing under your breath on Mondays?" He wanted to make her smile. That kind of smile that would make even spring blush. But instead, Ivy *herself* blushed and clattered her spoon against the edge of her teacup as she dropped in a lump of sugar.

"How does it go?" Mallory prompted.

Her cheeks almost instantly took on a crimson glow. "I can't," she said, shaking her head.

Did she think he was mocking her? But he really did enjoy her singing. So, Mallory cleared his throat and sang softly, "Ironing goes on forever if you don't have the knack... you smooth out all the creases, but they just keep coming back..."

He would hear her singing throughout the house, unaware of how the sound carried to his office, and a warm feeling would rise through him like a sunrise.

"And there's the bit about the socks, isn't there?" he added. "Socks are made in perfect pairs, but never procreate..."

"For by the time they're old enough..." Ivy sang with him, looking more than a little embarrassed, "...they cannot find their mate."

Silence hung between them, and it took a few moments for Ivy to meet his gaze. Mallory's heart begged for her to share what she was thinking. "Are you ready to talk, or are we going to play this game of *never sleep again* for the rest of our lives?"

Ivy shifted uncomfortably in her seat. It seemed that she very much did not want to have the conversation they were about to have.

"I just need time to make sense of everything. It's a lot to take in—finding

out the rumors were true. But also learning that my mother couldn't stay with me because she was ill. And that she didn't leave me in the care of my grandparents or my father because none of them wanted me."

"Does it hurt?"

"It's no surprise."

"It's your mother—" He trailed off sadly, unable to look at her for a moment. "I'm sorry, but there's a little more I have to tell you."

"I know already, Mallory. She was dying. I knew it long before I read the letter. I think I've always known."

"I'm so sorry. But you need to know that it has nothing to do with you. Your mother's pregnancy was hidden from society by her family, so she gave birth to you in less-than-ideal conditions. The matron of the workhouse told me she had contracted childbed fever there. It took her life a few days after she was forced to give you up."

"I understand," Ivy said. She looked as though she wanted to say more but couldn't. Mallory worried that they'd simply reached a stalemate again. That she couldn't say what was really on her mind.

"Please tell me what is troubling you," he pleaded. "Do you regret that I looked for information about your past?"

"No. I'm more grateful than you can possibly know," she said. "But the fact that you've also struggled to sleep at night tells me so much." Her voice wavered with hurt. "I know you have to tell me something. You can say what you need to say."

Although Mallory didn't understand where her pain was coming from, he felt it himself at the thought of her leaving. But she was right. There was something else he needed to tell her.

"When we first talked, I told you I'd waited because I wanted confirmation about a piece of information. Well, I found out that the address on the letter still belongs to your family. And I set aside some funds for you to find them. Is that what has been bothering you? Wanting to find them but feeling you're not able to leave?"

Mallory felt his lungs inflated with air he couldn't release.

"Not able to leave? No," she said. "What's bothering me is that *you* are going to hurt me."

Mallory didn't understand, but a sudden surge of compassion washed over

him. She reminded him of those resilient wildflowers that endure icy winters without freezing and shattering and scorching summers without withering. How could he ever harm her?

"I would never."

"You're going to send me away," she gasped. "Send me away to people that don't *care* about me. You are going to break my heart, Mallory Oliverwood. And I understand that you would rather live alone. But you're going to break my heart."

Before he could think about how to explain, he held Ivy's hands, the anguish evident in his own voice.

"I set aside money, not because I intended to send you away to find your family or send you out of my life, but because if you *wanted* to go after them, you could. And because I feared that when you found out about them, you would want to leave me to be with them. I would respect that. I would support you in whatever you needed to do. But I also wanted to offer another option—to stay."

"Stay?" Ivy's voice trembled.

"Yes. Of course, you can stay, if you want. This house is becoming more and more yours every day."

At that moment, Mallory realized how foolish he had been for not talking to her. Both had chosen to remain silent for days, each assuming the other no longer wanted them present, Mallory mistakenly believing Ivy wanted to leave and Ivy mistakenly believing Mallory wanted her to go.

How could she have thought that?

After he had practically professed all of his feelings?

Perhaps he had to tell her how he truly felt. Explain that searching for her family stirred up ghosts from his own past. That seeing her suffer from insomnia was painfully exhausting for him. Not physically, but emotionally. And that every time he closed his eyes, he had nightmares and saw Ivy as a baby, crying as she was left at the workhouse. And that sometimes their pasts seemed to collide like sand and sea, and he struggled not to drown in his own memories.

He should have told her right from the beginning that he would let her go if she wanted, even though it would devastate him. But he'd remained silent, hoping that it would all be forgotten. Hoping they would eventually live free from nightmares and ghosts of the past.

He just wanted to forget everything and be who he should be—a young man falling in love for the first time.

Interrupting his thoughts, Ivy took his hand and held it. He felt her delicate watch press against his wrist as he looked into her eyes.

At that moment, Ivy said the only thing that could make his heart complete: "I don't want to go anywhere. If you will have me, I'll stay here with you."

"Then it's settled," he said. "This is your home. The home your mother spoke of."

She would stay.

Just maybe forever.

If anything was forever.

Chapter 10

In a child's eyes, the Summer Solstice Festival meant pure joy. Young Mallory, oblivious to what the townsfolk murmured about him, focused on Lake Aupur, sparkling brightly under the divine sunlight, as if stars had landed in broad daylight and were taking a bath in its waters.

"Darling, perhaps you shouldn't go into the lake yet," his mother said.

"But everyone's having fun," Mallory protested.

"I know. But you still need supervision in the water, and your father is running a little late," she cautioned.

"He'll be here soon," Mallory assured her. "He promised." And indeed, Mr. Oliverwood had made a promise.

Mallory was too young to understand people's hostility, but smart enough to understand that he was different, what people distastefully called a 'singleton' or 'only child.' He sensed that his existence contributed to his mother's sadness. He'd heard stories while playing with friends from the village—the few boys who were allowed to get close to Mallory—that when the baby Oliverwood was born, his mother became fated to have only one child.

A cruel fate in Elm Villa, where families had half a dozen children or more.

It took a long time for Mallory to understand and even longer until he had the courage to ask his mother directly. When he eventually did, he received confirmation that his birth was, in her words, complicated, though a blessing. But her assurance that she was content with her one and only son.

Mallory was aware that his mother had planned to have many children. The Oliverwood mansion was designed for a large family, not just for a father, a mother, a boy, and his grandmother. Before Mallory was born, his mother had purchased many items of clothing and toys, small dresses that were clearly not meant to be worn by a boy.

When Mallory discovered these clothes, it was enough to convince him that his birth had prevented his mother from being completely happy and fulfilling her wishes of having more children.

Despite having only a few friends and enduring the unkind words of the townsfolk of Elm Villa, Mallory was happy. As happy as one would expect, with loving parents. His mother was sweet like the aroma of the flowers she tended, his grandmother, the center of his world, and his father, his best friend.

Mallory would spend hours in the workshop attached to the house, watching his father work with a monocle in his eye, pliers in hand, or using other tools or pieces of machinery that he would encourage Mallory to learn the names of: hammers, chisels, saws, planes, drills, grinders, clamps... The workshop was a place where he could let his imagination roam free, just as it did in his mother's garden. The Oliverwood mansion always smelled of fruit and flowers and his father's inventions.

But that day of the festival, all he really wanted was to swim like everyone else.

He wanted to prove that he was happy and that he made his parents happy, to show the children that being an only child was not a problem.

And he wanted to do it to prove to himself that he hadn't caused his family any misfortune.

As Mallory sat by his mother, he noticed her watching the families by the lakeside with their big picnics, talking and laughing, and building sandcastles with shells and sticks. She especially watched the children playing ball games together, chasing seagulls, holding hands, and leaping off the rocks into the deep lake water. Perhaps it was something about the wistful look on her face and the way her hand rested on her belly that made him take notice.

"Mother, are you sad?" he decided to ask, suddenly.

His mother's hair was loose, and she was wearing a beautiful pear-colored dress, her hat protecting her from the sun and her hands bare of the gloves she'd brought.

"Of course not, my angel."

"Even though you can't have any more children?"

She sighed and smiled at him. "Life is sometimes just a matter of luck, and we don't have much say in it. I'm just grateful to be with you here and now, enjoying good health, and with everything else I could ever dream for." She kissed Mallory's forehead, and he closed his eyes, hoping none of the girls had seen. "So yes, my love, I am happy even though I can't have any more children."

"I really want to swim."

She sighed deeply, smiling at his persistence.

"Mother, it's just water. All the kids are swimming. They'll keep thinking I'm weird if I don't swim, too."

His mother looked out at the children again, laughing and playing. "You know what? I think I'm being silly. You should enjoy the lake. Just don't go in too deep."

Mallory's heart swelled with happiness. It was he who kissed his mother this time, on her cheek, as he got up and took off his shirt to run down to the water's edge. He was sure they would welcome him with open arms, just as his parents always welcomed him into their activities. It wouldn't matter that they weren't his brothers or sisters. They would be his friends.

He tried his best to enjoy the lake. Even if he felt a little on the outside, he was happy to be among the other children. That was, until some older boys began splashing him, and he had to swim away to avoid them. But then he was happy again in his own company, daydreaming, floating as his father had taught him, resting his tired limbs, listening to the sounds of the gulls and the water lapping at his shoulders.

Mallory was so relaxed that he didn't notice the sounds of the world getting quieter and quieter while the sound of the water lapping at his ears got louder. He didn't feel the water pulling him further and further out, and he didn't hear his mother calling for him to swim back in. And with his eyes closed to the bright sunlight, he didn't see the dark clouds of a storm rolling in over the horizon, behind the families on the beach.

He didn't notice how far he had floated from shore until he felt the sun flickering behind clouds, sharp gusts of wind making goosebumps on his chest, and finally a drizzle of rain tickling his face. By the time he had decided to swim back to shore, the wind was steady, blowing rain into his eyes, and soon, the shore was barely visible through the downpour. The sun had vanished, and the sky was a mass of thundering clouds that were so dark they turned day into night.

It didn't take long before Mallory began to feel a sense of panic as he realized how far he was from the shore. He tried to swim but never seemed to get anywhere. The wind was blowing waves into his face, the heavy rain was needling his back as though it wanted to pull him under, his muscles were weak, and his heart raced with panic. As much as Mallory tried to get out of Lake Aupur, he couldn't.

For a moment, he thought about his mother, longing to be back with her on the

beach. What would happen to her if he couldn't get there. What would happen if she had to live her life without any children at all.

He needed to return. For her.

But the more Mallory struggled against the wind and waves, the more water he swallowed and the deeper he sank. Exhausted and disoriented, he knew he couldn't keep his head above the water any longer.

But why had he been born, if only to come to the end already? Why couldn't he fight anymore? As his head sank beneath the water, he could no longer tell which way was up and which was down. It didn't matter. He could only feel a sense of calm, as though he had no choice but to let the lake take him. As his mother had said, life is sometimes just a matter of luck...

That's when he felt a strong arm taking hold of him, lifting him out of the water, thumping his back, making him cough up the water he'd swallowed.

"Breathe, son," he heard his father's voice say. "Here—put my vest on." Was he dreaming?

He felt his father tying something around his chest, and he knew from the way his body suddenly felt light and weightless that it was his father's vest—the swimming vest he'd made himself to wear in the ocean.

"Now swim!" his father urged, slapping the boy's jaw.

Mallory snapped fully awake.

"Dad!" he screamed, opening his eyes, hugging his father's shoulders, and clinging to him, as if he couldn't believe he was there.

"Go!" his father cried desperately. "Keep swimming, and don't stop."

"You came!" Mallory called happily through the rain. He was so glad to see his father that he thought, for once, that he was the luckiest boy on earth.

But his father's expression was one of agony and urgency because now he was battling the wind, waves, and relentless rain without his cork vest.

"Mallory. Pay attention," his father said, swallowing some water. "The vest won't hold us both. I need you to swim. Swim and not look back. I'll be behind you."

"Dad!"

"Don't look back. Promise me!"

Mallory began to cry a little, though he only understood why when it was too late.

"I promise."

"I love you, son."

He did as his father told him. He swam.

He didn't understand why his father would be swimming behind him, but he did realize why his father had always worn the vest when, stroke after stroke, the weight of his body didn't sink. He was exhausted and, in such pain, as he had never felt in his life. But Mallory was slowly getting closer and closer to the shore, and then he saw his mother wading into the water, crying out and shaking all over. Then he was in her arms again, and he let her hold him, as if he were a baby, and she was crying, and telling him she loved him and asking where his father was, and Mallory couldn't process what was happening because he didn't know.

Until he looked back at the lake.

He couldn't see anything through the rain, but it was clear, despite everything, that there was no one on the lake.

Then the thunder was booming, and everyone was shouting; voices were all around him, including his own mother's. But all Mallory could hear was the sound of his own voice, screaming for his father.

Relentlessly. Hopelessly.

Full of pain and fear.

"Do something!" he begged, going from person to person, tugging on their hands. But they all stepped back, pushed him away, shielding their children's eyes. His body was weak, his chest throbbed with the pain of his sobbing, and his throat was raw from swallowing water and screaming for help, but he carried on anyway, looking for somebody, anybody who would help. "Please!" he screamed. "Please help my papa!"

"That boy is cursed!" an old woman called. "Now his father's dead because of him!"

As the moments ticked by, the storm passed overhead, and the lake became visible again. Mallory realized it was true.

His mother had fallen to her knees, crying profoundly and uncontrollably, because, in the distance, Mr. Oliverwood was floating on the lake.

Face down.

Completely lifeless.

All because he was the father of a boy fated to misfortune.

On that day, the last day in which Mallory Oliverwood ever experienced the happy innocence of childhood, he continued to beg for help and cry for mercy, but

everyone who saw him cleared away and left, assured of what they already knew: the boy was cursed.

Only three people offered to help.

And the cruel irony was that they were children who had come from the orphanage. Children who had already lost their parents. One boy and two girls.

From that day on, Mallory began to believe that he was cursed with the worst luck imaginable, that there were only shadows and dark fates awaiting him and those he loved.

CHAPTER 11

After having the heart-to-heart conversation with Mallory, Ivy no longer had problems with insomnia. As soon as they'd spoken, her fears had vanished like dust in the air.

So, being woken up in the middle of the night by something trivial like a window she'd left open was just mildly irritating. She climbed out of bed to close it again, thinking that although she had known that the weather would soon turn, she didn't expect it to be so early in the season.

Only it was worse than she'd first thought.

A storm was unleashing its fury with lightning and thunder, relentlessly pounding against the house. The downpour was so intense that it blew into Ivy's room and across her desk, dampening some of her new sketchbooks.

"Heavens have mercy!" she complained, struggling to close the windows.

A minute later, Ivy had regained her breath and was standing, watching the rain and lightning through the window. She didn't know why the storm had left her so distressed at that moment. It was almost as if the rain against the glass wanted to come in and whisper a secret.

Then, out of nowhere, she heard a heart-wrenching cry pierce through the thunder.

She had never heard such an agonizing sound in her life. The cry of a child, hidden by the voice of an adult. Without a second thought, Ivy began to run, following the sound of the cry, assuming that it must be coming from the only male present in the Oliverwood Mansion.

As Ivy ran, her bare feet pounding against the wooden floor, a chill ran through her bones. It wasn't the sudden change in the weather but the growing anxiety she felt as she raced through the halls, not knowing if Mallory was safe.

She arrived at Mallory's room in a frantic state and flung the door open with

a jolt. What she saw inside was heart-wrenching, enough to break anyone's heart. Mallory was covered in sweat, his nightshirt twisted around his body, while the bed covers lay strewn on the floor. He was turning in bed, moving as if he were trying to climb.

But it was his expression that pained Ivy the most.

Despite his tightly closed eyes, there was pure horror etched into his face. Tears streamed down his cheeks, falling onto the mattress. His hair was disheveled, sticking to his furrowed brow, and his mouth hung open—a silent scream of agony frozen on his face, revealing that he was trapped in a nightmare from which he couldn't escape.

Even though the two of them had gone through long nights of insomnia, and then fallen into exhausted dreams, in all the time she lived with Mallory, she had never seen anything like it.

Without hesitation, she sat down on the mattress, feeling like she was on a boat during a storm, shaken on a rough sea.

"*No!* Papa! Don't leave me!" Mallory screamed, clutching at her nightgown, his face contorted in pain as he thrashed about on the bed.

"Mallory," she pleaded. "Wake up!"

Ivy did the only thing she could. She covered his body with hers and, wrapping her hands around his back, gently tried to get him sitting up. She heard a change in his breathing as he began to wake. However, Mallory's arms didn't embrace her back; they hung lifelessly at his sides, as if he had left all his weight for her to bear. Tears began to stream down Ivy's face, and she continued to hold Mallory up, unable to bear the sight of him in so much pain. As his eyes slowly fluttered open, his chest began to heave with sobs.

Finally, he wrapped his arms around her.

He was clinging to her, lifting her as if he were trying to keep her afloat. Ivy gasped in surprise, taken aback by the strength of his embrace. She had never been hugged like this before. Her delicate fingers reached up to Mallory's nape, finally feeling the soft curls that seemed perfectly suited for her touch.

She pressed her cheek to his and let out a deep sigh.

"It's all right," Ivy whispered, still squeezed in Mallory's grip. "You're safe, my love. It's just a nightmare."

It took some time for Mallory to wake up and realize where he was. As he came to consciousness, he regained his composure and slowly released Ivy. She

looked deep into his eyes and found herself becoming lost in their sad beauty. The fact that his eyes didn't have a defined color made her gaze linger, and she felt a powerful need to know exactly what lay behind them.

"I relived a memory," Mallory said painfully, as if he'd heard her thoughts.

She put her brow to his. "You can tell me what it was if you want," she whispered.

He took a deep breath and lay back on the bed, taking a pillow so Ivy could lie comfortably on his chest. "I sometimes envy you," he whispered in a voice that sounded as broken as his heart. "Being able to forget. Unlike you, I didn't have the chance to forget what happened to me. I know everything; I remember everything. I spent years wishing I could sleep through one night, leave my past in a dream, and wake up unable to remember the loved ones I've lost."

She looked up at Mallory and wiped the tears from his cheekbones with her thumbs. "Don't say that," she pleaded. "I would give anything to remember, even if it hurts. I can see how much your past weighs on you. But at least you've always known you were loved."

This made him look down and touch Ivy's face. She was acutely aware of their closeness. It wasn't just physical proximity; it was the sensation of absorbing someone else's emotions, as though her soul was making room to embrace his.

Still, she noticed his hesitation, a pause lingering in the air, heavy with unspoken words.

"I think it's time for me to talk to you about a few things," Mallory whispered, placing a soft kiss on Ivy's forehead and keeping his face close, almost as if he didn't dare touch her more than that.

She tightened her grip on Mallory's shirt and closed her eyes. "Tell me whatever you want—I'm listening."

It took a few seconds for Mallory to find the words, but when he started to speak, it was as though he couldn't stop.

He told her about the complications of his birth, the suffering of his mother, and how the circumstances of his arrival were seen as a grave misfortune by the residents of Elm Villa. He explained about the closed rooms in the house, which were for the children his mother believed she would have before Mallory was born. And most importantly, he told her of the tragic day when his father died due to his ill-fated luck.

Lying there against him, she appreciated that Mallory was opening up to

her and sharing things that he had been trying to forget. Although she knew that her touch couldn't perform miracles, she listened attentively, caressing his face, shoulders, and chest in an effort to comfort him.

"My mother suffered immensely after the loss of my father," Mallory continued, delving deeper into his tragic fate. "And her passing was the third event resulting from my ill fortune. She was overwhelmed by anguish, completely stricken, and one day, on a morning as stormy as the day my father died, she didn't wake up. The doctors attributed her death to a broken heart, and I've always been convinced she died because she couldn't bear a life without his love."

Ivy swallowed hard.

"On stormy days, every moment of their deaths feels fresh and vivid in my memory," he continued, "as if it had unfolded just moments ago," he continued. "After I lost the two people who loved me most, the entire village began to speak even more vehemently about my accursed luck. Little by little, my grandmother and I lost the support of the people around us. Friends, other relatives, and even the daily delivery of milk stopped appearing at our doorstep. As I'm sure you noticed, all the houses surrounding us have been abandoned."

It wasn't just his history that was so heartbreaking to Ivy. It was the emotional prison he had felt compelled to live in. It was as if a bird had willingly chosen to live within the confines of a cage, forsaking its freedom. Or worse, against its own nature, the bird had chosen to build itself a cage for the sake of everyone else.

He gazed down at her apologetically as if seeking forgiveness for burdening her with his tale of tragedy.

"Mallory..." Ivy continued. "I barely know what to say. But please continue."

He looked down at her and, seeing the sincerity in her eyes, took a deep breath. "I tried not to let it affect me because I needed to be strong for my grandmother. I tried to ignore what people said, but it got harder and harder. I felt a great pain for the life we could have had, along with a grief for the life we actually had. I grieved the siblings I'd never had and the mother and father I'd lost. It didn't seem fair, but then, nothing that happened after my birth seemed fair. The terrible luck I lived with was a permanent fact of life."

Ivy waited for him to continue. She understood now why this vulnerable child had come to truly *believe* he was cursed and why he had such trouble letting the idea go. After all, it had been with him his whole life and formed his understanding of himself.

Mallory believed he was destined to live without love and thought his solitude was a fact of his birth. Ivy realized that, while she herself wanted to remember and be grateful every day for the little things in life, he had been put in a position where he could only focus on what was left behind.

"Thanks to my grandmother, I grew into quite a healthy teenager," he continued. "The love and care she gave me was quite amazing if you think about everything we'd gone through. The adventurous, creative spirit in me remained. Conducting experiments and testing machines, I became a very audacious and self-sufficient young man. I felt I had nothing to lose and nobody but myself to be responsible for. I grew the family business, refining my father's creations and inventing and selling my own patents. And although my grandmother didn't always approve of how I spent my time—she often thought the job was more dangerous than it was—she loved and fed and cared for me and did everything she could to give me the freedom to be myself."

"You were really loved."

"I was," he said, cracking a weak smile.

"But your grandmother?" Ivy asked softly.

"My grandmother cared so deeply for me that she used to say, 'Mallory, you make me faint with worry out there in the workshop, playing with those dangerous toys. I swear one day you'll put me in an early grave.' And do you know what happened? On the night of my birthday, the very day I reached the age of majority and could inherit the family estate, she passed away in her sleep. The healer who attended her bedside to confirm her passing said that my grandmother had been sick for some time, likely since she moved to the Oliverwood Mansion. I initially thought that my parents had taken her in to care for her, but he thought it meant she had been cursed by me from the day she arrived. He also stated that he wouldn't attend to me anymore, and he would be warning the townsfolk to avoid me as well."

"I'm so sorry."

"Don't be."

She took a deep breath.

"I saw there's a workshop in the garden, but you never seem to go in there. Is that why?"

"Yes, it is. After her death, I stopped inventing. I lost all motivation to create. But I still felt I had to honor the legacy of my family for the time it remained. So,

since then, I have spent my time managing my father's patents and tending my mother's garden."

"And you've lived like that, alone, ever since?"

"I wasn't welcome anywhere, and nobody wanted to be near me," he explained. "And to be honest, I didn't want anyone around either. Why would I want anyone close to me if I was fated to hurt them and lose them again? I isolated myself so that love would never be able to find me."

"I'm so sorry for all of your losses," she whispered.

Ivy felt that words alone would not be enough. As she spoke, she slid her hand under his, wrapping her arm around him, running her other hand over his ribs, trying to unlock the emotional cage he had built around his heart.

"It hurts to know how cruel life has been to you," she said. "I can't imagine the pain you felt seeing so many lives taken from you. I can blame the gods for my terrible memory, and I can live without my family. But at least I was never isolated from friends who came and went, and I was able to be happy with the small things. But I don't want to talk about myself right now—I want to help you understand your past if I can."

He looked closely at her, studying her face.

"Mallory," she said, "it is truly tragic that your mother faced such difficulties during your birth, but I am certain that throughout her life, she cherished having such a wonderful son. Your father, too. His passing was simply a terrible accident, and he expressed his love for you just before he left. But I can't see how any of this could be seen as a predestined curse of bad luck. I could never believe that the premature loss of your parents was in any way your responsibility."

"But my brothers and sisters? My grandmother? Is there another explanation?" Mallory asked, seeming surprised that Ivy had considered anything but a curse.

"As your mother said about the children she couldn't have, yes—sometimes chance events mean life doesn't work out as we planned. And although she may have wondered now and again what might have been, you knew she would never have traded you for a different life. As for what your grandmother told you, that was just a common saying. I've lived with many families, and I've heard those words said to children so many times I can't count. She was only saying she cared about you and wanted you to be safe. Mallory, the fact that your grandmother lived to the age she did proves only that she loved you and wanted to hold on until

you were old enough to care for yourself. Her passing wasn't your fault. *None* of this was your fault."

"It was such an inexplicable sequence of events, though," he said. "How could I have thought any differently? And how can I now?"

"I know it sometimes feels like the game of life is rigged against us, that luck or misfortune shapes our existence. I was close to that point when we met. But maybe it's not that simple. Maybe what we see is just a moment in a larger game, one we have some control over, as long as we are willing to keep rolling the dice?"

Mallory didn't say anything to Ivy. He remained silent, absorbing those words as if he were trying to hold them up to his own experience to test them. Ivy noticed that as much as he tried to resolve the matter in his mind, it could not be settled. Yet, for the moment, there was a softening in his eyes, and he seemed more content.

"Perhaps you're right," he said.

"But what made you tell me about your family now?" she asked slowly.

"You said that at least I knew I was loved."

Ivy blinked. "I did."

"Is that because since you were a child, you've always believed you could never really be loved? And maybe never will be?"

Ivy felt a pang of pain, even though Mallory hadn't asked the questions to be cruel, only to understand her better. But his words unearthed her deepest fears and a reality that couldn't be denied. If she had been truly and fully loved by any person other than her mother, she wouldn't have been abandoned. She could have grown up with her maternal grandparents, paternal grandparents, or father. If she had been *truly* loved, perhaps she would have already found a place to call home and a fulfilling life.

She wouldn't have been on the street when she met Mallory at midnight.

"Maybe that's true," Ivy whispered.

But things are different now, aren't they?

The warm way he looked at her could have thawed the coldest winters of her soul. "Well, I would be able to refute your belief," he said softly, "but you would have to be able to refute mine first."

"Yours?"

"Loving you would be selfish on my part, and letting you love me would be a death sentence. If anything happened to you, it would be far worse than any loss

I've ever suffered. I would never be able to forgive myself. It would destroy me."

Ivy felt her eyes grow hot as if she was just holding back tears. The pain she felt was not because she thought Mallory's fears were justified but because she deeply felt his anguish.

"Do you really believe you'll lose me if you fall in love with me?"

"No," he whispered softly, his gaze filled with affection as he delicately brushed away a stray strand of hair. "My greatest fear is not losing you but rather the damage that has already been done to me. Even if my luck were to change, I'm unsure if I could ever truly see it or overcome the fears that have haunted me for so long. You never sought the heart of a cursed man, and I fear there's little I can do to alter that. That's why I tried everything in my power to shield you from me, to avoid you and keep my feelings hidden, knowing all too well that your beauty is impossible for me to resist. But, Ivy, the real dilemma is that I'm already deeply in love with you."

"You're in love with me," Ivy stated.

"I love you so intensely that I wish I could become someone else," he said, "just to love you with all that I am, without any fear of harm coming your way."

"I'd rather face the wrath of all the bad luck in the world than never be able to experience this love with you. We belong together."

Before Mallory realized what was happening, he was kissing her.

CHAPTER 12

Mallory, the man with no future, kissed Ivy, the woman with no past, as if it were the first brave act of a love that dared to defy destiny. As soon as they collided, Mallory experienced a strength he had never known. He was flooded with a sense of empowerment as he held the back of her neck and deepened the kiss.

He wanted her more than anything he'd ever wanted in his life.

And he had her.

For a moment, his mind tried to betray him and tell him he didn't deserve such a pleasure, didn't deserve the affection of such a pure-hearted woman, but he quickly silenced the voice because he knew he could never let go of her, no matter what.

As his lips melded with Ivy's, Mallory closed his eyes, savoring the sensation of her silky, delicate hair grazing his fingertips. Without fully understanding why, he released the tie that held her hair back, allowing it to flow freely like a cascading waterfall down her back.

Ivy responded by sliding her hands under Mallory's shirt. As her cool fingertips touched his chest, he realized his body was gripped with a feverish heat. The intimate touch was like the first ray of sunlight, awakening a warmth of desire that radiated through his body. He continued exploring her mouth with his tongue, driven by an instinctive need to connect with her more, even if he wasn't entirely sure how to do it.

But it didn't feel like he needed to know. Or that he needed to think at all. It was as though instinct was guiding him.

He hooked his finger onto the strap of Ivy's nightgown and lowered it gently. The texture of her skin, the softness, and the goosebumps made Mallory softly bite her lower lip.

He adored her with his lips, naturally tracing the path from her chin to her

jawline as though he was already intimately familiar with every curve. It was as though the gods had sought to create pure perfection when they fashioned Ivy. Her neck was as delicate as the stem of a flower, and the lobes of her ears were like smooth petals, poised to catch the whispers of the wind.

"Mallory..." she said, breathlessly.

His name had never been spoken like that.

The way Ivy's voice captured the syllables sounded magical.

Mallory longed to gaze at her seminude form but devoted himself to pleasing her. He kissed her neck slowly, then returned to her lips, lost in their embrace. They floated weightlessly, as if time and space were suspended, as if Ivy's love let him defy gravity.

"I need you to touch me," Ivy pleaded softly.

"Tell me where, and I will."

"Everywhere. Endlessly."

She reached out her delicate right hand, took his arm, and drew him closer. That alone made Mallory's head spin. The sensitive parts of her body—her hips and breasts—weren't even touching him, but it was as though he could sense them right there, just from the warmth radiating from her.

He began to move on instinct, kissing her shoulders, down her upper arms, testing how his lips made her respond whenever he placed them against her.

She touched him, too, running her fingers between the buttons of his shirt, peeling it down over his arms to reveal his shoulders, then combing her fingers through his hair, holding it fast and allowing the weight of her hands to guide his head lower gently.

As he made his way down the smooth skin of her inner arm, he felt her turn her breast, so it pressed lightly against his cheek, as if she was subconsciously leading him to a new area of her body. He kissed her gently there, where the inside of her arm met her breast, then withdrew a little to sense her reaction. Her head rolled back slightly, the grip of her hands in his hair tightened, and her chest seemed to inflate around him. He didn't need to think.

To his lips, the skin of her breast was as smooth as porcelain—as if his mouth had touched the side of a teacup and was gliding over it to find the rim. But what his mouth found instead was the swollen peak of her nipple, which slipped sideways between his lips, parting them, prompting him to open his mouth around her.

He glazed her breasts with his open mouth as she gripped tufts of his hair, running the insteps of her feet up and down his legs, tugging at his sleep pants and dragging them down around his hips.

"I need to feel your body against mine," she whispered.

He knew as he began removing the last of their clothing that he would barely remember his actions. He was so absorbed by the foreign beauty of her body. How did his body shift their positions? Did he lay her down? Or did she pull him on top of her? His body seemed to move without thought. How did he find himself between her legs, on his knees, holding one of her wrists behind her head with his other hand touching her body all over?

Mallory sensed every reaction as he touched and kissed Ivy. He felt her squeeze his hand tight as he kissed along her décolletage, down between her breasts. He felt her shiver as he took her earlobes between his teeth. He heard her moan softly as he kissed down the length of her body—over her ribs, belly, hips. If he felt her grip soften, he redirected his kisses until he felt her hand tighten again and her breathing grow heavy. Soon, he was moving around her body so smoothly that her grip remained firm, and he heard little gasps escaping her lips, and he felt the soft insides of her thighs pressing against him as she began raising her hips, as if her body was asking for him to make contact with her there.

Hadn't she said to touch her everywhere?

He lowered his hand between her legs and felt a soft divide there, warm and damp. His fingers explored her there, gently touching and parting the soft layers, until he heard her gasp with pleasure when his fingertip glanced over a little swelling at the uppermost point between her legs. She gasped and opened her legs further, pulling his body down so his ribs pressed against her breasts and his swollen length lay flat between her warm folds, the tip pressed against her sensitive point.

"There," she whispered in his ear.

So, he began focusing his movements there, sliding his hips so his hardness met her softness in a gentle rhythm, only occasionally pulling away to be sure that she would lift her hips again, wanting more.

As they kissed deeply and moved against each other, Mallory felt something build between them—a need, an urgency. He felt this urge to be inside her, to honor her with his body, to give her everything.

"Ivy," he whispered. "I feel this need to—"

"Please," she replied quickly. She put her hands around his waist, holding him with a gentle grip to help guide him against her soft opening.

He looked in her eyes, and gently began to push forward.

The pressure between them slowly increased, and he felt his hard place squeeze a little inside her. She gasped, and Mallory felt a pinching sensation.

"Are you alright?" he whispered.

She smiled and nodded slowly.

He withdrew for a moment until he felt her clutch at his waist and pull him in again. A little deeper this time. This time, he felt a sharp burning sensation, and he saw Ivy's eyelids flickering a little with the pain.

"It hurts?" he asked.

"It's nothing," she said. "Not compared to how much I want you."

So, little by little, he pressed further into her, carefully watching the light in her eyes, ready to pull back the moment it became too much, tenderly stroking her hairline. And he felt like they were entering the unknown together, like seedlings breaking through the earth side by side. It was exhilarating, beautiful, painful, and euphoric all at once. Mallory saw tears filling her eyes, but she smiled and gripped his waist even more tightly, pulling him deeper.

As he sunk into her, her body gripped every inch of him, binding him to her, slowly yet powerfully, opening herself to him. He felt his muscles and veins standing out beneath his skin, his heart beating hard. Then he felt their bodies begin to move in a slow, mesmerizing rhythm, colliding over and over.

He reached down and placed his thumb gently against that spot she enjoyed so much and immediately felt her writhe with pleasure. And for the first time, he felt a natural dominance rise in him, a desire to take her and pleasure her and protect her. This passion made him increase his pace, bringing his chest down again and again onto her breasts, pressing her nipples against his torso, touching her pleasure point faster, binding her to him.

As he moved inside her, the lamplight on the street was shining soft light through the gentle rain on the window, so it appeared the water was falling over her body—shadow droplets running down her skin like impassioned tears. There was still the sound of the wind blowing against the house in waves, building to a crescendo.

Feeling on the edge of passion, Mallory felt as though reality was slipping, time was disintegrating, something was close to breaking through them...

It was impending, inevitable. He hung in time for a moment, feeling a heady lightness, and then it began.

It was like the heavens had parted, the sky had opened, and he was bursting apart like clouds pouring out a torrent of pure bliss. He let go, feeling his whole body scatter like rain everywhere. He could see nothing but Ivy's hands stretching out, thrashing against the mattress, and he was clinging onto her to stop drifting away.

He took her final moans against his lips, kissing them like it was a love song that had no end.

She was his. He was hers.

Mallory thought he never wanted to leave that bed. The fire that had ignited within his chest was still burning for Ivy. He wanted to feel that feeling with her again, even if his body needed to recover for a while and even if Ivy was already lying on his chest, relaxed and satisfied.

Maybe Ivy was right. Maybe bad luck does end.

He embraced her and inhaled Ivy's scent with the tip of his nose, appreciating the silence. He was so ecstatic that he hadn't noticed until then, but it felt like the rain from outside was now falling all over him, alighting on every nerve in his body. In fact, he felt like the storm itself, as if the turbulence had passed, and he was now immersed in the soothing embrace of a gentle rain, which was slowly fading away.

"I wonder if one day you might invent a way to keep our memories forever," Ivy said, hugging him tighter, as if she were imploring her mind not to forget him.

"What sort of way?" he whispered gently.

"I wish someday I could revisit the moments when we fell in love. I wish I could see them. See the memories."

Mallory smiled. "I'll work on it. But in the meantime, I'm always here to remind you of anything you might forget. And there's your talent. You can paint. You can paint *us*. You can put our memories wherever you want, on a thousand canvases, in tapestries, in books."

Mallory kissed Ivy between the eyebrows, and she draped her leg over his.

"Mallory?"

He seemed very aware of himself and of Ivy, of her body's curves, of her soap scent, which somehow seemed a little like his own now.

"Yes."

"I love you too."

This would be one of the rare, happy memories he would make a point to keep.

"Speaking of memories, I'd like to show you something," he murmured to Ivy.

"Anything you want," was her reply.

Mallory grabbed his pants and handed Ivy a shirt, then led her out of the bedroom and downstairs to the foyer. He ignited all the lamps so the room lit up in a warm glow, then took Ivy's hand and led her to stand in front of a painting that he had kept covered since his grandmother's death.

Mallory felt the moment when Ivy stopped in front of the dusty sheet and cast a glance at him, as if uncertain yet happy at the same time.

When Ivy stopped before the dusty sheet, she cast a glance of anticipation at Mallory. With her hair a little tousled and dressed only in his oversized shirt, he thought he'd never seen her look so beautiful.

"I want to introduce you to some people," he whispered softly.

If Mallory hadn't been overcome with happiness, he might have felt tears welling up in his eyes. He'd long since given up hope that a moment like the present would ever happen.

"Maybe I should dress more appropriately, then," Ivy said.

Mallory smiled.

He'd sworn to himself that he would only talk to his parents and grandmother if one day there were important news to tell. And now—here he was, at last, enjoying a light-hearted moment, in love with Ivy.

And he was certain that the Oliverwood family would love her, too.

"I don't think they're in a position to judge your outfit, given they've been wearing the same clothes for two decades." He smiled.

As Mallory removed the sheet, dust particles swirled through the air like tiny fairies. Ivy took a step forward as the only portrait of the Oliverwood family appeared.

Mallory recalled the unease he felt during those hours of sitting still as a child, finding it painfully tedious. But the resulting portrait captured his parents

and grandmother flawlessly, and after their passing, it became a painful reminder of so many memories. But in that moment, as he experienced the joys of love for the first time, he found solace in their presence and their love for him.

"I want you to meet my father, Oscar Oliverwood, my mother, June Oliverwood, and my maternal grandmother, Elizabeth Wilde." He paused, then, with a smile and a flourish, gestured toward Ivy. "Dear family, this is Ivy Laviolette. My first and only love."

Mallory's eyes were fixed on the painting.

The portrait depicted Mallory seated on a chair with his hands folded in his lap and a beaming smile, despite his recollection of never having smiled once during his time as a live model. His father stood behind him, one leg crossed over the other and his arm casually draped across the top rail of the chair, perfectly capturing his relaxed confidence. His mother stood behind him on the other side, one of her hands resting on his shoulder and the other holding a bouquet of flowers from her garden. His grandmother stood center-frame as the matriarch, gracefully holding a book, a cherished symbol of her favorite pastime and her love for sharing knowledge. The artist's talent brought them to life, capturing every fold and texture of their clothing, even the glimmer in their eyes.

While a slight pang of sadness tugged at Mallory's heart, the overwhelming happiness of sharing them with Ivy suppressed any lingering pain. That was until he heard Ivy's voice tremble.

"When you lost your father," she began, staring fixedly at the painting. "Was it summer?"

Mallory blinked, a little confused by the question.

"Summer Solstice, in fact," he said softly.

"A storm suddenly appeared," Ivy repeated the words Mallory used when he told her the story. "You were at Lake Aupur with the children, but some boys splashed water at you, so you decided to float by yourself."

"Yes?" Mallory seemed confused for a moment.

When Ivy turned to him, tears were streaming down her face. Mallory stepped forward to hold her, but Ivy touched his chest to delay him, her lower lip trembling.

"You returned to the festival wearing a floatation device, and your hair was wet and had fallen over your face. You looked like death, Mallory. Then you started screaming. You screamed for help, but no one was willing to step in. They

said you were cursed. But your cries for help—that's why I heard you tonight, and my heart stopped."

Mallory felt a chill go down his spine.

Ivy was looking at him as if she had known him all this time.

She was looking at him with the same empathy he saw in the eyes of someone at that festival on that terrible day.

"I was one of those girls, Mallory," Ivy said, her eyes welling up. "One of the girls who helped you bring your father to shore."

Realizing they'd already met all those years ago, Mallory didn't know if he had been the one to find Ivy again on the night he hired her or if Ivy had been the one to find *him*. When he saw the tears in her eyes, though, he pressed his forehead to hers and felt he understood a little more of who she was and why she was the way she was.

"It *was* you," he said. "You were the one who got the other children to help. You were the one who stood with me when everyone else had turned their backs."

"I later tried to find out about you, asking people at the workhouse," she whispered tearfully, "but I gradually forgot, I forgot what I'd lived that day. I only remembered your name. *Mallory*. I didn't know why I remembered, but I knew about you as if you were an old song. Now, I can understand. I can understand *why* I wasn't afraid to ask you for help."

"Because you helped me first." Mallory took her face in his hands. "Oh, my love. I'm sorry for—"

"Don't be. I helped you because I wanted to." She took a deep breath. "Is that why you support the workhouse? Because you feel grateful for what we did that day?"

Mallory felt his heart tighten. "Yes."

"And is that why I can't forget you?" she asked aloud, almost to herself. "Because, since that time, I tried so hard not to?"

"But you found me," he said, smiling through the tears falling from his eyes. "We found each other." He gently held her face with both hands. "I have wanted to express my gratitude to you for years. Some time ago, I went to the workhouse to ask after you, but when I described you, they said you had already left, and nobody knew where you were because you moved around a lot."

"It's true," she spluttered.

"Ivy. I will never be able to thank you enough. What you did for me will always be etched in my memory. As a child, it was the only time I'd ever had help from a stranger. And since then, that memory of you has been the only thread of hope I've held onto for humanity in a world where I've often felt so alone."

"You're not alone anymore," she wept, kissing Mallory's cheeks. "You'll never be alone again."

And so, the forgetful housemaid, who was herself unforgettable, made a promise.

But this writer knows, and you should know, too—some promises are most hard to keep.

CHAPTER 13

Ivy had only slept for a couple of hours in Mallory's arms before the sun came up, but she felt remarkably refreshed. That morning, as they moved around the kitchen in their sleepwear, they appeared effortlessly youthful. While Ivy cut the fruit and Mallory took the breakfast rolls out of the oven, she felt so energized that she doubted the happiness she felt would ever leave her heart.

"What's that beautiful smile for?" Mallory asked, moving to her side, putting the buns onto the plates, and kissing her on her lips.

"I'm just remembering last night and thinking about the future."

She couldn't stop imagining a future with Mallory where he felt blessed and fortunate—where they both did. She hoped the weight he'd been carrying all these years had been lifted from his shoulders by embracing their love for each other and opening up about the past.

"I thought you were smiling at how good my buns looked," he smirked, sitting down next to her.

Ivy smiled, playfully tapping Mallory on the hand with a spoon. "Table manners, mister."

Ivy was now even firmer in her belief that the whole idea of being cursed with bad luck was just the townsfolk's silly nonsense getting to Mallory's head. She could no longer accept the notion that luck never changed or that Mallory might live in a constant state of misfortune. Sure, his life had been anything but ordinary, but there was no way fate would be so cruel to a poor child.

"Today, I want to finally sketch out what I've imagined for your room," Ivy announced. "I want to paint; I *need* to paint."

Mallory broke into a huge smile. "It's the day for it?"

"It is," Ivy answered distractedly, looking at him. "I was interrupted the last time." Ivy touched her wrist clock for a second.

Mallory rested his elbow on the table and smiled openly. "Well, before you paint, I might have to ask you what you'd like to put in our bedroom."

"*Our* bedroom?" Ivy said, her eyes widening.

"I don't want to spend a single night away from you. So, if you feel comfortable..." He left the last word to fly in the wind, as if the letters had suddenly grown wings.

Ivy's heart swelled with love because she realized Mallory couldn't quite put into words his desire to be with her. She knew already that whenever he spoke, he was refreshingly direct and willing to speak his mind, and she adored that about him. But, for some reason, the moment his words trailed off was even more precious than words could have expressed.

"I don't want to spend a single day or night without you either, Mallory." She exhaled deeply. "I would love to be with you, anywhere in the house, anywhere in the world, as long as we're together."

Mallory offered one of those smiles that would light up the entire world, and it was enough to make Ivy's heart feel as if all four seasons were dancing inside her chest. She was already returning the smile, as if her cheeks had been locked in place by her overwhelming joy. That was the power of love—it turned you into a captive of happiness.

Hours later, Ivy was still radiant, drawing the outlines of the artwork she imagined creating for their bedroom. She was sketching their love as if it were a mythical tale, a fable where the sun gave light to the moon, where life gave breath to death, and where hope triumphed over despair. Deep down, she knew their connection was destined, so she continued to construct the scenery in her mind: spring buds unfurling on barren trees, new shoots pushing through the ground, and clouds parting to reveal a night sky that stretched into infinity. She realized that Mallory might not grasp all of the symbolism immediately, but she knew he would in time.

"You drew all of this already?" he asked.

"It's just the outline, but what do you think?" She grinned, accepting the cup of tea Mallory had made for her.

"It's beautiful."

"It's not even close to being finished, but I know exactly which colors I want. I've already started mixing the paints in my head."

"You should use the palate for that," Mallory said with a smile as he kissed her forehead. "Be careful with the tea. It's hot."

It was as if Mallory's word was a direct order to the heavens. The mug slipped from her fingers and shattered on the floor, the liquid scalding Ivy's knee and a shard of the porcelain tearing a sliver of skin off her ankle.

She didn't feel much pain, but she saw the worry in Mallory's eyes as he wrapped his arms around her.

Ivy giggled in pure surprise as he picked her up and carried her down the stairs in a not-less-than-exasperated manner. He held her in one arm while grabbing an ointment from one of the kitchen cabinets, then sat her on the table and gently lifted her dress. He softly applied the ointment to the burn on her thigh and knee, blowing on it to dry it faster.

"I need to visit Mrs. Lock and buy more ointments and medicines," he muttered to himself.

Ivy had been laughing as he carried her in his arms like a damsel in distress, but now the expression on Mallory's face made her serious. The careful way he began to clean the trickle of blood, even though it was just a superficial cut, showed how worried he was.

She leaned in to touch his hand and made him look at her. "It's just a scratch," she said slowly.

"And a burn."

"I'm fine," Ivy said. "It's just my skin flushing from the heat of the tea."

"You could have been really hurt."

"It was an accident."

She could tell Mallory's shoulders were tense, and she noticed a fear in his eyes, almost as if he was afraid of living their love. So, like the painting she had just planned, she decided to shine a warm light on him, opening the most radiant smile she could.

"I, Ivy, give you full permission to love me with all your heart, no matter what. I authorize you to care for me and be there for me, understanding that mistakes can occur. And I grant you full authority to love me because I can't see a future without your love." She paused, her voice tender. "We both lived without it for long enough already, don't you think?"

Mallory looked at her with a half-smile, biting his lip.

"I don't expect you to accept this right away," she began earnestly, "but I hope you realize that the woman you've chosen is a little clumsy, inattentive, and forgetful. There will be moments when I may need your help. But please don't push me away. Don't push us away. Not because of this."

Mallory straightened up and left a gentle kiss on the bridge of Ivy's nose. He checked once, and perhaps twice, that she was well patched up.

"I guess you'll want to get back to work then," he said.

The hesitation in his voice made Ivy realize he wasn't fully convinced yet. It would take him time, maybe even years, to see that nothing terrible was going to happen to her. But she was willing to be patient because she loved him with every beat of her heart.

"I hope you understand that nothing will change the way I feel about you," she said. "Nothing anybody says, no amount of accidents, no strokes of luck—good or bad. Nothing in time or space can take my love for you."

"I guess maybe my luck has changed then," he smiled.

Ivy sprang off the table and planted a passionate kiss on Mallory's lips. Perhaps he finally understood her. And even if he didn't yet, he was trying, and she knew he would do everything he could to protect and help her.

At that moment, she felt no apprehension about what the future held because, for the first time, she realized she wouldn't be facing it alone.

CHAPTER 14

It has long been said that when you exude confidence, it attracts luck and opportunities, leading to a harmonious alignment of circumstances in your life. For years, Mallory had made money from the family business, licensing patents, without the desire to create anything new. But Ivy's presence had given him the urge to resume working on one of his unfinished dreams. And even if there were only one or two of his parent's old friends who still dared to deal with the Cursed Man, he would find a way to get the materials he needed.

Ivy was right. There was a future; there was a tomorrow.

He entered the apothecary's store as he promised, looking even younger than he was. It was the shop of Ms. Lock, the old family acquaintance who used to import supplies for his father's inventions—chemicals, solvents, fabrics, bonding agents, whatever materials he needed.

"Good morning, Ms. Lock," he began. "I believe I'd promised a visit."

As he looked around the shop, Ms. Lock narrowed her tired eyes, straining to see, and broke into a generous smile. "Mallory Oliverwood? You came?"

"How are you, Ms. Lock?" he replied, turning back to her. "Yes, I'm here."

"Oh, by the gods! It's lovely to see you! I'm fine, and you?"

"I'm wonderful, actually. I need everything you can get in silk thread and drafting paper."

"Are you starting a career as a fashion couturier?"

"I'm afraid I'm not much interested in fashion. I've inherited only my father's eccentric style of creativity."

"Your father did love surprising us all with the unexpected. It's good to hear he passed it on to you. But your health must have come from Mrs. Oliverwood's magnificent gardens. And it seems you got her looks, too."

Mallory felt something pierce his heart as he heard the kind words about his

family after so, so long.

"You're very kind, Ms. Lock."

"I hope you haven't been staying all cooped up in that big house because of the awful things they say about you."

"There are worse places, aren't there?"

"Don't listen to a word of it," the old woman said. "You're welcome here anytime."

Ms. Lock began to gather what Mallory had requested—silk thread, drafting paper, and the ointments and cotton swabs he remembered he needed—wrapping them in paper and placing them in a large box.

"If you ever need anything, young man—a cup of tea or a friendly ear—you know where I am."

Mallory didn't smile the whole way home, but he felt that a part of himself, too deep in the shadows to let him express his emotions yet, was happy. He knew something had changed. It was as if Ivy had entered his life and revived his dreams, as though she had painted his blank canvas. Perhaps she didn't know or realize it, or maybe she did, but ever since she'd pulled back the curtains and opened the windows, it seemed she had brought life and color back into Mallory's soul as well as his house.

As soon as he arrived home and opened the front door, carrying his box of purchases, he stopped.

Ivy wasn't joking when she said she intended to finish the decor of the Oliverwood Mansion meticulously. And she had obviously woken up determined to fix the not-so-much-loved curtains in the living room.

Mallory had discussed the idea of hiring staff for the house with her that very morning, suggesting it was time for her to have more help, especially because Ivy wanted to open the entire house. But convincing her that it was all too much to handle alone was like telling a child that eating sweets was bad for their teeth. It had no effect whatsoever because she was determined to do everything her own way.

What he saw was proof of that.

The Oliverwood Mansion had an immense window in the living room. The

window stretched from the ceiling to the floor, spanning the first and second floors. And yes, the full-length curtains, Mallory agreed, had certainly aged and needed replacing.

"You're home, my love!" Ivy called over her shoulder from high up a ladder, moving the wooden curtain rod above her head.

"I am," Mallory said, his jaw tightening.

"Oh, no! You're making that face!"

"What face?"

"That worried expression of someone who believes in the certainty of impending misfortune," she laughed.

He moved to the bottom of the ladder, trying to reassure her with a smile. "I'm fine." At that moment, though, he wasn't.

The curtains, draped on either side of her, rippled as she placed her hands under the rod that held them. Mallory could barely watch as her arms trembled under their weight.

"My love, please let me get them down…" he began to say.

But Ivy began to lift them free of the brackets, turning slightly to smile and reassure him that she was fine.

That was when time seemed to stand still. A subtle shift in the way she turned her head disrupted the delicate balance of the heavy curtains she was holding over her head. The rod began to sway above her, and Ivy's body tilted with it. The drapes began to swing, and a moment later, everything began to topple.

Even catastrophic moments have their beauty.

As gravity pulled Ivy from the top of the ladder, the curtains flew out like wings on either side of her, cascading downward, tracing the path of her fall. Their gentle folds and intricate patterns captured the light and created a soft, ethereal aura around her. The sound of the fabric mingled with the rush of air, fluttering and billowing with a graceful arc.

Ivy's eyes widened, and her limbs extended, as if reaching for an invisible lifeline or as if she had no choice but to spread her wings and try to fly.

Only these wings did not help her.

They folded in the middle of the air and fell with her.

And there she was, Mallory's love, descending slowly.

Mallory did the best he could. He managed to stretch his arms and throw himself beneath Ivy's body and the ground, but the force of her fall was too great. They toppled backward, and her head hit the wooden floor with a thud that seemed to echo through the halls of the Oliverwood Mansion, reverberating in time with his thumping heart.

A thudding pain wrapped around the back of Mallory's head. As he opened his eyes, he could see nothing until he realized that his face was covered by the curtain, blinding him momentarily. With a wince of pain, he brushed it aside, reaching out for Ivy.

She lay beside him, her body eerily still, the curtains draped around her like mournful shrouds. Mallory's heart raced as he rolled toward her and reached out, anxiously searching for any signs of life while the room seemed to hold its breath.

In that suspended moment, every beat of his heart echoed in his ears.

Cupping his hands around Ivy's face as if she were a wounded bird, he desperately hoped to see her stir, to offer some sign of life. He began frantically whispering her name, feeling a tightness in his throat and a gnawing ache in his chest.

Was she breathing? Was her spirit still tethered to this world, or had it taken flight on ethereal wings?

He spoke her name over and over, like an incantation, his hands trembling around her face. He held her tenderly, as if he hoped his touch alone could coax her back to the waking world.

Time held its breath, and Mallory held his own, awaiting the delicate balance to tip in favor of life. Then, in the quiet air, he thought he detected the faintest whisper of breath. His eyes fixed on her chest, and he witnessed a gentle rise and fall, like the ebb and flow of a hidden tide.

She was breathing.

"Ivy?" he said again. "My love, please, wake up?"

Her eyes remained closed, her expression serene, as if she was somewhere else entirely, as if she had drifted into a slumber deeper than any he had witnessed before. And then, his attention was drawn to a warm and sticky sensation.

Blood.

It was touching his hands, pooling where he cradled Ivy's head, and seeping across the floor.

Suddenly, every muscle in his body shook with adrenaline.

He needed to *act*.

"I'll be right back," he whispered to her.

He pulled himself to his feet, his vision blurred and legs shaky, and stumbled to the house's medicine cabinet, quickly collecting cotton swabs, alcohol, and ointments. Returning to Ivy, he quickly but gently parted the blood-matted hair at the back of her head to find the wound. The cut was deep, and he had to stop the bleeding before he could even think of calling for a healer.

The sharp scent of alcohol permeated the air as he quickly poured it on the swab and pressed it against the wound, staunching the blood flow. As the crimson stained the white cotton, his heart pounded in his chest. He whispered words of encouragement to her, using the hands he had trained to work so steadily, dabbing at the wound until it was disinfected.

Finally, Mallory opened the jar of ointment, scooping a small portion onto his fingertips. With gentle strokes, he applied the soothing balm to the wound, his touch as tender as a whisper, forming a protective layer over the injured skin.

The bleeding had been stopped. But Mallory had no knowledge of healing beyond cleaning a wound. Still driven by adrenaline, he kissed her forehead and rushed to the office, gathering coins and writing notes so that he could call for a messenger to deliver them to all of the healers in Elm Villa. His frantic writing brought up the same desperate feeling he had when he had to beg for help as a boy at the lake.

Shaking off thoughts of the past, he quickly finished the notes and ran out onto the street to call for a messenger. The boy who arrived was one Mallory knew he could rely on, though he wasn't certain of receiving a prompt reply. He sent the notes anyway, and as he hurried back to the house, he prayed to the gods of luck, asking that all the favor they had failed to provide him would fall upon Ivy and that chance would send a healer.

It was a distant hope, but he returned to Ivy's side, lying beside her, whispering and stroking her forehead, reminding her of the strength of her name.

The sun's descent and the moon's ascent marked the passage of hours, and Mallory lost all sense of time, each passing minute stretching into eternity.

By the early hours of the morning, Mallory's body had been drained of all its

energy, and his voice had grown hoarse from whispering. However, he was still wide awake when he heard a knock on the door.

"Where is she?" the apothecary said urgently as Mallory opened the door. She scanned the surroundings until her eyes rested on Ivy, unconscious and pale as a ceramic angel in a deep sleep.

Despite her age, Ms. Lock moved quickly and knelt down near the girl, leaning over Ivy and using her own cheek to measure if she had a fever. Then, she glanced at Mallory while opening her case and taking out medicines.

"You did well taking care of the wound," she said. "But we need to carefully raise her head and make her comfortable so she can take medicine.

With synchronized movements, Mallory and the apothecary carefully cradled Ivy's limp body. Their hands worked in unison to support her head and neck, ensuring they held her posture as they moved her into a more comfortable position. They propped her up with pillows and cushions, allowing her head to rest at an angle suitable for administering the medicine.

The old woman, her weathered hands steady and experienced, guided Mallory with gentle instructions as she moistened a soft cloth with cool water and dabbed Ivy's forehead, temples, and the nape of her neck, providing a soothing touch before they tenderly parted Ivy's lips, administering the medicine drop by drop.

As they settled Ivy into the pillows, the room seemed to hush as if holding its breath in anticipation of Ivy's awakening. A faint metallic tang of blood seemed to hang in the air, and as Mallory looked at the delicate features of Ivy's face, the weight of his guilt threatened to crush every one of his bones.

"She will recover soon?" he whispered, closing his eyes and kissing Ivy's forehead, feeling it cold and salty against his lips.

"It's hard to tell. It could be that she's just recovering from the shock of the fall, but... well... only time will tell if there will be any lasting effects or if she'll wake at all."

"What else can I do for her?" Mallory asked, looking up.

The old woman gave him a consoling look. "For now, clean yourself up and rest. Tomorrow, change her dressing. Feed her spoonfuls of soup. And give her two tablespoons of this every three hours."

She handed Mallory a vial.

"Thank you."

"Thank me if she opens her eyes. Now go and clean yourself up. I'll wait with her until you're back."

Mallory went up the stairs, feeling that he had left his whole heart on the first floor, beating in Ivy's chest. He ran a bath, then took off his clothes and threw them away. And as soon as he sank into the water and felt it splash against his cheeks, he realized that he'd not had even one chance to let a tear escape his eyes.

Part of him wanted to let the water wash over him and take him, but he knew he had to remain afloat through this storm, too.

CHAPTER 15

As the hours stretched on, Mallory's mind became more and more weighed down by a sense of burden and self-doubt. He questioned every decision he had made concerning Ivy as if he'd held the power to shape his own emotions and protect her from love's unpredictable grasp. But, like the note Ivy found that he'd written to himself, such thoughts were pointless.

Matters of the heart could not be so easily controlled.

His heart was inextricably tied to Ivy's. Except to fetch things he needed to care for her, he never once left Ivy's side, all through the night and the next morning. He promised never ever to leave her side, even if it meant years would pass, the house would crumble around them, vines would grow over them, and they would be captives of the moon and stars.

But that was not to be their fate. Some fates are worse than death.

As Mallory lay against her, whispering the words of his heart, he felt the most delicate sensation he had ever felt in his life.

It was like a petal being stirred by a gentle breeze or a butterfly preparing to unfold its wings.

He felt Ivy's eyelashes flutter against his cheek. Turning to face her, he watched as her eyelids slowly opened, revealing the vibrant depths of her eyes. Before his mind could even accept that she was awake, Ivy's lips curved into a tender smile as if she had found her way back from a distant dream.

"Did I forget bedtime again?" she said with a weak smile.

Joy didn't come close to encompassing the emotion that engulfed Mallory. Ivy's smile and the tilt of her head filled him with an indescribable euphoria.

"Ivy..." He whispered her name like a prayer and gently held the sides of her face, observing every feature—the color of her cheeks, the temperature of her forehead. Ivy flinched when Mallory touched the wrong spot.

"I fell off the ladder, didn't I?"

"You did."

"And you were my hero, weren't you?" she smirked.

As elated as he was that she'd woken, Mallory couldn't share in her light spirits. Ivy had been unconscious for an entire day, bleeding significantly from her head wound, and yet she didn't seem even slightly concerned about what had happened.

"I think we both know I'm not the hero in this story," Mallory said gravely.

Ivy looked him over. "You are not going to blame your luck again."

"You were doing fine until I got here."

"It was my fault, not yours."

Mallory reached for the cotton and began to dab at her forehead again. "I wish I could believe that."

She pushed the cotton away, her voice tinged with a mix of desperation and exasperation. "Mallory. What can I ever do to reassure you? I am not some prophecy being fulfilled, and you're not destined for a life of bad luck or whatever it is you believe. It's just life. Life doesn't arrange its good and bad moments into a perfect balance."

"Exactly," he said. "Life gave me all the misfortune."

He had to argue because, as optimistic as her words were, they hurt to hear. If she was right, he would have to let go of his whole understanding of himself. It was as though everything he had believed about himself was a lie.

"No," she argued back with a tone of sheer frustration. "You're just getting all of the bad things out of the way early because luck wants you to have a beautiful life from now on."

He wanted to trust her. But how could he stop believing something he'd believed his whole life when everything that happened seemed to confirm it?

"Or maybe the bad luck never ends," he said. As soon as he'd said it, he realized he'd pushed the argument too far.

Ivy sat up and rolled away from him as if she was trying to stand. "Then let it never end!" she exclaimed.

"Ivy, please. Stay where you are."

"I don't care if the bad luck never ends," she continued, getting shakily to her feet. "What if I want you anyway? Even if death takes me? What if I have nothing else to live for?"

Mallory wanted to tell her that she had the whole world to live for, but he couldn't argue against her feelings without denying his own. Because he felt the same way about her, completely unable to imagine a life without her by his side.

But that was the very reason why he needed to know she was safe. And so the argument in his head went around and around in a never-ending loop. Life was nothing without her, but no fate could be worse than losing her.

"Please sit down," he asked softly.

As he looked her over, she seemed steady enough on her feet. Her cheeks had color, though they were probably just flushed with frustration. Yet, there wasn't a scratch or bruise on her body.

"Only if you can accept that we only have the time we have on this earth together," she said. "Can't we let all the good things come to us with the bad? Can't we just live and love?"

Maybe with time, he could accept what she was saying. People say time is the ally of all things and that it works in favor of love and life. Even if it hadn't been Mallory's ally in the past, with Ivy at his side, maybe things would change.

"We can try," he said.

"Mallory," she began, her voice filled with gratitude for his willingness to listen. "All that matters is that we found each other."

As Ivy turned and sat down again, he took her hand to steady her and noticed that the little wristwatch on her arm had been damaged in the fall.

The glass face was cracked.

As he looked at it, he tried not to read it as a bad omen. But it was hard not to. It was more than just a wristwatch. It was a symbol of his care for Ivy. Seeing it broken filled Mallory with a sense of urgency. It had to be fixed. But he had no expertise in repairing watches.

At that moment, as Ivy sat beside him, he thought of the only man he knew who could help.

As a child, Mallory had met all kinds of tradespeople his father knew, including an old clockmaker, the most famous clockmaker of all.

Zeno.

There were rumors about him. In fact, even Mallory's own father, a well-respected individual with a mind devoted to rationality, said that the old man knew the secret of immortality. In fact, Mr. Oliverwood even said that Zeno must have been immortal himself, since he'd been there in his house with his white

hair making clocks since Mr. Oliverwood was born.

And if his father thought there was some truth to the rumors, Mallory couldn't help but entertain the possibility.

The idea lingered in Mallory's thoughts as he held Ivy's hand, looking first at the wristwatch, then the bandage on her head, and the hope shining in her eyes.

If it were true… Perhaps a visit to Zeno would fix not only the clock but also Mallory's streak of misfortune.

"Ivy," he said softly, meeting her eyes, "you asked if there was something I could do to reassure me."

She smiled gently at him as he took her face in his hands. "Tell me," she replied.

Mallory wished he could freeze this moment, but he knew he had to take a leap of faith to move forward.

"If I were to say that I might have an answer for all our problems, would you believe me?"

Ivy looked up at him with her brow furrowed but a look of hope in her eyes. "If it will ease your heart... then, of course, I want to hear it."

CHAPTER 16

"There is a man," Mallory said slowly. "An old clockmaker who lives in a secluded life outside of town—in a place not far from here, but not easily accessible either."

There was more to it. Ivy knew it. Fixing the wristwatch would not solve their problems.

"The thing is," Mallory began, almost sheepishly, "he's rumored to know the secrets of immortality."

Ivy held her breath, her mind racing. Could Mallory truly be serious? Despite her attempt to maintain a neutral expression, she knew her face betrayed her disbelief.

"I know, I know. I don't expect you to believe in such a rumor," he continued. "I'd be skeptical too, except that the old man was known to my father. If it is true, I know he won't lie to us. I think we should talk to him. To see whether he can help us to protect you."

"Mallory, I remember hearing the stories about him, too. And of course, I'm skeptical. But, even if it were true, is it necessary? Do you really think he has the solution to our problems?"

Ivy's chest tightened with concern for his state of mind. As unlikely as she found his solution, she would entertain any notion to bring him peace.

"Please." Mallory sat down on the bed and took both of her hands. "I know it sounds crazy. But for my peace of mind? Let's just go and see him. Just to talk."

"Just to talk?"

"Absolutely," he said. "It won't hurt just to try talking to him, right? I think we need to try. If you agree, we'll go as soon as you're well again."

"I'm fine. We can go now."

"No. We'll have to walk. The paths are too narrow for a carriage. And the

terrain is rough. I don't want to risk any horseback accidents."

"But it'll take a day and a night?"

"Consider it our little adventure."

The narrow cobbled streets, timber-framed houses, and stone shops of Elm Villa faded into the distance as Ivy set out with Mallory to Zeno's house a few days later. The sun was just rising, casting long shadows everywhere and giving a magical little sparkle to the stones that lined the winding road ahead.

Ivy was back to full health and felt a sense of peace despite knowing that the walk ahead would be arduous. They walked hand in hand, Mallory shouldering a bag filled with provisions while she carried a flask of water. The air was fresh and crisp, and as they journeyed, she had a feeling that she had just pulled back the curtain on a new world, needing nothing else but the possibilities of what lay ahead.

Ivy truly felt that she could go anywhere in the world as long as he was by her side.

Leaving town behind, the landscape changed to open fields, quilted with patches of crops, dotted with barns, windmills, grazing animals, and great rolls of hay. They talked about the future, pondering whether they would leave Elm Villa, and even mused about the cows in the fields.

"They're really like the monks of the animal world, aren't they?" Ivy observed. "So calm and enlightened."

"I guess we'd be pretty relaxed too if the whole world we lived on were one big loaf of bread," Mallory joked.

"That's true," Ivy smiled. "Maybe one day I'll be able to sleep on my food, too."

"I'm pretty sure I already saw you do it once or twice," Mallory teased, earning a playful nudge from Ivy and a soft laugh.

Soon the landscape changed again, and Ivy watched as hills slowly rolled out of the earth, shaded with slow-drifting clouds and embroidered with poppies and primroses. And then, as the road reached further into the wild, trees began to grow out of the roadside, one by one, thickening into groves, spreading into woodlands, and then enclosing them into a great forest.

By late afternoon, a cool wind whispered through the trees, their branches creaking and leaves rustling. Ivy followed Mallory deeper into the forest, where the road narrowed into a path. The trees on either side of them were so twisted and gnarled that they looked as though they were alive.

As they walked, Ivy tried to lighten the mood of their adventure and ease Mallory's tension. She playfully started teasing him about how paranoid he was about her safety. "I think the trees are evil in this part of the woods," she said. "Look. I'm sure I saw that one back there reaching out to grab me."

"It's because you're so beautiful that even the trees know how lucky I am to have you by my side. And another thing, I think they can hear you."

"Oh, they can hear me?" Ivy said, still mocking him. "Do you think, because *I'm so beautiful*, that they're making a plan to kidnap me or transform me into a mystical being?"

"Of course they are," Mallory joked back. "The next thing we know, you'll be turning into a fairy."

"Or a beautiful butterfly," Ivy suggested. "What a terrible fate that would be."

"Well, if you stick with me instead, I'll turn you into an eternal goddess or something like that."

"You can try," Ivy laughed. "I was joking, but these trees are really scaring me."

"I know, my love. Come closer."

From that moment, Ivy held onto Mallory a little tighter. The thing about stories, even nonsense stories, she thought, was their strange power. Ivy knew the idea of malevolent trees was ridiculous and that they were in no danger, but just the mention of them created a slight air of suspense. The rustle of leaves and creaking of branches made the hair on the back of her neck stand up, and her heart beat a little faster. At the periphery of Ivy's vision, she may have even once or twice imagined the gnarled branches reaching for her.

So, she was a little more tense than she would even admit by the time she started hearing a strange sound to the east. She halted abruptly, causing Mallory to stop beside her.

It was a voice, distraught, calling out, crying.

"Stay here, and I'll go and see what it is," Mallory said.

"I'd rather come too," Ivy replied.

Relieved by Mallory's agreement, Ivy couldn't fathom being alone, lost, and

chilled to the bone without knowing how to navigate her surroundings. So, they left the path and began to make their way through the trees towards the sound.

The forest was dense and wild, with only a little sunlight filtering through, casting dappled shadows across the forest floor. The branches seemed to claw at them, scratching their arms. The undergrowth was gathering around their legs, slowing their movement. Leaves brushed against their faces, and the deeper into the forest they went, the louder the crying grew.

As Mallory held her and pushed her through a final tangle of plants and branches, she saw a small figure huddled on the ground. They drew closer, and Ivy noticed it was a young girl alone.

Ivy's fear was suddenly replaced by compassion, and she rushed forward to comfort the child. Only it seemed to be the worst thing she could have done because the girl saw her coming and shrieked an ear-splitting scream.

So, she backed off and tried speaking softly to calm the girl, but it was as though the girl didn't understand a word. She just stared at Ivy and whimpered in fear until Ivy gave up and went back to Mallory.

"She won't talk to me," Ivy said.

"It's probably all the fairy tales about little girls meeting witches in the woods who give themselves beautiful faces and have poisoned apples and gingerbread houses."

"You need to talk to her."

"Me? No. Children hate me. I'll scare her to death."

"Of course, you won't!" Ivy reassured him.

"Anyway, they speak the old language out here. I don't know it."

"Mallory. Look at you. You have no fear of thieves. You'd fight a bear. But you're scared of a little wildling girl?"

It was true. Mallory had shared a few stories with Ivy of his years of solitude, recalling how the winter months made wild animals bolder, causing them to venture closer to the Oliverwood Mansion in search of food. He'd become accustomed to dealing with such situations. He had also learned to defend himself, recalling instances when drunks would come out of taverns late at night looking to pick a fight with The Cursed Man. And a few times, as he ran the streets at night for exercise, he'd found himself having to defend either himself or someone else against a gang of thieves. So, he was more than capable of taking the fight to anyone who challenged him, despite his aversion to violence.

Ivy understood how fearless Mallory was in every other aspect of his life, except for his fear of losing her. That fear was the greatest of all. It was the only one she had discerned in his eyes ever since they'd confessed their feelings to each other.

But there was another fear that gripped him—children.

He'd told her that children had always been a challenge for him. He never knew what to say to them since they were so diminutive and easily influenced. As soon as they heard mention of the supposed curse, even his most polite greeting would terrify them. It had always been easier to be gruff and ignore them.

"Please," Ivy insisted. "Go and talk to her."

Mallory stared at her reluctantly for a moment. It seemed he was searching for a way out, but eventually, he took a deep breath and walked slowly over to the little girl.

Ivy felt her heart ache because the girl was sitting cross-legged with her knees up and her head down, her face hidden behind her forearms. She watched as Mallory crouched on his heels and cleared his throat.

"It's okay..." he began, flinching.

The girl simply peered up at him over her arms, her bright eyes filled with tears. Ivy thought that she was just adorable. She prayed for the gods to help Mallory find the right words.

"We're not going to hurt you," he said softly.

The girl slowly revealed her face, her red cheeks, and her quivering lip. "*Ne mec hwǣte*," she whispered—which anyone who understood the old language would know meant: *Don't hurt me.*

"What did she say?" Ivy asked softly.

"I don't know," Mallory said. "I guess she's lost."

"*Ish wille gán hám tó módor*," the girl whispered, which meant, *I just want to go home to my mother.*

Ivy watched Mallory think fast and use his index finger to trace a rectangle in the earth, topping it off with a triangle depicting a house. He added a chimney and wisps of smoke, bringing the simple drawing to life.

"Where are you from?" he asked.

"*Mīn hūs is on dæl*," she said.

Ivy saw her love look back at her. "There's a village in the valley we'll be passing soon," he said. "I think she's from there."

Ivy felt hope surge in her chest. "Are you sure?"

"Not really."

"What do you think about asking her name?"

He nodded in agreement, and Ivy's heart raced as she observed the kind and gentle manner in which Mallory interacted with the girl. He drew three stick figures on the ground. Under one, he wrote *Ivy* and pointed to her. Under the next, he wrote *Mallory* and pointed to himself. The third he left blank.

"What's your name?"

At that moment, Ivy realized the remarkable effect of Mallory's quiet and deep voice. Not only did it possess the power to raise the hair on her arms and send shivers down her spine, but it also had the ability to soothe the most troubled of hearts.

As she observed the girl, Ivy noticed a remarkable change. The tears that once streamed down her cheeks had ceased, and she now looked completely at ease with Mallory. Perhaps, along with his voice, his talent for drawing silly-looking stick figures had created a connection between them. In any case, Ivy couldn't help but release a sigh of relief.

Zelda, the girl wrote.

Mallory smiled. "So, Zelda, what are you doing out here all alone?"

As soon as the girl heard him use her name, she relaxed entirely. "*Ish sunde hindan án díor*," she whispered.

Mallory nodded earnestly.

"What did she say?" Ivy asked.

"I have no idea," Mallory replied with a smile. "She was probably chasing a fawn or something, though. I used to love to play at hunting when the season was over."

"We need to get her home. I know how terrifying it is to get lost. See if she will come with us?"

"I don't know how to ask."

"Just try."

Ivy watched as Mallory turned back to the girl, looked her over, and began speaking gently.

"I know you probably won't understand a single word I say, but let me just give you some advice I learned from someone I love. Well, when you lose something, get lost, or find yourself stuck, it takes bravery to admit you made a

mistake and go back to where you started. And it might seem like retracing your steps is wrong. But sometimes going backward is the only way forward."

Mallory was right, Ivy thought. The girl probably didn't understand him, not in the usual way we'd think of understanding. But somehow, Mallory's words resonated with the child because Ivy could see her shoulders relaxing and see a glimmer of recognition in her eyes.

When he had finished speaking, the girl stretched out her hand.

Mallory took it, bowing his head lightly as if greeting a lady at a ball. The girl beamed a great smile, which made Mallory beam a great smile, which made Ivy beam a great smile.

"We'll take her with us," Ivy said. "Put her on your shoulders."

"Oh, no-no," Mallory moaned. "She'll fall off and get hurt."

"She won't!" Ivy laughed.

"I don't want to frighten her," Mallory said.

"You won't. Just tap on your shoulders; she'll understand."

So, Ivy witnessed the most gorgeous scene.

Mallory was more afraid than he could perhaps admit, but even so, he looked the girl in the eye and tapped his fingers on his shoulders. Ivy watched as the girl leaped straight up, ran around him, gripped his hair with her little hands, and clambered over his backpack, settling on his shoulders.

"Are you ready?" he asked.

"*Ish eom gereád nu*," she said.

And so, with neither Mallory nor the girl really understanding each other, and both understanding each other perfectly, they all walked out of the forest and back along the path.

Ivy laughed when Mallory began talking to them both about whether unicorns were real and if the moon was made of cheese. It must be made of cheese, he reasoned, since there would be no reason for hungry wolves to howl at it otherwise.

Mallory's love fell silent. She was just happily enjoying the moment, aware that it would be one of those times she would never forget. Especially because her heart was beating fast, thinking of a future where the child on Mallory's shoulders would be their own. A time when he would embrace a hidden talent: being a loving father. Surely, by now, he must have realized his misconceptions about children. She could see that he loved them. And he would be wonderful with them.

She took a deep breath and listened as Mallory asked the girl whether she had many friends back home or whether being out in the forest meant she was a bit like him and often spent time in her own company.

"We magon nú freóndian," the girl replied.

Mallory turned to Ivy. "What do you think she said?"

"No idea," she smiled. "But I think you've got a little friend."

"I do, don't I?"

"You do."

She took up Mallory's hand as they walked, and Ivy appreciated the colors of the sun beginning to set. It wasn't long before the road widened, and they reached a turn-off that led toward the valley. Suddenly, the girl began talking animatedly and wriggling excitedly. As they went further, she began kicking her heels into Mallory's chest and tapping on his head, pointing toward some little thatched houses nestled in the trees.

Mallory knelt on the road, and she immediately slid off him, down his back. And before he could even stand again, the girl had wrapped her arms around him.

"Home?" he asked.

"Hám," she said.

And with that, she ran off, waving at them over her shoulder and disappearing into the stand of little straw houses.

As Ivy held Mallory's hand and they continued to walk, the night began to set in. The sky became like a dark canvas, laid out with sparkling gemstones as if the heavens had been rolled out in front of them by the angels, and they were being invited to choose a star to wish on.

They were drawing close to the township and the inn where they had planned to stay the night, but neither of them wanted to reach it. They both wanted to stay together, alone, on the warm, clear night, holding each other's hands, smiling, talking, wrapping an arm around each other.

"You know," Ivy began. "I sometimes think you don't even believe in the curse yourself. I think it's just an armor you have been wearing to protect yourself, guarding your heart to prevent yourself from getting hurt. And you've become so used to it that it's been holding you together. But you've started taking it off, and

you know you can stand alone. You don't need it."

Mallory smiled. "Maybe you're right. But if we're being candid, can I say I don't think there's anything physically wrong with your memory? I think that throughout your past, your forgetfulness stemmed from the fact that a part of you could never fully feel at home in the houses where you lived. Your mind has always roamed because a part of you has been seeking a place where you truly belong."

"You really think that's the reason?" she asked, pondering his words. "Well, if it is, then I can honestly say that I've never felt happier than I do right here and right now with you."

"And neither have I," he replied.

"Then I don't want to stop and sleep. I want to keep walking and talking to you right through the night."

So, they continued their journey, talking, laughing, and stopping for little rests, which were really excuses to lie down in the grass together, and kiss, and stare at the moon which hung over them—bright and round like a lantern.

They walked with the night flowers bathing them in the most beautiful fragrance, and the earth beneath their feet springing moss to cushion their path, and the crickets and the owls filling the air with sweet melodies.

Neither of them had ever felt so full of hope and love as they did that night. They felt as if the whole universe had wrapped its arms around them and was holding them in its embrace, whispering that as long as they were together, they were safe.

CHAPTER 17

The further they ventured that night, the more peaceful and enchanting the surroundings became.

It was not just the calming whispers of nature, but the whispers inside Mallory's mind and heart that made him more certain their love was meant to be.

Even the accidents that had befallen Ivy now seemed distant and insignificant, as if they'd never posed a threat. It was remarkable how the love she gave him had become a powerful counterbalance to the weight of misfortune he had long carried. In fact, he had never felt closer to true happiness and good fortune.

Mallory's main uncertainty now was not about their love. It was simply whether seeking answers from Zeno was the right course of action. But he continued walking with Ivy simply because he didn't want the moments with her to end.

Eventually, he and Ivy reached the little path Mallory remembered having taken to Zeno's house several times as a child. It was just before sunrise. The morning wind had begun to blow gently, but the sky was still inset with stars, and the moonlight was just holding back the pink glow of the sun on the horizon, as if the moon was causing the sun to blush.

Mallory led the way up the graveled path toward the stone cottage. But as they drew closer to the house, his thoughts grew louder, telling him that something was amiss, that perhaps the journey had been more important than the destination. In fact, the importance of their arrival waned with each step until Mallory came to a sudden halt, his grip tightening on Ivy's hand.

"Maybe you were right about the curse," he said, exhaling deeply. "I don't think we need to be here."

Ivy raised her eyebrows, her delicate features furrowing with curiosity. "Really?"

Although Mallory didn't believe in omens or signs, he couldn't ignore the unease that had crept into his heart, telling him that he didn't belong there, that they should turn around and go back home. But on the other hand, there was a persistent voice within him, the same voice that had guided him for years, urging him to carry on, enter the house, find Zeno, and ask the crucial question.

In the end, he decided he'd rather just take Ivy home. "Let's just go."

"Are you sure?" Ivy asked. "Even though we've come all this way?"

"I think so." He hesitated. "I just have this strange feeling."

"Is it a bad feeling?"

"No. Just different."

"Then perhaps we should at least ask him for some water?"

Mallory thought for a moment. It was a long journey, and their water supply was running low. It would take some time before they reached the river.

"You're right," he said. "We might get thirsty."

So, Mallory guided Ivy on the gentle ascent up the time-worn stone path, overgrown with patches of moss and tendrils of jasmine gracefully trailing along its edges. The air was crisp and carried a hint of dew, as if nature itself held its breath in anticipation of the day to come.

As the couple approached the cottage, their footsteps tapped softly up the front steps, then came to a stop.

On the clockmaker's front door was a large brass knocker fashioned in the form of a cuckoo bird, which seemed as old as time itself.

Mallory knocked the bird's beak against the door.

They waited.

"Maybe he hasn't woken yet," Ivy suggested when there was no reply. "It's too early."

"But they say immortals don't need to sleep," Mallory remarked, quite unsure whether he was serious or not.

The first of the morning birds sounded in the dim light and the sun began to rise. Mallory decided to knock again more heavily, and as the bird's beak hammered down on the door, it creaked open from the force.

Immediately, Mallory heard the strangest sound he'd ever heard. Coming from the dark house, it sounded like a thousand little horses marching in time.

Mallory looked at Ivy, then stepped inside, and as his eyes began to adjust to the darkness—

He saw not the hooves of little horses but clocks.

Clocks of all kinds—wall clocks, pendulum clocks, table clocks, grandfather clocks, mantle clocks, alarm clocks, musical clocks, and the most astounding collection of cuckoo clocks.

What was particularly strange, though, was that although these timepieces must have numbered in the hundreds, they were all ticking in perfect unison at precisely the correct second of the correct minute of the correct hour—just a few moments before the six o'clock sunrise.

"Zeno?" Mallory called.

No reply was heard, just the clicking of hundreds of little hands.

"Hello, sir?" Ivy called. "Is anybody here?"

"Maybe we should try down here?" Mallory offered. He moved down the hallway, with Ivy holding his arm, and was just about to turn into a large drawing room when, all of a sudden, something stopped them.

The noise.

As the sound hit their ears, they leaped in fright. Mallory's heart was racing so fast the whole house would have heard it, if it weren't for the fact that every clock in the house had started chiming at once.

It was like nothing he'd ever heard before—a horrible cacophony, as if time itself was crying out.

Mallory reached for Ivy and wrapped his arm around her. Their hearts pounding, their eyes widened as they adjusted to the dim light in the room.

Just then, amidst all the commotion, Zeno appeared in the shadows.

Side by side, Mallory and Ivy turned to see him—an elderly man with shiny white hair that was combed to perfection. He was dressed in a ruffle-collared shirt with a tweed waistcoat and gripped a walking stick, which he seemed to carry out of habit rather than need.

As the chiming clocks finished ringing in the sixth hour, the room fell silent around the old man.

"Quite a collection you have," Mallory said. "But we're here for water." He held out their canteen.

"Here for water?" the clockmaker laughed. "Who on earth would walk all the way here for a bottle of water? If you're going to rob me, just get on with it. Either that or tell me the real reason you're here."

Mallory looked at Ivy and decided not to say anything. He felt that speaking about the troubles that had plagued him for years would be out of place now, especially when everything seemed to be going so well. So, he stuck to the version they'd agreed upon before entering the house.

"We're on an adventure," Mallory said with a hint of impatience. "A journey of self-discovery."

Zeno remained motionless, observing them, then said, "It carries a ring of truth, but I sense there's more to it. If you want water, you'll have to be honest. What on earth would a man hope to discover that would make him march his lady all the way out here?"

"Who would deny water to a couple of travelers?" Ivy retorted.

"A man who believes that truth is fair currency," Zeno replied. "Nobody visits this godforsaken place unless they've heard some legend in the surrounding towns. And you, boy, look very much like someone I used to know. Which makes me think you came here with a purpose. Now tell me the truth, and I'll give you all the water from my well."

Mallory breathed slowly. "I am Mr. Oliverwood's son. Mallory Oliverwood."

"I see. And did your father tell you stories about me?"

"My father is dead. And my mother is dead, as well as my grandmother. Everyone in Elm Villa calls me The Cursed Man." Mallory paused, his heart beating fast. "Tell me, Zeno. Did you hear stories about me, too?"

"I don't listen to stories. Just tell me why you're here, Mallory," Zeno said.

Ivy squeezed Mallory's arm as if to prompt him to explain a little more. He hesitated, though. All he felt was tension rising in his chest. He couldn't bring himself to say it.

So he was surprised when Ivy herself spoke up.

"We came because the townsfolk say you're one of the ancients who holds the secret to immortality."

"Secret?" Every wrinkle on Zeno's face seemed to smile. "When you're as old as I am, there are no secrets. But if you must know, I'm ninety-seven and as mortal as any man."

Mallory squeezed Ivy's hand tighter. "So... just out of curiosity... Do you know how we can make her live forever?"

"Why would you want to do that?" Zeno sniffed, narrowing his eyes.

"For her protection," Mallory said.

"From what?"

"I already told you. My ill-fated luck."

"Ha!" the clockmaker snorted, shuffling back to his desk. "So, The Cursed Man has found a loophole? Well… it couldn't be simpler. You just need to find someone who'll say she'll be immortal. Although they must truly believe it."

"Believe it?" Ivy uttered. "But who would believe such a thing?"

"I have no idea," Zeno said. "In all my years, I've never met anyone who could really believe such a thing."

The room fell silent for a moment.

"I do," Mallory said eventually, turning to Ivy. "Of course, I believe it. I wouldn't have brought you here if I didn't."

"Really?" Ivy began, her eyes sparkling. "Then, if you can believe it for me, I can believe it for you."

"You can?" Mallory asked.

"Of course."

At that moment, Mallory was struck by the possibility that the weight of his past tragedies and his fear of losing Ivy could be lifted from him. The journey they had taken had been important, indeed. But immortality promised so much. A chance to protect their love and ensure they would never be separated.

And it was so simple. All they had to do was *believe*. He could do that for her, just as he knew Ivy could believe it for him.

If they could embrace immortality, their love could transcend time, and no harm would ever befall them.

Hope, in its purest essence, enveloped the seven-year-old boy who had suffered the tragic loss of his father, endured the heartache of his mother's passing on a rainy night, and witnessed the gradual decline of his grandmother as she selflessly cared for him. Hope also grasped the man whom society had turned away from and closed its doors to, the man who had convinced himself that he was unworthy of love, especially from someone as precious as Ivy.

The accidents that Ivy had faced only intensified Mallory's desperation.

Could he leave Zeno's house without seizing the opportunity to make her immortal, knowing there was a chance to preserve their love?

The weight of the decision pressed on Mallory's chest. Having never had anyone to care for but himself, he'd never faced such a difficult decision in his life.

He turned back to Zeno, who was sitting, adjusting the magnifying glass on his desk.

"So—in theory, all we need to do is say it, and it will happen?" Mallory asked.

"Certainly," the old man sighed, removing the bell of an old lantern clock. "But first, you should be aware of the law of immortality..."

He placed the bell on the desk and opened a drawer at his hip. In it was a small envelope of the old handmade paper style, although it looked new, as though it had never been sealed, and it was embossed with a single round design that looked like a sundial of some kind.

Mallory took the letter from Zeno and handed it to Ivy. She opened the flap, slid the letter out an inch, and began to read aloud.

"Before you can get to tomorrow, you must get halfway there, but before you can get halfway there, you must get one quarter, but before you can get one quarter—"

"What does it mean?" Mallory prompted Zeno.

"It means exactly what it says," the clockmaker mumbled, continuing his repair work.

Mallory turned to Ivy. "Perhaps we didn't come here for nothing."

"Are you sure you really believe we can be immortal?" she asked.

"I can't help but believe it," Mallory replied. "You're everything to me. You're worth more than the moon, the stars, the treasures of the gods. You must have a place among the immortals."

"And you're sure you want this?" she asked.

"No, but yes," he said.

"Then say it, and I'll say it too."

Mallory looked at Ivy, his eyes flooded with love and hope. Then, without thinking any further, he opened his mouth.

"You will be immortal," he said.

CHAPTER 18

As the last syllable left Mallory's lips, the clocks suddenly ceased their ticking, and everything around the housemaid fell into a quiet past tense.

"So, I'm immortal?" Ivy asked, turning to Zeno.

Though his eyes were wide open, there was no response from the old man. He was completely motionless, hands still poised over the broken clock. Something suddenly felt different to Ivy. It was as if the whole world was echoing as if everything around her was now a step removed.

She glanced around, quite unsettled. There was a deafening silence. Every clock in the house had stopped running at exactly seven minutes past six. The wind outside had died, and the trees were still. Autumn leaves hung in the air like ornaments, and the clouds in the sky sat as immovable as mountains.

She turned back to Mallory. "I'm immortal?" she asked.

But Mallory was motionless too—as still as a statue and as mute as a fish.

"Mallory!"

Desperation is a potent emotion that can stifle reason, magnify vulnerability, and force us into hasty decisions. For Ivy, the effect was multiplied many times over. Every gesture she made seemed larger than life, and every movement seemed accelerated against the stagnant backdrop of life.

Mallory's still body, devoid of breath and heartbeat, had transformed him into a living statue before her eyes.

Ivy waved her hand in his face, but there was not even a blink. She shoved him once, twice... three times. Then she clung to him, hoping to rouse him, to ignite any sign of life within him. She rose on her tiptoes, seeking his lips in a desperate kiss, trying to make him move, talk, breathe.

But an unsettling emotion flooded over her, seeping right into the depths of her body, and an overwhelming terror seeped into her very bones.

He wasn't responding.

He wasn't alive.

He wasn't even... *there with her*.

As I told you, there are some destinies worse than death.

"What is this? What happened?"

It was as though he was completely frozen in time.

CHAPTER 19

Only it was not Mallory who was frozen in time; it was Ivy.

She had vanished entirely from the present tense.

"What happened?" Mallory yelled, alarmed, looking over at Zeno. *Where did she go?"*

The old man looked up from his work momentarily. "She hasn't gone anywhere. We have. And the question is not where but when. She's right where you left her. Safe in that eternal moment in the past. It's we who have moved into the present."

Mallory stared at him, confused. "But I have to be with her. Say, I'll be immortal too?"

"You? Immortal?" Zeno scoffed. "But all you're known for is some ridiculous curse which isn't even true."

Mallory took a step back as though he had been struck by an unseen force.

Zeno's words shook him, but only because of his growing awareness of Ivy's absence, her lingering scent, and the memory of her grip on his arm, even though she was no longer by his side.

Mallory spent a long time arguing with Zeno, seeking answers and solutions to Ivy's disappearance. But for every question he asked, Zeno had no answers to give beyond explaining that to be immortal meant to be stuck in the past.

"What have you done?" Mallory asked, his voice filled with exhaustion.

"I haven't done anything," Zeno retorted. "You did. Both of you. All I said was you have to believe it. Immortality has its own laws. You got what you wanted, Mr. Oliverwood. She's protected. She will live forever."

As if time itself had conspired against him, the clocks echoed a solemn reminder that Ivy no longer existed in his world.

CHAPTER 20

And so it was that Ivy found herself stuck in an eternal moment.

In a world where the sky was permanently colored in a pastel pink glow. Where flocks of birds stretched motionless across the horizon. Where smoke from chimney stacks sat like sculptures of mist. Where carriages drove the road to nowhere. Where the sun and moon hung at opposite ends of the sky, and the shadows they cast never moved an inch.

As she stumbled out of Zeno's house, she realized she was still clutching the letter containing the law of immortality. She opened it again and began pulling more and more of the letter out of the envelope.

"*...before you can get a quarter of the way to tomorrow... you must travel one-eighth... and before one-eighth... one-sixteenth, and before...*" The letter grew longer and longer until she realized she was pulling out screeds of paper covered in increasingly smaller fractions.

"But this never ends..." she whispered to herself. "Time can be divided forever."

The law of immortality was such that before she could reach the next moment, she would have to achieve the everyday miracle that each of us accomplishes without thought. She would have to pass through the infinitely divisible present into the future.

But as it was, she was stuck living forever in the past.

Ivy shoved the letter back into her pocket and suddenly felt herself lost, as if in a dream. She moved without thinking, floating through the world like a waterlily on a stormy lake, unanchored from her place with Mallory. Overwhelmed by waves of loss, she was unable to breathe, think, or understand what had happened.

It was as though the past had been a dream. Everything she had lived with Mallory felt so real, but now it was so out of reach. She was back to being as

homeless as she'd always been, but now there was no hope the world would ever change.

As she stumbled back down the road to Elm Villa, the sound around her was not dead or eerie, just quieter—like an echo of the moment. There was no chirping of birds, but a resonance of their songs seemed to hang in the air, accompanied by the soft percussion of rustling leaves, horses' hooves, and the distant rumble of a thundercloud.

But what she heard most clearly was the rustling sound of paper trailing behind her. As she stumbled home, the letter spilled out of her pocket onto the ground at her feet. It kept flowing out of the envelope, like the train of a wedding dress, growing longer, unraveling behind her as she ran, following her down the path from Zeno's house to the road she had taken with Mallory, past the places they had held each other that night, past the little thatched houses and the forest where they'd met the little lost girl, over the hills, past the fields and farms.

As she got closer to home, she could hear an echo of the time-frozen town. The vague sound of wagon wheels that had once rattled on the cobbled streets, the indistinct conversations of traders beginning their day in the town square, the distant call of a rooster, the sound of wood being chopped, the spinning of a loom, the hammering of a blacksmith—all of these sounds mingled into a harmony that filled the village with familiar warmth.

But they gave no comfort to Ivy at that moment as she passed through the town, weaving her trail of paper down the streets, trailing it around the houses and shops, around the folk in the town square frozen still in their exchanges. She didn't even notice the beauty of the fountain in the square, its waters like an ice statue, magnifying the molded designs—the mermaids and fish surrounded with sparkling droplets of water which were suspended in mid-air, hanging like jewels with the dawn light coloring them purple, peach, and gold.

She made her way back to the house, past the vendors forever opening their market stalls, past the town crier whose news would never change, and past a black cat sitting in the street like a stuffed toy.

When she reached the front door of the manor, she took the spare key from under the doormat and fumbled it into the lock. Inside, curtains at the open window hang rippled and lifted by an eternal wind. But she paid them no attention. Neither did she hear the little chimes at the window, which seemed to sing a sweet echo of their notes.

She went straight up the stairs, and knowing the house as if it was her own body, she took a left turn to the bedroom she shared with Mallory. There, she fell onto their bed.

For the first time, she cried.

CHAPTER 21

The moments Mallory spent with Ivy now seemed so small in the face of the overwhelming void he faced without her.

He could still vividly recall the sensations that engulfed him as he left Zeno's house. His stomach churned with a sickening unease, as if the world had abruptly detached from its axis and was spinning him uncontrollably into a state of pain and confusion.

The most devastating emotion that consumed Mallory was his profound longing for Ivy. She had been like a flower that had unexpectedly sprung up in the lonely desert of his heart.

And that deserted heart loved the precious miracle that she was and loved her more than anything. But the desert fears that it cannot let a flower take root. It always anticipates the whims of cruel winds. And so it was for Mallory. His fear that he wouldn't be able to hold onto her gave fate the opportunity to take her away again.

So Mallory was also furious. Furious with Zeno, furious with everyone who had made him believe in the inevitably of his cursed luck, and especially furious with himself.

What no one tells you about grief is how relentlessly your mind will conjure up scenarios of "what if," weaving imaginary narratives that can never be rewritten. Mallory knew this more than anyone. He understood that bargaining with the past and wishing he'd made different choices was the greatest cruelty he could inflict on himself.

But it was unavoidable.

He felt like a complete fool for taking Ivy to Zeno. A fool for listening to the townsfolk and believing his bad luck was anything more than just that. Most of all, he felt like a fool for not listening to Ivy's reservations, even if she had almost died

in his home and even if he was only acting out of a desire to protect her.

He was in this situation due to his own stupidity, and there was no way he could expect her to forgive him, even if he could calm his mind and soul for long enough to find a way to get to her.

But how could he when his mind was spinning, his emotions were in disarray, and he was unable to make a single sensible decision?

Mallory was too wounded, too full of anguish and shame, to return to Elm Villa. Just as the pain of living without his family had made him close up his home, the agony of losing Ivy took away all of his desire to return. What kind of home would it be without her there? All it would do was remind him of what he had lost.

So, for many weeks, he tried to find a way to reach Ivy in the realm of immortality, but it was like chasing the impossible.

Even so, he would never give up on her.

As long as Mallory lived, he would try to find her.

He sought out holy sites and read the old religious scrolls. He paid for rumors from traveling merchants. He spent hours in libraries reading all the great myths he could find. He dismissed no option, no matter how absurd it appeared to him, reasoning that it was better to prove himself a greater fool than it was to do nothing and die of a broken heart.

He tried everything he could to become immortal. He visited tribes of wildlings and paid them to perform rituals. He made sacrifices to every god he heard of. He sought out every seer and wizard he could find. But all he got was lighter pockets.

He attempted to absorb the life force of the sun by sunbathing with mirrors for three days on end, but all he got was a severe sunburn.

He went to the Shrine of Mumpsimus to deprive himself of sleep for a seven-day vigil, but all he got were dark circles under his eyes.

He tried to locate the fountain of youth, but when he drank from what he thought could only be the correct spring, all he got was a bad case of Beaver Fever.

He even decided to hunt the Magic Monkey with the backward-facing feet, said to live in the forest and grant immortality to anyone who could capture it.

He tracked the creature's heels around the forest in a ten-mile area for so many nights he lost count. One morning, he woke under a pile of leaves and realized the story was obviously a red herring told to keep children occupied chasing their tails.

His hair and beard grew long and unkempt. His clothes became dirty and torn. His physique remained muscular, but he was so lean that his ribs looked like the blades of a ladies' hand-fan. He barely made any sense, though he spoke to anyone who would entertain his madness.

But the decline of his body was nothing compared to the decline of his spirit. His spirit was a flame battered by a high wind—wavering, guttering, sputtering—so very close to being snuffed out.

He'd exhausted every possibility.

He had nowhere else to go.

By the time Mallory stumbled back into Elm Villa, weeks had passed, and he was not the man he once was. He was like any other man who had lost his sanity. He was dressed in rags, wandering aimlessly, mumbling to himself about lost love and begging anyone who would listen to tell him how he could become immortal.

The townsfolk gathered around him, claiming that he had finally lost his mind to the curse, and they had been right all along about him. They threw pieces of paper at him, shouting rumors that his curse had finally killed the housemaid who lived with him and that her ghost was haunting the town and had weaved an endless letter with an eerie message all through the streets.

It took a while before Mallory understood what they were even saying. And even longer before he picked up some of the torn paper to see what the fragments were.

They were from the letter containing the law of immortality that Zeno had given Ivy.

The townsfolk were telling the truth. Ivy had been carrying it wherever she went, perhaps in the hopes that it would lead him to her. For Mallory, it was the first physical proof that Ivy was still there, somewhere, though trapped in the past.

All this time away from Elm Villa, and Ivy... had been trying to guide him to her, just as he was trying to find her?

A flicker of hope ignited within Mallory, but it was quickly extinguished as soon as he realized the implications of the letter. The fact remained that they were separated by a gap in time that was eternally divisible. There existed no mystical or rational means to bridge the gap and reach her.

Everything was pointless. No matter what she did, no matter what actions she performed, no matter how she changed the past, he could never reach her—not without becoming immortal himself.

It was his only hope.

As cruel as the townsfolk were, Mallory was so heartbroken, so disoriented, and so desperate to reach Ivy that he asked them over and over again how he might become immortal. They dismissed him as just a rambling madman, continuing to harass him about his curse. But he stayed with them, suffering it all. Even as he found himself barely able to keep his feet. Even as he was overwhelmed by a strange feeling of panic. Even as their faces surrounded him and grew louder and louder and more surreal and grotesque. Even as he was on the verge of fainting from all the noise...

Suddenly, an arm fell around him, and a kind, familiar voice whispered in his ear, "Mallory. I've got you."

He turned to see Ms. Lock, and just the sound of the dear old apothecary's voice was enough to steady his nerves. Mallory took a deep breath as she guided him through the crowd, scowling at the other townsfolk and waving them away.

Ms. Lock led Mallory into the shop's quiet sanctuary. The scent of herbs and spices filled the air, and the warm red lighting created a sense of calm that washed over him like a wave. She guided him to the waiting bench beside the front counter, offered him a seat, took a flask from under the counter, and poured a cup of cool tea into a cup.

"Tell me what's going on, Mallory," Ms. Lock said gently.

Mallory sat down slowly, thought for a moment, and recovered his breath. "Do you believe in magic?" he eventually asked.

"I believe there are things in life we can't explain," she replied.

"Then please believe me when I say I need you to make me an elixir. The Elixir of Immortality."

"Read the sign, young man," she said, handing Mallory the tea.

Mallory didn't need to read the sign, which had hung above the counter forever. It read: *We do not stock potions, elixirs, or hallucinogens.*

Ms. Lock's refusal to engage in such practices was well-known. In fact, it was the reason Mallory hadn't returned home and asked her sooner.

"But surely you know how to make all of the legendary elixirs?" Mallory persisted. "You come from a long line of apothecaries."

"I'm a woman of medicine, not a quack," she said.

"Still, you know the formula, don't you?"

He had no choice but to press the woman. He had no other option but to exhaust every possibility, to try everything in his power. Perhaps she would think he had lost his mind, but being considered crazy would be the least of insults compared to the terrible things the residents of Elm Villa said of him.

Ms. Lock looked gravely at Mallory. "If I did, I certainly wouldn't make it or give it to anyone."

"So, you do know it."

"I didn't say that."

Mallory sipped the water and took a deep breath. "No, you didn't say it. But the only reason you didn't say it is because you're honest, and you wouldn't lie."

"What would you want with that elixir?" Ms. Lock said, avoiding the question again. "Is this about Ivy?"

Mallory knew that Ms. Lock's words weren't meant to hurt—she was simply asking a question—but they hit him hard nonetheless. Of course, it had to do with Ivy. And the cruelest irony was that Mallory could no longer blame his misfortune for losing her. The joy of Ivy's fortunate arrival had brought that theory into question, and their profound love had dispelled its power.

If magic, the whims of the gods, or a permanent curse of bad luck were truly behind his tragic history, Ivy would never have been at his side. Still, there was no denying the presence of strange and inexplicable forces in the world, the kind that ordinary people couldn't fully grasp. Otherwise, Ivy wouldn't have simply vanished without a trace. And if those mysterious forces could take her away, Mallory couldn't help but believe that they also held the potential to bring her back into his life.

"I lost her, and I need the elixir to find her. That's all I can say."

Ms. Lock looked him over. "I can't make that for you, Mallory. Look at you. You're too vulnerable. Who knows what some old potion from the dark days of antiquity might do to you?"

"Well, I'm going to find out," Mallory began, "because if you don't make it, I'll talk to the shaman down the road and the witch over by—"

"No," the old woman rebuffed. "By your parents' good name, I will not let you near those charlatans."

"Then help me."

"Your father and mother would turn in their graves—" Ms. Lock said, trailing off, looking deeply into Mallory's eyes. Then she added one small word. "But..."

"But what?" Mallory prompted.

"Perhaps they would remember that we were all young and in love once. And it's not as though we didn't experiment with the occasional elixir."

A wave of relief washed over Mallory. "So you'll make it?"

"Will you promise to stay away from the shaman and the witch? And do you agree to stay right here and allow me to administer it?"

"Of course."

Ms. Lock sighed and went out to the back of the shop, dragging her feet.

Mallory listened to the soft clinking of glass bottles and vials, the scraping of a mortar and pestle. He thought about Ivy and how he had no other purpose on earth, no reason to eat, sleep, or even breathe except to find her. He would do anything.

There was the occasional bubbling of liquids being heated, and sometime later, he began to smell an earthy aroma akin to a mix of plant roots and fungus. A few moments after that, the apothecary returned with a small vial of golden liquid and a cushion.

"You'll need to lie down shortly," she said. "Are you sure you want this?"

"I am," Mallory said.

"Drink then," Ms. Lock said, handing him the vial.

Mallory took it and raised it to his lips. The liquid burned as he tipped it back down his throat, and he could barely resist the urge to cough it back up.

"Now," Ms. Lock said, taking the vial from him and handing him the cushion. "Lie down."

As Mallory placed the cushion and began to lie back, he felt the effects of the elixir taking hold. The world around him began to shift and blur. He felt a sudden fog of sleepiness.

As soon as his head hit the pillow, his eyelids fluttered closed, and his mind went blank.

At first, all he was conscious of was the sound of the wind, the warmth of the sun on his skin, and the hardness of the ground beneath his feet. His vision was a

haze of patterns—just color, light, and shadow. Slowly, these abstract forms began to take shape as his senses returned, and soon, his surroundings came into focus.

She was there.

Ivy.

She was just across from him, standing on a barren, stony hill outside of town known as Glitter Rock.

She was as beautiful as he remembered.

As Mallory's eyes locked onto her figure, his heart raced with a mix of emotions. Over a year had passed since they were last together, yet she appeared as if no time had passed at all. He felt a surge of joy and longing, his entire being drawn towards her.

With each step, the weight of their separation lifted, and the world around him faded away. Although he was unsure whether she could forgive him, he couldn't help imagining the two of them embracing in a bittersweet reunion.

He was about to call out to her when he noticed something on her shoulder she was talking to.

At first, he could barely make out what it was, but he saw what looked like the body of a dragon with bright overlapping scales and a long tail that wrapped around Ivy's arm. As Mallory looked more closely, he saw it was a large lizard with a long silver tongue split at the end and huge bulging eyes that seemed to move independently of each other.

The strange creature had a certain beauty, but Mallory was immediately worried for Ivy. He wanted to run to her right away and warn her, but his feet felt oddly heavy, and as he opened his mouth to call her, his voice caught in his throat.

He was too late. The lizard saw him, and before a sound came from Mallory's mouth, the creature turned back to Ivy, bared its teeth, and bit her on the neck.

Ivy blinked twice, then rocked back and forth on her feet, reached for the ground, and suddenly dropped to her knees.

Mallory ran to her side, sending the lizard scurrying into a bush.

"Ivy—what was that?" he asked, panicked.

But Ivy was fainting, and he caught her in his arms just in time.

"Ivy!" He began calling her name, pleading with her to wake up, pushing the hair back from her face. "What happened?" he said desperately, "What was that thing?"

She couldn't answer. She was unconscious.

But Mallory didn't need her to answer because the lizard immediately scuttled out from the leaves of the shrub again.

"You mean, *who* was that thing?" it hissed, correcting Mallory, and scuttled backward on its hand-like feet, disappearing into the shrub again.

Mallory yelled at the shrub, cradling Ivy in his arms. "What did you do to her?"

Again, the lizard scuttled out of the shrub. "I am the Karma Chameleon," it said through its downturned mouth before it backed into the leaves again. Then it popped out once more. "I bit her," it added. Then it scuttled back into the shrub again.

Ivy's eyelids were closed, but they were fluttering, and she was still breathing, fast and shallow.

"What's *happening* to her?" Mallory yelled.

The chameleon scuttled out. "She's suffering from a bite, of course," it said, disappearing again.

"Why would you do that to her?" Mallory shouted. "Tell me how to bring her back!"

This time, the chameleon didn't emerge from the bush at all; it simply hissed through the leaves: "You will need to answer my riddle first."

Mallory began to shake with frustration.

"Get out here and tell me how to bring her back!" he yelled.

The chameleon scuttled out again and stared at Mallory for a moment. It was a strangely beautiful creature with its resting frown, its scales of red, gold, and green, its endearingly misdirected eyes, its long silver tongue.

"What is blind but will always find a way on a journey that will never end?" it asked.

And with that, it scurried back into the shrub.

"No!" Mallory called after it. "Come back here and tell me how to revive her!"

The chameleon did not come back.

Mallory felt Ivy shudder in his arms and looked down to see her face was flushed with what appeared to be a fever. He touched her brow.

"She needs water!" Mallory yelled.

The chameleon did not answer. Suddenly, Mallory had a thought.

"The answer. It's water—a river!" he called.

The chameleon appeared immediately. "A river is indeed blind," it hissed.

"And it always finds a way. But you're wrong. The journey of a river ends at the sea. Two more guesses."

"Two *what*?" Mallory yelled, but the chameleon had already gone again.

Mallory looked down at Ivy. He could see her pulse thumping in her neck, and she was shaking and struggling to breathe. He had to do something—and fast. He just needed more time.

Then, suddenly, it was obvious.

"I've got it!" he yelled.

The chameleon popped its head halfway out of the bush and peered at Mallory with one bulging eye. "What is the answer?" it hissed.

"Time," Mallory said. "It's time."

The chameleon blinked rapidly. "Time is blind, yes..." it began, "...and yes, it always finds a way, and also, it is on a journey that never ends... you're quite right..."

Mallory sighed with relief.

"But it's the wrong answer," the chameleon added.

"What?" Mallory shouted. "Wrong, *how*?"

"Because it's not the right answer," the chameleon hissed. "One more guess." With that, it disappeared into the shrub again.

Mallory was distraught beyond belief. Every moment that passed felt like an eternity. He began to feel the weight of Ivy's life hanging in the balance. Her breathing had slowed down, and he could see her body relaxing as though she was slipping away.

As he considered the riddle, all he could think of was time marching on, and Ivy lost to it. In his desperation, he tried speaking to her. He told her over and over to hold on, that everything would be alright, that he would do everything he could for her. And then, full of desperation, he was about to tell her he loved her...

"The answer!" he yelled. "It's love! True love!"

"Well done," the chameleon said, scuttling right out of the bush and stopping just an arm's length away from Mallory. "It is just as the old sayings go: Love is blind, but love will always find a way, and true love is on a journey that will never end."

"So tell me the cure," Mallory prompted urgently.

"You already know it," the chameleon said. "In fact, you just told me what it is."

"True love?" Mallory asked. "How is love going to rescue her?"

"It's not," the chameleon said. "Not literally. Actually, there's nothing wrong with her at all. She just panicked and fainted because she got a fright and thought something terrible had just happened. Kiss her and tell her you love her. She'll come around."

Mallory looked down at Ivy, held her face, kissed her, and told her over and over how much he loved her, tears of relief dropping on her cheeks.

The chameleon was right. It didn't take long before Ivy shuddered and took a deep breath, and it looked as though she was just about to open her eyes.

Ms. Lock kneeled beside Mallory, wiping his brow and watching him carefully as he twitched and slowly woke from his hallucinations.

"You're good," the old woman whispered to Mallory. "Everything will be fine."

"Where am I?" Mallory groaned, his eyes coming into focus. His head was spinning, and a feeling of nausea was rising in his stomach.

"Relax," the apothecary said, placing a large metal bowl on Mallory's chest.

It took a few moments for Mallory to realize that he was still on the bench in the shop.

"What happened?" he moaned.

"You took the Elixir of Immortality and connected to the divine world," Ms. Lock said. "Or, to put it another way, you took a little journey on the flying carpet."

"But, it didn't work..." Mallory began.

"It did work," the old woman said. "Just not in the way you wanted it to. But what do you expect from mushrooms and cactus roots?"

"How did it work?"

"It taught you what you already know."

"What does that mean?"

"The real magic of life is what happens within us, Mallory, in our minds and hearts, not in the outside world. It's in the way we view ourselves, the way we negotiate our emotions, our perspective on the world. It's in the thoughts and feelings we have and what we believe we deserve."

"And that is what?"

She looked at him curiously. "I heard you utter something in your

hallucination. You said true love."

"So what?" Mallory groaned. "I was speaking to a talking lizard."

"No. You were speaking to your own subconscious, and it was telling you something. But only you can work out what that is exactly. I can tell you this, though: When we open ourselves to someone else, the world becomes more vibrant and enchanting, not because the magic is external but because it arises from within us. And if you're dreaming about true love, it's time to listen to your heart instead of what everyone else has to say."

Mallory sat up, took the bowl, and held it to his face.

He vomited.

CHAPTER 22

Mallory was finally home in bed, but he barely remembered how he got there. After his conversation with Ms. Lock about magic and the power of the things people tell themselves, he'd passed out again. He only vaguely remembered the apothecary saying it was time for him to get up so a carriage driver could take him home. After that, all he could recall was the vibrations of the carriage on the street, being supported to his front door and stumbling in and collapsing onto the bed he'd shared with Ivy, barely conscious.

He must have slept for nearly a whole day since it was morning again.

His body was sweaty, smelling of mushrooms and cactus roots he'd ingested. His stomach ached as if he'd gone without eating for a day, and his lips were as dry as the Eastern desert lands. His clothes hung loosely on his frame, as if they were mere placeholders rather than being worn.

But worst of all, Mallory felt as though he had no concrete answer to how he might get to Ivy.

His body and heart ached so much that he barely wanted to open his eyes.

But as the morning light flooded his eyes, he noticed something that immediately made him sit up in bed.

Ivy's painting was hanging on the wall.

It was complete. Ivy had returned to the house in her eternal moment. She had lived there, and she had finished coloring their painting. He could see the symbolism in the image, the autumn pallet, how they were opposites that complemented each other—sun and moon, earth and sky—and how everything about their love seemed destined. It was a sight of immense beauty, intricately detailed and colored in such depth that it almost felt real.

But its beauty carried a cruel weight.

Mallory could see the impact of Ivy's actions on the present world, but she

herself remained out of reach. As long as she was immortal, she would never reach him in the future, even if the effects of her actions did.

She was so close, but so far.

Stunned, he moved around the house, noticing Ivy's presence everywhere. The letter of immortality lay on the floors, winding around the corners of the walls, looping from room to room. The whole house had been decorated in the most beautiful way imaginable, and the rooms that previously remained closed were now full of furnishings, colors, and beauty. Luxurious velvet drapes cascaded from the windows, casting a soft, warm glow to the rooms. There were plush armchairs, polished mahogany side tables, gilded mirrors, woven tapestries, delicate porcelain figurines, and gilded frames housing Ivy's exquisite paintings.

The silence was deafening, though.

It was no longer the house of a lonely outcast; it was the home of a man who had real love. But it was empty again., lacking the melody of her laughter.

Everywhere he looked, he was reminded of his love for her.

A true love, he heard his own voice in his head say, remembering what he had yelled at the chameleon when he believed Ivy was slipping away in his arms.

Of course, it had been just a hallucination, but Ms. Lock had told him that the potion would remind him of what he already knew. So perhaps he could take some meaning from understanding *why* his subconscious had created this crazy karma chameleon. It was obviously to remind him of something. But... well, *what*?

What is blind but will always find a way on a journey that will never end? He thought to himself as he struggled out of bed, still looking at the paintings on the wall.

True love.

But what did true love even mean? Wasn't it just a cliché?

The more he thought about it, though, the more the riddle made sense in terms of his love for Ivy. True love was blind—just as Ivy was blind to his curse and just as he was blind to her poor memory. And yes, true love should never end—just as they should have been living together as immortals. But that didn't answer the central question, the clue that lay between their beginning and their ending. The bridging question:

How will love find a way?

The fact that she had been there in the house, yet he couldn't establish any form of communication with her, weighed heavily on Mallory. Did she even realize

the impact her actions had on his world? How could she possibly know? Would this be the closest he would ever get to her? The understanding that she had returned to their shared home, if only temporarily, hoping he would find a way to her, became a bitter pill to swallow.

He could never accept it. He could never accept having her so near but never seeing her or touching her again.

He had to find a way.

But he was so weak, physically and emotionally. He had to pull himself together before he could do anything. So, he went downstairs and forced himself to make breakfast, but it was impossible not to miss Ivy singing to herself in the kitchen or the familiar scent of freshly made bread lingering in the air. He ate what he could, then he went back upstairs, prepared a bath, and climbed in, only to think about Ivy again when he reached for the sandalwood soap she had bought for him.

Afterward, as he dried his body, he went to the closet to get fresh clothes and felt a sharp pang of grief when he realized that, somehow, Ivy's perfume still hung in the air.

Mallory felt her presence, so he began to look for clues—Anything that would help him get to her. Or bring her back.

He decided to search the chests and drawers, carefully lifting her fans, gloves, handkerchiefs, and shawls. He searched her dressing table, gently sifting through her cosmetics. Then he searched her little jewelry box, which held a few necklaces, brooches, and bracelets. He looked in her sewing basket but saw only thread and needles. Then he searched her reticule but only found incidental items. He studied every line and shape of her wall paintings. He even removed the sheets from the bed and searched under the bed.

But there was not a single clue.

He was about to give up again when he noticed one last thing he had ignored. On the bedside table was Ivy's sketchbook, the one he had become so used to seeing Ivy carry around—the one that was full of sketches, notes, and reminders. He hadn't even noticed it because it had become such a common sight to him. A part of the furniture, as they say.

It had gone everywhere with Ivy for as long as he'd known her. Wherever she was around the house, she seemed to be drawing or noting things, afraid that her memory would betray her. And he knew what was in it because she'd asked

him to open it many times in the past to look at a sketch or check an idea.

As soon as he saw it, he had the distinct feeling that he should open it again, that it would connect him with Ivy and that somehow, this could bring them back together.

So, for an hour, he appreciated the wonder that was seeing her sketchbook again. There were drawings and also many occasional notes that described shared memories. His heart began to beat hard. His emotions caught in his throat as he looked at all of the lines her hands had made and read all of her words.

There were detailed sketches of the house, room layouts, and reminders of what belonged where. There were notes about their first kiss and their first night of love. Everything he saw reminded him of how the two of them had slowly opened up to each other.

But again, these were just memories. There was nothing in them that seemed to lead her to him. And whatever *true love* meant, it was of no use to him if he couldn't be with her.

He needed to find her.

Disappointed and now flooded with his feelings for her, he reached the very last page and was about to close the book when he noticed something by chance.

The two final pages—the endpapers—had been sealed together. In fact, you wouldn't have been able to see the very last page, even if you'd been flicking through the book trying to find it, because a liquid had stuck the pages to one another. It looked to be a red liquid—definitely wine—although it would have been difficult to tell because the endpapers were themselves already dyed red. But as Mallory carefully separated them, he noticed there were traces of the gritty grape tannins left behind.

And what was written on the final page made him smile.

TO-DO LIST

It was the list Ivy had made just before the night they'd met. The list of things she needed to remember to do for her previous employer. The storyteller. The list that Ivy had tragically lost. And it was the cheekiest list Mallory had ever read.

As he pried the papers apart, he saw it had entries such as: *"Sweep the chimney, and if you get stuck, sing. Sing until you are rescued. Sing, sing, sing,"* and *"Dust the master's wigs, while talking to them gently; they like that," and "Prepare the hangover brew for the morning after he returns, because he will be so drunkenly proud of himself for not getting too drunk, that he'll drink even more and wake up*

in tears calling out for tea..."

As Mallory looked through the list, he smiled and realized that he had pieced together a little mystery. The very first entry on the list read: *"Number one: clean the Master's disgusting desk but be careful not to throw away any stinky herbs that you might find scattered around."*

Mallory realized what had happened all that time ago. Ivy had written the list for safekeeping in the very back of her sketchbook. While completing the first task on her list, cleaning the storyteller's desk, she had accidentally spilled the red wine he'd foolishly left sitting on his manuscript.

(Foolishly?)

Some of the wine had also fallen on the crimson-colored endpapers in her sketchbook, sticking them together, preventing her from finding her list and remembering exactly what she had been instructed to do while he was away.

It was something. Only it wasn't the mystery Mallory had wanted to piece together.

Unfortunately, that was all there was.

Mallory had now looked everywhere he could think of to find a clue that might lead him to Ivy. There were no more cupboards or drawers or shelves to look in.

He tried to remain calm, but it was difficult. He was a rational man, though, and if his subconscious was going to help him find a way to her, then he realized he should start listening to it more and less to what anyone else had to say. He had done enough of that already.

But none of the answers his subconscious had to give him were practical. There was nothing that said *go there* or *do this* or *do that.* So, for the thousandth time, he wondered what practical step he could take to get to her.

What is blind but will always find a way on a journey that will never end?

Again, he needed an answer to the central question, the part that lay between their beginning and their ending:

How will true love find a way?

It was then that he remembered the most important piece of advice his one true love had shared with him. It was about finding a way. About finding a way when you lose something, or get lost, or find yourself stuck. What Ivy had told him was that you can't keep trying the same things. She'd said that it takes courage to admit you made a mistake and go back to where you started. In fact, he

remembered her exact words.

Sometimes, going backward is the only way to go forward.

So, if there was one thing Mallory did know, it was that any answer to finding Ivy wasn't going to come from anyone else. It was going to come from within himself. He needed to retrace their steps. Although he didn't know where the way to love would lead, he had a place to start.

But if he was going back, where was he going back to?

Mallory looked again at Ivy's sketchbook, at the page that had been stuck. There was nothing to go on.

Why did it seem that whichever way Mallory went, there were dead ends?

He rested his forehead on Ivy's to-do list.

He had to try something.

But what?

CHAPTER 23

Although Mallory seemed dead to Ivy or she to him, she couldn't grieve in any normal way because she knew he was somewhere, just no longer with her.

At first, she tried to reason with her own mind, reassuring herself that she would find Mallory or he would find a way to her. She spent many hours pulling spools of paper from the envelope, trying to find an end to her terrible predicament.

But, to her great frustration, it never emptied.

The fractions of time only got smaller and smaller. It would be impossible for them to find each other, especially given that no soul in Elm Villa could possibly know what had truly happened to her, and nobody would know how to help Mallory if they even listened to him.

As Ivy grappled with the pain of this uncertainty, she was unsure which hurt more: Mallory's absence or the haunting images her mind painted of his relentless pursuit to find her. She thought of him enduring hardships, shouldering his guilt, foregoing his basic needs, tirelessly searching for her. Deep down, she knew his determination would be unwavering. But as much as that fueled her hope, to begin with, the longer she waited with no sign of him, the more her resolve weakened.

Ivy began to realize that the small acts of care she did for Mallory—the breakfasts, the paintings, the tender kisses, harvesting from the garden, the conversations from the heart—all of these things had breathed life into him. Without them, how would he be? And how could she go on without him?

Ivy couldn't bear the anguish of their separation, so she decided to write to him. Even if it was a letter he couldn't read, she thought that perhaps it would ease her heart.

It didn't.

She felt a wave of anguish as she picked up the pen and dipped it into the inkwell. The weight of uncertainty pressed upon her, leaving her at a loss for words. Should she write a letter filled with hope? Or should the letter accept the possibility they would part ways for good? The thought of bidding farewell to Mallory was unthinkable.

She simply couldn't bring herself to let go.

With a heavy heart, Ivy abandoned the idea of writing.

Not knowing what to do, she found her mind turning over and over the same possibilities until the pain in her chest made each breath difficult. Every muscle in her body quivered with anguish day in and day out—assuming there were days at all. Without the sun and moon to mark the passing of time, her slow descent into exhaustion seemed to have no beginning or end.

Her constant anxiety began to calcify and harden in her body. There was a constant lump in her throat, a tension in her expression, and a stiffness in her muscles. Eventually, her whole body seemed to freeze over like a river in the dead of winter.

Soon, she couldn't move from the bed, couldn't eat, drink, or even open her eyes. If anyone had seen her there, laying on the bed surrounded by her winding river of paper, they might have confused her for a woman in a coma, a sleeping beauty. But her prince was not riding to her on horseback. He was not in the same world. Not at the same time. He was not even in the same dimension.

If Ivy had spent her whole life struggling to find a place to belong, it would have been even worse now because she had a whole world but not one single place for her heart to call home.

Ivy's heart was in the past; in the future, she would never have a chance to live.

If you've ever suffered a terrible heartbreak, you know that there is no single day that you suddenly feel the pain is over. For those of us in that circumstance, days are just as meaningless as they were for Ivy. In fact, if you have lost the love of your life, time might seem like an eternity, and it may seem the pain might never be over.

But even a broken heart continues to beat. It doesn't know when to stop

bleeding. It carries on, galloping like a wild horse, echoing like a voice into an empty canyon, pouring its ink onto the page, even if nobody will ever read it.

And just like this, Ivy's heart continued to beat for Mallory.

There was no magical kiss from a prince to wake her from her slumber. No arrival of a shaman to cast a spell and break her enchantment. No miracle healer with a magic potion.

It took what seemed like an age, two ages, and half an age. But eventually, Ivy woke again.

And she knew only one thing: that she had to carry on trying to reach the future.

So, like Sisyphus pushing the rock, heartbroken Ivy resumed her hopeless task of trying to reach the present tense. She kept the Law of Immortality with her everywhere she went, letting it unspool from her pocket, clinging to the irrational hope that one day the letter would fully unravel, the envelope would be empty, and she would finally reach the future.

Even if she eventually carried it more from habit and comfort than from any real belief that she would reach the end, she was determined that she would spend all eternity carrying the letter for him.

Of course, eternity is rather a long time, and she had to stay occupied somehow. So, the heartbroken housemaid did the only thing she knew. She decided to make the world a more beautiful place. And a little bit messy, too.

Perhaps you can picture her, taking free rein of the town, going from place to place, tidying every house, occasionally borrowing a few things and—as forgetful as she was—occasionally misplacing them...

This might explain why many of us mortals occasionally find ourselves looking for things, socks, keys, earrings, little wristwatches, and other valuables, convinced that someone must have moved them...

But while we might blame the immortal housemaid for our misfortune, we can also sleep soundly knowing that those things are in a better place. Ivy made a habit of bundling that lost property into a big red sack, taking it to the workhouse for the poor. Since the door was always locked, she would clamber onto the roof and drop the sack down the chimney.

As Ivy moved from place to place, she slowly began to see the beauty in the world again.

She saw the fountain in the square with its jeweled droplets of water, and she

went home and painted, framed, and hung a picture of it. She noticed the golden sea of wind ripples across a field of wheat, so she painted that for the mansion, too. She saw birds perched on wires, like notes on a music sheet. She painted a motionless waterfall that hung like a crystal veil. She painted the perfect cloud in the sky she saw, which was the shape of a sigh, and she painted the iridescent feathers of the hummingbird as it hovered, unlocking the heart of a flower.

She opened every locked room in the mansion and decorated them all.

And she also finished painting her love story with Mallory on their bedroom wall.

And so her eternal moment went on. Only very occasionally would the heartbroken housemaid trip and bump into one of the townsfolk, knocking them out of alignment with time for a brief moment, nudging them just a fraction into the past, so they would experience a strange sensation, as though they were reliving a moment that they had already lived.

One day—if a day was a day anymore—Ivy became curious about the annex to the house—Mallory's big workshop that had become overgrown with vines. She wasn't sure why she felt so compelled to see inside, but on a whim, she began yanking the vines from the huge double doors at the front.

It was as though she was tearing away at time's tentacles, which had captured and smothered the building. They came away in long ropes, tearing others down with them like a woven mat, until she had cleared—not just the doors—but the whole building, leaving only shadowy tracks of the vines still snaking across it.

As she took hold of the door handles, she realized the building had never been locked but simply abandoned. She pushed the sliding doors open, one after the other, flooding the workshop with light.

It was like being transported to another planet—gray landscapes of dust and cobwebs, air that smelled dry and powdery, and the gritty echo of her footsteps. She was already hot, and her dress was already dirty from removing the vines, so she stripped it off, stood in her undergarments, used her dress to wipe at the surfaces, and stirred great storms of dust into the morning light.

Slowly, the benches around the walls began to reveal their woodgrain. There were also rusted machines, tools, anvils, metal grinders, forges, and half-built

contraptions, old projects that had been left unfinished. In the middle of the floor was a huge wicker rubbish bin filled with unused boating ropes, rolls of thread and needles, and what appeared to be an enormous patchwork sail sewn from expensive silk.

Then, in one corner, Ivy noticed a large drafting table. She approached it and began wiping the dust from it. Stuck to it was a collection of sketches and schematics for an invention she'd never seen before, clearly the last invention Mallory had been working on before he gave up.

As she studied the design, her natural eye for composition and her understanding of line and perspective meant she could see immediately the purpose of his blueprints.

And it was beautiful.

For the first time since she had found herself in the eternal moment, her mind lit up, and her heart soared. Seeing the workings of Mallory's mind seemed to bring him close to her again. She could almost imagine him beside her, working on his drawings, discussing the potential of the invention, and listening to her ideas.

The more she saw, the more she was swept up in a rush of emotion. Seeing the blueprint was like uncovering a buried treasure or discovering lost love letters. She was seeing the Mallory she knew and loved in a new light, glimpsing parts of his mind that nobody else had seen. And the more she studied it, the more she began to share his vision for the design.

She soon realized what she had seen in the middle of the room. The ropes were not ropes—they were tethers. The wicker bin was not a bin—it was a basket. And the sail was not a sail—it was an enormous balloon for flying. She saw that Mallory had perfected and tested the heating system that would lift the balloon, and the overall design was functioning, except for one important detail.

There had been some problems with the stitching. The silk fabric Mallory had sourced was unbreakable, but the stitching itself had been tearing under the weight of the basket and ballast before he'd been able to release the tethers and get off the ground. It wasn't breaking from poor design because the backstitch he had arrived using was, by far, the strongest possible choice, but...

If Mallory had ever worn or mended a corset, he would have known that a backstitch is ten times stronger if it uses two interlocking threads.

Ivy went to the basket and began hauling out the fabric and thread, dragging

it out into the sunlight. She saw the gaps in the patchwork where the stitching had broken, so she sat on the lawn and began unpicking it thread by thread, resewing it, folding and pressing the silk edges together, and hand-stitching it with a locking flat-felled seam.

Did it take her hours to resew and perfect the balloon? Or days? Weeks? Months?

Not even she could tell us the answer since her immortal moment took away whatever sense of time she had. But for the first time, Ivy had a sense of purpose. Although her soul longed for Mallory, as long as she was stitching, she felt as though she was slowly restoring what she could of her lost hope.

If she couldn't be with him, at least she could try to keep his dreams alive.

Eventually, the moment came when Ivy stood, full of excitement, hearing the gentle roar of the burner and the stretching of the inflating fabric and watching the wrinkles smooth out as the balloon took shape over her like a giant thought-bubble of imagination. It was majestic, and for once, she felt she might not be completely caught forever in a single moment since she could go anywhere—explore new lands, experience different seasons, discover the great sights of the world and take a piece of Mallory with her.

CHAPTER 24

Now, if you don't mind indulging me a little, this is all getting a bit depressing, even for a storyteller who is well accustomed to sad, heart-wrenching tales.

So, let me tell you about my evening.

Well, I was having a splendid time relaxing after dinner and thinking of ideas for my latest book, the seventh volume of my autobiographical series, *The Illuminated Mind: A Magnum Opus of Self-Revelation*. I'd drunk half a bottle of Pinot Noir and smoked some of the little jolly broccoli. I was lying on my sofa, closing my eyes and rubbing around my eyelids to see the amusing light show.

And then… *What the hell?*

There was a loud thumping knock at my door.

"Go away," I called. "I'm busy."

"Open the door," came a deep, husky voice. "I need information on one of your former employees."

"Oh?" I called back. "What kind of information?"

"Open the door," came the voice again.

Have you ever rubbed around your eyelids in circles? You should try sometime. It's like setting off fireworks, but less noisy and messy.

"It's unlocked," I called.

I don't know why I didn't tell him to go away. I wasn't thinking clearly, and there was also something persuasive about that voice.

Anyway, the door flung open, and there he was.

They say the young man from the Oliverwood Estate is cursed. As soon as he stood before me, he looked as though he had no idea what he even came to ask me.

"Her name is Ivy," he said. "The story of our love started here. Because you fired her, I met the love of my life." His jaw tightened. "So, tell me what you know about her. Tell me anything and everything."

Well, I'm not in the habit of gossiping. Not much, anyway. Okay. Fine. I am. But only because I'm a storyteller, and it's my job. Anyway, I guess I felt sorry for the guy. I'd caught glimpses of him around town a few times in the past, and he'd always looked a little pasty... But, at that moment, although he was clean and well-dressed, he looked like death warmed up. His cheeks were sunken, and the circles under his eyes cast shadows that seemed to carry the darkness of a thousand sleepless nights. He looked desperate.

The only problem was I had nothing to tell him. I didn't know much about the girl. She'd only been my housemaid for a few weeks.

"I can't tell you anything you don't already know," I said. "There was her terrible memory. It was unsurprising given her background, I guess."

"What about her background?" he said.

Despite his disheveled appearance, he managed to exude a certain charm. He was like a flame that should have gone out long ago but was still burning. You know that kind of jagged blue flame you see in the bottom of your pipe, and when you blow on it, it seems to die but then comes right back.

"Rough childhood. Abandonment. A little trauma. We all have our issues, though, don't we?" I said.

"You knew this? And you still fired her?"

"Yes. Now, if you don't mind, I have stories to tell, epic adventures to create, timeless legends that will echo down the ages and resonate for all eternity."

And with that, I waved him out.

Another thing you might like to try is making your belly button talk. Have you ever tried that? Following that little visit, I started using my thumb and forefinger to move the skin exactly like a little mouth. My navel and I were having a most interesting conversation, too, about the new fashion in shoes with extremely long toes that curled upward. Are you familiar with them? I was saying that I'd even seen a chap decorating his shoes with little bells and a fake mustache...

Then, *bam*.

The door flung open again. It was him again.

"You said *timeless*."

"Pardon?" I replied.

"You said you write timeless legends that resonate for all eternity."

"That's right," I said. I wanted to carry on talking to my belly button, but the man stared at me with such an intensity I'd never seen anywhere, from anybody, ever.

"I need you to immortalize me," he said.

"Oh really?" I remarked. "Well, that depends on how good your story is."

"Go to your typewriter and start typing," he said.

If I hadn't smoked so much of the happy herb, I might have sent him on his way, but he was a well-built and rather charismatic young man, and I figured I could humor him for a while and see what he had to say.

So, I took my wine, went over to my desk, and began typing his story.

It went a lot like the one you've just read. Well, it was exactly the story You've just read. Except, this was a first draft before I added these little personal comments that make it really special. And before I'd come up with the greatest title ever: *The Love That Stopped Time.*

A title of profound beauty, timelessness, and perfect elegance.

Don't you think?

By the time Mallory had finished telling the story, it was the early hours of the morning. I was tired but certainly satisfied with the night's work.

"So..." he said. "That's it."

"Well, it was quite a good story," I said.

"So, you believe I can be immortalized?"

It's hard to be a writer sometimes. Everyone is the hero of their story, and everyone thinks theirs is the stuff of legend.

"Unfortunately not." I had to tell him the truth. "Sure, it's a fine story. Lovers parted forever, all because the hero thought his bad luck was a curse, and he trapped the heroine in the past..."

"What's the problem then?" he said.

"The ending's too tragic to make it a great love story."

"Tragic?" he said, glaring at me. "Why?"

"Because... well... Here's the catch. If I say you'll be immortal now, she'll be stuck in her moment, and you'll be stuck in this one, never to meet again."

He said nothing in reply—just stared at me like all the oxygen was being

squeezed out of his body.

Didn't I say it's hard to be a storyteller sometimes?

"What's the matter?" I asked him. "Did you think it would end, *and they all lived happily ever after?"*

He stared at me for a moment more. Then blinked. Once. Maybe twice. And with that, the light in his eyes went out.

"Thanks for the story anyway," I said.

He stood there staring at the floor for a long time, and I thought I might have seen a tear welling in his eye. Then he just slowly, slowly floated out of the door, like a smoldering flake of ash, lifeless and purposeless, a reminder that even the brightest flames burn out, leaving nothing behind but dust.

But let's not get too poetic. I had a lot of typing to do. I needed to finish typing up the story and write the most amazing sequence of epilogues in the history of epilogues. As you'll read shortly, these epilogues are all about my new novels, which can be purchased from all good book retailers worldwide.

And that brings us to the conclusion of this tragic tale.

There we have it.

The En—

CHAPTER 25

If you’ve ever smoked the kind of pipe that I was smoking that night, you’ll know that even when a flame has completely died out, if you catch it fast enough, you can blow on the ashes and it sparks back up.

Well, I guess that’s what happened because before I could finish typing *The End*, my door flew open so hard that the door handle crashed right through the wall and was embedded into the plaster.

Mallory strode right back over to my desk.

“No,” he said.

“Pardon?” I replied.

“That’s not how the story ends.”

“What are you talking about?”

“In all great stories, the characters learn lessons, right?” he said. “Well, what I’ve learned is not to let other people tell me how my story goes or whether I deserve to love and be loved. And the truth is I love her more than anyone has ever loved anyone, ever. So, if you don’t carry on writing our story, then I’ll write it myself. Because—and here’s another thing I learned—true love stories don’t have endings.”

And with that, he reached down to my desk, popped open the carriage of my typewriter, took the last page out, added it to the rest of the manuscript on the desk, bundled it all up, and started to walk out.

“And here’s your moral lesson,” he added as he headed for the door. ”Don’t fire your housemaid for your own stupidity, and don’t leave your manuscripts lying around.”

Well, you can be sure I was taken aback. Who did this man think he was to be schooling the greatest storyteller of all time on the craft of narrative and moral lessons, on the art of love and true endings? And worst of all, he was right. There

was something very special about their story. And I was about to lose it because he was halfway out the door already.

"Wait," I called.

He stopped and turned back slowly.

"One minute," I said.

What was so special about those two? Maybe it was that they were complementary opposites. The young man trying to forget, and the young woman trying to remember. There really was no one else in the world for them.

Or maybe it was that their story had a sort of timeless quality to it. Like a fairy tale, but real.

Or maybe the power of their love was suddenly obvious. After all, not even the greatest lovers had stopped time itself or forced fate to hand over control of their destinies.

Either way, I realized I must have drunk far too much wine to miss the beauty of their tale.

"It was hasty of me," I said, thinking of all the book sales I'd miss if I let their story slip by. "I shouldn't have sent her away. She deserves better. And you're right—this isn't how the story ends. It's obvious that you two belong together. So, even though it's your story, please allow me to write it for you?"

Mallory walked back, glared at me, and dropped the manuscript back on the desk.

"Keep typing, then," he said.

"I will," I replied. "And, of course, I can't guarantee a happy ending. That's up to you. But you will definitely be immortalized with her at the same moment."

CHAPTER 26

Mallory realized he was in a place completely different from the world he thought he knew. As soon as he found himself in the eternal moment, he was revived with a second wind. His body lit up. His adrenaline kicked in. He strode through the town so purposefully that, even if he wasn't in a time-frozen world, the whole place would have stopped—dead still—to watch him walk.

She was here.

Somewhere.

He strode through Elm Villa, through the town square, through the trade district, barely noticing the banners and flags of spice-merchant and potters' shops, which were still fixed like petrified leaves. Barely registering that the whole town was as still as a fresco on the ceiling of a temple. Barely seeing the trail of paper that ran all around the village streets, wherever Ivy had been. Barely aware that for the first time since he could remember, nobody was muttering at him, nobody was closing their shutters, nobody was whispering behind his back.

For once, he was free to come and go in the world without anyone reminding him of his past.

He followed Ivy's unending paper trail through the streets, homeward, up the path, through the front door, and into the house.

"Ivy!" he called as soon as he opened the front door. "I'm here."

He began making his way through the rooms, calling for her.

Every door was open, and the house felt alive again with all the murals and canvases she had painted.

He realized just how much she had transformed the place. The rooms, which

were once as dark and dusty as mausoleums, were now filled with the light and warmth of her paintings. There were spring blossoms and summer seascapes, snow-capped mountains, forests red with the colors of autumn, midday heat waves over the plains, and starry night skies over rivers and lakes.

"Ivy! Where are you?" he called.

The colors and imagery were so captivating that he couldn't help but slow down to take it all in. In fact, the beauty of it all distracted him so much that he realized he had walked through the whole house calling for Ivy before he became aware she wasn't there.

She must have been out.

Shopping?

Picking up more furniture?

Surely, she wouldn't be long.

He sat in the foyer, in a chair beside the coat hooks at the front door, so she would see him the moment she entered. He imagined the look on her face when she saw him for the first time. He imagined standing and embracing her.

Then he wondered if sitting right beside the front door would give her a fright, so he moved the chair across the hall, adjacent to the door. While he waited, he imagined all the things he would say.

But she was taking her time, whatever she was doing.

Still, he kept imagining her return. Over and over.

For how long?

It seemed like an hour.

Then, it seemed like several hours.

Then it seemed like—*who knows*—a day? Maybe more than a day. It was impossible to tell.

Eventually, Mallory became so uncomfortable sitting in the hall seat that he decided to go back to Elm Villa to look for her.

He opened the front door, picked up the spool of paper, and began following it. It led to the market—around a produce stall. Then it took him back home, through the kitchen, around the house, to the bedroom, the bathroom, and then to the Great Hall, where it was splattered with paint at the point where it said, *"To get to tomorrow, you have to get two-hundred fifty-three thousand six hundred eighty-sixth of the way there..."*

So, Mallory kept following it—back out again to the public gardens, and home again, and out again to the library, and home again, and out to the market again, and here and there over the town.

Pretty soon, Mallory realized he was on a wild goose chase. The paper trail led over town and crossed over itself and looped and turned back on itself. He must have been searching for a couple of days—if days were indeed days—and he started to worry that she might have left town.

But where would she have gone?

For what felt like a week, he searched and waited. He found points at which the paper trail led to more remote locations. He followed it to the docks. The countryside. The river. But there was no sign of her. And there seemed to be so many trails.

As the hours wore on, he became more desperate, his movements more frenzied, and it seemed the weight of his worry was beginning to etch itself deep into the lines of his face again.

It just didn't make sense.

There must have been one trail that didn't lead home again.

Surely.

Eventually, he had the idea that he would walk clockwise around the whole border of town and follow every path leading out of Elm Villa. So he did. He followed one trail to the base of the mountains. He followed another in and out of the forest. Yet another to the crystal caves…

But every single path led home again, and every single location had a corresponding painting on the walls of the manor.

He'd followed every single inch of the paper trail, and he'd found nothing.

She was nowhere.

So, once again, he collapsed on the floor of the Great Hall, lying in screeds of paper, eyes bloodshot, and he felt that old emotion creeping back into his body: his familiar state of sadness and resignation.

Had something happened to her? An accident?

It wasn't possible. *Or was it?*

And again, he began to battle thoughts of his curse.

He must have been lying there for hours, bewildered and distressed, so he'd probably imagined it.

He must have imagined it.

The paper seemed to move under his cheek, ever so slightly, as if—*as if... what?* As if a mouse had run over it in another room? But that was impossible. It was indeed a trick of the mind.

He ignored the possibility. But it happened again. The slightest movement.

Maybe his face had simply twitched? Was he so exhausted and upset that he was beginning to think wishfully? That was surely it.

But no. It happened again. And this time, he thought he even saw the paper budge a little.

He put his face as closely as he could to it as if he was putting his ear to a railway track to check for an approaching train.

Then, of course...

There was nothing.

Still nothing.

And then...

There was *something*.

It was definitely moving. It was the only thing that had moved at all during his time in the eternal moment.

It was as though the paper trail was being tugged from a great distance away.

His heart burst to life again. He stood, took it in his hand, and began to follow it through the house. Down the hallway, through the parlor, past the long room, the drawing room, out through the courtyard, back into the passageway that led past the butler's pantry and the larder...

Then he realized why he'd never followed this particular part of the paper spool before—it led out of the back door.

He'd been so caught up in following it around town that he hadn't thought to check his own back garden.

As he emerged from the house, he realized why he had missed Ivy's last trip out of town. The paper trailed through the garden and led straight up from the rose beds, over the Copper Beech tree, and disappeared into the distance, lying taut over the tops of the Elms, pines, ash trees, gum trees, spruce trees...

But how? Why?

This time, Mallory ran. He ran beneath the paper spool like he was following the streak of an angel across the sky, chasing the trail of her aura—as though the heavens had given him a sign and destiny was pointing him right to her.

He ran for what seemed like hours, but he never grew tired. He found the paper trail had settled in certain places, each spot being an area of natural beauty. There was a clearing where bluebells carpeted the forest floor, and the sunrise shone through the petals, lighting them up like little lampshades. There was a spot where a pond was blooming with bright green algae and teeming with golden carp. There was a riverbed with clear, crystalline water adorned with pebbles smoothed by its gentle current that looked like thousands of glass playing marbles.

If Ivy had been stopping to paint those beautiful places, her paintings would be like a visual record, like the art of monks depicting stations of a pilgrimage. If he could reach her, they would forever remind them of his journey back to her.

The further Mallory got from the town, the higher the sun seemed to lift from the horizon. The world grew brighter, and the shadows began to recede. He began to hear an echo. A deep rumble, like thunder. But the sky was clear.

As he ran, the sound seemed to grow louder and more distinct. The trail was leading him towards it. Then he realized it was an echo of water flowing, falling, cascading, crashing.

Finally, he saw the paper trail descending into a clearing, an area of the forest which had been opened by a great river.

To his left, the river rushed over a steep drop-off, cascading down the rocks in a great waterfall, crashing into the pool below and sending plumes of mist and spray high into the sunlight, creating the most astounding rainbow effect.

On the riverbank beside him, just a few steps away, was a painter's easel.

And beside it, looking right at him as he emerged from the trees...

Ivy.

CHAPTER 27

As soon as Ivy's eyes met Mallory's, the paintbrush in her hand fell to the ground.

She felt as though she had been suddenly lifted completely outside of her body, as if she could turn and see herself standing there, mouth agape, body motionless, her jaw beginning to tremble, her heart racing, eyes filling with tears.

It was as if she was above herself, looking down on herself in the third person. *There is Ivy,* she thought. *Face to face with the love she thought she had lost forever. There she is, trying to work out if what she sees is real.*

Mallory.

Standing a few meters away, holding the paper trail in his hand, his eyes blinking in the light.

Ivy might have been having one of those dreams where you dream you're dreaming, and you wake up. You think you're actually awake, but you're still asleep. And that would have been fine because then she could have gone back to sleep and enjoyed the dream—the dream of being reunited with her long-lost love—and then she could wake up and say something like, "What a beautiful dream."

But this was no dream.

"Ivy..." he said, taking a step toward her, still holding the paper trail.

The moment she heard his voice, she was no longer floating.

She was catapulted back into herself.

Every nerve and muscle in her body was fizzing, alive with an energy so powerful that she felt it might overwhelm her.

She reached out for the easel, wanting to support herself on something, but all she did was plant her hand in the rainbow of wet paint.

The man who stood before her—it was Mallory, but not. His beard was long

and scraggly, and his cheekbones stood out further than she remembered. But it was him. His voice. His face. His eyes.

"You're here?" she heard herself ask.

Somehow, she managed to stay standing, turn to him, and place her feet—one in front of the other. But for the moments it took to reach him, it didn't feel like she was walking. She was being pulled by an unseen force. And the closer she came to him, the stronger it became, so that she had to trip along in a half-run to keep up with the ground moving beneath her feet.

And all of a sudden, she was in his arms, torrents of tears falling from her eyes, her body heaving and throbbing with emotion.

He held her firmly by the waist, and the way he gazed at her—it was like his eyes contained worlds of tenderness—so much love that it was seeping out and gathering on his eyelashes, too.

He was there. In her eternal moment. Without a doubt. And he was real.

And suddenly, it was like a whole world of bewilderment rushed in on Ivy. She felt everything at once.

Pain, relief, anger, confusion.

"What did you do to us?" she said, nearly shouting at him.

She was torn between wanting to hit him and wanting to kiss him, wanting to scream and swear at him, and wanting to whisper that she loved him. But when she finally got close, what she decided to do was simply take his jaw in her hand and pull his face close to hers.

She kissed him, salty tears dripping all over his lips.

"I'm so sorry," Mallory whispered, pressing his forehead to hers and wrapping his arms around her. "I can never ever forgive myself for being so stubborn. I should have listened to you from the start. I'll never be able to explain my actions—they make no sense. They were based on the pain I had locked away, on stories I was told. But please listen to me."

"Mallory—"

"I hated every second of my life apart from you," he continued. "It was worse than death. But I've found my real story now. Nobody but you can say how it ends. And although my heart would cross the world to be with you—cross time itself—I understand if you want nothing to do with me. But if you do want me. I'm yours. Forever. I love you, Ivy."

Ivy's weak legs hadn't returned to normal, and her heart was still beating like it held a caged bird. She could barely focus on his words. Her mind just kept repeating that Mallory was there, holding her, touching her, calming her, assuring her she knew she would never be alone again.

She realized that he must have endured so much to find her, so she let him speak while he wiped her tears from her cheeks with his fingertips.

As Mallory's voice filled in the gaps of their story, Ivy listened, feeling the warmth of his touch like the passing flame of a candle. He recounted his relentless search to bridge the distance between them, sharing how his absence from Elm Villa led to a realization that her actions in the past resonated into the future.

Ivy's heart sank as she instantly regretted not writing the letter she'd planned, but she composed herself and listened intently to Mallory's account, finding a sense of clarity and calm in his words.

Her breath caught when he revealed Ms. Lock's wise advice, and she couldn't help but feel moved upon learning about the generous offer of assistance from a certain kind-hearted storyteller.

Ivy responded the only way she could. She relaxed into his strong arms, melding into his embrace, letting go of all her anxiety and hurt. She realized everything they'd been through had been as hard on him as it had been on her.

In fact, she even felt a brief pang of regret, wondering if she might have done more to help him understand that the curse wasn't real or at least to show him that he was loved, and she was safe.

Maybe then they wouldn't have taken the paths they did, and maybe...

But it didn't matter now. She rested her head in the crook of his neck while he finished relaying everything that had happened. And when he had said all he could, he ran his fingers through her hair and whispered, almost pleadingly.

"I just hope that you can imagine a time when you will be able to see past my mistakes and let me be a part of your life again."

Ivy studied his face once more. "Well, I can easily imagine a life without you. I've lived it. And I never want to live it again."

At that moment, she felt the tension in his body leave, his breathing slowing and deepening. It was not just the anxiety of their time apart that was leaving him, but the anxiety that he had carried with him for all those years and years since childhood.

Now, he could finally be himself and be free to fully love.

"You need to tell me your side of the story," he said.

"Soon," she promised. "Just hold me and touch me."

Mallory pulled back slightly, cupping her face in his hands. Ivy shivered with tingles down her spine as his fingers brushed the soft hair at the back of her neck.

"I've waited what seemed like an eternity to touch you," he said. "Really, freely, touch you. With every ounce of love I have."

His lips pressed into hers again before she could form a reply.

They kissed messily, hungrily. They kissed amidst tears. They kissed amidst rainbows of paint. Their hands roamed each other as though they were in the dark and could only find each other by the shape of their bodies. The commanding force of his lips against hers made her dizzy, and she pressed her body into his so he could feel the peaks of her breasts touching his chest. As Mallory lowered his kisses to her jaw and neck, all she could hear was her heart thumping and the hum of his throat releasing gentle moans.

They were about to do that thing that adults do when they really like each other, so the owners of their story asked the storyteller to spare the reader all the graphic details and instead give a beautiful description of the sunrise from the riverbank.

As they lay on the riverbank afterward, the sunrise wrapped the sky like a peach ribbon, as if it were gifting them with a future they'd never believed they could have.

Ivy's head was nestled against Mallory's chest, and his arms held her as if he was gently pressing the last of her worries out of her body. He placed a soft kiss on her temple, and she turned her face up to look at him. She saw his eyes flicker around her face, adoring her features, his expression one of pure contentment, and felt his chest rising and falling with each breath.

"I need to tell you something," Mallory whispered, brushing a strand of hair from her forehead. "We don't have to stay here. We can go back now."

"What?" Ivy said, suddenly lifting her head.

"We're writing our own story now. In fact, we always have been. I just didn't realize it."

"Go back to where?" she asked.

"Back to the world as it was. We can go back to the present tense anytime we want. All we have to do is believe. Together."

She looked at Mallory, covered in the rainbow of paint she had smeared all over his clothes, then over at the painting she was working on, the waterfall, and finally, through the trees at the wicker basket of the balloon.

"I need to show you my side of the story now," she said. "Come with me?"

She kissed him hard on the lips, then stood and hauled him up. They threw on their clothes, shaking the stiffness of the hard ground from their bodies. Ivy took his hand and led him across the riverbank, through a stand of trees, and into the little clearing where his invention lay.

She smiled as she watched him move around the balloon. His breathing grew shallow, and she could feel her heart rate rising with his.

"I don't know what to say," he said.

She could see his whole body had started to shake.

She'd done more than just complete the design. The inside of the wicker basket was lined with layers of lamb wool and covered in soft linen. As he lifted the squares of the silk patchwork, he saw that each one was painted in a different shade. When he tried igniting the heating system, the balloon began to inflate into a bright mosaic, a quilt of the most stunning colors.

"You did all of this?" he said, his voice trembling. "But... nobody ever... nobody..."

What he was trying to say was that nobody had ever really tried to understand his vision. And not just his vision but his heart. And more than that. Nobody in the world could have done what she'd done. By bringing his idea back to life, she had retrieved a part of him he thought he'd lost forever.

As they held each other, watching the balloon fill, they felt their chests swelling with their affection for each other. Every inch of their bodies flooded with the warmth of their love until their hearts were full of euphoric lightness.

They were floating on air before they'd even stepped into the basket to begin their ascent.

CHAPTER 28

As they rode in the balloon, ascending higher into the sky, they felt less and less as if the world contained them, and more and more like they could hold it in their hands. They could see how everything was interconnected, from the flow of rivers that connected mountains to lakes, and also the meandering roads that ran through valleys out across the patterns of fields.

Gliding across the sky, they felt exhilaration and peace at the same time. There was no sound but the gentle crackle of the burner, the occasional creaking of rope, and the soft rustle of the silk. Patches of light and shadows of clouds drifted across the landscape like waves washing over the objects below them, blending their shapes and colors, unifying everything.

The further they floated from home, the higher the sun rose from the horizon, and they soon realized they could float right around the world into full daylight, and beyond, into the afternoon, and further into different lands...

"I was thinking. Since we can go back anytime we want, we should have at least a few days in our little world," Ivy said, taking Mallory's arms and wrapping them around her shoulders like a blanket. "Then, we'll go back and make a beautiful life of our own."

She explained that in the very moment she saw him again, she realized that all she wanted was to be with him, no matter where, no matter how, no matter when. She had finally found her place in the world, and that was with him.

"We'll stay however long you want and go wherever you want to go..." he replied.

Ivy had come to realize that being alive was like living in a magnificent still-life painting, where every moment held boundless magic. She wanted desperately to share with Mallory the enchanting wonders of the frozen world, hoping it would awaken a similar sense of awe within him. Her heart swelled with excitement as

she imagined showing Mallory the captivating sight of the migrating butterflies she'd seen floating forever in eternity's sunrise.

As beautiful as the frozen world was, it had become even more precious because Ivy realized that they could discover it together. She wanted to embark on a remarkable adventure with Mallory, exploring famous landmarks and marveling at all of the breathtaking wonders of the world. They would savor the distinct joys of each season: the rich colors of autumn, the tranquil beauty of winter, the warmth of summer, and the blossoming of spring. They would bask in the luminous glow of daylight and wander hand in hand beneath the enchanting canopy of starry moonlit nights.

As the earth rotates beneath our feet, we sometimes forget that winter and summer, day and night, don't really come and go. They simply move. The sun will always be rising somewhere, snow will be falling, a wind will be blowing autumn leaves, heat waves will be rising, and spring flowers will be blooming.

We sometimes forget that even if we can't travel the world or stop time altogether, we can slow down and appreciate the beauty of our world when we do find ourselves in those moments.

Like Ivy and Mallory, we might also find ourselves looking at the wings of dragonflies backlit by the sun with their iridescent latticework-like intricate stained glass. Or we might see a shooting star fall like an angel's teardrop. Or the branches of Cherry Blossom trees dipping their pink ink into a blue sky. Or fireflies looking like little stars that fell to earth and got lost in the woods. And, you never know: we might even find that the rainbow doesn't always move like an illusion, but you can really find the end of it and dance in its colors with the one you love.

So we should slow down now and again, shouldn't we? And enjoy the little details of the world around us? Because we have all the time in the world, and there's always magic in the air.

And, of course, Ivy and Mallory's story doesn't only explain why we should stop and admire the beauty of the world. It doesn't just explain why socks and keys occasionally go missing, either. Or why we sometimes find ourselves in a moment of déjà vu.

It also tells us why, when two people fall in love, they seem to honeymoon in their own little world for a time.

It tells us why we should always think twice before flattering anyone by telling them they'll be immortal. Like many other fallen kings and aging beauties, they might forever get stuck in the past and unable to get to the present.

And only the very fortunate find someone to share eternity with—someone who makes us wish a moment would last forever.

So, let's cross our fingers and wish each other good luck.

EPILOGUE

Seven Years Later...

During the Christmas season, the grand halls of the Oliverwood Mansion were filled with the happy harmony of voices, music, and laughter. There was a time when Mallory could never have imagined such a festive atmosphere within its walls. But as the years passed, he was finally able to fulfill his mother's dream of having a house full of children.

Or, at least, Ivy had taken over that dream so commandingly that he found himself with no alternative but to happily embrace her vision.

Mallory looked on as the three Oliverwood children ran excitedly around the house, eating cakes their mother had baked and playing with the toys he had designed and made for them: levitating magnetic dolls, wind-up flying butterflies, musical books, mechanical carousels, chameleons that dispensed riddles, and other wonders of ordinary magic.

Yet, the enchantment of Oliverwood Mansion during this festive season wasn't solely due to the children. It was also the delightful company of various guests that added the extra touch of merriment. There was Ms. Lock, who had become an even closer friend to the family than she had been to Mallory's parents. Then there was Zelda, the young girl they had met in the forest who was staying with them while attending Dame school and helping as the children's nanny. And there were also many friends from the workhouse, young and old, whom Mallory and Ivy always delighted to host on special occasions.

A very distinguished storyteller may also have been in attendance, though this was mainly to gift and sign copies of his latest book, the one you are fortunate enough to be holding now. But no need to thank him. The Oliverwoods returned the favor by gifting him a highly prized bottle of Barbaresco from the Piedmont estate of Giovanni Gaja. Attached to the bottle was a handwritten note by none

other than Miss Ivy herself, expressing her utmost gratitude for the storyteller's "generous" act of firing her from his employ.

It was said that even old Zeno had received a special gift that year—a mysterious letter containing something known as the Law of Immortality. But this is difficult to verify, given the clockmaker's reticence and all the wild tales that float about Elm Villa.

In any case, the family and their guests were laughing, eating, exchanging gifts, sharing stories, and singing along to the music box when Mallory was interrupted by a little man at his knees.

"Papa..."

Mallory bent down to face his spirited six-year-old son, who was grinning impishly. Summoning all his courage, the boy presented Mallory with his little glove. With an exaggerated flick of the wrist, he lightly flapped it against Mallory's cheek, sending waves of laughter through the guests.

"Papa, I challenge you to a duel!" the boy declared. "You dared suggest that afternoon naps are only for babies. Prepare to face the consequences!"

Mallory, playing along with a theatrical flair, gasped dramatically, one hand pressed to his chest. "Young challenger!" he declared. "I was merely suggesting that on this special afternoon, you might be allowed to stay up and continue enjoying the festivities."

"Prepare yourself!" the boy said, with a mischievous twinkle in his eyes.

With laughs of approval from the spectators, father and son took their positions, wooden swords at the ready. The duel commenced, but instead of serious swordplay, it quickly devolved into a whirlwind of wild swings, exaggerated ducking, and playful banter. Mallory's theatrical feints and the boy's infectious giggles turned the duel into the most absurd spectacle.

As the laughter echoed through the hall, Mallory struggled to maintain his serious facade. "My valiant adversary," he smiled, eventually lowering his sword. "I surrender. Go and have your nap, content in the knowledge that you have bested me with your unmatched wit and impeccable charm."

The party erupted in cheers and applause, thoroughly entertained by the whimsical display, before Mallory and son, their faces flushed with joy, shared a laugh and an embrace.

At that moment, man and son were joined by the younger children and then by the woman of the hour, the apple of Mallory's eye, the pillar of their family, the

radiant and beautiful Ivy Oliverwood.

Mallory took his wife into his arms, smiling deeply, and addressed the gathering.

"Ladies and gentlemen, esteemed guests, dear friends! As you well know, I was once a solitary soul, hidden away like a rare book in a forgotten library or perhaps more like the last sad potato in an empty pantry. But lo and behold, how my luck changed. One night, fate intervened and introduced me to the enchanting beauty who stands beside me now, whose charm and talent have transformed this once-empty house into the cherished home it is. Not only the mansion, though. She changed me inside and out by showing me that we can be the heroes of our own stories and make our own destinies. So, before I whisk my wife away for a moment under the mistletoe, may I raise a toast to the greatest gift of the season—the gift of togetherness. Each and every one of you, with your presence here tonight, has added a touch of magic to our celebration. Thank you for your company, your laughter, your warmth, and your questionable dance steps. Here's to you all!"

A cheer rang out, glasses were raised, and toasts and smiles were exchanged. In the midst of it all, Mallory took his wife by the waist and led her away to the conservatory so he could spend a quiet moment with her.

The glass walls of the conservatory offered a stunning view of the winter wonderland outside. As Mallory stood behind Ivy and wrapped his arms around her, the first delicate snowflakes of winter floated gracefully down from the darkened sky, and slowly began to blanket the gardens around them.

Before even saying a word, Mallory took time to stop and admire the scene—his wife, dressed in a dusky strawberry Christmas dress, her hair held up with a decorative pin, her cheeks flushed, the snow falling around her, her breath creating misty clouds on the window, and her hand, entwined in his, pressed against the cool glass.

She was the most magical woman he could ever have hoped to meet: a cherished friend to all, a devoted mother, and the love of his life.

Mallory gently pressed his lips against Ivy's temple, savoring the tenderness of the moment. He whispered softly into her ear, "My love, do you remember the night we first met and what my only request was?"

"I do," Ivy said, turning to look up at him. "You asked me to forget you."

"You were so good at forgetting back then, remember? And I envied you for that."

Ivy gently placed her hand on his cheek, her touch sending a soothing warmth through his whole body. "But Mallory," she said, her voice filled with affection, "how could I ever forget the man who captured my heart from the moment our eyes met? I knew then, without a doubt, that our paths were meant to intertwine, even before we realized they had already been woven together."

Mallory's gaze softened, his heart overflowing with gratitude. "I'm grateful every day that you didn't forget me, that you saw beyond the surface to the man nobody else could see. When I was the desperate child that nobody would help, and when I was the adult who didn't want anybody to help, you showed me a future."

"My love," she said, turning to face him. "I may have shown you the future, but you gave it to me. You pulled me from the past and gave me a reason to remember."

At that moment, the sounds of the children echoed from the main hall as they began winding a mechanism that made little pins ring against a metal comb. As Mallory placed his arms around Ivy's waist and looked into her eyes, the sweetest music began to fill the conservatory.

"And do you remember you asked me if maybe one day there would be a way we could remember beautiful moments like this?" he whispered.

"I do," she said.

"There is a way. You'll see."

He would later create her something to remember that precise moment in the conservatory, with the music playing, the room seeming to spin gently as the snowflakes swirled all around them, making them feel as though they were standing on a music box, turning around inside a glass globe of snowflakes.

Although the setting was beautiful and the moment itself enchanting, as Mallory held Ivy close, he was reminded that the real magic lay not around them but within them.

The magic was true love, and no matter how much he pulled from his heart, it was never exhausted; there was always more, in ever greater and stronger amounts.

For every little moment they spent together drew on a love as endless as time itself.

THE END

THE AUTHOR'S NOTE

Wait. Don't go yet.

I have a question for you.

Ready?

What makes a story live forever?

Here's a clue. It's not archives. Not cultural institutions. Not libraries. Not databases. Not universities. Not glass cases. Not even the greatest storytellers.

Well, great storytelling is definitely part of it.

But, no.

It's you.

Stories don't remain immortal unless they're read, loved, shared, and retold, do they? You're a part of this story, too. So, I hope you enjoyed it enough to share it with someone you love.

They'll forever thank you for it.

And if you're sad that our tale is ending, just remember that life is full of disappointments. You'll get over it.

Now go outside and get some fresh air. You look like you've had your face in a book for hours.

THE REAL AUTHORS

Aline Sant'Ana is a Brazilian romance author who believes that when inspiration calls you to dance, the only acceptable response is 'yes.' After graduating with a degree in Business Administration from UCPel, she dared to follow her true passion, literature, and it was the best decision of her life. In less than a decade of career, she achieved the impressive milestone of over 40 stories published, millions of pages read on Amazon, and tens of thousands of followers on social media. Aline continues to see a purpose in her novels—the construction of a dream, one character at a time.

Matthew Harris is a New Zealand writer whose NZ Film Commission funded short films have played at hundreds of international film festivals, including Tribeca, Palm Springs, Cannes Cinefest, and Clermont-Ferrand, accruing over 40 awards, and screening on networks from AMC to Sky Rialto. He holds a PhD in English Literature, and his fiction and poetry have been published in literary journals such as Landfall, Poetry NZ, JAAM, Trout, Takahē, Kokako, Mayhem, and Catalyst. His ASMR audios have had millions of views online.

Special thanks to the first readers who lived and fell in love with this story:

Jack Ross, Bronwyn Lloyd, and Jacqueline Harris

ALINE SANT'ANA
MATTHEW HARRIS
O AMOR QUE PAROU O TEMPO
Editora Charme